SV

MIKOŁAJ ŁOZIŃSKI

Stramer

Ein Familienroman

Aus dem Polnischen von
Renate Schmidgall

Suhrkamp

Die polnische Originalausgabe erschien 2019
unter dem Titel *Stramer* bei Wydawnictwo Literackie.

Die Arbeit der Übersetzerin am vorliegenden Text wurde vom
Deutschen Übersetzerfonds gefördert im Rahmen des Programms
»NEUSTART KULTUR« der Beauftragten der Bundesregierung
für Kultur und Medien.

NEU START KULTUR

Die Beauftragte der Bundesregierung
für Kultur und Medien

Klimaneutral
Druckprodukt
ClimatePartner.com/14438-2110-1001

Erste Auflage 2024
Deutsche Erstausgabe

Umschlaggestaltung: Rothfos & Gabler, Hamburg
Umschlagfoto: Roman Vishniac, *Jüdische Schulkinder in Mukacevo*,
um 1935-1938, Schenkung von Mara Kohn Vishniac,
© The Magnes Collection of Jewish Art and Life, UC Berkeley
Satz: Dörlemann Satz, Lemförde
Druck: CPI books GmbH, Leck
Printed in Germany
ISBN 978-3-518-43199-3

www.suhrkamp.de

Meinem Vater

KAPITEL 1

Nathan

Er kam wegen Rywka aus Amerika zurück. Vier Jahre lang, erzählte er, habe er jeden Tag an dieses Mädchen gedacht, bis er schließlich eine Rückfahrkarte für das Schiff kaufte. Dass er ohne einen Groschen zurückkam und sich sogar das Geld für die Fahrkarte von seinem älteren Bruder leihen musste, erzählte er nicht. Dafür liebte er es, amerikanische Wörter ins Gespräch einzuflechten, die niemand in der Familie verstand.

Aus Amerika hatte er einen Ledergürtel mit einer Messingschnalle mitgebracht. Ein Abschiedsgeschenk seines Bruders für die Rückkehr nach Polen. Am Hafen von New York hatten sie sich umarmt und zum letzten Mal gesehen. Wenn man sich den Verschleiß der einzelnen Löcher ansah, konnte man an dem Gürtel ablesen, wie sich Nathans Figur über die Jahre verändert hatte. Er konnte selbst kaum glauben, dass er einmal so schlank gewesen war.

Ähnlich wie sein Vater und sein Großvater erinnerte er an einen Ringer. Einen alten Ringer. Breite Schultern, ein kaum zu erkennender Hals und ein herausgestreckter Brustkorb wie bei einem Hahn. Er war stolz darauf, dass sie ihn in der Stadt den »Boss« nannten.

Wenn er auf der Straße gefragt wurde, »wie geht's«, erwiderte er:

»Gut, aber nicht hoffnungslos.«

Er tippte sich an den Hut und ging weiter.

Alle paar Monate kam ein Brief aus New York. Ben schrieb,

er müsse die Reise nach Tarnów leider verschieben. Er könne den Papierwarenladen jetzt nicht alleinlassen. Bald beginne das Schuljahr, es gebe zu viele Bestellungen. Er müsse eine unehrliche Mitarbeiterin entlassen und habe noch keine neue, vertrauenswürdigere gefunden. Bald sei Weihnachten, die Zeit der Geschenke, und »bei uns kaufen nicht nur Juden«. Seine Frau sei schon wieder krank. Eine Krise ziehe auf, wenn er den Laden jetzt im Stich ließe, gäbe es keinen Grund mehr, nach Amerika zurückzukehren. Aber er habe Sehnsucht und plane die Reise fürs kommende Jahr. Er könne es kaum erwarten, Rywka und die Kinder kennenzulernen.

Als Eltern wisst ihr am besten, was sie brauchen, also kauft ihnen das von mir.

In den auf seinem Firmenpapier geschriebenen (BEN STRAMER GENERAL MERCHANDISE, 33 Grand St, NY) und dreifach gefalteten Brief legte er immer ein paar grüne Banknoten. Er hatte sie in violettes Durchschlagpapier eingewickelt, damit man das Geld von außen nicht sehen konnte. Dieses Papier verfärbte die Banknoten jedes Mal; wenn man sie herausnahm, waren sie grün-violett, und Rywka musste sie behutsam abwaschen und über dem Küchenherd trocknen.

Den Kindern gab Nathan nur die amerikanischen Briefmarken von den Umschlägen. Die Dollars legte er beiseite.

»Ich arbeite ständig, ich hab keine Zeit, Geld zu verdienen«, erklärte er seiner Frau.

Und er wartete. Er wartete und wartete und wartete. Dass sich ein gutes Geschäft bieten würde. Ein Geschäft, das das Leben der Stramers verändern könnte. Das sie von der Einzimmerwohnung mit kleiner Küche im Parterre am Ende der

Goldhammer-Straße ganz nach oben katapultieren und erst im höchsten Stockwerk eines der Häuser mit den Buntglasfenstern wieder absetzen würde, in dem eleganten polnisch-jüdischen Stadtteil, am besten in der Nähe der Straßenbahn, auf die Tarnów so stolz war. In einer der riesigen, hohen Wohnungen mit Badezimmer, Toilette und fließend Wasser, mit elektrischem Licht und blumengeschmücktem Balkon.

Eine Zeitlang sah es so aus, als sollte sich sein Wunsch erfüllen. Er hatte gerade einen ganzen Waggon Kolophonium gekauft. Man hatte ihm gesagt, das bräuchten Geiger, um das Rosshaar der Bögen einzureiben. Woher hätte er wissen sollen, dass es in Tarnów so wenige Geiger gab? Schließlich kaufte er selbst eine Geige mit Bogen und verfügte, Salek, von dem Rywka sagte, er habe so schöne, lange Finger, solle darauf spielen.

Obwohl er nie in die Philharmonie oder die Oper ging, sah er vor seinem inneren Auge schon seinen siebenjährigen Sohn auf den Bühnen von Krakau oder gar Wien. Auch Rywka konnte sich Salek gut in einem kleinen Smoking vorstellen, mit Fliege und seiner lockigen Haarpracht. Im Gegensatz zu seinen Brüdern mochte er es nicht, sich zu prügeln oder schmutzig zu machen.

»Hier«, sagte Nathan und überreichte ihm das Instrument. »Ein berühmter Geiger hat noch keiner Familie geschadet.«

Man wusste ja, wie viel man mit Eintritt verdienen konnte.

Doch auch daraus wurde nichts.

Zwar schickte er ihn ein paarmal zum Geigenunterricht bei einer polnischen Lehrerin. Doch ging Salek auch wirklich dorthin? Jedes Mal, wenn Gäste kamen und Nathan ihn bat, ein »kleines Konzert« zu geben, hatte Salek eine Ausrede parat. Bis Nathan nach einem halben Jahr zu bitten aufhörte und befahl, »auf der Stelle« die Geige zu holen.

Nach dem Auftritt schwieg er.

Erst als die Gäste gegangen waren, schüttelte er den Kopf auf dem fast unsichtbaren Hals und sagte:

»Goddammit!«

Niemand verstand ihn, und er fügte hinzu:

»Das Geld zum Fenster rausgeschmissen.«

An diesem Abend griff er zum ersten Mal statt nach dem Gürtel nach dem Geigenbogen. Immerhin dazu war er gut! Und in der Tat. Er musste gar nicht fest zuschlagen, und Salek gab Töne von sich, die denen ganz ähnlich waren, die er während des »kleinen Konzerts« gerade noch seiner Geige entlockt hatte.

Bei der Arbeit, an der Kasse der jüdischen Schlachterei, wartete Nathan ebenfalls auf das Geschäft seines Lebens. Deshalb kam es vor, dass er im Eifer seiner Gedanken, Pläne und minutiös ausgerechneten künftigen Gewinne den Kunden falsch herausgab.

»Shit«, sagte er, wenn am Abend Geld in der Kasse fehlte.

Aber es kam auch vor, dass zu viel drin war. Dann schwieg er und steckte den Überschuss diskret in seine Hosentasche.

Ich habe Kinder, dachte er.

Als der entsprechende Augenblick endlich gekommen war, wäre er am liebsten von der Arbeit nach Hause gerannt. Unterwegs machte er Einkäufe. Zu Hause konnte er nicht stillsitzen. Er half Rywka beim Kochen. Während des Abendessens fragte er die Kinder, was es in der Schule Neues gebe. Allerdings brachte er nicht die Geduld auf, ihnen auch zuzuhören. Immerhin hat er gefragt, dachte Rywka. Später bat er sie, sie solle sich hinsetzen und ausruhen. Er räumte die Teller ab, krempelte die Ärmel hoch und wusch in der Schüssel das Geschirr.

Erst als er fertig war und die Kinder schliefen, holte er aus dem Metallfuß des Bettes die zusammengerollten Dollars.

»Ich habe das Gefühl, dass es diesmal klappt. Dass es das Richtige ist.«

Rywka sagte nichts. Aber Nathan wusste, was sie dachte:

Warum ist es dir beim letzten Geschäft nicht in den Sinn gekommen, dir wenigstens eine der Kerzen genauer anzusehen?

Er wollte damals keine Zeit verlieren, fürchtete, andere Kaufleute könnten ihm zuvorkommen, jemand könnte einen besseren Preis bieten. Aber am meisten fürchtete er, der Händler, der von weit her kam, aus Kolomyja, könnte erfahren, wie viel in Tarnów die Kerzen kosteten, denn dann würde ihm klar, dass er im Begriff war, die seinigen spottbillig zu verkaufen. Nathan musste schnell handeln. So eine Gelegenheit würde sich nicht wieder bieten. Viermal billigere Kerzen als aus der berühmten jüdischen Fabrik »Biene«, die alle Kirchen in Tarnów belieferte! Vielleicht sogar in Krakau. Das hatte er gehört, doch er wusste nicht, ob es stimmte oder Reklame war. Im Übrigen hatte er auch gehört, dass der Besitzer, Herr Szpilman, heimlich den Sozialisten Geld gab. Das wiederum konnte Gegenreklame sein, verbreitet von den Konkurrenten der »Biene«.

Als er bezahlte, fühlte Nathan sich einen Moment lang sogar wie ein Betrüger. Vielleicht sollte er dem unglücklichen Händler aus Kolomyja noch etwas drauflegen oder ihn zumindest zum Essen einladen? Doch dieses Gefühl wich rasch dem Bedauern, dass der Händler nicht mehr Kerzen zu verkaufen hatte. Vielleicht lohnte es also doch nicht.

Das erwiderte Nathan in Gedanken auf die Frage, die Rywka ihm nicht stellte.

Sie saßen einander gegenüber an dem etwas wackligen Küchentisch; der Fußboden war uneben, und der Holzkeil unter dem Tischbein musste wieder weggerutscht sein. Nathan probierte wie immer, ihn mit dem Schuh zurückzuschieben. Es klappte nicht, also bückte er sich und legte ihn wieder drunter. Am nächsten Morgen, wenn es wieder hell wäre, würde er den Keil endlich sauber machen und ankleben, beschloss er.

Beide wussten, dass keine seiner Erklärungen sie überzeugen würde, wahrscheinlich unterhielten sie sich deshalb ohne Worte. Oder wollten sie einfach die Kinder nicht wecken? Sie blickten einander nur an, und Nathan kam es kurz so vor, als sähe er in Rywkas hellen Augen statt der einen Kerze, die auf dem Tisch brannte, die tausend Kerzen ohne Docht, die er gekauft hatte.

Was hatte es genützt, dass er – als es ihm dämmerte – sofort zum Bahnhof gelaufen war und für sein letztes Geld eine Bahnsteigkarte gekauft hatte? Der Zug mit dem Händler und Nathans immer noch leicht violett gefärbten Dollars war längst nach Kolomyja abgefahren. Nathan hatte lange in der Menschenmenge auf dem Bahnsteig gestanden und unverständliche amerikanische Wörter gemurmelt, bevor er Rywka gestand, was geschehen war. Und am Abend war trotz des geschlossenen Fensters in der Goldhammer-Straße das Weinen seiner Kinder zu hören.

Dann legte er sich ins Bett, stand eine Woche lang nicht mehr auf und ging nicht zur Arbeit. Den Leuten in der Schlachterei sagte Rywka das Gleiche wie den Kindern:

»Nathan hat einen Magenkatarrh.«

Jetzt sagte sein Blick: Diesmal wird alles anders.

Auf Rywka machte es keinen Eindruck, dass seine Augen wieder strahlten wie damals, als sie ihn kennenlernte. Manchmal überlegte sie, woher er seine Energie hatte, die wie eine Welle heranrollte und wieder abebbte. Einmal fragte sie ihn sogar.

»Die hab ich aus Amerika«, erwiderte er.

Da dachte sie an das Meer, von dem er ihr nach der Rückkehr erzählt hatte. Auch das Meer kam in Wellen, es gab Ebbe und Flut. Selten war es unbewegt – wie sie selbst.

»Ich denke, die hast du eher vom Meer«, lächelte sie.

Jedenfalls mochte sie die Geschichten vom Meer und den großen Schiffen viel lieber als die von New York. Sie beruhigten sie. Vor dem Einschlafen stellte sie sich diese Geschichten gern vor.

Rywka

Nathan hatte ihr oft versprochen, er werde sie mit ans Meer nehmen, aber das war vor der Hochzeit und den Kindern gewesen. Bisher war sie nur bis Krakau gekommen.

Natürlich hatte man ihr als jungem Mädchen den Vorschlag gemacht, nach Amerika auszuwandern. Welches Mädchen hatte das nicht erlebt? Ein sympathischer Mann mit grau meliertem Haar und einem Siegelring am kleinen Finger hatte sie auf der Straße angesprochen. Jude natürlich. Er hatte sich als Unternehmer vorgestellt, Eigentümer einer florierenden Fabrik in Nebraska und vor allem »untröstlicher Witwer, der auf der Suche nach der Liebe nach Europa zurückgekehrt« sei.

Diese Suche hatte ihn sogar zu ihren Eltern geführt. Rywkas Vater drohte, zur Polizei zu gehen. Nicht umsonst nannte man Galizien damals »Skandalizien«. Alle wussten, worum es ging und wer da gesucht wurde. Trotzdem hatten zwei ihrer Freundinnen aus Nisko sich dafür entschieden, Nesa Schnur und Lila Flaum. Oder vielleicht hatten ihre Eltern sie überredet und weggeschickt? Rywka erfuhr, dass sie in Argentinien oder Brasilien gelandet waren, und sah sie nie wieder.

In Nisko erzählte man sich, dass die Zuhälter schöne Mädchen als »Silberlöffel«, »Seidenballen« und »Teppiche aus Smyrna« bezeichneten. Weniger hübsche als »Mehlfässer« und hässliche als »Kartoffelsäcke«. An diese Begriffe konnte sie sich noch erinnern, vielleicht, weil die Mädchen selbst einander damals diese Spitznamen gaben. Sie überlegte auch, in welche Kategorie sie wohl gehörte. Für einen Silberlöffel war sie zu klein, das war ihr klar. Aber dafür hatte sie helle Augen in einer dunklen Umrahmung, dichtes schwarzes Haar und eine schlanke Taille. Ein Mehlfass oder womöglich ein Kartoffelsack konnte sie also nicht sein.

Jetzt, in der Goldhammer-Straße, erschien ihr diese Zeit ganz unwirklich. Sie hatte geheiratet, war nach Tarnów gezogen, hatte Kinder geboren. In ihrem Leben hatte sich viel verändert. Aber wie sah es in der Welt aus? Man hörte weiterhin von Zuhältern, die »zartes Fleisch« verkauften. So viel Zeit war seither auch nicht vergangen. Es passierte ihr immer noch, dass sie aus Versehen einen Brief mit der Jahreszahl 18 begann. So ganz war sie im 20. Jahrhundert noch nicht angekommen.

Vielleicht weil sie selten Zeitung las. Wer hätte mit sechs Kindern dafür auch Zeit?

Eigentlich hatte sie sieben Kinder geboren. Der erste Sohn, Kuba, war ein Frühchen gewesen, ohne Wimpern und Fingernägel. Sie machte sich Vorwürfe, dass sie – überflüssigerweise – in der Schwangerschaft Nathan geholfen hatte, ihre erste Wohnung zu streichen und einzurichten, noch kleiner als die in der Goldhammer-Straße. Einmal war sie sogar vor dem Eingang ausgerutscht und gestürzt. Sie hätte im Bett bleiben müssen. Doch es hatte jetzt keinen Sinn mehr zu grübeln.

Damals war Winter, sie hatten ihn ins wärmste Federbett eingemummelt, doch es half nicht. Er lebte keine drei Wochen.

Ein Begräbnis für das eigene Kind auszurichten, durch den Schnee dem Sarg des eigenen Sohnes zu folgen, war so unnatürlich. Sie versuchte zu weinen, doch sie konnte nicht und verdeckte mit den Händen das Gesicht. Damit die anderen nicht sahen, dass sie keine Tränen hatte.

Der kleine Sarg war nicht teuer, trotzdem gaben sie dafür das ganze Geld aus, das sie besaßen. Sie beerdigten Kuba an der Friedhofsmauer.

In der Nacht nach dem Begräbnis wurde sie von unterdrücktem Schluchzen geweckt. Sie schmiegte sich an Nathan, und erst jetzt flossen ihre Tränen.

Sie hätte nicht gedacht, dass der Kleine auch Nathan so sehr fehlte. Dass auch er fürchtete, Rywka könnte vielleicht keine Kinder mehr bekommen. Wie seine Schwägerin Pepi, die noch vor der Auswanderung nach Amerika eine Frühgeburt hatte: Mit dem Kind im Bauch war sie ins Krankenhaus gegangen und allein nach Hause gekommen. Nathan sagte, dieser Verlust habe über die Ausreise der beiden entschieden. Andererseits wusste man, dass es in Amerika die besten Ärzte für solche Fälle gab.

Doch Ben und Pepi erwähnten in ihren in gleichmäßigen Buchstaben auf Firmenpapier verfassten Briefen nie eine Schwangerschaft oder ein Kind. In denen, die in die entgegengesetzte Richtung unterwegs waren (vielleicht fuhren sie auf dem Meer aneinander vorbei, dachte Rywka), teilte Nathan seinem Bruder in seiner nervösen Schrift jedes Mal mit, dass ein weiterer Stramer das Licht der Welt erblickt hatte, und schrieb über die anderen Kinder. Vielleicht kamen der Bruder und seine Frau deshalb nicht zu Besuch nach Tarnów, obwohl sie ja die nächsten Angehörigen waren. Allerdings vergaßen sie nie, Geld in die Briefumschläge zu stecken.

Rywka konnte das besser verstehen als Nathan. Denn was, dachte sie, wenn es umgekehrt gewesen wäre? Wenn wir kinderlos geblieben wären und aus Amerika statt der Dollars ständig Nachrichten über neue Neffen und Nichten eingetroffen wären? Wie hätten wir uns gefühlt?

Daher dachte sie mit Sympathie an Ben und Pepi. Und immer, wenn sie an sie dachte, fiel ihr Kuba ein.

»Das erste Kind ist für Gott«, hatte Nathan einmal gesagt.

»Red nicht wie ein Rabbi«, erwiderte sie.

Wem wäre er ähnlich gewesen? Hätte er sie wie Rudek, der Älteste, auch nie um Rat gefragt, in keiner Angelegenheit, und wäre tagelang durch die Stadt gestreift? Was tat Rudek da eigentlich, und woher kam das Geld, das er ihr heimlich für den Haushalt zusteckte?

Sie konnte es nur vermuten.

Rudek

Eines Sonntags entdeckte Nathan ihn zufällig in einer Bande polnisch-jüdischer Halbwüchsiger. Sie liefen zum Spaß hinter einem Regiment österreichischer Soldaten her, die in enganliegenden Galauniformen durch die Hauptstraßen von Tarnów marschierten. Vielleicht anlässlich des ersten Todestages von Kaiser Franz Joseph, denn es gab sogar ein Orchester, das einen Marsch spielte. Und ebendieses Orchester wollte Nathan sich ansehen. Genauer gesagt – den Geiger. Damals glaubte er noch an Saleks musikalische Karriere, hatte er ihm doch gerade erst eine gebrauchte Geige der Firma Höfner gekauft. Und nun wollte er sich überzeugen, wie ein richtiger Geiger aussah. Aber warum konnte er nirgendwo einen entdecken?

Wie alle hatte er seinen Blick auf den Tambourmajor gerichtet, der das Orchester dirigierte, auf dessen weißen Stab mit der Messingkugel am Ende. Die Kugel war bald oben, bald unten, bald drehte sie sich um die eigene Achse, und zum Schluss flog sie in die Luft.

Ich möchte wissen, wie viel sie ihm dafür zahlen, dachte Nathan und starrte gebannt auf den Tambourmajor: Vielleicht würde er den prächtigen Stab wenigstens einmal verfehlen?

Das hätte Nathan eher erwartet, als hier Rudek zu treffen. Anfangs wollte er nicht glauben, dass sein Sohn zusammen mit anderen Burschen Kippen vom Boden auflas, abfällige Gesten in Richtung der Soldaten machte und zu allem Überfluss über den ganzen Sobieski-Platz brüllte:

Bei Ulm, bei Ulm, bei Austerlitz,
kriegten wir alle den Arsch voll, und wir sagten nix.

Dieses Lied kannte Nathan noch aus seiner eigenen Jugend. Er versuchte, sich nach vorn zu drängeln, in die Nähe von Rudek.

Denn so ist bei uns Österreichern der Brauch:
Wir kriegen den Arsch voll und stehen auf dem Schlauch.

Die nächsten Strophen ließ er Rudek nicht mehr singen. Er zog ihn am Kragen aus der Menge und verdrosch ihn vor aller Augen mit dem amerikanischen Gürtel. Ein paar österreichische Offiziere mit hochgezwirbeltem Schnurrbart drehten sich um, ohne den Marsch zu unterbrechen, manche hielten sich ein Binokel vor die Augen.

Nathan zog den Gürtel durch die Schlaufen der Hose und fragte:

»Wird es uns irgendwann besser gehen als unter Franz Joseph?!«

Und er fügte hinzu:

»Wenn ich dich noch einmal mit einer Zigarette sehe, reiße ich sie dir aus dem Maul, mitsamt der Lunge.«

Das war vor nicht ganz einem Jahr, und offensichtlich hatte es gewirkt, denn in letzter Zeit konnte man Rudek täglich an der Mauer der Kaserne treffen, auf der anderen Seite der Goldhammer-Straße, wo die österreichische Garnison stationiert war, und die Zigaretten hatte er nicht im Maul, sondern in der Tasche.

Seit einer Woche nahm er nach der Schule Salek dorthin mit. Sah Rudek wesentlich älter aus oder Salek wesentlich jünger, als sie in Wirklichkeit waren? Vielleicht machten die Brüder diesen Eindruck nur durch den Gegensatz: ein hochgewachsener, breitschultriger Bursche mit Helm und Knickerbockern, der sich über einen zierlichen Jungen beugte, der zu allem Überfluss in eine enge Schuluniform mit Stehkragen gezwängt war – eigentlich noch ein Kind.

Im Übrigen trennten sie mehr als dreißig Zentimeter und anderthalb Jahre. Salek spielte nicht Fußball in blauem Trikot und weißer Hose, am rechten Flügel, wie Rudek bei Samson Tarnów, und auch in keiner anderen Position in keiner anderen Mannschaft. Er spielte überhaupt nirgends und nichts. Er hatte weder gelernt, mit den Fingern zu pfeifen, noch konnte er ordentlich ausspucken. Wenn sie vor dem Laden zusammen eine Limonade aus der Flasche tranken, kleckerte er auf die Uniform. Und das Schlimmste war, dass er sich immer wieder auf die Hosenbeine pisste, wenn er an einen Baum pinkelte, obwohl Rudek ihm schon mehrmals gezeigt hatte, wie man das vermeiden konnte.

»Und wenn du zwei Wochen schüttelst, ein Tropfen fällt immer in die Hose«, belehrte er ihn. »Aber nicht auf die Hose.«

Ähnlich war es mit dem Boxen und dem Ringen. Rudek ermunterte Salek, an den jüngeren Brüdern Hesio und Nusek zu üben, ebenfalls ohne großen Erfolg. Im Endeffekt brachte er ihm einen einzigen Schlag bei: mit der Stirn auf die Nase. Danach war Hesios Hemd voller Blut, und die Sache endete für alle drei mit dem amerikanischen Gürtel.

Jedenfalls ballte Salek, wenn einer ihn anmachte, im Zorn höchstens die Fäuste und machte kreisende Bewegungen.

Gefahr drohte ihm ohnehin nicht, weil alle wussten, wer sein Bruder war – bei dem Gedanken wurde Rudek ganz warm ums Herz. Aber er bereitete ihn auch für den Fall vor, dass man es in einem anderen Viertel nicht wüsste und jemand Salek schlagen wollte. Dann sollte er sagen, er kenne Omega, Zachar und Bänder. Es gab wohl niemanden in Tarnów, dem bei diesen Namen nicht angst und bange wurde.

»Keiner wird dich anrühren.«

Rudek gab vor Salek nicht zu, dass er selbst die drei gar nicht kannte. Musste das irgendjemand wissen?

Dafür wussten alle, dass man Omega, Zachar und Bänder, wenn sie nicht gerade im Gefängnis saßen, abends in der Gesellschaft von Prostituierten beim Polnischen Hotel in der Bahnhofstraße treffen konnte. Doch das versuchte jeder zu vermeiden. Die drei fürchteten niemanden, erzählte man sich.

Scheinbar aus Versehen rempelten sie Leute an, stießen Fußgänger vom Bürgersteig und rissen ihnen die Kopfbedeckungen weg. Schulmützen, Helme, Hüte, die Kippas und Pelzmützen der Chassidim landeten im Schlamm und in den Pfützen, von denen es selbst nach schwachem Regen zu jeder Jahreszeit wimmelte.

Und das war erst der Anfang. Danach warteten die Messerstecher, was passierte. Würde das Opfer auch nur die geringste Reaktion zeigen, vielleicht einen Blick, eine kleine, in der Dunkelheit kaum sichtbare Geste der Unzufriedenheit?

»So ein Held bist du also?«

Und gleich traten sie so nahe heran, dass man riechen konnte, was sie zuvor in dem drittklassigen Lokal an der Bahnstation gegessen und getrunken hatten.

Von den dreien schlug nur Dawid Bänder nicht sofort zu. Er spielte zuerst mit dem Messer. Davor hatte man am meisten Angst, denn Bänder war unberechenbar. Er konnte einen einfach freilassen und einem anderen das Messer an die Brust setzen.

»Soll ich dich beschneiden, du Held?«, fragte er angeblich einmal den entsetzten Fürsten Roman Sanguszko, dessen Auto in der Bahnhofsgegend kaputtgegangen war.

Die Bedeutsamkeit dieser Begegnung leuchtete Rudek ein. In der Schule hatte er gelernt, dass ganz Tarnów einst der Familie Sanguszko gehörte, und auf der Straße hatte er gelernt, Bänder sei der Urenkel von Idel Muc, dem legendären Anführer einer Tarnower Diebesbande. Und weil Rudek hier wie da einer der fleißigsten Schüler war, begriff er, dass sich damals die Nachfahren der Herrscher der Stadt gegenüberstanden.

»Soll ich dich beschneiden, du Held?«

Rudek und seine Brüder spielten zum Spaß diese Szene auf ihrem Hof in der Goldhammer-Straße nach.

»Nur das nicht! Gnade für die fürstliche Majestät!« Salek in der Rolle Sanguszkos schützte sich mit den Händen und fiel an der Holzwand des Aborts in Ohnmacht.

Das hatte er sich im Theater abgeguckt. Er hatte zum Geburtstag von Rudek eine Karte für einen Stehplatz bekommen. *Samson und Delilah* wurde gegeben, mit dem Regisseur Dante Baranowski in der männlichen Hauptrolle. Während der Vorstellung, in dem kühlen und recht leeren Saal des Sportvereins Sokół, konnte er sich kaum auf die Schauspieler konzentrieren, die auf der Bühne umherrannten und abwechselnd vor Zorn brüllten, weinten oder in Ohnmacht fielen. In Delilah erkannte er sofort Jadwiga Geron, die elegante Frau des Polnischlehrers vom Gymnasium, vor der er sich in den Schulfluren immer verbeugte. Sollte er sich jetzt nicht wenigstens ganz diskret aus der Ferne verbeugen? Er wollte ja nicht, dass sie sich gekränkt fühlte. Auch wusste er nicht, ob er das Recht hatte, sich zu setzen, obwohl mehr als die Hälfte der roten Sitze frei waren. Wen hätte er danach fragen können? Außerdem fragte er sich die ganze Zeit, ob Dante Baranowski tatsächlich als Dante Baranowski geboren worden sei.

Vielleicht war er früher auch nur ein gewöhnlicher Salek oder Jurek? Und musste als Erwachsener, um auf der Bühne auftreten und auf Plakaten erscheinen zu können, den Namen gegen einen mehr künstlerischen tauschen? Er dachte dabei an die Goldhammer-Straße, die noch Zdrojowa, Badstraße, hieß, als sie dort einzogen.

»Rudzio, warum heißt der Baranowski mit Vornamen Dante?«, fragte Salek auf dem Heimweg.

»Baranowskis Mutter war Italienerin, und Dante ist ein typisch italienischer Name.«

Wie machte er das, dass er alle kannte und so viel von ihnen wusste? Salek blickte voller Bewunderung zu seinem Bruder auf.

Aber es kam auch vor, dass Salek Rudek imponierte.

Im Gymnasium hatte Salek schnell Popularität erlangt, schon in der ersten Klasse, als er in der Pause beim Anblick von Priester Wątorek vom katholischen und Izaak Bleiweiss vom jüdischen Religionsunterricht, die untergehakt zusammen über den unebenen Schulhof spazierten, seinen Kameraden zugerufen hatte:

»Das Alte Testament geht mit dem Neuen spazieren.«

Manche behaupteten zwar, dass diesen Satz sich jemand aus den höheren Klassen ausgedacht hätte, aber Rudek glaubte ihnen nicht. Es gab einen unstrittigen Zeugen, dass Salek der Erste war: Roman Brandstaetter, einen Schüler desselben Gymnasiums.

Bald beherrschte der Scherz den ganzen lärmenden Hof und das Backsteingebäude der Schule. Und einige ganz Mutige riefen den Spruch den Religionslehrern zu.

»Hören Sie das, Herr Professor?«, fragte Wątorek schließlich.

Und Bleiweiss erwiderte:

»Warum sollte ich es nicht hören, Herr Pfarrer?«

In der Schule machten verschiedene Gerüchte über die beiden die Runde. So flüsterte man zum Beispiel, man sehe sie so oft miteinander, weil beide nicht verheiratet seien.

Salek hörte im jüdischen Religionsunterricht weder zu noch machte er sich Notizen. Er machte die Hausaufgaben in Mathematik, schrieb Aufsätze für Polnisch, bereitete sich auf die Nachhilfestunden vor, die er nach der Schule gab. Und wenn er damit fertig war, sah er zum Fenster hinaus und betrachtete die Passanten auf der Straße. Er dachte daran, dass auch er nach dem Unterricht durch diese Straße gehen würde und dass er für diejenigen, die ihn vom Fenster aus betrachteten, nur ein

Junge wäre, der durch die Straße ginge. Darin lag nichts Ungewöhnliches oder Außerordentliches, und er wusste selbst nicht, warum er immer wieder zu dem Gedanken zurückkehrte, dass er für die anderen bald das sein würde, was die anderen jetzt für ihn waren.

Auch den Mülleimer an der Kreuzung auf der anderen Straßenseite beobachtete er. Und zählte, wie viele Personen sich zwischen zwei Klingelzeichen über den Müll beugten und die Hand hinein versenkten. Gerade schon die vierte, obwohl seit dem Klingeln noch keine Viertelstunde vergangen war – eine alte Frau wühlte darin, suchte wahrscheinlich Essensreste. Vor ihr war es ein Junge gewesen, höchstens so alt wie er, der mit einer schnellen Handbewegung Zigarettenstummel in seine Manteltasche steckte. Auch Krähen kamen zu dem Mülleimer, und sie machten nicht nur den größten Lärm und das größte Chaos, sondern ließen auch die anderen in schlechtem Licht erscheinen, weil sie den Müll auf den Bürgersteig warfen. Doch sie konnte Salek nicht zählen.

Das hebräische Alphabet kam ihm jetzt trostlos und bedrückend vor. Er assoziierte es mit dem ärmsten Teil der Stadt, dem alten Judenviertel. Die Buchstaben hingen herunter wie die Pejes, die Bärte und die zu langen, unten ewig verschmutzten schwarzen Mäntel der Bewohner von Grabówka.

Er wusste ohnehin alles, was Bleiweiss ihnen beibrachte. Früher war das ganz interessant gewesen, manches gefiel ihm sogar: Märchen für einen dreijährigen Jungen. Der war er, als sein Vater ihn zum ersten Mal an der Hand in den Cheder brachte. Nicht den in der Nähe, in den Rudek im vergangenen Jahr gegangen war, sondern viel weiter entfernt. Salek taten die Füße weh, er musste fast rennen, um mit dem Vater Schritt zu halten. Einmal übersah er den Bordstein, stolperte und fiel hin, machte sich Hände und Hose schmutzig, die Hose bekam außerdem ein Loch am Knie.

»Goddammit!« Vater riss ihn wieder hoch.

Salek weinte und wollte nicht mehr in den Cheder.

»Dann gehst du in den in der Nähe.«

Aus diesem war Rudek ein Jahr zuvor weggelaufen, mit Fieber und dem Entschluss, dass er nie wieder dorthin gehen würde. Es dauerte lange, bis seine Mutter aus ihm herausbekam, was geschehen war. Erst als sie versprach, sie werde niemandem etwas sagen, erzählte Rudek, dass der Melamed nicht nur die Kinder an den Ohren zerrte und mit dem Stock schlug, wenn sie hebräische Wörter falsch aussprachen. Er hatte ihm befohlen, sich nackt auszuziehen und in die Ecke zu stellen, und die anderen Kinder sollten ihm ins Gesicht spucken. Da war er weggelaufen.

»Für was hat er dich bestraft?«, fragte sie.

»Weil ich nicht geglaubt habe, dass die Juden trockenen Fußes das Rote Meer überquert haben.«

Salek folgte wortlos dem Vater. Den ganzen Tag im Cheder hatte er die Hand auf dem Knie und wiederholte zusammen mit den anderen die Ausschnitte aus der Thora, die der Melamed vorsprach.

Der alte Lehrer erhob zwar nicht die Hand gegen die Kinder, nicht einmal die Stimme, doch hatte er auf alle Fragen und Zweifel unverändert die gleiche Antwort:

»Du Dummerchen, so steht es im Pentateuch.«

Dasselbe bekam Salek zu hören, als er sich nach einem Jahr Unterricht in diesem feuchten Zimmer, das zugleich die ganze Wohnung des Melameds darstellte, getraute, die erste, seit vielen Tagen sorgfältig vorbereitete Frage zu stellen:

»Warum hat Gott, als er die Jungen sah, die auf der Mauer

saßen und den Propheten Elisa als Kahlkopf verspotteten, zwei wütende Bärinnen aus dem Wald losgelassen, die dann zweiundvierzig Kinder zerrissen?«

Erst Rudek erklärte ihm, es gehe darum, dass man den Vater und beide Großväter ehren müsse, auch wenn sie unter dem Hut eine Glatze hätten.

Jedenfalls wiederholte Gott zum Glück nichts ähnlich Grausames im Cheder. Wie auch der Melamed schwieg er, wenn er sah, dass die ältesten Jungen unter dem Tisch in aller Ruhe Karten, Knopfknipsen oder Händeklatschen spielten. Genauso unberührt blieb er, wenn sie sich hinter den Lehrer stellten und so taten, als tanzten sie mit ihm Walzer oder als holten sie, voller Abscheu die Nase rümpfend, mit zwei Fingern seine geflickten Unterhosen oder Socken aus dem Schrank, oder wenn sie einen Hund nachahmten, der den alten Melamed mit einer Hündin verwechselte.

Vielleicht lag es daran, dass der Melamed, was die Macht, Heiligkeit und geistige Klarheit betraf, vom Propheten Elisa weit entfernt war, dachte Salek. Oder vielleicht daran, dass er keine Glatze hatte – unter seiner Kippa standen lange, verklebte graue Haare hervor.

KAPITEL 2

Nusek

In Tarnów sagte man, je weiter weg von Grabówka, desto sauberer die Luft. Nusek atmete dort nur durch den Mund. Der Gestank dieses Viertels erinnerte ihn an den Abort in der Goldhammer-Straße oder an die Nacht von Freitag auf Samstag, wenn die Kinder am Sabbatabend zu viel Tschulent gegessen hatten und lange nicht einschlafen konnten.

»PKP?«, fragten von Zeit zu Zeit Salek oder Hesio.

»RKM«, erwiderte Rudek.

»Nein!«, schrie Rena, wenn sie noch nicht schlief. »Das lasse ich nicht zu. Geh auf den Hof.«

In der Nacht verwandelte sich die kleine Wohnung in der Goldhammer-Straße in ein einziges Schlafzimmer. Drei Betten nahmen die ganze Stube ein, ein viertes die Küche. In der Mitte standen die Stühle und der Tisch – das durfte man nicht vergessen, vor allem im Dunkeln, auf dem Weg zum Abort. Aber Nusek stolperte fast jedes Mal oder blieb an etwas hängen.

Rywka war darum bemüht, dass jedes der Kinder so viel Platz wie möglich hatte. Sie hatte entschieden, dass der größte und älteste Sohn, Rudek, in einem Bett mit dem jüngsten, Nusek, schlafen sollte, daneben Salek mit dem kaum kleineren Hesio, und ein Stück weiter, hinter dem Wandschirm aus Leinen, die Mädchen: Rena und die als letzte von allen geborene Wela. Nur der Hund Suchard und die Katze Milka suchten sich jeden Abend aus, an wessen Füßen sie die Nacht verbringen würden.

»Was heißt PKP?«, fragte Nusek. »Was heißt PKP?«, wiederholte er, als dächte er, Rudek hätte ihn nicht gehört.

»Das wirst du gleich selbst riechen.«

»Warum sagt ihr mir nie etwas? Warum?«

»Zum Wohl der Gemeinschaft. Schlaf jetzt.«

»Sag nur noch, was PKP ist?«

»Polnische Staatsbahn.«

»Wirklich?«

»Wirklich. Geh zum Bahnhof und frag.«

Nusek überlegte, warum sie ihn nie ernst nahmen. Wie oft hatte er die älteren Brüder gebeten, ihn zu den Kasernen mitzunehmen? Er mochte gar nicht daran denken.

Es konnte doch unmöglich immer noch um die dumme Geschichte mit dem Bogen gehen. Wo er doch alles getan hatte, was Rudek ihm gesagt hatte. Er hatte es gut gemeint, sich alle Mühe gegeben – sogar zu sehr.

Nusek schloss die Augen, aber er konnte nicht einschlafen. Er hörte das gleichmäßige Schnarchen des Vaters. Salek, der im Schlaf etwas murmelte. Und das Quietschen des Bettes, als Rudek sich umdrehte und den Kopf auf ihr gemeinsames Kissen legte.

Er spürte seinen warmen Atem im Gesicht.

Warum bekomme ich immer am wenigsten von allem?, dachte er. Am wenigsten Platz im Bett, am wenigsten vom Kissen und sogar vom Federbett, das Rudek mir jede Nacht wegzieht?

»Schläfst du?«, hörte er Hesio sagen.

Er machte die Augen auf.

»Was denn?«

»Willst du wissen, was PKP und RKM ist?«

»Ja. Sag.«

»Wirst du eine Woche lang Holz und Kohle für mich aus dem Schuppen holen?«

Nusek konnte auch jetzt nicht einschlafen, aber aus einem anderen Grund. Immer wieder sah er voller Anerkennung den mit offenem Mund neben ihm schlafenden Rudek an. Vielleicht hatte er wirklich das ganze gemeinsame Kissen verdient und sogar das Federbett? Nusek musste lachen beim bloßen Gedanken an PKP und RKM. Solche Schlitzohren! Das konnten sie in der Schule vor den Lehrern und zu Hause vor den Eltern sagen. Er selbst wäre da nie drauf gekommen. Da brauchte es einen Rudek oder Salek, um sich so etwas auszudenken. Dass man etwas nur neu benennen musste – und schon war alles klar.

»Dieser Kopf ist nicht zum Tragen einer Mütze geschaffen«, sagte Vater, wenn er ein neues Geschäft ausklügelte.

Aber dieser Spruch passte gar nicht zu Vater, und das nicht nur, weil Nusek ihn noch nie in einer Mütze gesehen hatte. Wenn er aus dem Haus ging, nahm er normalerweise einen der zwei alten, zerdrückten Hüte vom Kleiderständer, abwechselnd.

Dieser Spruch passte entschieden besser zu dem Kopf, der neben Nusek auf dem Kissen lag.

Wieder erinnerte er sich an verschiedene Situationen, in denen sie PKP und RKM gebraucht hatten. Er hatte gedacht, das seien üble Flüche oder Geheimzeichen, die den Zigarettenhandel, irgendwelche Mädchen oder zumindest den Kommunismus betrafen. Jetzt musste er kichern, weil das so elegant klang: PKP? Erlauben Sie, dass ich furze? Und RKM – einmal dürfen Sie.

Lächelnd schlief er ein. Wie immer wollte er noch den Augenblick erwischen, in dem er in den Schlaf hinüberglitt, und wie immer gelang es ihm nicht.

In der Nacht träumten einige von ihnen voneinander. Rywka war sich fast sicher, dass sie manchmal alle den gleichen Traum träumten. Offenbar gab es einzelne und gemeinsame Träume, dachte sie; es war wie mit den Gräbern auf dem Friedhof, den Zimmern im Hotel oder den Schiffskabinen, von denen Nathan erzählt hatte.

Sie hätte schwören können, dass sie einmal gehört hatte, wie die Kinder im Traum miteinander Fußball spielten.

»Gib zu mir ab«, bat Nusek.

»Hesio, für dich«, sagte Rudek. »Schieß auf die rechte Ecke oben.«

»Tor!«, schrie Salek.

Rywka wartete, was weiter passieren würde, aber danach blieb es still.

»Nathan«, flüsterte sie, schmiegte sich an ihren Mann und küsste ihn auf seinen breiten Nacken. »Du wirst nicht glauben, was ich gehört habe.«

»Alle Kinder auf allen Plätzen und Höfen in Tarnów spielen das«, sagte Nathan mit geschlossenen Augen, »deshalb musst du mich nicht gleich wecken.«

Er wusste, wovon er sprach. Tags zuvor hatte er auf der Titelseite der Zeitung am Kiosk die lange Überschrift gesehen: *Epidemie des Fußballspielens breitet sich in erschreckendem Maße aus.* Durch die schmutzige Fensterscheibe waren die letzten drei Wörter kaum zu entziffern. Im Gegensatz zu den ersten drei, deren große, breite Lettern ihn zum Kiosk gelockt hatten.

Wie immer kaufte er die Zeitung nicht, sondern versuchte, an Ort und Stelle ein paar Zeilen zu lesen.

Es gibt keinen Hof bei uns, wo nicht ein gutes Dutzend Knirpse, Juden, Herumtreiber, egal bei welchem Wetter, auch im Schlamm, einen Ball kicken. Wir hoffen nur, dass nicht auch noch unsere Damen zu spielen beginnen, denn das wäre der Weltuntergang.

Vielleicht putzt er absichtlich die Scheibe so selten – Nathan sah den alten, zahnlosen Verkäufer anerkennend an –, damit die Leute nicht umsonst lesen können.

»Du verstehst nicht!«, wollte Rywka rufen. »Sie haben im Traum gespielt!«

Doch stattdessen sagte sie:

»Entschuldige. Gute Nacht. Schlaf gut.«

Am Morgen hatte sie die Sache vergessen. Sie musste ja alle auf den Weg bringen. Zur Arbeit, in die Schule, in den Cheder. In der Stube legte sie im Dunkeln die sauberen Kleider zurecht, die sie anziehen sollten. In der Küche machte sie Feuer im Herd. Auf den Tisch stellte sie jedem von ihnen einen Teller mit einer gleichmäßig geschnittenen Scheibe Schwarzbrot mit Butter und schenkte Kaffee aus Zichorie ein. Nathan hatte als Familienoberhaupt zusätzlich das Recht auf ein Brötchen zum Frühstück.

»Papa, kannst du mir dein Brötchen borgen«, sagte Nusek. »Du bekommst es gleich zurück, ich will es nur vorher essen.«

Anfangs verstand Nusek nicht, warum sie lachten. Erst nach einer Weile stimmte er ein und lachte sogar am lautesten, als wollte er so die Zeit aufholen, die er für das Verstehen des eigenen Witzes gebraucht hatte.

»Ich geb's gleich zurück, ich will es nur vorher essen«, wiederholte er stolz und zeigte auf sich. »Ich bin klüger, als ich dachte.«

Bevor sie losgingen, wischte Rywka den Kindern den Mund ab, zupfte ihre Krägen zurecht und kämmte ihnen das Haar.

An der Tür, zum Abschied, stellte sie sich zuerst für Rudek auf die Zehenspitzen, dann beugte sie sich hinunter, immer ein Stück weiter, für – nacheinander – Salek, Rena, Hesio und dann Nusek, bevor sie für Wela ganz in die Hocke ging.

»Du fährst runter wie ein New Yorker Fahrstuhl.« Nathan hatte schon oft versprochen, das nicht mehr zu sagen, aber wieder konnte er es sich nicht verkneifen.

Rywka küsste die Kinder immer auf eine bestimmte Stelle. Ihre Lieblingsstelle. Da, wo die Stirn aufhört und die Nase beginnt. Sie wusste nicht, wie diese Stelle heißt, aber sie nannte sie das »Sattelchen«.

Jeden Morgen das Gleiche. Dadurch wurde ihr – wie sie sich und Nathan oft sagte – nie langweilig. Die Morgenzeremonie war zu einer festen Gewohnheit geworden. Manchmal wurde ihr erst bewusst, dass Nathan und die Kinder schon weg waren, während sie ihr eigenes Brot aß oder das Geschirr spülte. Als hätte an diesem Tag jemand anders sie alle geweckt und aufgepasst, dass sie warme Unterhosen anzogen, ihren Kaffee tranken, nicht zu spät aus dem Haus gingen.

KAPITEL 3

Nathan

»Ich hab sie gekauft«, verkündete Nathan an der Tür, stolz, als hätte er die Stickstoff-Werke von Tarnów gekauft und nicht die Kredenz des Nachbarn aus dem zweiten Stock, der die letzten Möbel verscherbelte, bevor er nach Amerika auswanderte.

»Für einen Kleckerbetrag«, fügte er hinzu, nachdem er die Tür geschlossen hatte.

Das war für ihn wahrscheinlich das Schönste an der Kredenz. Gleich schickte er Rudek, Salek und Hesio nach oben.

»Und Nusek?«, fragte Hesio.

»Der ist zu klein zum Tragen.«

Rudek ging die Treppe hinunter voran. So schnell, als trüge er das Möbel allein und nicht mit Salek und Hesio, die kaum nachkamen und die Eichenfüße immer fester zu halten versuchten, damit die Kredenz nicht auf ihren Bruder fiel.

Nachdem sie zum dritten Mal gegen die Wand geschrammt waren, sagte Rudek im Stil von Anszel Koszcz:

»Meine Herren ... Werden Sie dafür bezahlt?«

Salek fragte, ob sie nicht eine kurze Pause machen könnten – er wollte seinen Schuh binden. Als Rudek drei Stufen weiter die Kredenz im ersten Stock abstellte, zitterten seine Hände.

Anszel, der größte aller Tarnower Träger und der mit den breitesten Schultern, war ihr informeller Chef. Er hätte problemlos ein noch schwereres Möbelstück tragen können. Kürzlich hatte Rudek ihn am Pilsener Tor beobachtet. Auf der Suche nach Arbeit kreiste er langsam und geduldig um die Stände.

Wie die Erde um die Sonne, dachte Rudek.

Tatsächlich blieb Anszel so gut wie nie stehen. Wenn andere Träger mit ihm reden wollten, mussten sie neben ihm gehen, auf seiner Umlaufbahn. Mit allem wandten sie sich an ihn. Er war die höchste Instanz, um die man auf der Erde, jedenfalls auf der unebenen, verdreckten Erde am Pilsener Tor, nicht herumkam.

Obwohl er mit der schwarzen Binde über dem linken Auge und dem über die Schulter geworfenen Strick an die Piraten erinnerte, vor denen Nathan immer warnte, sorgte Anszel für Ordnung. Er sprach normalerweise ruhig, sogar freundlich, aber jeder wusste, was einem Träger drohte, wenn er ein Paket stahl, oder – noch schlimmer – einem Kunden, der für die Dienstleistung nicht bezahlte. Rudek hatte nicht nur einmal gesehen, wie Anszel mit einer raschen Bewegung aus seinem Handkarren eine Metalldeichsel holte.

Und wie hatte er das Auge verloren? Tarnów kannte viele Versionen. Vielleicht war sich nicht einmal Anszel mehr sicher, wie es passiert war und warum er jedem eine andere Geschichte erzählte.

»Es könnte übrigens mehr Versionen geben als Zuhörer«, erklärte Rudek seinen Brüdern. »Denn manche haben jedes Mal eine andere zu hören bekommen.«

Rudek mochte die heldenhafte am liebsten. Vor Jahren, eines Samstags im Juli, hatten Rowdys das Judenviertel umringt. Sie überfielen die Leute und brachen in die am Sabbat geschlossenen Läden ein. Das mussten sie gut geplant haben, denn sie hatten außer Stöcken und Eisengerät auch Säcke dabei, in denen die gestohlenen Waren landeten.

»Und zu ihrem Pech«, erzählte Anszel, ohne seine Runde um die Stände zu unterbrechen, »griffen sie auch einige Familienmitglieder der Träger an, die gerade aus der Synagoge am Fischmarkt kamen.«

Anszels Leute rannten zum Pilsener Tor, wo sie für die Ruhezeit an einer großen Kette ihre Wagen festgemacht hatten. Und sie holten ihre Metalldeichseln heraus. Den Trägern schlossen sich jüdische Arbeiter mit Brechstangen und Latten an. An der Spitze ging Anszel.

»Wir haben sie aus dem Viertel vertrieben. Haben die Wagen zerschlagen, mit denen sie fliehen wollten, und die Pferde freigelassen. Und alles wiedergekriegt. Nur ich hab was verloren.« Anszel zeigte auf seine schwarze Binde.

»Aber du hast die Stadt vor einem Pogrom bewahrt«, antwortete man ihm mit ungebrochener Bewunderung. Vielleicht weil die Städte und Städtchen in der Umgebung kein solches Glück hatten.

»Sie haben eins auf die Pfoten gekriegt.« Jedes Mal, wenn er daran erinnert wurde, zuckte Anszel bescheiden die Schultern von der Breite der Kredenz, die die drei Stramer-Brüder nur mit Mühe vom zweiten Stock ins Parterre getragen hatten.

Salek hörte in der Schule eine etwas weniger heldenhafte Version. Bevor sein Kamerad aus einer höheren Klasse ihn ins Vertrauen zog, bat er ihn um Diskretion. Zuvor war der Kamerad von seinem Vater um Diskretion gebeten worden, der wiederum gegenüber einem Tarnower Schnurhändler zum Schweigen verpflichtet war.

»Ich sage es nur dir«, soll Anszel mit tiefer, gedämpfter Stimme diesem vertrauenswürdigen Mann gesagt haben, der neben ihm herging.

Bevor Anszel Träger geworden war, hatte er ein paar Jahre im Gefängnis gesessen, nachdem er seine Frau mit einem Liebhaber erwischt hatte. Es war nur nicht klar, ob er das Auge verlor, während er seine Strafe absaß, oder schon im siegreichen Kampf mit dem Liebhaber, den er erschlug.

Von Hesio hörte Salek eine andere Variante dieses Vorfalls, bei der von Gefängnis keine Rede war.

»Es war so, dass ein eifersüchtiger Ehemann den schlafenden Anszel mit dem Messer angegriffen hat. Der war früher als sonst von der Arbeit im Schlachthof zurückgekommen und hatte Anszel in den Armen seiner Frau vorgefunden.«

Der Gedanke an das Blutbad, bei dem Anszel mit einem Schlachtermesser ins Auge gestochen wurde, brachte den Lärm im Hof der Goldhammer-Straße für einen Moment zum Schweigen.

Doch Nathan, der durch das offene Fenster im Parterre gehört hatte, wovon sie sprachen, behauptete beim Abendessen, er habe seit seiner Jugend in Erinnerung, dass Anszel in betrunkenem Zustand einen Unfall mit dem Fahrrad gehabt haben sollte. Angeblich war er in einen Graben gefallen. Dort musste ihn etwas verletzt haben. Ein trockener Ast, ein Stück Draht, Glasscherben. Am folgenden Tag sei er blutüberströmt aufgewacht, ohne sein linkes Auge, und habe sich an nichts erinnert.

Den größten Eindruck auf die Kinder machte bei dieser Geschichte die Tatsache, dass ihr Vater Anszel persönlich kannte.

»Von der Sorte habe ich viele getroffen«, sagte Nathan und winkte ab.

Bei der Gelegenheit präsentierte er den Kindern den »Stoß des jüdischen Trägers«. Er rief Hesio zu sich und versetzte ihm einen unerwarteten Schubs mit seinem herausgestreckten Bauch. Der zierliche Hesio knallte gegen die Wand, wo sie zum Glück die elegante Kredenz mit den hervorstehenden Pferdeköpfen noch nicht aufgestellt hatten, aber auch so füllten sich Hesios Augen mit Tränen. Als Salek vorsichtig protestierte, dass die Träger am Pilsener Tor und am Fischmarkt schließlich ausgemergelt seien und das gar nicht könnten, sah Nathan ihn nicht einmal an, schüttelte nur den Kopf.

»In Amerika«, brummte er leise, zu sich selbst.

»Es geht um den Stoß des jüdischen Trägers in Amerika«, sagte er dann laut, als hätte er begriffen, dass es für den Rest der Familie gar nicht offensichtlich war, dass die echten Träger, die echten Handwerker, Händler und alle anderen Dickbäuchigen sich dort befänden, wo sein Bruder Ben geblieben war. Zwischen echt hohen Häusern mit echten Aufzügen. In echt breiten und langen Straßen mit Bürgersteigen, die voll echter Läden und Cafés waren, mit Kunden, die in ganz echten Dollars bezahlten.

»Da ist selbst der Himmel höher«, war ihm einmal herausgerutscht.

Rywka hatte manchmal den Eindruck, Nathan wäre noch gar nicht richtig aus Amerika zurück. Sicher stellte er sich oft vor, wie sein Leben jenseits des Ozeans verlaufen wäre, dachte sie. Und vielleicht kam es ihm wirklicher vor als ihr gemeinsames Leben in Tarnów, das er daher vernachlässigen konnte.

Behutsam, aber sorgfältig wischte sie die kleinen gedrechselten Säulen mit den Pferdeköpfen an der Spitze ab. Die elegante Eichenkredenz passte nicht zu den restlichen Möbeln. Zu der von Nathan aus drei Kiefernbrettern zusammengezimmerten Bank, zu der Kommode mit den vier Schubladen, die sich kaum öffnen ließen, zu dem ewig hinkenden Tisch und dem danebenstehenden Schrank mit dem Riss in der Rückwand. Sie passte nicht zu ihrer engen Parterrewohnung, besser gesagt, die Wohnung passte nicht zu ihr.

Wer wäre Nathan, wenn er nicht zurückgekehrt, sondern dort bei seinem Bruder geblieben wäre? Wenn der Bruder darauf bestanden hätte? Oder wenn Nathan sich dort am Kai anders besonnen und gesagt hätte: Ich betrete dieses Schiff nicht. Ich werde gleich die Fahrkarte verkaufen und dabei noch verdienen.

Nathan sah sein erfolgreiches echtes Leben genau vor sich. Erfolg in Amerika war etwas, wofür es sich anzustrengen lohnte. Von New York hatten sie sogar in Żabno gehört. Und was bedeutete ein Erfolg in Tarnów?

»Ich habe in Tarnów ein Vermögen gemacht.«

»Where?«

Davon hätte höchstens jemand in Bochnia oder in Dąbrowa gehört, die Nachricht hätte den Dunajec, den San und die Biała nicht überschritten.

Lohnt es also überhaupt, es zu versuchen?, dachte er, wenn er tagelang im Bett lag, gebrochen von seinen misslungenen Geschäften.

Wenn Rywka fragte, ob er nicht aufstehen wolle, erwiderte er:

»Nein. Ich bin krank.«

Und wenn sie fragte, ob sie den Arzt holen solle:

»Nein. Mir fehlt nichts.«

Und er drehte sich mit geschlossenen Augen zur Wand, doch nur selten gelang es ihm, in den amerikanischen Traum zurückzufinden, den sie unterbrochen hatte.

Einmal träumte er, ihre enge Parterrewohnung befände sich in Wirklichkeit im dreiunddreißigsten, dem letzten Stockwerk eines Wolkenkratzers in der Goldhammer Street, mit Blick auf ganz New York.

»*Bruder*«, las er in einem Brief von Ben, »*bei uns sagt man, eine Niederlage ist die beste Gelegenheit, neu anzufangen, diesmal intelligenter.*«

Diese Worte hoben Nathans Laune mindestens genauso sehr wie der restliche Inhalt des Briefumschlags. Als Rywka einkaufen war, stand er sogar für einen Moment auf, um die zusammengerollten Dollars im Fuß des Bettes zu verstecken.

Den Umschlag mit den Briefmarken gab er immer den Kindern.

Die Briefe von Ben waren übrigens das Erste, was in der eleganten Kredenz einen Platz bekam. Erst danach legte er den Kamm mit den eingravierten Initialen N.S. und der Freiheitsstatue hinein. Rywka erinnerte sich, dass er sich nach der Rückkehr noch ein paar Jahre lang das Haar damit gekämmt hatte.

»Ob ich wohl eher grau werde oder eine Glatze bekomme?«, fragte er sich damals.

Letzteres, wie sich herausstellte. Heimlich kaufte er sich Haarwuchsmittel von Dr. Dralle. Aber trotz der hundertprozentigen Zuverlässigkeit, die auf dem Etikett von herausragenden Wissenschaftlern wie auch Laien garantiert wurde, wirkte das Mittel bei ihm nicht.

In Amerika wären seine Haare zu retten gewesen. Dort hätte er ein besseres, wirksameres oder wenigstens billigeres Haarwasser bekommen. Da war er sich sicher.

Den Kamm benutzte er später noch für den Bart und den Schnurrbart. Doch schließlich begann er auf Rywkas Bitte, sich zu rasieren. Sie hatte empfindliche Haut im Gesicht und am Hals, und sein struppiger Bartwuchs hinterließ rote Spuren.

Neben den Kamm stellte Rywka auf die Ablage der Kredenz einen Metallleuchter. Als Mitgift hatte sie auch einen goldenen und einen silbernen bekommen, aber diese zwei hatten sie damals verkauft, um das Begräbnis von Kuba, dem ersten Kind, bezahlen zu können. Nathan legte ein altes, kaputtes Gebetbuch, ein Andenken an seinen Vater, in die Kredenz. Er hatte auch

Tefillin von ihm geerbt, die er einmal im Jahr, zu Jom Kippur, anlegte. Die Kinder lachten ihn dann aus. Aber was konnte er tun? Sie wussten, dass er an diesem Tag nicht zum Gürtel greifen würde.

Daher summten sie leise, wenn sie an ihm vorbeigingen:

Aj du du,
Aj du du.

Mehr nicht, aber das genügte, denn Nathan kannte das Lied genau.

Der Rabbi vollbrachte ein Wunder.
Betrunken fiel er ins Wasser.
Sein Bart aber wurde nicht nasser.

Von alldem kam er durcheinander und wusste nicht mehr, ob er die lederne Gebetskapsel mit den Auszügen aus der Thora zuerst an den linken Arm oder an die verschwitzte Stirn binden musste.

Dabei war er als frommer Sechzehnjähriger in Kippa und mit rothaarigen Schläfenlocken an den Wangen nach Amerika aufgebrochen. In der ersten Nacht unter Deck konnte er nicht schlafen. Noch nie hatte er in einem Etagenbett und noch dazu auf dem Meer geschlafen. Er hatte Angst, herunterzufallen, und er hatte Angst, das Schiff könnte untergehen. »Es begann zu stürmen«, erzählte er später. »Wir wären fast untergegangen.« Doch in Wirklichkeit war er selbst unruhig gewesen, nicht das Meer.

Warum hatte sein Bruder ihm geraten, er solle das oberste Bett besetzen? Das begriff er erst mitten in der Nacht, als die ersten Passagiere seekrank wurden, zum Leidwesen derjenigen, die in den Betten unter ihnen schliefen.

Ich danke dir, Bruder, dachte er.

In der dritten Klasse wurde kein koscheres Essen serviert. Außerdem nahm er Tallit und Tefillin nur vielleicht fünf Mal aus dem Koffer, ganz zu Anfang der Reise. Trotzdem fühlte er sich gut und hatte nicht den kleinsten Anflug von Seekrankheit. Und als sie nach zwei Wochen in New York ankamen, ging Nathan zwar mit Kippa an Land, doch er trug sie nicht auf dem Kopf, sondern in der Tasche.

Kurz darauf musste er die Fragen des Einwanderungsbeamten beantworten.

»Haben Sie Arbeit in Amerika?«

»Nein«, sagte er wie alle, die nicht gleich mit demselben Schiff zurückgeschickt werden wollten.

Sein Bruder hatte ihn auch vorgewarnt, dass sie bei der Kontrolle die Augen untersuchen würden. Doch er hatte ihn nicht gewarnt, dass sie das mit einem Metallhäkchen machen würden und dass das sehr unangenehm wäre. In die Rubrik Beruf schrieben sie: *workman*.

Ben begrüßte ihn in einem Anzug, der in keiner Weise an den Kaftan erinnerte, mit dem er zehn Jahre zuvor aus Tarnów abgereist war. Graue Hose, graues Jackett, offen, schwarze Weste, weißes Hemd und schwarze Melone, unter der keine Pejes hervorschauten.

Nathan begriff sofort, dass das Glück seinem Bruder in Amerika gewogen war.

KAPITEL 4

Rudek

In Tarnów hatte es sich seit Jahren eingebürgert, dass der Winter nicht unbedingt im Dezember oder mit dem ersten Schnee begann. Seinen Anfang wie auch sein Ende bestimmte etwas, besser gesagt: jemand anderes. Auch wenn es in der Stadt schon empfindlich kalt war, wurde der Wechsel der Jahreszeit erst verkündet, wenn auf dem Sobieski-Platz der Ungar erschien, der heiße Kastanien verkaufte.

»Er ist schon da«, hieß es.

Und die Leute stellten sich mit Dampfwölkchen am Mund in die Schlange für seine Kastanien, die er auf einem kleinen runden Eisenofen zubereitete.

In den Zeitungen stand, der schwarzhaarige, schwarzäugige und schwarzbärtige Ungar mit dem unaussprechlichen Namen, von dem auch keiner wusste, wie man ihn schrieb, sei wie jedes Jahr aus der fernen, an der ungarisch-kroatischen Grenze gelegenen Stadt Pécs zu uns gekommen. Polnisch könne er nur ein paar Worte: Zloty, vergelt's Gott, wohl bekomm's. Mehr habe er noch nicht gelernt, aber versprochen, Fortschritte machen zu wollen.

Doch Rudek hatte sich mit eigenen Ohren davon überzeugt, dass der Ungar auch ziemlich viele Wörter auf Jiddisch konnte.

»Ihr Diebe, ich krieg euch!«, schrie er ohne die Spur eines ungarischen Akzents Rudek und seinen Kumpeln nach.

Sie hatten nicht daran gedacht, Handschuhe anzuziehen, und sich die Finger verbrannt; deshalb ließen sie einen Teil der Kastanien unterwegs fallen.

Aber das alles hatte einen Tag zuvor begonnen, während des Chanukka-Essens, als der Vater sagte:

»In Amerika habe ich ganz andere Ungarn gesehen.«

Er kreiste um den festlich gedeckten Tisch in der Küche, auf den Rywka die Speisen stellte, und versuchte auszurechnen, welchen Gewinn Kastanien bringen konnten.

Alle Augenblicke hielt er Rywka irgendwelche Kalkulationen vor die Nase, die er mit Bleistift auf einem fettigen Stück Papier gemacht hatte. Sie konnte sie gar nicht zu Ende lesen, weil er jedes Mal das Papier wieder wegzog, etwas strich, korrigierte, neu schrieb und ihr dann wieder hinhielt.

Während er rechnete, hörte er nicht auf zu reden. Er hatte keine Zweifel, dass die Zeitungsartikel, die den Ungarn ankündigten, in Wirklichkeit bezahlte Reklame waren. Zudem nicht auf den letzten Seiten, wo die Werbung hingehörte, sondern weiter vorne, bei den regionalen Nachrichten, also umso effektiver.

»Da hab ich ganz andere Sachen gelesen im *Jewish Daily Forward*.«

»Setz dich endlich«, sagte Rywka.

In die Mitte des Tisches stellte sie das in Honig und Knoblauch gebratene Hähnchen. Wie es die Familientradition verlangte, schnitt sie den Bürzel ab und legte ihn Nathan auf den Teller, der ihn in fünf gleiche Stücke teilte. Ein Stück behielt er, die anderen verteilte er an die Söhne, dem Alter nach. Sein Stückchen lachte Nusek an, obwohl er vor den Geschwistern gerade noch über den Beigeschmack gelästert hatte. Den Schwestern Rena und Wela hatte er gesagt, was für ein Glück sie hätten, als Mädchen geboren zu sein. Er wäre schon lieber ein Mädchen, als so etwas essen zu müssen. In allen Einzelheiten und mit den entsprechenden Geräuschen hatte er erzählt, was zuvor aus dem Bürzel herausgekommen sei. Aber das

Schlimmste sei – er schüttelte sich –, dass eben oft nicht alles herauskäme und man das dann im Mund hätte.

Nathan hatte sein goldgelb gebratenes Stück gerade auf die Gabel gespießt und hielt es feierlich hoch. Als wollte er daran erinnern, dass es bei seinem Vater, also ihrem Großvater, Brauch gewesen sei, das beste Stück mit den Söhnen zu teilen.

»Papa, kaufst du mir Kastanien?«, fragte Nusek in diesem Moment.

Vielleicht wollte er sich beim Essen einen anderen Geschmack vorstellen.

»Die Kastanien sind gestorben«, erwiderte Nathan, ohne die Gabel mit dem Fleischstückchen zu senken.

»Aber der Ungar ist doch schon da.«

»Der Ungar ist gestorben.«

»Wieso? Ich habe ihn doch gestern Abend am Sobieski-Platz gesehen.«

»Der Sobieski-Platz ist gestorben.«

»Was?«

»Wenn der Vater isst«, Nathan zielte mit der Gabel auf Nusek, »dann ist alles gestorben.«

Und in der Tat war es am Tisch für einen Augenblick sehr still, ja tot geworden.

Nusek machte schon den Mund auf, um zu antworten:

»Papa, aber du isst ja noch nicht«, da flüsterte Rudek ihm ins Ohr:

»Halt die Klappe.«

Ein Satz mehr, und es hätte mit dem amerikanischen Gürtel enden können.

Rywka sah ihren Mann an. Selbst streng erzogen von ihren Eltern, sagte sie oft, Strenge sei entweder nicht nötig oder sie helfe nicht. Nathan ließ die Gabel sinken.

Dann erhob er sie wieder, aber zum Mund. Nach diesem Zeichen konnten auch die anderen zu essen beginnen.

Bald langte jeder jedem mit der Gabel auf den Teller und spießte etwas für sich auf. Weißes Fleisch flog durch die Luft, Stücke von Brust, Schlegeln, Flügeln, Hals oder der knusprig angebratenen Haut.

Salek verstand nicht ganz, weshalb man das in Tarnów »jüdisches Pingpong« nannte: »Euer einziger Nationalsport.« Doch vielleicht waren gerade aus der Tradition des gegenseitigen Sich-Bedienens so viele erstklassige Spieler hervorgegangen? Denn auch im echten Pingpong waren die von Samson Tarnów die besten.

Sie gewannen nicht nur gegen Makabi oder die örtlichen nichtjüdischen Vereine, sondern auch gegen Bochnia und zuletzt sogar Krakau. Und die Junior-Abteilung von Samson, das heißt, jüngere Schulkameraden von Salek wie Emilek Schiff oder Klein, von denen es hieß, sie könnten »kaum über den Tisch gucken«, besiegte manchmal auch Erwachsene.

Einmal hatte Rudek Salek zu einem Spiel mitgenommen. Bei der Gelegenheit erklärte er ihm, dass Profis nie »Pingpong« sagten.

»Wenn du willst, dass man dich ernst nimmt, dann sag Tischtennis.«

Aber wie klang das denn, »jüdisches Tischtennis«?

Salek stellte fest, dass Rywka als Einzige an dem wackeligen Tisch noch nicht zu essen begonnen hatte. Vielleicht war sie weniger hungrig, weil sie beim Kochen schon gekostet hatte? Oder sie war in Gedanken versunken und schaute den Kindern zu.

Rudek beugte sich wieder zu Nusek hinunter.

»Sie haben kein Geld im Moment. Ich organisiere dir die Kastanien«, sagte er.

Und so erfuhr Rudek am folgenden Tag, dass der Ungar nicht nur gut Ungarisch konnte.

Als er mit vom Frost geröteten Wangen und verbrannten Händen in die Goldhammer-Straße gelaufen kam, waren die Kastanien schon kalt.

Nicht umsonst sagte man, der Winter in Tarnów sei einzigartig. Manch ein frommer Jude in Grabówka hatte Eiszapfen an seinem reifbedeckten Bart.

Als er den Hof erreicht hatte, pfiff Rudek auf den Fingern. Mit dem Rücken und einem Bein an den Schuppen gelehnt, wartete er auf die Esswilligen.

»Wie wär's mit einer Kastanie?« Er hielt Nusek eine hin, der als Erster vor ihm stand.

»Woher hast du die?«, fragte Rena.

»Woher soll ich die haben?! Vom Ungarn.«

Jedes von ihnen bekam zwei. Er sah zu, wie sie die braunen Schalen abschälten. Wie sie aufpassten, dass sie nichts vergeudeten. Hin und wieder schauten sie Rudek dankbar an oder schielten nach den anderen, wie viel die schon gegessen hatten.

»Ein kleines Festmahl«, sagte Hesio mit vor Kälte zitternder Stimme.

Und Rudek erinnerte sich, was sein Vater tags zuvor gesagt hatte. Sie sehen jetzt aus wie die beste Reklame für den Ungarn und seine Kastanien, dachte er. Und das umsonst. Nur die Bildunterschrift fehlte: *Trotz Wind und Schnee genießen die durchgefrorenen Stramer-Geschwister die kalt gewordenen Kastanien.*

Aber irgendwie war ihm nicht zum Lachen.

Erst durch Salek verbesserte sich seine Laune.

»Rudek, warum verkauft er die heiß?«, fragte dieser. »Wo sie doch kalt himmelweit besser sind?« Er versuchte, nicht mit den Zähnen zu klappern, während er das sagte.

»Geh lieber rein.« Er legte ihm die Hand auf die Schulter. »Sonst erkältest du dich.«

Ein paar Wochen später, nach einem gewonnenen Fußballspiel, lud Daniel, der Sohn des Vizebürgermeisters, Rudek zu sich ein. Er wohnte ebenfalls in der Goldhammer-Straße, jedoch am anderen, in jeder Hinsicht entgegengesetzten Ende, in einem schönen Haus mit Erkern. In seinem Zimmer zeigte Daniel ihm stolz ein Album mit Reklamezetteln für Halspastillen, mit gelbem Leim auf die schwarzen Seiten geklebt. Jede Reklame war eine kurze Geschichte aus dem Leben, die jedes Mal mit der Moral endete, man solle zu den Pastillen von Fay greifen. Die Kinder aus jenen Häusern, in denen täglich Zeitung gelesen wurde, hatten ganze Sammlungen davon.

»Die hier ist ganz selten«, sagte Daniel. »Die hat niemand in der Schule.«

Ein Defekt am Automobil – las er Rudek laut vor – *ist das kleinere Übel im Vergleich zu den Unannehmlichkeiten, die man sich durch eine Erkältung, vor allem während des Autofahrens, zuziehen kann. Daher sollte man immer eine Schachtel echte Fay-Pastillen bei sich haben.*

Rudek lächelte, hörte aber nicht besonders zu. Er war darauf konzentriert, sich nicht allzu offenkundig in dem großen hellen Zimmer mit Balkon umzusehen. Es gab hier einen honigfarbenen, verschließbaren Sekretär für Kinder, ein niedriges Tischchen, an dem sie saßen, einen Spiegelschrank mit Drechselarbeiten, einen Globus und – ein Bett. Ein einziges Bett.

Daniel ist Herr über ein ganzes Bett, kam ihm in den Sinn. Daran durfte er gar nicht denken.

Auch in den dunklen Flur wollte er lieber nicht schauen, von dem noch sieben weitere Zimmer abgingen.

»Ein ziemlich langer Spaziergang«, sagte Daniel ohne jede Begeisterung, als wiederholte er einen Spruch seines Vaters.

Daniels Zimmer, der Salon, das Schlafzimmer der Eltern, das Esszimmer, das Büro von Daniels Vater, Bad und Toilette getrennt, ein Ankleidezimmer, das Zimmerchen des Dienstmädchens Jagna, das ihnen aufgemacht hatte, und noch ein Zimmer, dessen Namen Rudek sich nicht gemerkt hatte.

Wie viele Zimmer wohl angesichts dessen die Wohnung des Bürgermeisters von Tarnów hatte? Mindestens zehn oder zwölf. Rudek stellte sich vor, wie lange dort der Spaziergang sein müsste. Schließlich konnte es nicht sein, dass der Bürgermeister weniger Zimmer hatte als sein jüdischer Stellvertreter. Rudek wusste, dass in Tarnów seit Jahren immer ein polnischer Bürgermeister und ein jüdischer Vizebürgermeister gewählt wurden.

Ihm fiel ein, was sein Vater immer sagte, wenn er etwas im Magistrat erledigt hatte.

»Klebrige Finger!«, schrie er dann, wenn er nach Hause kam, und meinte die städtischen Beamten. »Die haben ihr Vermögen nicht in der Lotterie gewonnen«, nickte er, den Hut auf dem Kopf, als stimmte er mit sich selbst überein, und fügte hinzu: »Und schon gar nicht schuften sie wie die Juden in Ägypten beim Bau der Pyramiden.«

Erst wenn er das alles losgeworden war, konnte er den Hut ablegen, die Schuhe ausziehen, den Mantel aufhängen und zu dem übergehen, was er im Magistrat erledigt hatte und was dort nicht geglückt war.

»Wie viel Geld war das meiste, das du je in den Händen hattest?«, fragte der Sohn des Vizebürgermeisters Rudek.

»Und du?«, erwiderte Rudek für alle Fälle.

»Ich – zehntausend. Papa hat sie mir gegeben, als ich in seinem Büro war. Die wurden gerade in den Safe gelegt. Und du?«

Eine derartige Summe konnte sich Rudek nicht einmal vorstellen. So viele Banknoten! Wie hatte Daniel die gehalten, dass sie ihm nicht aus der Hand rutschten?

»Genauso viel.« Rudek wusste, dass er nicht weniger sagen durfte, aber angeben wollte er auch nicht.

»Woher hattest du die?«, fragte Daniel.

»Von meinem Onkel in Amerika.« Das war das Erste, was Rudek in den Sinn kam. »Aus New York.«

Zum Abschied schenkte der Sohn des Vizebürgermeisters Rudek eine gleichmäßig ausgeschnittene Reklameanzeige von Fay, die er offenbar doppelt hatte. Rudek las sie, während er durch das mit bunten Mosaikfenstern geschmückte Treppenhaus nach unten ging.

Dass man mit kleinen Mitteln viel bewirken kann, beweist die gestrige Sitzung des Sejms. Der Abgeordnete Mehlmeier hätte im Namen seiner Partei eine große Rede halten sollen, erwachte jedoch mit einer heftigen Grippe. Sogleich ließ er in der nächsten Apotheke eine Packung echter Mineralpastillen von Fay besorgen, löste einen Teil davon in heißer Milch auf, die er umgehend trank, den Rest nahm er mit in die Sitzung. Und wie er gesprochen hat, wissen schließlich alle. Die Rede war ein politisches Ereignis – und möglich geworden war sie durch die echten Natronpastillen von Fay.

Auf dem Heimweg kam Rudek die Goldhammer-Straße ganz anders vor. Auch die Wallstraße und die Mickiewicz-Straße hatten sich verändert. War eine knappe Stunde beim Sohn des Vizebürgermeisters genug, um die äußere Welt völlig anders aussehen zu lassen als zuvor? Rudek sprang auf den Bürgersteig zurück, damit er nicht von einem Viehwagen erwischt wurde; der vom Markt zurückkommende Bauer hatte ihn in der Dunkelheit wohl nicht gesehen. Rudek drohte ihm mit der Faust. Meinte Vater all das, wenn er sagte, die Goldhammer-Straße sei nichts anderes als eine kleine Straße in einer Provinzstadt? Je näher Rudek seinem Zuhause kam, desto stärker empfand er es so.

Oder kam es daher, dass während seines Besuchs die Dämmerung angebrochen war und die Gaslaternen noch nicht an waren? Hatte der Laternenanzünder mit dem langen Stab wieder einen über den Durst getrunken?

Nathan

Salek las sich den Reklametext, den sein älterer Bruder mitgebracht hatte, zweimal leise durch und versuchte dann, ihn zu wiederholen, ohne auf das Blatt zu schauen. Er gab es Rudek zurück, damit der prüfen konnte, ob alles stimmte.

Es stimmte genau.

Diese Fähigkeit von Salek war es unter anderem, die zuerst den Melamed und später, nach vier Jahren Gymnasium, den jüdischen Religionslehrer dazu bewogen, Nathan zu ermuntern, seinen Sohn in die Jeschiwa zu schicken.

»Sie sagen, er kann Rabbi werden«, sagte Nathan zu Rywka, als die Kinder schon schliefen.

»Willst du einen Sohn, der den ganzen Tag über Büchern hockt, und seine Frau muss auf dem Markt Fische verkaufen, um die Familie zu ernähren?«, fragte sie.

In der Tat hatte er Salek früher hocken sehen, aber nicht in der leeren, feuchten Synagoge, sondern über Noten, und dann hatte er ihn sich in einem Konzertsaal vorgestellt, der bis auf den letzten Platz ausverkauft wäre.

»Und jetzt dreh das Blatt um, Rudek«, sagte Salek.

Auf der Rückseite der Reklame befand sich ein von der Schere abgeschnittenes Fragment der Rubrik Nachrichten aus aller Welt.

»*... die Heilbarkeit von Krebs*«, begann Salek. »*Ein belgischer Arzt, dessen Name bislang geheim gehalten wird, hielt in der Brüsseler Akademie einen Vortrag, in dem er eine radikale Art der Krebsheilung darlegte. Nach seiner Methode härtet die Krebsformation nach einer einfachen dreitägigen Selbstheilung aus, und der Organismus stößt sie von selbst ab.*«

Von wann war die Zeitung? Von heute, von vor einer Woche oder einem Jahr? War diese Methode schon bis Tarnów vorgedrungen oder würde sie erst noch kommen? Das wusste auch Rudek nicht, der Salek jetzt anerkennend betrachtete.

Vater zu fragen, hatte keinen Sinn. Der hatte sicher keine Ahnung. Außerdem mussten sie in der Küche extra leise sprechen, um ihn nicht zu wecken. Es wäre interessant zu wissen, ob man in irgendeinem fernen Land schon eine Arznei gegen seine wiederkehrende Krankheit erfunden hatte. Aber schlief er jetzt wirklich oder hielt er nur die Augen geschlossen? Seit zwei Tagen waren auch tagsüber die Vorhänge im Zimmer zugezogen. Der Magenkatarrh – von Rywka jedes Mal einwandfrei erkannt – dauerte gewöhnlich nicht länger als eine Woche. Im Gegensatz zu einem normalen Katarrh ging er nicht mit sichtbaren Symptomen einher und übertrug sich auch nie auf andere Familienmitglieder.

Rywka kümmerte sich um den Kranken. Sie brachte ihm das Essen ans Bett, schickte die Kinder zum Einkaufen auf den Markt und sorgte dafür, dass Nathan in aller Ruhe wieder zu sich kommen konnte.

Sogar Suchard bellte leiser, und Milka, die Katze, lag stundenlang bei ihm auf dem Bett.

Den Kindern fiel es schwer zu verstehen, dass ihr Vater tagsüber im Bett lag. Vor allem den jüngeren, Nusek und Wela, die sich am liebsten zu Milka gelegt und sich an ihren Papa gekuschelt hätten. Auf die Frage, ob es ihm besser gehe, antwortete Nathan nur kurz und so leise, dass sie sich nicht sicher waren, ob er ja oder nein gesagt hatte. Es war wirklich kaum zu glauben, dass dieser reglos daliegende, mit dem Gesicht zur Wand gedrehte Mann sich noch kurz zuvor kaum hingesetzt hatte, wild gestikulierend durch die Wohnung gelaufen war und niemanden in der Familie hatte zu Wort kommen lassen.

War der wehrlose, unter der Decke verborgene Vater derselbe, der mit dem amerikanischen Gürtel herumwedeln und brüllen konnte, dass man es in der ganzen Goldhammer-Straße hörte?

Jedes Mal erschien dies unmöglich.

Doch das war die Wirkung des Magenkatarrhs.

Nathan stand nur auf, um aufs Klo zu gehen. In Unterwäsche, unrasiert, ging er durch den Hof. Die Kinder sahen, wie in den Fenstern der Nachbarn die Gardinen beiseitegeschoben wurden.

Wenn Rywka nach einer Woche Licht und frische Luft in die Wohnung ließ und Nathan gesund wieder aufstand, freuten die Kinder sich, als wäre es auch ihr Verdienst.

Die Freude währte nicht lange. Nach ein, zwei Tagen stellte sich heraus, dass nicht der sanfte, wehrlose Vater aufgestanden war, um den sie sich liebevoll gekümmert hatten, sondern der frühere.

Wieder hatten sie das Gefühl, veräppelt worden zu sein. Betrogen von dem, der in seinen Geschäften selbst immer betrogen wurde.

Auch Rywka bedauerte, dass Nathan mit der Krankheit zugleich seine Sanftheit und sein Verständnis für die Kinder verlor.

Wieder hörte man amerikanische Schimpfwörter, wieder sprang die Katze Milka bei seinem Anblick durchs Fenster auf den Hof.

KAPITEL 5

Wela

Einmal flüchtete Milka aus Angst weiter als gewöhnlich.

Wela suchte sie überall – unter der hölzernen Teppichstange, beim Abort, am Eingang, sogar hinter dem Schuppen für Kohle und Holz, wo ihre älteren Brüder immer rauchten. Und zum ersten Mal ging sie allein auf die Straße.

»Milka!«, rief sie. »Komm zurück!«

Schließlich konnte die Katze ja nicht ihre vier neugeborenen Kinder alleinlassen. Abends machten Wela und Rena für sie ein Lager am Ofen, stellten ein Schüsselchen Milch hin und ließen das Fenster einen Spalt offen. Am Morgen war Wela zuerst wach, noch vor ihrer Mutter, und lief auf Zehenspitzen in die Küche. Doch Milka war nachts nicht nach Hause gekommen. Ihre Jungen schliefen, an Suchards Bauch geschmiegt.

Der Hund kümmerte sich vier Tage lang um sie, bis Milka wiederkam. Wela erzählte allen stolz, die Jungen seien nicht sofort zur Mutter gelaufen. Zuerst hätten sie fragend Suchard angeschaut. Letzteres erfand sie, weil sie selbst gekränkt war von Milkas Verhalten.

»Mama würde uns nie alleinlassen«, sagte sie.

»Und was denkst du, warum hat Milka eine Schnur um den Hals?«, fragte Rena. »Jemand muss sie gefangen haben. Aber sie hat die Schnur durchgebissen und ist abgehauen.«

Wela ging zu der Katze und streichelte sie. Am Hals war ihr Fell aufgescheuert und klebrig von Blut. Als Wela sie an der Stelle sanft berühren wollte, rannte sie weg.

»Aber warum hat jemand sie festgebunden?«, fragte sie im Bett vor dem Einschlafen die ältere Schwester.

»Das war ein schlechter Mensch. Schlaf jetzt.«

Wer war der schlechte Mensch? Am nächsten Tag beobachtete Wela vom Küchenfenster aus die Straße. Wer konnte das sein? Vielleicht Herr Barabasz, der hochgewachsene Hausbesitzer, der einmal im Monat kam, um Geld zu kassieren? Er gab immer auf seinen Kopf acht, wenn er über die Schwelle trat, weil er sich einmal heftig gestoßen hatte. Sie hatte selbst gehört, wie er unlängst sagte, auf Haustiere hätten sie sich nicht geeinigt, und den Eltern drohte, die Miete zu erhöhen.

»Was?«, hatte Vater zu scherzen versucht. »Bald wird die Miete auch Sie übersteigen.«

Wela kamen alle verdächtig vor. Der Verkäufer, der in seinen Laden mit Südfrüchten Ecke Goldhammer- und Wallstraße eilte. Er grüßte nie zurück, wenn sie »Guten Tag« sagte. Erinnerte er sich noch daran, dass sie einmal, als sie noch ganz klein war und mit Mama auf dem Weg zum Markt an dem Laden vorbeiging, mit der Hand einen Pfirsich streifte und er ihre Mutter dafür zahlen ließ?

Sie jedenfalls erinnerte sich gut an seine Stimme, die ihnen hinterherrief:

»Wie die ihre Kinder erziehen …«

Konnte nicht jeder Milka entführt haben? Frau Pusiowa, die mit ihrem Hund über den Hof spazierte? Vor diesem Dackel, der sogar im Sommer eine von seinem Frauchen selbst gehäkelte blaue Weste trug, flüchtete Milka immer auf den Baum. Und er stand hilflos unten und knurrte und bellte so lange, bis Suchard ihn vertrieb.

Wela sah jetzt, dass auch Frau Pusiowa immer dasselbe anhatte: an den Fersen aufgescheuerte schwarze Strümpfe, einen schwarzen Rock bis übers Knie, eine von unten bis oben zugeknöpfte blaue Weste.

»Die stinkende alte Irre und ihre verlauste Promenadenmischung«, sagte Vater über sie.

»Nathan, hör auf«, bat Mutter.

»Hast du nicht gehört, wie sie mit ihm redet?« Nathan bückte sich und begann mit piepsiger Stimme: »Pusio, schau nur, was für schönes Wetter. Pusio, erleichtere deinen Darm. Pusio, was essen wir zu Mittag? Pusio, weißt du noch, wie der Erzherzog Ferdinand ermordet wurde? Pusio, den Haufen essen wir nicht. Pusio, was wird aus uns noch werden? Pusio ...«

»Und was stört dich daran?«, unterbrach ihn Rywka. »Lass sie in Ruhe. Sie hat niemand anderen.«

»Sie könnte sich ab und zu waschen. Das ist alles.«

Dass die Pusiowa sich nicht wusch und mit dem Hund redete, war eine Lappalie, fand Nusek. Auch er drückte sich hin und wieder vor dem abendlichen Bad im Zuber, legte sich aufs Bett und tat so, als schliefe er. Und manchmal klagte auch er Suchard sein Leid, und der Hund blickte Nusek jedes Mal verständnisvoll an.

Das Geheimnis, das Hesio ihm verraten hatte, war es entschieden wert, für ihn eine Woche lang das Wasser vom Brunnen zu holen.

Nusek erzählte es jetzt Wela: Die Pusiowa war mit ihrem Dackel verheiratet – deshalb hieß sie so.

Zur Hochzeitsreise wollte das frischgebackene Ehepaar mit dem Zug nach Lemberg fahren. Aber schon an der ersten Station, in Dębica, ließ man sie aussteigen, weil Pusio keine Fahrkarte hatte. Und als sie aufstanden, stellte sich heraus, dass sein Sitz nass war.

»Hesio, und warum verbergen sie das?«, fragte Nusek.

»Das ist ganz einfach, aber wie soll ich das erklären?« Hesio überlegte. »Weil das eine Mesalliance ist.«

»Nusek, stimmt das?« Wela hatte so etwas noch nie gehört.

»Ganz bestimmt. Ich hab selbst gesehen, wie Pusio und die Pusiowa Brei aus derselben Schüssel gegessen haben. Und im Bett«, fügte Nusek hinzu und bog sich vor Lachen, »schlafen sie auch zusammen.«

Das fand Wela, die sich ein Bett mit Rena teilte, nicht gerade seltsam.

»Später wirst du das verstehen«, sagte er geheimnisvoll.

Ging es um das Trallala? Aus dem Liedchen von den drei Tauben, einer schwarzen, einer weißen und einer roten, das Rena aus der Schule kannte? Die schwarze und die weiße Taube lebten glücklich in einem Nest, bis die schwarze weg zur Arbeit musste, weil sie eine Brieftaube war. Da kam zu der weißen Taube »der rote Gast«.

Und was lehrt uns diese Gschicht?
Verlass lieber dein Nest nicht,
wenn Mann hier ist und Frau da,
kommt es oft zum Trallala.

Als Wela fragte, was das heißen sollte, bekam sie zu hören:

»Dafür bist du zu klein.«

»Fürs Trallala?«

Was war daran so komisch, dass Rena sich vor Lachen fast verschluckte? Und warum konnten die Tauben nicht einfach zu dritt in einem Nest wohnen, meinte Wela, wenn wir es können, sogar zu acht – Milka und Suchard nicht mitgerechnet?

»Da hätten sie es wärmer«, sagte sie.

»Sei still«, Rena winkte ab, »sonst mach ich noch ins Bett.«

Vielleicht hatte Rena das Lied von den Tauben auch aus dem Strzelecki-Park? Unlängst war sie mit ein paar Freundinnen nach der Schule zum ersten Mal dorthin gegangen. Am Abend zuvor hatte sie das nicht ganz uneigennützige Opfer gebracht, Mama beim Braten von weißem Käse mit Eigelb und Kümmel zu helfen (schon beim Geruch wurde ihr schlecht), danach hatte sie ihre Mutter gebeten, nach der Schule in den Park gehen zu dürfen.

»Was wollt ihr denn da?«

»Eichhörnchen füttern.«

»Aha.«

»Mama, alle gehen jetzt dorthin, bitte.«

Am nächsten Tag waren tatsächlich alle Holzbänke besetzt. Endlich spürte man, dass der Winter vorbei war. Der Ungar hatte eine Woche zuvor seine Sachen gepackt und war weggefahren. In der Stadt roch es nicht mehr nach Petroleum, mit dem die Eltern den Kindern die erfrorenen Hände und Wangen einrieben. Und manche Burschen spazierten sogar in knielangen Hosen herum.

Aber wer sieht sich nach Burschen in kurzen Hosen um?

Rena und ihre beiden Klassenkameradinnen interessierten sich auch nicht für die Knospen, die einige elegant gekleidete Damen einander zeigten.

Im Übrigen kamen die Frauen in ihren langen Kleidern und Hüten mit breitem Rand, die mit verschleiertem Blick gemächlich dahinschritten, Renas Ansicht nach auch nicht wegen ein paar noch nicht blühender Pflanzen in den Strzelecki-Garten.

»Wem sollen sie sich sonst in diesen schicken Fetzen zeigen?«, sagte sie. »Den Dienstmädchen zu Hause?«

Und sie selbst, die Schülerinnen, wem sollten sie sich zeigen in dem Mädchengymnasium? Dem alten Hausmeister?

Rena, Gizella und Marysia betrachteten diskret die vorbeigehenden Burschen. Auf dem Heimweg von der Schule machten sie oft ein Spiel. Welcher von ihnen würde der ihnen entgegenkommende Junge direkt in die Augen sehen? Der erste Blick zählte nicht. Schließlich schauten fast alle in Tarnów die Leute an, an denen sie vorbeigingen. Erst der zweite Blick konnte bedeuten, dass eine von ihnen einem gefallen hatte. Wichtig war es, den Blick des Jungen zu halten – dass er ihn nicht abwandte. Für jeden solchen Blick gab es einen Punkt.

Die vulgäre Anmache von angetrunkenen Fans der Tarnovia zählte natürlich nicht. Wenn die auf dem Weg zu einem Match mit Samson unterwegs waren und den Mädchen begegneten, riefen oder sangen sie:

Weg mit den Juden, Jüdinnen zu uns.

Rena tippte sich als Antwort an die Stirn, obwohl sie zugeben musste, dass zwei der hochgewachsenen Katholiken mit blauen Augen, die sie anstarrten, gar nicht so schlecht aussahen, jedenfalls hätte man sie mitrechnen können.

Von Rudek wusste sie, dass sich Tarnovia für Auswärtsspiele heimlich die besten Spieler von Samson auslieh. Angeblich auch den großen Hesiek Schreiber, der unter dem blauen Trikot von Samson immer seinen Tallit trug, um mit den unten hervorstehenden Fransen, den Zizit, die Gegner zu provozieren. Das würde sie gern einmal sehen, dachte Rena. Das heißt, wie er sich umzieht.

»Alles Muskeln«, sagten die Fans von Samson über ihn. »Er schießt barfuß über das ganze Spielfeld und trifft ins Tor.«

»Wahrscheinlich quer und ins eigene«, erwiderten die Fans von Tarnovia, drohten Hesiek mit den Fäusten und brüllten: »Pack die Fransen weg, Hesiek!«

Aber die Spieler von Samson fürchteten sich wesentlich mehr vor den eigenen wütenden Fans, die im Fall einer Niederlage kein Erbarmen kannten. Aus Angst vor ihnen, erzählte Rudek, gewann die Mannschaft von Samson die meisten Spiele.

»Deshalb sind sie jetzt die Könige der zweiten Liga«, sagte er.

Oder vielleicht eher, weil auch sie, wenn sie nach Chrzanów, Krakau oder Lemberg zu einem Match fuhren, sich Spieler von Tarnovia ausliehen? Schließlich kannte sie dort ja niemand.

»Was ist daran seltsam? Ein Tor ist ein Tor«, erklärte Rudek, »unabhängig von der Herkunft. Wichtig ist, dass der Schütze aus Tarnów kommt.«

Deshalb freute sich die ganze Stadt, wenn einer der Klubs gewann und ein Tarnower dadurch in der Welt bekannt wurde.

Wie neulich der Sohn der Lehrerin, Frau Sobelsohn, auf dessen Erfolge sowohl Chassiden als auch Katholiken stolz waren. Sie zeigte ihren Schülerinnen im Gymnasium ein aus der Zeitung ausgeschnittenes Foto ihres Sohnes, der – mit Pfeife und einer dicken runden Brille – neben Lenin stand.

Und sie betonte, das sei er, ganz bestimmt, obwohl die Bildunterschrift »Karol Radek« lautete.

Eines ist sicher: Von der Schönheit eines Karol Radek ist er weit entfernt, dachte Rena. Sehr klein, eingefallener Brustkorb, dünnes gelocktes Haar. Mit diesem Aussehen hatte er es nicht leicht in der Schule und auf der Straße.

Man erinnerte sich, dass er sich als Kind nicht von seinen Büchern trennen konnte. Selbst wenn er über die Gleise oder die Fahrbahn ging, hörte er nicht zu lesen auf. Als er daher morgens auf dem Weg in die Jeschiwa zum dritten Mal an derselben

Kreuzung unter die Räder eines zum Markt fahrenden Pferdefuhrwerks geraten war und sogar das Bewusstsein verloren hatte, weil er mit dem Kopf gegen das Pflaster geschlagen war, brachte die Mutter ihr geliebtes Einzelkind in eine andere Schule. Zwar in eine nichtjüdische und viel entfernter gelegene Schule, aber dafür ohne eine Kreuzung großer Straßen auf dem Weg.

Damals wurde er zum ersten Mal zum Stadtgespräch.

»Warum konnten die Juden das ganze Rote Meer trockenen Fußes durchqueren«, scherzte man, »und der junge Sobelsohn kann nicht einmal zweihundert Meter in die Jeschiwa gehen, ohne unter ein Fuhrwerk zu geraten?«

Ging es den Rabbinern genau darum, wenn sie sagten, wichtiger als das Ziel sei der Weg, der dorthin führe? Sicher sorgte Frau Sobelsohn deshalb dafür, dass wenigstens der ungefährlich war.

Die Mädchen gingen gewöhnlich bis zur Ecke Wallstraße – Krakauer Straße, das war gerecht: Von dort hatte jede von ihnen nicht ganz fünf Minuten nach Hause. Sie verabschiedeten sich vor einem Geschäft, das Schild im Schaufenster amüsierte sie immer: ANKAUF, VERKAUF, GÄNSEFEDERN, HÜHNER, GERUPFT UND UNGERUPFT. Es war der Laden von Herrn Schiff. Hier gaben sie die Ergebnisse ihres Spiels bekannt.

»Zwölf.«

»Vier.«

»Fünf.«

Fast immer gewann Gizella. Sie hatte feine Züge und blaue Augen, war größer als Marysia und Rena und musste im Gegensatz zu diesen ihren Büstenhalter nicht mit Socken ausstopfen. Von der Figur her hätte sie gut als Sechzehnjährige durchgehen können. Daher spielte sich der eigentliche Kampf um den zweiten Platz ab.

Als sie das nächste Mal in den Strzelecki-Park gingen, waren schon am Haupteingang, bei dem schmiedeeisernen Tor mit den Verzierungen, viele Leute versammelt. Sie versuchten, sich durch die lachende Menschenmenge zu drängen, um etwas zu sehen.

»Entschuldigung.« Gizella bahnte ihnen den Weg zum Zaun, an dem eine herausgerissene Seite aus »Unsere Stimme« hing.

»Mädels, lasst das!« Marysia berührte Renas Arm und wies mit dem Blick in Richtung des Brunnens. »Da drüben, der sieht gut aus.«

Auf einer der Bänke direkt am Brunnen sah Rena Hesio sitzen, der tags zuvor mit keinem Wort erwähnt hatte, dass er vorhatte, hierherzukommen. Ganz zu schweigen davon, dass er die Eltern um Erlaubnis gefragt oder beim Braten des weißen Käses geholfen hätte. Rena wollte sich intuitiv umdrehen. Schließlich blendete die Frühlingssonne sic so, dass sie ihren Bruder nicht unbedingt erkannt haben musste. Als sie morgens aus dem Haus gegangen waren, hatte er noch nicht die lange Hose getragen und auch nicht diese Frisur: Jetzt sah er aus, als hätte er in Pomade gebadet.

»Rena!« Hesio winkte ihnen.

»Kennst du ihn?«, lächelte Marysia.

Rena zuckte die Schultern. Für den Fall, dass es Hesio einfallen sollte, herzukommen, drehte sie sich um und heftete den Blick auf den Zeitungsausschnitt am Zaun.

Alles für uns

Einst der Jud hatte nicht den Mut,
durch den Park zu gehen,
weil er wusste, dass die Wut

die Goi packt, wenn sie ihn sehen.
Heut schnappt er sich seine Frau,
galoppiert durch Feld und Au.
Und dahinter das Gesindel
aus Grabówka, was ein Schwindel.
Unser schöner Park ist schließlich
kein Asyl, da wird es eng,
und riecht manchmal schon ganz streng.
Töchter Israels, sie halten
halbnackt wie am Meeresstrand
ihren Busen in die Sonne,
Wunder der Natur und Wonne.
All das hat Gott für uns gemacht,
Datteln, Feigen, Ananas,
für uns sind Kurorte und Bäder,
die Häuser, Villen und die Räder.
Für uns die Hühner, Enten, Gänse,
außerdem die Ochsenschwänze.
Und der Jude stöbert weiter,
langsam wird das wirklich heiter.
Und die Jüdin schiebt die Chaise,
gibt's vielleicht hier auch noch Käse …

Die Mädchen gingen eine Weile still durch die Parkallee, bis Gizella das Schweigen brach:

»Das ist nicht über uns. Wenn alle Juden in Tarnów aussehen würden wie wir und nicht wie die Kaftanträger mit Pejes in Grabówka, bei deren Anblick einem bange wird … Papa sagt, dann gäbe es keine …«

»Juden«, ergänzte Rena, die bereute, dass sie mit den anderen gelacht hatte, statt diese Schmiererei abzureißen.

Jetzt fiel ihr ein, wie ihr Vater einmal vor dem Einschlafen von der Zeit erzählt hatte, als aus der ganzen Stadt, sogar aus dem Strzelecki-Park, die Juden verschwunden waren. Sie hatten Angst, auf die Straßen zu gehen, oder waren weggefahren, wie Mama, die einen Monat nach dem Einmarsch der Russen nach Tarnów die Kinder mit zu ihren Eltern nach Nisko genommen hatte. Da war Rena noch ganz klein.

»Die russischen Motherfuckers.« Vater blies die Wangen auf, als wollte er ausspucken, aber er war ja bei sich zu Hause. »Die hatten es auf uns abgesehen. Haben geschlagen, gestohlen, die Bärte abgerissen mitsamt der Haut. Wäre ich nur damals hier gewesen ... Oberst Kozlow, dieser son of a bitch, hat seinen Soldaten befohlen, den Alkohol aus den jüdischen Läden auszuleeren. Er hat nicht bedacht, dass die Leute den Schnaps aus dem Rinnstein schöpfen, ihn wieder abfüllen und den Soldaten für acht Rubel die Flasche verkaufen würden. Ein gutes Geschäft. Hätte ich bloß nicht im Schützengraben gesessen damals ...«

»Aber wie gut hat die österreichische Uniform zur Farbe deiner Augen gepasst«, sagte Mutter, beugte sich zu Vater hinüber und flüsterte ihm ins Ohr: »Den Kindern mit dem Krieg Angst machen! Hast du nicht alle Tassen im Schrank?«

KAPITEL 6

Wela

Rena kam immer später aus dem Strzelecki-Garten zurück. Um den Hausmeister nicht wecken und vor allem um ihn nicht für das Öffnen des Tors bezahlen zu müssen, ließen die Eltern zur Straße hin das Küchenfenster ein Stück offen. Wenn Wela schon schlief, nahm Rena sich einen Apfel aus der Küche, setzte sich damit auf ihr gemeinsames Bett und biss möglichst laut hinein. Und wartete. Sie wartete, bis Wela sagte:

»Hör auf. Ich schlafe.«

(Wela hatte einen sehr angenehmen, wenn auch nicht koscheren Traum gehabt: In der Küche über dem Herd hing eine leckere Wurst, von der sie jeden Tag aßen, und diese Wurst wuchs über Nacht nach und war morgens zum Frühstück wieder ganz.)

»Jetzt wohl nicht mehr.«

Nun konnte Rena der Schwester erzählen, wie es im Strzelecki-Garten gewesen war, wen sie gesehen, kennengelernt und wen sie geküsst hatte.

Wela liebte es, wenn Rena von ihren abendlichen Ausflügen außer den Geschichten von Soldaten und Dienstmädchen im Gebüsch auch ein Lied oder einen Vers mitbrachte. Wie heute:

Papa sieht man kaum,
Mama sieht man kaum,
Papa macht auf Mama
einen Purzelbaum.

Wela lachte, wenn sie auch nicht so recht wusste, worüber.

»Und zwei wichtige Dinge hab ich noch gehört.« Rena sprach leiser: »Bei einem Empfang muss man im besten Moment weggehen, man darf nie bis zum Schluss bleiben. Verstehst du?«

Wela nickte. Von einem Empfang zurückkehren! Sie wollte so sehr überhaupt einmal auf einen Empfang gehen, auf einen richtigen, wie zum Beispiel im vornehmen Hotel Soldinger. Einmal, als sie dort vorbeigegangen war, hatte sie durch die Lücken zwischen den Vorhängen elegante Paare tanzen sehen. Sogar die Männer trugen Schmuck. Im Licht der Kronleuchter blitzten große Ringe mit schwarzen Steinen. Und die Taschenuhren hingen an goldenen Ketten. Und diese Schnurrbärte. Wela presste das Gesicht an die Scheibe. Manche waren bescheiden, dünn wie Augenbrauen, andere hochgezwirbelt, steif nach oben stehend. Auch ganz natürliche gab es, die in Spitzbärte übergingen – gleichmäßig geschnitten wie der Rasen vor dem Hotel Soldinger. Sie hatten nichts gemein mit den langen, vergilbten Bärten in Grabówka, voller Essensreste, Krümel und Tabak, von deren Anblick ihr schlecht wurde.

Wela konnte noch sehen, wie ein alter Geiger mit einer magischen Bewegung die Brille zurechtrückte und zugleich die Noten umblätterte. Wie weiß und schön gebügelt die Tischdecken und die zu Kegeln gerollten Servietten auf den Tellern waren. Wie die Kellner mit Fliegen und vor Pomade glänzendem Haar, eleganter noch als manche Gäste, zwischen den Tischen mit Tabletts voller Essen jonglierten. Einer von ihnen zog die Vorhänge zu.

Aber um auf so einen Empfang zu kommen, musste man riesige Hindernisse überwinden. Zum Beispiel die entsprechende Kleidung – woher sollte man die nehmen, wenn man die Sachen der älteren Schwester auftragen musste?

In solchen Momenten hasste sie Kleidung. Hatte man sich das ausgedacht, damit sie nicht auf einen Empfang konnte?

Und die Einladungen? Waren die nur für diejenigen, die in weißen Kleidchen und weißen Kniestrümpfen zur Kommunion gingen?

»Und zweitens, hör zu«, Rena unterdrückte das Lachen und neigte sich zu Welas Ohr. »Wenn du auf einem ausgezogenen Rendezvous bist, dann lass immer das Unterhemd an.«

Wela machte vor Staunen den Mund auf. Von ausgezogenen Rendezvous hatte sie noch nie gehört. Aber vielleicht wäre gerade das etwas für sie? Schließlich war es leichter, ein einzelnes Hemd zu ergattern, als eine ganze Reihe von Hindernissen zu nehmen, als da wären: Abendkleid, Schuhe mit Absätzen, weiße Handschuhe, Schmuck und Einladung.

Vielleicht würde sich in Mamas Fach im Schrank ja ein Unterhemd finden?

Aber Wela fragte ihre Schwester nicht, was ein ausgezogenes Rendezvous sei. Warum man eigentlich das Hemd und nicht etwa den Schlüpfer oder die Strümpfe anlassen sollte. Und ohne alles wäre es ja noch einfacher …

Sie fragte nicht, weil sie die Antwort kannte:

»Dafür bist du zu klein.«

Oder im besten Fall:

»Ich bitte dich …«

Stattdessen machte sie den Mund zu (erst jetzt bemerkte sie, dass er immer noch offen stand) und nickte nur, zum Zeichen, dass sie verstanden hatte.

Wela und Rena hatten ihre eigene Welt, von den Brüdern und Eltern durch den Paravent abgeschirmt; wenn auch nicht allzu dicht, denn es drang vieles durch: Vaters Geschrei, Lachen, Weinen, die lauten Gespräche der Brüder – und Schlimmeres.

In der Regel begann Rudek in feierlichem Ton, als ahmte er den Tarnower Bürgermeister Tertil nach oder Rabbi Arak aus der Alten Synagoge, zu dem Gläubige aus ganz Polen pilgerten.

»PKP?«

Und Salek und Hesio pflegten wie ein Kinderchor zu erwidern:

»RKM.«

Worauf Rena dann schrie, sie sollten alle in den Hof gehen und im Abort versinken.

Aber diesmal gab jemand anders Rudek Antwort. An Nuseks ungeduldiger, etwas piepsiger Stimme war zu erkennen, dass er auf diesen Moment lange gewartet hatte.

»Besser ZDK!«

Rudek sagte kein Wort.

»ZDK«, wiederholte Nusek, wartete eine Weile, in der er wohl hoffte, dass jemand fragen würde, was das bedeuten sollte, und fügte dann hinzu: »Und ich werde dich nicht zum Bahnhof schicken. Ich sag's dir selbst, Rudek.«

»Was schreist du da?«, fragte Rudek.

»Verstopf den Arsch mit einem Korken.«

Wela und Rena horchten, was weiter geschehen würde. Was würde Rudek tun? Oder eher, was würde er Nusek antun? Würde er ihm gleich eine knallen?

Aber hinter dem Wandschirm trat Stille ein.

Die Mädchen waren versucht, sich hinauszulehnen und zu gucken, ob Rudek Nusek nicht etwa mit dem Kissen erstickt hatte, doch sie sahen jetzt nicht mehr als Mejer Stumm.

Nach einer Weile konnten alle im Zimmer riechen, dass Rudek mitnichten den Arsch mit einem Korken verstopft hatte.

Das war seine Antwort an den kleinen Bruder. Wela hielt sich die Nase zu und dachte, um sich abzulenken, an Mejer Stumm.

Der klopfte einmal im Monat an ihre Tür in der Goldhammer-Straße, pünktlich um fünf Uhr nachmittags. Er war so groß und ging so aufrecht, dass er sich bestimmt den Kopf angestoßen hätte, wenn er die Wohnung hätte betreten wollen. Doch obwohl er blind war, stieß er nie an und stolperte auch nie. Er wartete an der Türschwelle, und Mutter öffnete ihm mit einer Münze in der Hand. Nicht einmal Vater konnte ihm etwas abschlagen. Vielleicht weil er wusste, dass Mejer immer nur eine Münze nahm, die kleinste. Früher war das ein halber österreichischer Kreuzer, heute ein polnischer Groschen. Wenn er mehr bekam, was selten passierte, nahm er es entweder nicht oder gab heraus.

»Papa«, sagte Wela einmal, als sie beim Rathaus an der ausgestreckten Hand einer alten Frau vorbeigingen, »gib ihr was.«

Nathan war verärgert, und Wela dachte zufrieden: Zum Glück schlägt er nur seine Söhne.

»Wenn ich ihnen allen etwas gebe«, er zeigte auf die Bettler, die auf der Jüdischen und der Krakauer Straße saßen oder lagen, »dann ende ich wie sie!«

Aber Mejer gab er etwas, denn Mejer war anders als alle anderen. Nicht nur, dass er nicht auf der Straße saß. In einem sauberen Hemd und einer Jacke ging er mit einem langen Stock in der Hand von Tür zu Tür.

Es war schwer zu glauben, dass er nichts sah, nichts hörte und nicht sprechen konnte.

Rudek

»Ist das nicht zu viel des Guten?«, lachte man in Tarnów. Die Stramer-Brüder beschlossen, das zu überprüfen. Rudek, Salek und Hesio folgten Mejer Stumm einen halben Tag lang durch verschiedene Gassen des neuen jüdischen Viertels. Nur Nusek nahmen sie nicht mit, wozu auch?

Mejer trat vorsichtig an jede Tür und strich sanft mit der Hand darüber. Wenn er am rechten Türpfosten eine Mesusa fand, dann klopfte er, wenn nicht, ließ er es und ging weiter.

Die Brüder sahen auch, dass manche Bewohner beim Anblick von Mejer rasch ihre Mesusa entfernten. Andere, die es offensichtlich nicht geschafft hatten und auch Mejers Blindheit nicht trauten, löschten die Petroleumlampen und taten so, als wären sie nicht zu Hause.

»Gut, dass er das nicht sehen kann«, sagte Salek.

Er überlegte im Stillen, ob die Katholiken in Tarnów auch ihren Mejer hatten, der nur an katholische Türen klopfte. Und wenn ja, teilten die beiden Bettler dann ihre Einnahmen am Monatsende? Denn das wäre gerecht gewesen.

Mejer ging gleichgültig an den Müllhalden vorbei, aber er ließ kein Haus und keine Wohnung aus. Wenn er Essen bekam, nahm er keinen Groschen. Seinen Stock benutzte er nur einmal, als ein eleganter Herr, wahrscheinlich ein Zugereister (denn was hätte ein Einheimischer in Frack und Zylinder in diesem Viertel verloren?), ihn ohne zu fragen am Arm fasste, um ihm über die Straße zu helfen. Da schlug Mejer mit dem Stock heftig auf das Pflaster und riss sich los.

Der elegante Mann sprang zur Seite.

Sie hätten bis in die Nacht hinter Mejer hergehen können, wäre da nicht die Frau mit den hohen Absätzen gewesen, die vor dem Polnischen Hotel eine Zigarette rauchte.

»Ein paar Hooligans haben es auf Sie abgesehen«, sagte sie laut.

Und sie klopfte mit roten Fingernägeln an die Scheibe des Hotel-Restaurants.

Aus dem Hotel kam sofort ein Mann mit einem tief ins Gesicht gezogenen Helm und trat an Mejer Stumm heran.

»Soll ich dir die Fresse polieren, du Perversling?«, holte er aus. »Deine eigene Mutter wird dich nicht erkennen.«

Es blieb still, und die Frau stellte sich zwischen die beiden. Etwas anderes konnte sie nicht tun.

Ob Mejer, der keinen Mucks machte und wohl auf eine Münze wartete, eigentlich begriff, was da los war und wovor die Frau ihn bewahrt hatte? »Woran sollte er überhaupt bemerkt haben, dass es eine Frau war, und zwar eine große, hübsche Blondine?«, fragten sich die Stramer-Brüder, als sie wegliefen.

»Am Parfüm.« Hesio schien den süßen, einladenden Duft noch in der Nase zu haben.

Sie drosselten das Tempo. Rudek sagte, es sei Zeit, nach Hause zu gehen, zum Abendessen um fünf. Salek und Hesio stimmten wortlos zu. Schon lange waren sie nicht mehr so hungrig und so einig gewesen.

Und wohin verschwand Mejer? Vermutlich Richtung Bahnhof, wo er wohnte und angeblich im Sitzen auf einer Bank im Wartesaal schlief.

Rudek ging mitten auf dem Gehweg und hatte einen ähnlichen Gang wie der Typ mit dem Helm. In Gedanken war er noch bei Mejer Stumm und seinen Einnahmen. Wie viel konnte das sein: am Tag, in der Woche, im Monat und im Jahr?

Rechts von sich hatte er Salek, links Hesio, beide reichten ihm bis zu den Schultern und versuchten, mit ihm Schritt zu halten. Aber nicht nur das. Wenn Rudek in ein Schaufenster mit Kolonialwaren schaute, sich nach einem Mädchen umsah oder zu Boden blickte, um sich die Schuhe nicht schmutzig zu machen, taten die Brüder das Gleiche – wie verspätete Schatten.

Im Haus in der Goldhammer-Straße herrschte gehobene Stimmung. Vater zündete die Sabbatkerzen an – für jedes Familienmitglied eine. Er fragte nicht nur nicht, wo sie gewesen waren und warum sie Nusek nicht mitgenommen hatten, sondern umarmte und küsste sogar jeden von ihnen.

»Ich habe Arbeit für euch gefunden«, sagte er.

»Wo?«, fragte Rudek und suchte mit den Augen seine Mutter, die mit dem Rücken zu ihnen am Herd beschäftigt war. Rudek fiel auf, dass sie eine neue weiße Schürze trug.

»Bei mir«, erwiderte Nathan.

In solchen Momenten bemerkte Nathan, wie sehr Rudek seinem älteren Bruder Ben glich. Er sah aus wie der junge Ben, verdammt, besser gesagt Benjamin, denn so hatte er vor seiner Ausreise nach Amerika geheißen.

»In der jüdischen Schlachterei?« Rudek schaute von oben auf den Vater herab.

Wie hätte er auch sonst schauen sollen, da er inzwischen größer war als Nathan. Doch auch vorher hatte er schon so geschaut. Das war Bens Blick. Und dieser selbstsichere Ton und der unverschämt hochgezogene linke Mundwinkel. Nathan kam es manchmal so vor, als würde er mit dem amerikanischen Gürtel nicht Rudek, sondern Ben verdreschen. Ben, der alles besser wusste. Ben, der nicht einmal versucht hatte, ihn von der Rückkehr aus New York abzuhalten. Ben, der es einfach nicht schaffte, seinen jüngeren Bruder und dessen Familie in Tarnów zu besuchen.

Ben, den er anders nicht erreichen konnte.

»You kiddin' me?«, sagte Nathan, und weil niemand das verstand, erklärte er: »Die Schlachterei hab ich heute in die Wüste geschickt.«

Und er zeigte den Jungen die offizielle Konzession, die er

erhalten hatte, um ein »Unternehmen zur Ausgabe von warmen Mahlzeiten, Kaffee und Tee sowie zum Billard-Spielen« führen zu dürfen.

»Das wollen wir feiern«, schrie er und entkorkte eine Flasche Rotwein. »Freut ihr euch nicht?«

Die Kinder verstummten. Sie betrachteten den ungarischen Wein, ein Erlauer, »nicht so ein süßer Tokaier oder irgendein Mist aus Rosinen«, wie Nathan jedes Mal bekräftigte, wenn er von dieser Flasche erzählte. Jemand hatte ihn einmal in der Schlachterei an der Kasse stehen lassen. »Und eine Woche lang nicht nachgefragt, könnt ihr euch das vorstellen? Nach so einem Wein!«

»Finders keepers«, hatte er dann gesagt.

Nathan war in dieser Angelegenheit einmal ins Weingeschäft von Abraham Reich gegangen, neben der Post in der Krakauer Straße. Um sich die Preise anzusehen. Der Wein war ein Vermögen wert! Aber an einzelnen Flaschen waren sie nicht interessiert, nicht einmal zum halben Preis. Für ihn war schwer zu verstehen, wie so ein Geschäft sich halten konnte, noch dazu seit 1842, worüber das verblasste Schild über dem Eingang stolz informierte.

Vielleicht bringe ich in meinem Café auch ein Schild mit dem Datum der Gründung an, dachte Nathan.

Der ungarische Wein musste lange auf eine besondere Gelegenheit warten. Freitagabends machte Nathan nur eine Flasche Rosinenlikör auf. Rudek und Hesio schauten sich damals den ungarischen Wein von allen Seiten genau an. Den Korken herauszuziehen, kam nicht in Frage. Noch weniger, ihn mit einem Schlüssel oder Nagel hineinzudrücken. Rudek hatte eine andere Idee.

Er brachte eine Spritze aus Glas und Metall mit nach Hause.

Woher er sie hatte, wollte er keinem der Geschwister sagen. Er erschreckte Nusek damit, dass er ihm die Spritze in den Hintern jagen würde, dann stieß er die Nadel vorsichtig in den Korken der Flasche. Er spritzte die erste Portion Wein, die er herausgezogen hatte, in ein Glas. Diese Prozedur wiederholte er fünf Mal, bis fast das ganze Glas voll war.

»Auf die Stramers!« Rudek hob das Glas, trank einen Schluck und reichte es dann weiter.

Es war ihm wichtig, dass jedes der Geschwister einen Schluck nahm, sogar die jüngsten, Wela und Nusek. Dann würden sie den Eltern bestimmt nichts sagen.

Außerdem wollten sie es selbst.

Danach taten sie, als wären sie betrunken. Oder waren sie es wirklich?

Nusek, das leere Glas in der Hand, torkelte – den Nachbarn von gegenüber nachahmend – durch die Wohnung, stieß gegen die Möbel und lallte:

»Schatz, ich schwör's dir, ich hab nichts getrunken.«

Wela schlug lachend Purzelbäume.

»Und jetzt?«, fragte Rena geistesgegenwärtig und zeigte auf die Flasche.

Rudek griff nach der Spritze. Er hatte keine Wahl, aber es dauerte eine Weile, bis er sich überwunden hatte und die Nadel in den Eimer tauchte. Dann spritzte er durch den Korken das gesammelte Wasser in die Flasche. Das tat er fünf Mal.

»Das Geschäft lohnt sich unter einer Bedingung«, gestikulierte der Vater jetzt am Küchentisch, und die Kinder konnten den Blick nicht von seinem vollen Glas lassen. »Man muss selbst hinter dem Tresen stehen, am besten mit der ganzen Familie. Die eigene Arbeitszeit zählt nicht, dann lohnt es sich.«

»Papa, heißt das …«, Nusek hielt es nicht mehr aus, als Nathan das Glas zum Mund führte, »heißt das, du wirst uns bezahlen?«

Er, der jüngste Sohn, war dem Vater am ähnlichsten. Deshalb nahm Nathan ihm die unverschämte Frage nicht übel, sondern sagte nur milde:

»Sonst noch was?! Dafür, dass ihr den Eltern helft?«

Und er drohte Nusek mit dem Finger.

Wird er uns jetzt allen den verwässerten Wein ins Gesicht spucken? Rena rückte für alle Fälle ein Stück weg vom Tisch.

Wird er schreien, wir hätten alles versaut? Mit der Faust auf den Tisch schlagen und so jäh aufspringen, dass er seinen Stuhl umwirft? Wenn das passiert, ist das Café gestorben! Und die offizielle Konzession wird er vor aller Augen zerknüllen oder zerfetzen und im Herd verbrennen. Und er wird verlangen, dass wir den Wein ersetzen. Rudek war besorgt.

Wela sah schon vor sich, wie Vater beim ersten Schluck erblasst, schwankend hinausgeht, um sich hinzulegen, und Mama sagt:

»Ein Magenkatarrh.«

Hesio stellte sich wohl ein Gewitter mit Geschrei und amerikanischen Flüchen vor, das sich zusammenbraute und gleich über den Tisch hinwegfegen würde, denn er schaute aus dem offenen Fenster. Vielleicht sollte man es schnell noch schließen?

Salek sah sich schon vor dem Vater stehen, heldenhaft die ganze Schuld auf sich nehmen und sagen:

»Manche verwandeln Wasser in Wein, andere umgekehrt.«

Die Geschwister würden lachen, Mutter ihn bewundernd ansehen und Vater ihm verzeihen:

»Mögen nur die, die Wein in Wasser verwandeln, besser enden, mein Sohn.«

Nusek konnte sich nicht vorstellen, was passieren würde, aber weil er das Schlimmste befürchtete, rutschte er auf seinem Stuhl ein Stück tiefer.

In diesem Augenblick trank der Vater auf einen Zug das ganze Glas aus.

»Na!« Er wischte sich mit der Hand über den Mund. »Ich verstehe: So schmeckt good old wine.«

KAPITEL 7

Nathan

Das Café, das er einen Monat später eröffnete, war nicht viel größer als die Wohnung. Es befand sich ebenfalls in der Goldhammer-Straße, nur am anderen Ende, am repräsentativen Anfang der Straße: Nummer 6.

Tee, Kaffee, Milch und verschiedene Speisen – statt ein Schild aufzuhängen, ließ Nathan diese Information von Rena in Schönschrift mit weißer Farbe zwischen die Fenster des Cafés schreiben, auf Polnisch und auf Jiddisch. Seinem eigenen Polnisch traute er nicht so ganz.

Er kaufte nur vier Holztische mit Stühlen, einen gebrauchten Billardtisch und einen Garderobenständer, doch auch so schluckten diese Gegenstände den größten Teil des Lokals und der von Ben geschickten Dollars.

Nathan erklärte seiner Frau, den Kindern und sich selbst, dass diese Investition sich blitzschnell bezahlt machen würde. Man musste die Cafés in Tarnów nicht einmal betreten, man brauchte nur an ihnen vorbeizugehen, um das zu verstehen. Genau das tat Nathan, bevor er seines eröffnete. Die Cafés waren immer voll, er wunderte sich sogar, dass es nicht mehr davon gab. Er sah durch die Fensterscheiben ins Innere und lächelte geheimnisvoll. In Gedanken multiplizierte er die Zahl der Gäste mit den Preisen der Speisen und Getränke, dann mit den Stunden der Öffnungszeit, den Tagen der Woche, des Monats und des Jahres.

Aber die Konkurrenz schlief bekanntlich nie, daher teilte er seine Überlegungen und Berechnungen nur seiner Frau mit.

»Wie gut, dass manche Cafés auch an arbeitsfreien und Feiertagen offen haben, wenn alles andere geschlossen ist«, sagte er.

»Ja. Schlaf jetzt.« Rywka drehte Nathan und seinem Café den Rücken zu. »Es ist mitten in der Nacht.«

Manchmal ging Nathan in eines der vollsten. Ins UNTER DER PLANE am Sobieski-Platz, ins SECESSION in der Krakauer Straße, über das man sagte, es sei im Stil des berühmtesten Cafés von Galizien, des HAWELKA, oder ins AVENUE in der Wallstraße. Letzteres, vor allem dessen Name, gefiel ihm am besten.

»Kein Platz frei?«, fragte er die Kellner und sah sich um, um das gewisse Etwas zu finden, das die Leute anzog, die er mittlerweile alle als seine zukünftigen Kunden betrachtete.

Der Ständer mit den Zeitungen? Er könnte in seinem Café die Zeitungen von gestern aushängen, die gaben die Leute fast umsonst ab. Denn wozu sollte man die von heute kaufen, wenn sie morgen sowieso wieder von gestern wären?

Oder vielleicht der alte, blinde Pianist? Er spielte mindestens so falsch wie Salek. Aber für ein Klavier gab es weder Platz noch Geld. Vielleicht wäre es also gut, wenn der Junge das Geigenspiel wieder aufnähme – Nathan notierte sich das auf dem Zettel mit den Berechnungen, und sofort stellte er sich Salek mit einer schwarzen Brille vor.

Die dicken Plüschvorhänge im Café SECESSION, durch die kaum das Licht durchkam? Auf keinen Fall! Geld für Lampen und Petroleum ausgeben, wo die Sonne doch umsonst scheint?

Oder frische Blumen? Auch das war übertrieben, Blumen, die man alle paar Tage wegwerfen musste, das war in Vasen versenktes Geld. Vielleicht besser Blumentöpfe?

»Warten Sie einen Moment«, riefen die Kellner ihm zu. »Gleich wird ein Tisch für Sie frei.«

»Too late. Ich komme ein andermal wieder.«

Da der Name AVENUE, den er am besten fand, schon vergeben war (einen Moment lang erwog er »5th Avenue«), bat er Rena, als sie noch einmal auf die Leiter stieg, über den Eingang zum Café BEI DEN STRAMERS zu schreiben.

In diesem Moment wurde ihm klar, dass seine Tochter in dem weißen Kleid eigentlich schon eine Frau war, nach der sich die Männer auf der Straße umdrehen. Bemerkte Rena eigentlich, wie sie sie anstarrten? Ihren dunklen Teint, die dichten schwarzen Locken? Und vor allem, wie unverschämt sie ihr auf den Busen und den Hintern glotzten? So wie er einst Rywka angestarrt hatte, der Rena so ähnlich war. Nathan empfand einerseits Stolz auf seine Tochter, wenn er sah, wie sie auf der Leiter über der ganzen Goldhammer-Straße thronte, über ihrem Vater und den ganzen Typen, die sie anglotzten, andererseits aber auch Eifersucht, wie damals bei Rywka. Intuitiv schaute er durchs Fenster des Cafés, wo seine grauhaarige Frau leicht nach vorn geneigt am Tresen hantierte, und da empfand er noch etwas. Und dieses Etwas war ihm viel wichtiger.

Rywka lächelte und winkte ihm zu.

Wenn nur Ben ihn jetzt sehen könnte. Nathan richtete sich auf und streckte den Bauch heraus. Was würde er bei diesem Anblick sagen? Der jüngere Bruder mit weißem Hemd und Krawatte, in zugeknöpfter, gestreifter Weste und offenem Jackett blinzelt vor seinem eigenen Lokal in der Sonne. Er nahm den Hut ab, wischte mit dem Taschentuch über die Innenseite und über seine Stirn. Dann setzte er den Hut wieder auf, ein wenig schief. Na ja, die Hose könnte vielleicht etwas besser gebügelt sein und die Schuhe sauberer, aber Ben kannte schließlich den Dreck auf den Tarnower Straßen.

Und was würde er zu der großen weißen Inschrift über dem Eingang sagen? Ihr Name würde dank Nathan jetzt in der ganzen Stadt bekannt werden. Ich gehe zu den Stramers! Wir treffen uns bei den Stramers! Bis morgen, wie immer um zehn bei den Stramers!

Vielleicht würde in ein paar Jahren in einem New Yorker Café jemand sagen: »Der Kaffee ist fast so gut wie bei den Stramers.« Und am Nebentisch würde zufällig Ben sitzen.

»Von welchen Stramers sprechen Sie?«

»Na, von denen in Tarnów natürlich.«

Und dann würde Ben alles über seinen jüngeren Bruder und dessen Erfolg erfahren.

Nathan lächelte. Schon sah er sich die nächsten Cafés eröffnen, und jedes würde ein anderer seiner Söhne führen.

Wie Ben wohl inzwischen aussah? Seltsam, dass Nathan noch nie darüber nachgedacht hatte. Für ihn war der Bruder immer noch der vom Kai in New York, als Ben ihm zum Abschied den Ledergürtel geschenkt hatte. Er hatte sich seit zwanzig Jahren nicht von diesem Kai wegbewegt. Reglos wie die Freiheitsstatue.

Aber warum sollte eigentlich immer der ältere Bruder reglos dastehen und schauen, wie der jüngere abfuhr: Würde er reif und verantwortungsbewusst werden und das Vertrauen des Bruders verdienen? Und warum blickte der jüngere immer nur zurück, um sich mit dem älteren zu vergleichen, der aus unverständlichen Gründen, den Gesetzen der Perspektive zum Trotz, aus der Ferne mit jedem Mal größer erschien?

Hieß das etwa, dass Nathan ein kleinerer Ben war?

Nathan wurde erst jetzt bewusst, dass Rena mit dem Schreiben fertig war und sogar schon den Farbkübel und die Leiter weggeräumt hatte.

Einen Moment blieb er noch vor dem Café stehen. Er las die in der Sonne trocknende Inschrift und schielte nach den

Passanten – ob auch sie bemerkten, dass die Welt sich verändert hatte.

Rywka

Am Tag der Eröffnung des Cafés kam kein einziger Kunde. Alle schauten, wie vorher Nathan, nur durch die Fensterscheibe herein. Um in dem grellen Sommerlicht überhaupt etwas zu sehen, hielten sie die Hände gegen die Scheibe.

Das beunruhigte Nathan, und er schickte alle paar Minuten eines der Kinder hinaus, um die Spuren der Beinahe-Kunden zu verwischen.

»Papa«, sagte Nusek, »sie gucken zu uns rein wie in ein Aquarium mit Fischen.«

»Halt die Klappe«, erwiderten Nathan und Rudek gleichzeitig.

Ein einziger Zugereister (den Koffer in der Hand) überschritt die Schwelle des Cafés, aber beim Anblick der vier leeren Tische, der sechs minderjährigen Kellner, die ihn anstarrten, des hinter dem Tresen stehenden Chefs und der aus der Küche schielenden Köchin drehte er sich auf dem Absatz um und ging wieder.

»Was ist da los, verdammt?!« Nathan hatte am ersten Tag mindestens eine Belagerung erwartet.

Er bedauerte jetzt, dass er nicht auf Rywka gehört und keinen donnernden Eröffnungsempfang veranstaltet hatte, mit Kaffee und Tee umsonst.

»Das bringt nichts«, hatte er seiner Frau tags zuvor erklärt. »Sie werden sagen, wenn man etwas umsonst bekommt, heißt das, es ist nichts wert. Und werden nicht wiederkommen.«

»Wenn ich ihnen guten Kaffee und Tee serviere, dann kommen sie schon wieder.«

»Bullshit«, ereiferte sich Nathan. »Und selbst wenn sie kommen, werden sie nichts bestellen, denn warum sollten sie für etwas zahlen, was sie schon umsonst bekommen haben? Das ist wie mit den Zeitungen. Blödsinn, neue zu kaufen, wenn ...«

Rywka zuckte die Schultern. Das war für sie nicht überzeugend, und sie verstand seine Argumente nicht (denn zu Hause bekamen die Leute ja die gleichen Getränke, die sie im Café bestellten, ebenfalls umsonst), aber sie hatte keine Lust, sich weiter zu streiten, umso weniger, als das, was er über die Zeitungen sagte, sie kränkte. Schließlich hätte sie niemandem einen Kaffee oder Tee vom Vortag serviert. Nicht einmal umsonst.

Aber vielleicht kannte sie sich ja wirklich nicht aus. Sie versuchte, sich zu erinnern, wann sie das letzte Mal in einem Café gewesen war. Nein, nein, das konnte nicht sein ... Doch, es war wohl tatsächlich vor dem Krieg gewesen, denn die kleinsten Kinder, Wela und Nusek, waren damals noch nicht auf der Welt.

Mit Freude hatte sie ihre Töpfe und Pfannen in die kleine Küche hinter dem Holztresen gebracht. Hier hatte sie mehr Platz als zu Hause, wo sie täglich Mittag- und Abendessen kochte. Jetzt würde sie das im Café machen. Deshalb hatte sie auch einen Satz koscheres Geschirr mitgenommen.

Sie freute sich auch aus einem anderen Grund. Die Familie würde wieder mehr zusammen sein. In letzter Zeit verschwanden nicht nur Rudek und Rena häufig irgendwo und kamen erst spätabends durchs Küchenfenster zurück, sondern manchmal auch Salek und sogar Hesio.

Vor allem seit den Sommerferien.

Das beunruhigte sie. Wo verbrachten sie die Tage? Was taten sie? Saßen sie im Strzelecki-Park herum? Oder auf dem

Sankt-Martinsberg, wo sich jetzt angeblich die Jugend traf? Als sie danach fragte, antworteten sie, ohne ihr in die Augen zu sehen, sie gäben immer noch Nachhilfestunden. Aber schließlich war die Schule seit einem Monat zu Ende und mit ihr die Nachhilfestunden, dank derer sie in der Lage waren, die Schule selbst zu bezahlen.

Rywka konnte nicht einschlafen, bevor nicht alle zu Hause waren.

Sie beschloss, Nathan davon zu erzählen. Aber alles, was nicht das Café BEI DEN STRAMERS betraf, interessierte ihn jetzt nicht mehr.

»Wenn du ein Problem hast und dir deshalb Sorgen machst«, Nathan verstummte einen Moment, als hätte er vergessen, was er sagen wollte, »dann hast du zwei Probleme.«

»Das ist ja ganz was Neues.«

Rywka kannte diesen Spruch genau. Trotzdem bestand Nathan darauf, dass er ihn soeben erfunden hatte. Wie konnte es dann sein, dass ganz Tarnów ihn seit Jahren benutzte? Sogar ihr Vater in Nisko hatte sie als Kind oft damit zu trösten versucht.

Manchmal, wenn Nathan so stur auf etwas beharrte, und das in diesem Ton, der keinen Widerspruch duldete, hatte sie den Eindruck, er käme sich wie ein Rabbi oder Zaddik vor. Während ihrer Verlobungszeit hatte er tatsächlich erzählt, seine Familie stamme von einem wichtigen Rabbiner in Krakau ab. Der war es wahrscheinlich, dem Salek nachschlug. Sie wusste nicht mehr, um welchen Rabbiner es sich handelte, vielleicht wusste Nathan es selbst nicht.

Jedenfalls hatte er nach der Hochzeit nie wieder davon gesprochen.

Nun fiel ihr auch wieder ein, dass er früher oft mit leuchtenden Augen gesagt hatte, er werde sie ans Meer mitnehmen, sie würden zusammen den Sonnenuntergang anschauen und in den Wellen schwimmen. Doch jetzt schwammen nur die Jahre davon.

Und seine Augen leuchteten nur noch beim Gedanken an das Café. Morgens stand er zusammen mit Rywka auf und legte sich tagsüber nicht mehr hin. Jeden Augenblick verbrachte er BEI DEN STRAMERS, in seinem besten Jackett. Er achtete darauf, es nicht zu beschmutzen, deshalb ließ er fast alle Arbeiten sie und die Kinder machen. Er selbst betrachtete sich im Spiegel über dem Tresen und ging immer wieder nach draußen, um die Aufschrift anzuschauen.

Am Eröffnungstag erlaubte er den Kindern nicht, an den freien Tischen zu sitzen, nicht einmal der kleinen Wela. Wie würde das denn aussehen?

»Da kommt ein Kunde rein, sieht so was und geht wieder.«

Im Café war er in erster Linie Chef, erst danach Ehemann und Vater. Rywka wunderte sich, wie plötzlich diese Veränderung gekommen war und wie er sich von Tag zu Tag wichtiger fühlte.

Er ging zwischen den Tischen umher, sprach ruhiger als früher und gestikulierte weniger. Auch machte er keine Einkäufe mehr für die Familie. Allein das Café zählte, und er war schließlich sein Hauptrepräsentant, sein Gesicht, sein Name. Dass es noch keinen einzigen Kunde gab, war da zweitrangig.

Ein paar Tage vor der Eröffnung hatte Rywka ihren Mann gefragt, wer wohl ins Café kommen werde. Welche Kunden. Für wen sollte sie kochen? Er sah sie an, als würde er die Frage immer noch nicht verstehen. »Ob es koscher sein soll oder nicht?« Nathan, der schon beim Geruch von Schweinefleisch die Straßenseite wechselte, war überrascht.

Zuerst sagte er, natürlich koscher.

»Dann werden alle, Juden wie Katholiken, bei uns essen können.«

Kurz darauf änderte er seine Meinung:

»Aber werden die Katholiken überhaupt neben den Kaftanträgern am Tisch sitzen wollen?«

Die Antwort kannten beide.

Schließlich kapitulierte er:

»Entscheide du das, Liebes. Ich hab jetzt keine Zeit.«

Und er ging hinaus, um sich die Aufschrift anzuschauen.

»Sowohl als auch«, sagte Rudek, sobald der Vater draußen war. Dieser Ansicht war auch Rywka.

Also musste sie zusätzliches Geschirr kaufen und die Küche durch einen Vorhang teilen. Ob das reichte? Eine andere Lösung gab es nicht. Sie setzte auf ein kaltes Buffet. Belegte Brote, Hering, Gänsehals. Das war an Sommertagen das Beste. Von den warmen Gerichten – vorläufig nur Kutteln.

Rudek

Rudek fühlte sich am ersten Tag im Café tatsächlich wie ein Fisch im Aquarium. Nusek hatte Recht, das musste er insgeheim zugeben. Ein Fisch im Wasser und ein Fisch im Aquarium sind ganz verschiedene Dinge. Aber wo konnte Nusek eigentlich ein Aquarium gesehen haben? Rudek erinnerte sich jetzt an eines, das er bei Daniel, dem Sohn des Vizebürgermeisters, gesehen hatte. Gleichgültig passierten die bunten Fische einander im Aquarium, wie die Stramers einander am Ende des Tages zwischen den vier leeren Tischen passierten.

Er wusste noch: Da war ein rotes Fischchen gewesen, das

sich von den anderen unterschied. Ausdauernd schluckte es Steinchen vom Grund und spuckte sie dann an die Glaswand.

»Nicht einmal nachts hört es damit auf«, sagte der Sohn des Vizebürgermeisters. »Papa sagt, durch dieses Geräusch kann er nachts oft nicht schlafen. Und dass das vielleicht nicht ohne Einfluss auf das Schicksal der Stadt ist. Denn bald sind Wahlen.«

Glaubte das rote Fischchen, dass es ihm auf diese Art gelingen könnte, irgendwann das Aquarium zu zerstören? Oder wollte es nur die Aufmerksamkeit der Menschen auf sich lenken?

Genau das müsste man jetzt tun, dachte Rudek und ging nach Schließung des Cafés zu der Militärkaserne gegenüber von ihrem Haus in der Goldhammer-Straße. Seit Jahren ging er dorthin – zu später Stunde, wenn die Soldaten nicht mehr in die Stadt durften. Er hatte damit schon begonnen, als dort noch die Österreicher stationiert waren.

Damals fragte er über die hohe Mauer hinweg auf Deutsch: »*Zigaretten*?« Jetzt das gleiche auf Polnisch.

Die österreichisch-ungarischen Soldaten warfen Heller und Gulden über die Mauer, die polnischen Ulanen zuerst Mark, jetzt Groschen und Zlotys, und Rudek unverändert immer Zigaretten. Ganze Schachteln oder einzelne Zigaretten. Doppelt so teuer wie in der Trafik.

Wie damals konnte er auch jetzt den Rest nicht herausgeben.

Er hatte versucht, Salek in das Geschäft hineinzuziehen. Ein paar Mal nahm er ihn mit zu der Kaserne, damit er sehen konnte, wie man das macht; dann schickte er ihn allein los, aber der Bruder kam traurig zurück, ohne Geld und ohne Zigaretten. War er noch zu klein? Denn die einzelnen Zigaretten waren, statt über die Mauer zu fliegen, an ihr abgeprallt und in den Dreck gefallen. Und im Dunkeln konnte er sie nicht finden. Und für die ganze Schachtel, die hinübergeflogen war, hatte er kein Geld bekommen. Obwohl Rudek ihm vorher erklärt hatte: zuerst das Geld, dann die Zigaretten.

»Ich gebe lieber Nachhilfe«, sagte Salek.

Und Rudek musste zugeben, dass er dafür wirklich besser geeignet war.

Kürzlich hatte er den Sohn des Rabbiners so gut in Mathematik, Geschichte und Polnisch unterrichtet und ihm vor allem beigebracht, akzentfrei Polnisch zu sprechen, dass der Junge ohne Problem die Prüfung für die sechste Gymnasialklasse bestand. Und dessen Vater war aus der großen Neuen Synagoge in ihre kleine Wohnung in der Goldhammer-Straße gekommen, um sich persönlich bei Salek zu bedanken.

»Warum sprechen manche Kinder wie Katholiken Polnisch«, fragte der Rabbi interessiert, »und andere mit Akzent?«

Salek erwiderte, am besten sprächen diejenigen jüdischen Kinder Polnisch, bei denen zu Hause nicht Polnisch gesprochen werde.

»Warum?«

Rudek hörte gespannt zu, stolz darauf, dass sein jüngerer Bruder für den Rabbi ein interessanter Gesprächspartner war.

»Weil sie sich nichts Falsches angewöhnen.«

War es möglich, dass der Rabbi und seine Frau zu Hause mit ihrem Sohn insgeheim in ihrem schlechten Polnisch sprachen? Und dabei dachten, sie würden ihm damit das Leben leichter machen?

»Sure«, warf Nathan ein. »Deshalb wird bei uns nur Jiddisch gesprochen!«

Vater. Auf dem Weg in die Kaserne schüttelte Rudek nur den

Kopf. Vater verstand vom Polnischen so viel wie vom Führen eines Cafés. Aber immer musste alles sein Verdienst sein.

Wie es wohl wäre, der Sohn des Rabbiners der Neuen Synagoge, des Direktors des Hotels Soldinger oder zum Beispiel des Vizebürgermeisters zu sein?

Er kam ins Nachdenken.

Aber seine Mutter würde er gegen keine andere tauschen wollen. Und auch nicht seine Geschwister.

Es war ein warmer Sommerabend. Gegen die Gaslaternen auf der Straße stießen Insekten. Durch die offenen Fenster hörte man jemanden Klavier üben. Nur die überfüllten Mülltonnen, die im Sommer am schlimmsten stanken, erinnerten ihn daran, dass er in Tarnów war.

Rudek wechselte die Straßenseite. Er musste sich nicht einmal umsehen. Seit der Magistrat ein Dekret erlassen hatte, das schnelles Fahren durch die Stadt verbot, war es auf den Straßen sicherer geworden. Es ging vor allem um Lastwagen, die häufig Gebäude streiften und das Pflaster beschädigten. Ein paar Mal war es auch vorgekommen, dass einer in eine Wohnung fuhr.

Rudek und seine Brüder bedauerten, dass sie das nicht gesehen hatten.

Er stellte sich vor, wie ein Lastwagen ins Café BEI DEN STRAMERS fuhr. Und mit ihm der erste ersehnte Kunde.

Er lächelte.

Er wusste jetzt, was er tun würde.

»Wer traut sich, gegen einen Billardmeister zu verlieren?«, rief er über die Backsteinmauer.

»Wieso?«, antwortete eine Stimme auf der anderen Seite.

»Ich warte morgen bei den Stramers.«

Und als Anreiz, damit es auch funktionierte, warf er ein paar kostenlose Zigaretten über die Mauer.

Am Nachmittag darauf kamen sie. Die ersten Kunden, nach denen Nathan Ausschau hielt wie nach dem Messias. Und gleich zu fünft. Als Belohnung für seine Geduld.

»Bitte kommen Sie herein«, begrüßte Nathan sie.

Die Messiasse waren keine Juden. Vier Rekruten, kaum älter als Rudek. Der fünfte, offensichtlich ihr Vorgesetzter, in Uniform mit Medaillen und mit einem grauen Schnauzer im Stil von Piłsudski, hätte ihr Vater sein können, sogar ihr Großvater. Die vier warteten, bis er sich gesetzt hatte, dann setzten sie sich auch.

Sie bestellten jeder ein Bier und Kutteln.

Nathan bediente sie persönlich, und Rywka kam jeden Moment mit einem Lappen aus der Küche und wischte den vor Sauberkeit blitzenden Tresen. Sie war gespannt, wie ihnen die Kutteln schmeckten.

Hesio und Salek wechselten gemeinsam die Aschenbecher. Hesio bedeckte den vollen Aschenbecher mit einem leeren und trug ihn mit beiden Händen in die Küche. Salek stellte den Gästen sofort einen neuen hin.

Später gingen die Männer zum Billardtisch. Sie bestellten noch eine Runde Bier, die ihnen diesmal Rena brachte.

Rudek spielte sie, wie am Vortag versprochen, einen nach dem anderen unter den Tisch. Erst als der fünfte dran war, der mit dem Schnurrbart, ging seine Glückssträhne zu Ende, und obwohl ihm alle Geschwister heftig die Daumen drückten, vor allem Wela, die Jüngste, fielen Rudeks Kugeln nicht mehr in die Löcher.

Aber nicht nur das. Er stieß die schwarze Kugel so stark an, dass sie vom Tisch flog und fast einen der Gegner getroffen hätte. Sie fiel zu Boden, vor die schmutzigen Stiefel des Anführers, der die Aktion mit einem ironischen Grinsen quittierte –

als typische Verzweiflungstat eines Verlierers, als letzten Reflex, wie er es vom Schlachtfeld kannte.

»Ich bitte vielmals um Entschuldigung, Herr General«, sagte Rudek.

»Spielen wir weiter, Junge.« Der Anführer sah eher stolz als beleidigt aus. Schließlich hatte er ja den Gegner in diesen Zustand versetzt. Und das vor den Augen der jungen Soldaten, die jetzt auch noch hörten, dass man ihn General nannte.

»Was ist denn mit dir passiert?« Nusek zog Rudek am Ärmel, gleich als diese ersten Kunden gegangen waren.

»Nichts.« Rudek zuckte nur die Schultern.

Er sah zu, wie sein Vater das Geld einsammelte und zählte, darunter auch das Trinkgeld, das der ältere Soldat auf dem Billardtisch liegengelassen hatte. Die Geldscheine steckte er in die linke hintere Tasche, die Münzen in die rechte vordere.

»Man muss wissen, wann verlieren angesagt ist«, sagte Rudek. »Das ist schwieriger, als zu gewinnen.«

Salek

In diesem Moment ging die Tür auf, und der sechste Kunde trat ein. Er stolperte über die Schwelle und hielt sich im letzten Moment an dem Kleiderständer fest, um nicht zu stürzen. Salek erkannte ihn sofort und sagte:

»Guten Tag, Herr Rechtsanwalt.«

Es war Mieczysław Zawadowski, ein junger Tarnower Advokat. Salek und Hesio hörten in diesem Sommer viel von ihm auf dem Sankt-Martinsberg. Salek hatte ihn dort sogar einmal gesehen, aber im Dunkeln hatte er die verschwommenen blauen Augen und das nach hinten gekämmte blonde Haar nicht bemerkt. Man sagte über »Mietek«, er verzaubere mit seinen Reden den ganzen Gerichtssaal. Angeblich hatte er nicht nur unentgeltlich arme Bauern verteidigt, die ihm dann Hühner in die Kanzlei brachten, sondern auch ältere Schulkameraden von Salek und Hesio, die man abends auf dem Martinsberg treffen konnte. Ein Held. Salek überlegte, wie er ihm seine Bewunderung zeigen könnte.

Rudek sah Salek fragend an. Er ging abends nicht auf den Martinsberg und fand, auch die Brüder sollten sich von diesem Ort fernhalten.

»Das ist nicht der Berg Sinai!«, hatte er ihnen einmal gesagt.

»Woher weißt du das? Vielleicht doch?«, hatte Salek erwidert.

Rudek hatte nur abgewinkt.

»Ein Bier und einen Wodka«, sagte Zawadowski und lockerte die Krawatte.

Er schaute reglos durchs Fenster auf die zwei Droschken, die draußen standen. Hatten sie hier eine neue Haltestelle? Oder hielten die Kutscher nur eine Weile an, um ein Schwätzchen zu halten?

»Ein Bier und hundert Gramm Wodka«, wiederholte Salek für die Eltern am Tresen und fügte leiser hinzu: »Er ist Rechtsanwalt.«

»Wer?«, fragte Nusek, der kaum über die Bar sehen konnte.

Salek kickte ihn in den Knöchel.

Zawadowski blickte immer noch auf die Kutscher.

Nathan brachte ihm das Tablett mit seiner Bestellung.

»Es ist mir eine Ehre, Sie zu bedienen«, sagte er. »Ich bin der Besitzer.«

Zawadowski drehte sich zu Nathan um und ließ seinen Blick durch das Café schweifen, als verstünde er nicht so genau, wo er sich befand. Erst bei dem Bier und dem Gläschen Wodka machte er Halt.

»Herzlichen Dank.« Er kippte den Wodka.

»Zum Wohl«, sagte Nathan.

»Damit Sie nicht zweimal gehen müssen – bitte gleich noch einen.«

»Zu Ihren Diensten.«

»Nach einem Wodka kann ich am besten reden.« Wie zum Beweis erhob er die Hände, als wäre er schon im Gerichtssaal.

Salek und Hesio standen hinter dem Tresen und versuchten aus dem Gestikulieren der beiden Männer herauszulesen, worum es ging. Politische Prozesse? Ungleichheit der Klassen? Die Schüsse der Armee auf Arbeiter?

Nach dem vierten Wodka und dem dritten Bier bestellte Zawadowski noch einen Kaffee, danach stand er auf und schickte sich an zu gehen. Er warf sich noch den Mantel über und nickte zum Abschied den Stramers zu.

»Und die Rechnung?«, rief Rudek, als Zawadowski schon mit einem Fuß auf dem Bürgersteig stand. »Das macht zehn Zloty.«

Zawadowski kam wieder herein und begann, seine Taschen zu durchsuchen, aber Rudek sah, dass er das mehr für die anderen tat, ohne große Überzeugung, ohne zu glauben, er werde etwas finden. Schließlich schüttelte er den Kopf.

»Ich habe meine Brieftasche vergessen.«

»Mein Herr«, sagte Nathan und stellte sich zwischen den Anwalt und die Tür. »Wenn Sie nicht bezahlen, können Sie nicht gehen.«

Zawadowski schaute auf die Uhr.

»Ich komme zu spät zur Verhandlung.«

Er setzte sich an einen Tisch, holte aus der Innentasche des

Mantels einen Füllfederhalter hervor und schrieb etwas auf eine Serviette.

Dann faltete er sie und schrieb mit Druckbuchstaben die Adresse:

ANWALTSKANZLEI
ZAWADOWSKI UND FRANCOZ
LEMBERGER STR. 5

»Der Kutscher bringt das zu meinem Kompagnon.« Er reichte Nathan die Serviette. »Und kommt dann mit dem Geld zurück.«

Nathan gab Rudek den Brief, und der machte sich auf den Weg zu den Kutschern. Während er über die Straße ging, drückte er ihn diskret an sein Hemd, um ihn nicht zu beschädigen und damit niemand im Café sehen konnte, dass er die Serviette auffaltete.

Zawadowskis ausschweifende Schrift gefiel ihm.

Leon, kauf mich frei. 10 Zl.

Schnell faltete Rudek die Serviette wieder zusammen.

Salek betrachtete unterdessen Zawadowski – es war ihm peinlich, dass sein Vater neben ihm stand wie ein Wächter.

Jeder kann mal was vergessen – Salek stellte sich vor, wie er das dem Vater erklärte. Vor allem jemand, der so viele wichtige Dinge im Kopf hat. Außerdem arbeitete der Anwalt meist umsonst, woher sollte er also Geld haben? Würde sein Vater überhaupt verstehen, dass man auch unentgeltlich arbeiten kann?

Nein, Vater würde das nie verstehen. Obwohl er andererseits ja seinen Kindern nichts für das Kellnern bezahlte.

Einmal hatten Salek und Hesio beim Abendessen versucht, über die sozialen Klassen zu reden. Über die Reichen und die Armen. Vom alten Ägypten und den Sklaven, die beim Pyramidenbau schufteten, bis zum heutigen Tarnów und den in den

Fabriken schuftenden Arbeitern. Es habe sich nichts verändert, meinten sie. Weiterhin lebe einer allein in acht Zimmern und andere zu acht in einem. Dabei würde es genügen …

»Die Jungen denken immer, die Welt fängt bei ihnen an«, hatte Nathan sie unterbrochen.

Und die Alten, dass die Welt mit ihnen aufhört, dachte Salek jetzt, während er den Vater betrachtete.

Ein Sklave, der nicht einmal weiß, dass er einer ist. Und zu allem Überfluss hält er seinen Verteidiger fest – einen Mann, der vor Gericht dafür kämpft, dass Menschen wie ihm, Nathan, Gerechtigkeit widerfährt.

Er sollte ihm die dämlichen zehn Zloty erlassen. Was waren denn schon zehn Zloty? Fünf Stunden Nachhilfe.

Umso mehr, als etwas in Bewegung kam. Kürzlich hatten Soldaten unweit des Hauses in der Goldhammer-Straße auf streikende Bahnarbeiter geschossen. Sie hatten in der Wohnung die Schüsse gehört. Nusek und Wela hatten sich aus Angst unter dem Tisch verkrochen. Und Hesio hatte auf dem Schulweg fünf getötete Arbeiter gesehen. Sie lagen im Straßendreck.

Auf dem Martinsberg erzählte man sich, das sei der beste Beweis dafür, dass das Gespenst des Kommunismus in Europa umgehe. Die herrschende Klasse reagiere nervös und greife aus Angst zu Gewalt, weil sie schon wisse, was sie erwartete. Unweigerlich. Das sei einfach die Dialektik.

Dieses Wort, wie auch viele andere, die sie auf dem Berg hörten, verstanden weder Salek noch Hesio. Aber sie schämten sich zu fragen. Schließlich kamen sie erst seit ein paar Wochen dorthin, seit Beginn der Schulferien. Sie gestanden sich diese Wissenslücken nicht einmal gegenseitig ein.

Wenn sie in der Dunkelheit auf dem Martinsberg die Reden

hörten, schienen sie am vom Mond etwas erhellten Himmel ebenjenes Gespenst zu sehen, über das so viel geredet wurde und nach dem sich so viele sehnten.

Vielleicht hat Rudek Unrecht, dachte Salek, und dieser Berg ist doch der Sinai?

Einige der Redner hatten graue Bärte wie die Rabbiner, aber angezogen waren sie völlig anders. Aufgeknöpfte Hemden, oft farbig und ohne Kragen. Und sie sprachen die Zuhörer anders an: »Genossen.« Und manchmal, wenn sie sich vergaßen: »Versteht ihr, ihr Rotznasen, ihr Grünschnäbel?«

Wenn ihnen ein Wort nicht auf Polnisch einfiel, sagten sie es auf Russisch oder auf Jiddisch.

Als Hesio einmal einem alten Mann, der gerade schnaufend auf dem Berg angekommen war, vorschlug, er solle doch vor seiner Ansprache etwas ausruhen, erwiderte der Alte:

»Du Dummkopf, ich werde noch bei deiner Beerdigung eine Ansprache halten.«

Und tatsächlich sprach er danach geschlagene drei Stunden ohne Pause und frei über die inneren und äußeren Bedrohungen, mit denen die Sowjetunion zu kämpfen hatte.

Angeblich sollte sogar bald Karol Radek aus Moskau kommen.

Rena trat aus der Küche und wischte die nassen Hände an ihrem Rock ab, dessen grauer Stoff an den Seiten schon ganz schwarz war. Immer noch warteten alle auf den Kutscher, der das Geld bringen sollte. Sie schaute zu Zawadowski hinüber, ging zurück und kam kurz darauf gekämmt und mit einem Glas Wasser wieder, das sie vor ihn auf den Tisch stellte.

Nathan warf ihr einen kalten Blick zu.

Auch Rena ging auf den Martinsberg, aber mit ihren Freundinnen. Und dort im Dunkeln tat sie so, als sähe sie ihre Brüder nicht. Aber den hochgewachsenen, gutaussehenden Zawadowski konnte man nicht übersehen.

Wenig später kam der Kutscher. In einem Umschlag der Kanzlei brachte er zwanzig Zloty und einen Brief, den der Anwalt schnell überflog, zusammenknüllte und in den Aschenbecher warf. Gleich darauf nahm er ihn wieder heraus und steckte ihn in die Innentasche seines Mantels.

»Danke für das Wasser«, sagte er und ging.

KAPITEL 8

Nusek

Nusek lief durch das Café wie der Schatten von Salek und Hesio, die bedienten. Ein sehr aufmerksamer Schatten. Wenn sie eine Weile Pause hatten und sich an den Tresen stellten, um sich zu unterhalten, blieb er ebenfalls stehen, hob den Kopf und horchte.

Schweigend und fast reglos erhaschte er einzelne Wörter und wartete darauf, dass sie wieder in Abkürzungen sprechen würden. Dann lachte er entweder laut oder zwinkerte vielsagend, zum Zeichen, dass er verstanden hatte, wovon sie sprachen.

Er konnte nicht sofort erraten, was ihre neuen Wörter bedeuteten.

Erst als er sie einige Zeit später vor dem Schlafen noch einmal hörte und das roch, was alle rochen, hatte er die Erleuchtung. Er begriff, dass die Brüder das Kürzel PKP satt oder aus anderen Gründen aufgegeben hatten, vielleicht weil es für unbeteiligte Dritte kein Geheimnis mehr war; jedenfalls hatten sie beschlossen, es durch andere Abkürzungen zu ersetzen: KPP und KPRP. Diesmal erriet Nusek allein, ohne Hesios Hilfe, die Bedeutung.

KPP – das hieß: Erlauben Sie zu furzen?

Genauso bei dem etwas eleganteren und sogar häufiger benutzten KPRP:

Erlauben Sie, einmal zu furzen?

Aber warum taten sie so, als hätten sie keine Ahnung, wovon er sprach, als er ihnen am Morgen stolz verkündete, dass er jetzt alles über KPP und KPRP wusste?

Jeder Tag brachte dem Café BEI DEN STRAMERS neue Kunden. Trotzdem war Nathan nicht so recht zufrieden. Er hatte mehr erwartet.

Rena half ihrer Mutter in der Küche, übernahm einen Teil des koscheren Essens. Allzu viel hatte sie nicht zu tun, denn es kamen zwar überwiegend Juden, aber – wie Nathan sagte – solche, die dachten, sie wären Polen.

Rudek, Salek und Hesio gingen immer wieder mit den Tabletts zwischen den Tischen hin und her. Die Jüngsten, Wela und Nusek, waren »Maskottchen und lebendige Reklame für das Café« – so nannte Rywka sie und strich ihnen über die Köpfchen. Nathan dagegen war der Ansicht, dass sie ständig nur allen im Weg standen. Vor allem ihm selbst, der ununterbrochen ins Café hereinkam und wieder hinausging.

»Goddammit«, sagte er, wenn er auf die Goldhammer-Straße hinaustrat, um zu überlegen, wie es weitergehen sollte.

Aber es war eine Sache, demonstrativ ein fremdes Café zu verlassen und die Tür zuzuknallen, um nie wiederzukommen, und eine ganz andere, das im eigenen Café zu tun, vor dem es kein Entrinnen gab.

Nathan betrachtete die vier Tische und wusste schon, wo sein Fehler lag. Aber einen fünften konnte er wohl nicht hineinquetschen? Dann müsste er den Billardtisch hinauswerfen. Aber selbst wenn er das täte, was würde es bringen?

Nichts.

Er hätte vor Zorn gern auf den Boden gespuckt. Aber auf den Gehweg vor dem eigenen Café spucken? Ziemlich sinnlos.

Woher hätte er denn wissen sollen, dass die Leute so lange im

Café sitzen würden? Stundenlang quatschten sie miteinander oder schwiegen. Schauten sich an oder sahen aus dem Fenster. Rauchten Zigaretten oder schnupften Tabak. Spielten Schach oder Karten. Schrieben etwas oder lasen. Lachten laut oder schliefen ein, den Kopf auf dem Tisch.

Und die Zeit verging.

Nur eines veränderte sich nicht: Sie saßen, saßen und saßen.

Neue Laute kamen herein, sicher hätten sie belegte Brötchen, Kutteln und Bier bestellt, und zum Schluss Kaffee und einen Apfelkuchen. Aber was wurde daraus? Sie drehten auf dem Absatz um, weil alle Tische besetzt waren. Und sie würden ihr Geld bei der Konkurrenz ausgeben.

Überhaupt kamen ihm die Kunden anderer Cafés wesentlich besser vor als seine eigenen.

Wissen meine etwa nicht, wo sie hingehen sollen?, dachte er. Haben die denn nichts zu tun? Irgendeine ehrliche Arbeit? Familien zu ernähren? Kinder, die zu Hause sehnsüchtig auf sie warten, oder Eltern, die ihre Hilfe brauchen? Hatten sie etwa – wie er – nur sein Café?

Damit hätte er sich ja abgefunden, aber warum bestellten sie so wenig?

Das sollten also die berühmten Stammgäste sein? Den halben Tag bei einer Tasse Kaffee?

Und wie geflissentlich sie den Blick des Kellners vermieden. In die Ferne schauten.

Was tut man nicht alles, um auf dem Tisch eine Tasse zu haben, die der Kellner nicht abräumen kann, weil sie noch nicht ganz leer ist.

»Darf es noch etwas sein?« (Entweder du bestellst jetzt oder tschüss, auf Wiedersehen.)

»Nein, danke, ich habe noch etwas.« (Lass mir meine Ruhe.)

»Ich empfehle die hervorragenden Kutteln.« (Bestell doch wenigstens ein Butterbrot.)

»Vielleicht wenn ich den Kaffee getrunken habe.« (Ich werde keinen Groschen Trinkgeld geben.)

»Oder vielleicht lieber einen Apfelkuchen mit Zimt?« (Mach schon, dass du wegkommst.)

»Nein danke.« (Mach selbst, dass du wegkommst, ich bleibe hier sitzen.)

Und so ging das ganze Tage, ganze Wochen – wie lange noch?

Es gab Momente, da wollte er alles hinschmeißen und nach Auschwitz fahren, direkt ins Reisebüro von Zofia Biesiadecka, wo es jetzt die billigsten Fahrkarten für ein Schiff nach Amerika oder Kanada gab.

Nathan dachte auch nach der Arbeit ständig daran. Alle schliefen schon, und er schaukelte in der Küche hin und her wie auf dem Meer, die Ellbogen auf den immer unbequemeren, immer schieferen Tisch gestützt. Der Holzkeil unter dem Tischbein war längst verlorengegangen. Vielleicht hatte ihn jemand aus Versehen in den Ofen geworfen. Er hatte jetzt weder den Kopf noch die Zeit, sich darum zu kümmern.

Gut, dass unlängst wenigstens ein Brief von Ben gekommen war. Noch bevor Nathan ihn las, lief er in die Wechselstube. Aber sie nahmen die violett gefärbten Banknoten nicht an, er hatte nicht an das verdammte Durchschlagpapier gedacht. Rywka musste am Abend die Dollars waschen und trocknen, und Nathan wechselte sie am nächsten Morgen in einer anderen Wechselstube.

Es gab so viele davon in der Stadt. Er hatte das vorher noch gar nicht bemerkt. Alle boten den gleichen Kurs: 5,25 Zloty für einen Dollar. In Gedanken sah er sich schon in der Wechselstube mit dem Namen »Bei Stramer«.

Nathan neigte sich zusammen mit dem Tisch gefährlich nach rechts.

Er hatte Ben immer noch nichts von dem Café geschrieben, das er mit dessen Geld eröffnet hatte. Hatte er doch davon geträumt, dass diese Nachricht Ben auf anderem Weg erreichen würde. Und jetzt gab es nichts mehr, womit er sich rühmen konnte. Bevor Ben von der Eröffnung hören konnte, würde er schon von der Schließung erfahren.

Was tun?

Nathan neigte sich nach links. Im letzten Moment hielt er den Tisch fest und stellte den Fuß darunter statt des fehlenden Holzkeils.

Dann lächelte er in sich hinein.

»Es reicht, dass ich an Ben denke, und schon habe ich eine Idee.«

Nathan legte sich schlafen, ruhiger als zuvor.

Am Morgen ging er in den Schuppen und kam mit einer Säge und Schmirgelpapier unterm Arm zurück. Gleichgültig ging er am Küchentisch vorbei, wo der Rest der Familie noch beim Frühstück saß.

Nusek fragte: »Papa, was machst du?« Das hörte er wohl nicht, denn er gab keine Antwort.

Im Café legte Nathan nicht einmal den Hut oder sein bestes Jackett ab. Er hatte eine Stunde bis zur Öffnung. Und bald würde Rywka mit den jüngsten Kindern kommen, die ältesten erst nach der Schule und dem Nachhilfeunterricht, den sie jetzt in der tagsüber leeren Wohnung gaben.

Er kniete sich neben den Tisch am Fenster, wo gewöhnlich die Stammgäste saßen, die ihm die Laune und das Geschäft verdarben. Schluss damit. Er griff nach der Säge, doch dann beherrschte er sich. Jemand hätte ihn von der Straße aus sehen können.

Er trug die vier Thonet-Stühle in den Nebenraum, für alle Fälle hinter den Vorhang, in den koscheren Teil. Er drehte sie um, die Beine nach oben, und betrachtete sie. Gebogenes Holz, geflochtene Sitze, runde Lehnen. Anständige österreichische Arbeit. Er hatte ein gutes Geschäft gemacht, als er sie zusammen mit den Tischen dem Café UNTER DER PLANE abgekauft hatte. Dort wollten sie die alten Möbel loswerden, weil der neue Besitzer alles modern haben wollte.

Vorsichtig, damit sie nicht abbrachen, sägte er die Vorderbeine des ersten Stuhls einen Zentimeter kürzer. Versuchsweise setzte er sich drauf. Ja, das müsste reichen. Er kürzte auch bei den drei übrigen die Vorderbeine und schmirgelte sie ab.

Dann stellte er die Stühle wieder an den Tisch am Fenster.

Bevor er sich an den Nachbartisch setzte, legte er den Hut ab und dachte nicht das erste Mal an diesem Tag: Dieser Kopf ist nicht zum Tragen von Mützen gemacht.

Er betrachtete sein Werk. Eine meisterhafte Arbeit. Auf den ersten Blick unterschieden die Stühle sich nicht von den anderen. Rywka, die in zwei Weidenkörben die Einkäufe brachte, öffnete er die Tür, sagte aber nichts, um die Sache nicht zu verderben. Er umarmte sie nur und half ihr, die Einkäufe ins Nebenzimmer zu tragen.

»Warum ist es hier so staubig?« Sie zeigte auf den Boden.

Nathan zuckte die Schultern und schnippte instinktiv den Staub von seiner Jacke.

Er hatte die Falle gestellt. Jetzt musste er nur warten, bis seine armen Stammgäste hineintappten.

Wie zum Trotz wollte ausgerechnet heute früh keiner kommen. Nathan stand auf dem Gehweg vor dem Café und hielt Ausschau nach ihnen. Ob sie etwas ahnten? Jedenfalls bekam er bei dieser Gelegenheit noch ein wenig von der Septembersonne ab und sorgte so dafür, dass seine Sommerbräune, die Rywka so liebte, nicht so schnell verblasste.

Als er gegen Mittag von Weitem die vertraute gebeugte Gestalt eines seiner Stammgäste sah, war er erleichtert. Der Mann kam näher, in beiden Händen einen Stapel Papiere, zwei Bücher und ein paar Zeitungen.

Willst du immer noch lesen?, dachte Nathan. Hast du noch nicht genug von gestern?

Auch zu Hause nervte ihn in letzter Zeit der Anblick seiner Söhne Salek und Hesio, die abends über den Büchern saßen. Diese neue Mode. Es wäre ihm lieber gewesen, sie hätten weiterhin Fußball gespielt wie Rudek. Aber was tun, wenn angeblich selbst die gottesfürchtigen Schüler der Jeschiwa, in Kippa und mit Pejes, mit ernster Miene durch Tarnów spazierten, das Gebetbuch unter dem Arm, und darin, zwischen den frommen Deckeln, das Buch von diesem Marx.

Und auch sie selbst waren, obwohl sie äußerlich aussahen wie früher, in ihrem Inneren ganz anders.

So jedenfalls redete man in Grabówka.

War es denn wahr, dass sich die Schüler in der Synagoge rhythmisch über den heiligen Büchern wiegten und in Wirklichkeit Zeilen eines Marx oder Lenin murmelten?

Bei ihm zu Hause taten seine Söhne das jedenfalls.

»Die einen arbeiten für die Familie«, sagte er zu ihnen, »die anderen für eine Brille.«

Und wenn sie nicht reagierten oder so taten, als hätten sie ihn nicht gehört, machte er die Lampe aus.

»Schade um das Petroleum.«

Er stellte sich vor, dass sie im Dunkeln jetzt die Augen verdrehten, und er hatte Recht.

»Wir machen ein Selbststudium«, hatte Hesio einmal gesagt.

»Selbst was? Selbst könnt ihr …« Er war einen Moment verstummt und hatte dann gelacht, sich vor den Töchtern aber beherrscht.

»Lass sie in Ruhe«, hatte Rywka ihn gebeten.

Der hier macht auch ein Selbststudium, sagte sich Nathan jetzt in Gedanken, oder eher Selbstvergewaltigung. Unter Nathans aufmerksamem Blick hatte der ahnungslose Stammgast inzwischen seine Papiere auf dem Tisch am Fenster ausgebreitet. Er freute sich sehr über den freien Platz mit so viel Licht. Dass Nathan gleich nach der Öffnung ein Schildchen RESERVIERT aufgestellt und wieder entfernt hatte, kurz bevor er das Café betrat, konnte er nicht wissen.

»Guten Tag, was darf's für Sie sein?«, fragte Nathan wie immer.

Der Stammgast sah sich im Café um, als wollte er in dem bescheidenen Raum die Antwort auf diese schwierige Frage finden. Oder vielleicht überlegte er, ob es etwas Billigeres gab als einen Kaffee für zwanzig Groschen.

»Einen kleinen Schwarzen bitte.«

Nachdem er bestellt hatte, vertiefte er sich in seine Texte. Er sah nicht einmal auf, als Nathan ihm die Tasse hinstellte.

Eigentlich müsste er nur etwas in den Kaffee tun, um diesen Gast ein für alle Mal loszuwerden. Gift statt Falle. Aber nein, das bringt's natürlich nicht.

Am Tresen stehend beobachtete Nathan, wie der Gast mit seinem Stuhl kämpfte. Wie er die Füße in den Boden stemmte, sich auf der geflochtenen Sitzfläche wand, aber immer weiter abrutschte. Er unterbricht das Lesen, erhebt sich für einen Augenblick, schiebt den Stuhl ein Stückchen weg, doch gleich wiederholt sich die Situation.

Trotz allem gibt er nicht auf und besteigt mit der Hartnäckigkeit eines amerikanischen Cowboys die anderen Stühle, die ihn ebenso abrutschen lassen.

Resigniert sieht er sich um, als wollte er verstehen, ob mit ihm oder mit dem Café etwas nicht stimmt. Er wirft Nathan einen fragenden Blick zu, der ihn zum ersten Mal seit langem freundlich anlächelt.

Das gab wohl den Ausschlag, denn der Stammgast sammelte seine Sachen zusammen, legte die genau abgezählten zwanzig Groschen auf den Tisch und zog sich die Jacke an. Es hätte nicht viel gefehlt, und er hätte seinen Kaffee vergessen. Erst an der Tür erinnerte er sich. Er ging zurück und trank ihn für alle Fälle im Stehen aus.

»Bye-bye«, sagte Nathan.

Ungläubig schaute er auf die Uhr und dann mit Bewunderung auf sein Spiegelbild über dem Tresen.

Also, dachte er, er hat es auf den abgesägten Stühlen zwanzig Minuten ausgehalten. Ob jemand länger durchhält? Vielleicht diejenigen, die gerade hereinkommen?

Die Zeit floss nun anders. Nathan schaffte es gar nicht immer, auf die Uhr zu schauen, die Kunden wechselten häufig, einer kam nach dem anderen. Niemand saß an diesem Tag länger als eine halbe Stunde dort.

Zum ersten Mal brachte der Tisch am Fenster etwas ein, verdiente mehr als die drei anderen.

Abends trat Nathan auf den Gehweg und stellte sich stolz vor das Fenster, über dem BEI DEN STRAMERS stand. Wie am Tag der Eröffnung.

Rywka und die Kinder waren schon heimgegangen, die leere

Goldhammer-Straße sah aus, als gäbe es hier nur Nathan und die leuchtenden Laternen.

Er atmete tief ein. Sogar die Müllkippen stanken weniger als sonst.

Ausnahmsweise störten ihn auch die Sicheln, Hämmer und Parolen von Arbeitern nicht, die in letzter Zeit mit roter Farbe an die Wände geschmiert wurden. Obwohl man sie endlich überstreichen oder am besten den Schurken erwischen und zwingen sollte, sie selbst zu überstreichen.

Heute hatte Nathan lauter gute Ideen.

Er stellte sich vor, wie er einen Brief an Ben schreibt: »Nicht nur, dass ich die Stammgäste losgeworden bin, ich habe auch noch an ihnen verdient.« Und von jenseits des Ozeans kommt eine enthusiastische Antwort voller Geldscheine.

Dear Nathan,
Pepi und ich gratulieren Dir von ganzem Herzen! Wir können es kaum erwarten, zusammen mit Dir, Rywka und den Sprösslingen »Bei den Stramers« am Tresen zu stehen (für alle Fälle setzen wir uns lieber nicht!) und den inzwischen weltberühmten Kaffee zu trinken. Wir werden das erste freie Schiff nach Europa nehmen.

Vom Erfolg und dem amerikanischen Segen getragen, wusste Nathan, wie sein nächster Schritt aussehen würde. Revolutionär.

Dagegen sah dieser Lenin mit Hammer und Sichel alt aus. Mir reicht eine Säge, dachte er, bevor er im Café verschwand.

Bis in die späte Nacht war das Geräusch der Säge zu hören.

Als er gegen Morgen nach Hause ging, kam es ihm vor, als hinge der Geruch seiner privaten Revolution in der Tarnower Luft. Er schlief keine drei Stunden, aber er stand ausgeruht auf, wie schon lange nicht mehr. Auf dem Klo im Hof schaute er durch die Spinnweben in dem schmutzigen Fensterchen und erinnerte sich, was er geträumt hatte. Er spielte auf einer großen Bühne Geige. Zum ersten Mal im Leben hatte er das Instrument in der Hand und spielte falsch, aber das elegante Publikum klatschte trotzdem begeistert.

Auf dem Weg zur Arbeit hörte er immer noch diesen Beifall. Viel mehr als sonst versuchte er, Löcher und Pfützen zu umgehen, und am Übergang zur Mickiewicz-Straße sah er sich dreimal um, ob nicht ein Fahrrad, Auto oder Bauernfuhrwerk kam.

Nicht einmal in den Schützengräben des Weltkriegs hatte er so auf sich geachtet.

Denn heute fühlte er sich außergewöhnlich, kostbar, viel wertvoller als sonst. Wie jemand, der ein Los mit einem Gewinn in der Tasche hat. Oder ein amerikanischer Goldsucher, der mit einem vollen Sack von seiner Expedition zurückkehrt.

Wonderful world – Nathan war in so guter Stimmung, dass er sogar bereit war, einem Bettler einen Groschen in die Büchse zu werfen.

So müssen sich vor mir die großen Erfinder gefühlt haben, dachte er. Derjenige, der das Rad erfunden hat, passte an jenem Tag sicher auf, dass er nicht stolperte, keinem Elefanten oder Kamel in die Quere kam und nicht im Rachen eines Löwen landete. Bestimmt haben sie sich so gefühlt, wie hießen sie noch? Marconi, Radiostein?

Und Nathan Stramer hatte das Abfeilen von Stuhlbeinen erfunden.

Und wie er erwartet hatte, taten die Stuhlbeine ihre Wirkung – das ganze Café rutschte herum; und die Stühle brachten ihm an diesem Tag einen Rekordgewinn ein.

Wenn das so weitergeht … Nathan multiplizierte in seinen Träumen und auf einem Zettel seine künftigen Einnahmen.

In seiner Phantasie konnte er sich nicht beherrschen und gab einen Teil des Geldes schon für Geschenke aus. Für Rywka eine Reise ans Meer. Aber sie würde schließlich nicht allein fahren. Also Bahnfahrkarten für die ganze Familie. Unser erster Urlaub.

Aber wer würde in dieser Zeit das Café führen?

Am Abend entschied Nathan daher, es sei höchste Zeit, seine Erfindung der Familie mitzuteilen. Aber zuerst schloss er die Tür und alle Fenster des Cafés. Rywka und die Kinder mussten schwören, dass dieses Gespräch nie nach draußen dringen würde.

»Setzt euch«, begann er flüsternd. »Was ich euch gleich sage, ist mehr wert als alles, was ihr bisher gehört habt.«

Er setzte sich für alle Fälle auf den Billardtisch.

»Papa, hast du den Verstand verloren?«, sagte Rudek und griff sich an den Kopf, als Nathan fertig war.

»Du Idiot!« Nathan holte mit dem Arm gegen den fast erwachsenen Sohn aus. »Wie redest du mit deinem Vater?!«

Aber er schlug ihn nicht. Nach dem Abfeilen von vierundsechzig Stuhlbeinen traute er seiner Hand nicht.

»Das hast du doch nicht im Ernst gesagt, Papa?«, korrigierte sich Rudek.

Er tauschte einen Blick mit Salek und Hesio und hielt sich die Hand vor den Mund, um sein Grinsen zu verbergen.

Als Nathan den Gesichtsausdruck von Rywka und den Kindern sah, begriff er, wie sich andere Pioniere gefühlt haben mussten, die ihrer Zeit voraus waren. Er selbst konnte sich an die erste Straßenbahn erinnern: Noch bevor sie aus dem Depot aufbrach, erzählte man sich, sie hätte einen Soldaten, eine Mutter mit Kind und eine alte Frau überfahren. Mit dieser Art von

Unverständnis, bösem Willen und Ablehnung selbst der nächsten Angehörigen mussten große Erfinder rechnen.

Sie taten ihm leid.

Für wen hatte er die ganzen Stuhlbeine denn abgesägt? Doch nicht für sich. Er hatte das Meer ja schon gesehen.

Er hatte es für die Familie getan.

Sie würden es ihm noch danken. Vor allem Rudek, der Erstgeborene, der eines traurigen Tages das Geschäft von ihm übernehmen würde. Aber er hatte noch viel vor sich. Du musst noch viel lernen, mein Sohn.

Man sah ihm ja auch an, dass er noch nie in Amerika war. Vielleicht sollte er ihn, statt ans polnische Meer, zu seinem Onkel nach New York schicken? Dann könnte der Junge sehen, wie die wirkliche Welt aussieht, und die Welt würde bei dieser Gelegenheit von Nathan Stramers genialer Idee erfahren.

Schließlich sagte man dort: less is more. Und so war es: weniger Stuhl, mehr Geld.

Nur sollten sie nicht aus Versehen vergessen, wessen Idee das war. Die Leute in Amerika hatten ein schlechtes Gedächtnis.

»Ich meine das ganz ernst«, wandte er sich an den Nachfolger, der seinen Ruhm verbreiten würde. »Wollen wir wetten?«

Rudek schüttelte den Kopf.

»Hast du Angst zu verlieren?«

»Nein«, sagte Rudek. »Ich wette nie.«

»Und warum?«, fragte Salek.

»Wenn zwei wetten«, sagte Rudek, »dann ist der eine ein Betrüger und der andere ein Dummkopf.«

»Was?!« Nathan ballte die Faust.

Dieser Scheißer überschreitet heute alle möglichen Grenzen. Nirgends wird der hinfahren. Auch nicht ans Meer. Der wird hierbleiben und auf das Café aufpassen.

Rywka legte ihrem Mann die Hand auf den Arm.

»Das versteh ich nicht ...« Alle drehten sich Richtung Fenster, als bemerkten sie erst jetzt, dass Nusek dort stand. »Warum ist einer ein Betrüger und der andere ein Dummkopf?«

»Weil einer weiß, dass er Recht hat, und den anderen betrügt«, erwiderte Rudek.

»Und wenn beide es nicht wissen?«

Saleks Frage wurde vom ohnehin lange zurückgehaltenen Wutausbruch Nathans übertönt. Die amerikanischen Schimpfwörter ließen die Wände und Fensterscheiben des Cafés erbeben. Rudek stand auf, drehte sich um und ging mit ruhigen Schritten auf die Straße hinaus.

Salek und Hesio folgten ihm wie ein doppelter Schatten.

»Wenn beide es nicht wissen, sind beide Dummköpfe«, erklärte Rudek, als er schon auf dem Gehweg stand.

Und weil Nathan sich nicht beruhigen konnte, kam als nächste Rywka heraus, Wela und Nusek an der Hand.

Nathan saß noch lange da, besser gesagt, er lief zwischen den vier leeren Tischen hin und her, schüttelte den Kopf, gestikulierte und sagte hin und wieder etwas zu sich selbst; oder vielleicht auch nicht zu sich.

Nach einer Woche war ihm klar, dass er gut daran getan hatte, nicht mit seinem Sohn zu wetten. Aber eigentlich war es egal, denn er hatte verloren, auch ohne zu wetten. Tag für Tag verlor er im Laufe der Woche seine Kunden.

Zum Schluss kam niemand mehr.

Nach Anbruch der Dunkelheit stellte sich Nathan vor das Café, und die leere Goldhammer-Straße sah aus, als gäbe es hier nur ihn und die Straßenlaternen.

In dieser Nacht streckte ihn ein Magenkatarrh nieder.

Rywka erklärte den Kindern, das Geschrei sei ein frühes Anzeichen, gleichsam das erste Symptom der Krankheit. So müsse man es betrachten.

Sie ließ die Vorhänge zugezogen.

KAPITEL 9

Rudek

Nusek konnte nicht einschlafen. Zum ersten Mal schlief er allein im Bett. Er hatte jetzt die Decke und das Kissen ganz für sich. Rudek war nach Krakau aufgebrochen, um an der Jagiellonen-Universität zu studieren, an der Philosophischen Fakultät. Er hatte sich für Klassische Philologie entschieden. Nusek hatte keine Ahnung, was das sein sollte.

»Du bist zu dumm, um das zu verstehen«, hatte Rudek vor der Abfahrt am Bahnhof gesagt.

»Bullshitting«, hatte Nathan eingeworfen.

Auch das verstand Nusek nicht.

»Das heißt, Dummsinn zu studieren«, lachte Nathan, als Rudeks Zug schon losgefahren war.

»Papa!« Rena verzog das Gesicht und sah sich auf dem Bahnsteig um, in der Hoffnung, dass niemand ihren Vater gehört hatte. »Ich bitte dich.«

Oft schon hatten die Kinder ihn gebeten, er solle kein falsches Polnisch reden. Dann schon lieber gar kein Polnisch reden als mit Fehlern und diesem Akzent. Warum konnte er nicht wie immer Jiddisch reden? Oder auch Englisch – das würde am Bahnhof jedenfalls keiner verstehen.

Nathan grinste seine Tochter an. Das hieß, er hatte das extra so gesagt. Selbst Rywka wusste nicht immer, wann Nathan Fehler machte und wann er absichtlich die Wörter verdrehte. Manchmal dachte sie, er versuche auf diese Weise, seine Fehler zu kaschieren und in einen Scherz zu verwandeln.

Aber jetzt wollte er Rywka wohl erheitern, denn sie blickte traurig dem Zug nach, mit dem ein wichtiger Teil ihres Lebens verschwand.

Sie mochte solche Scherze normalerweise nicht, wenn auch aus anderen Gründen als die Kinder.

»So lacht man die Juden aus Grabówka aus«, sagte sie bisweilen und schüttelte den Kopf.

»Na und?«

»Über wen lachst du? Überleg mal.«

Aber jetzt, auf dem Bahnsteig, hörte sie nur den wegfahrenden Zug und betrachtete den Dampf aus der Lokomotive.

Auch seine beiden treuen Schatten ließ Rudek nun hinter sich. Salek und Hesio liefen dem Zug hinterher und winkten dem älteren Bruder nach, bis sie völlig außer Atem am Ende des Bahnsteigs angekommen waren.

Kurz darauf standen sie mit dem Rücken zu der Metallschranke und sprachen mit gedämpfter Stimme miteinander.

Auch zu Hause flüsterten sie einander ständig etwas ins Ohr.

»Genossen, wenn ihr konspirieren wollt, geht in den Abort!«, sagte ihr Vater dann. »Das ist ein guter Ort. Dort belauscht niemand die Kommunisten.«

Ganz bestimmt nicht? Seit er das Café geschlossen hatte, stand Nathan tagsüber oft am offenen Fenster. Neulich hatte er gehört, wie Salek im Hof erzählte, wofür er das Geld ausgeben würde, wenn er im Lotto gewänne.

»Zehn Prozent behalte ich für mich. Weitere zehn gebe ich der Familie. Und die übrigen achtzig Prozent der Partei.«

Nathan konnte sich nicht beherrschen und schrie hinter der Gardine hervor über den ganzen Hof:

»Dann solltest du besser gar nicht spielen!«

Dass etwas zu Ende gegangen war oder sich zumindest verändert hatte, konnte jeder bemerken, der die Stramers auf dem Heimweg vom Bahnhof beobachtete. Obwohl kein Wind wehte und die Sonne schien, gingen sie mit gesenkten Köpfen nach Hause.

Es war zu sehen, dass es ihnen schwerfiel, ihren Platz auf dem Gehweg zu finden. Sollten sie nebeneinander gehen oder hintereinander? Sie konnten sich nicht entschließen. Es fehlte derjenige, dessen Anwesenheit diese Frage gar nicht hatte aufkommen lassen.

Salek versuchte, Rudeks Platz einzunehmen und in der Mitte des Gehwegs zu gehen, aber er prallte an Nathans Schulter ab, der um seine frühere Position kämpfte.

»Geh mir aus den Füßen«, bekam er zu hören.

Wie kommt es, dass Rudek, seit er überhaupt gehen kann, immer an der Spitze oder zumindest in der Mitte des Gehwegs geht?, dachte Rywka, die am Ende ging. Hätten Hesio, Rena oder ein anderes der Geschwister als Erstgeborene das ebenfalls getan? Oder hatte es einen anderen Grund?

Gut, dass er weg ist, dachte sie.

Er hatte als Erster in der Familie Abitur gemacht (und was für eines! Sie war so stolz!), jetzt ging er als Erster zum Studium. Später würden ihm wahrscheinlich die anderen folgen. Sie spürte einen Stich im Innern und senkte den Kopf noch mehr, um nicht darüber nachdenken zu müssen.

Sie wollte sich gern vorstellen, dass sich Rudek in Krakau ein wenig von den Geschwistern erholen würde. In Tarnów war er immer da, wenn man ihn brauchte, und das hieß: immer. Die Abreise würde ihm guttun und den anderen nicht schaden.

Auf dem Bahnsteig hatte Rudek ihr noch Geld in die Manteltasche gesteckt – so, dass Nathan es nicht bemerkte.

Er würde oft kommen, hatte er doch gesagt: »Was sind heute schon achtzig Kilometer?« Außer den Zügen, die ständig nach Krakau fuhren, sollten bald auch Busse kursieren, vom Platz Bei der Eiche aus.

Gleichzeitig versuchte Rywka, den Gedanken zu vertreiben, dass die Kinder bald alle verschwinden und in der Goldhammer-Straße 20 nur Nathan und sie übrigbleiben würden, zwei alte Leute in einer Wohnung für zwei Personen.

Nur noch Wela und Nusek waren kleiner als sie selbst. Aber auch deren Köpfe reichten in der Straßenbahn längst über die Metalltafel mit dem dicken Strich und der Information, dass Kinder unter einem Meter nicht bezahlen mussten.

Dafür schien Nathan jetzt wieder der Größte zu sein, vielleicht, weil er einen Hut trug.

»Vorsicht!«

Am Tor drehte Nathan sich zu den anderen um und hielt sich die Nase zu, als Zeichen, dass ihnen die Pusiowa entgegenkam. Sie hatte sich kaum verändert in all den Jahren, trug immer noch die blaue Weste mit Knöpfen und den schwarzen Rock, und immer noch unterhielt sie sich, die Leine in der Hand, mit ihrem geliebten Dackel.

Ein paar Jahre zuvor hatte Nusek den Hund reglos im Hof liegen sehen, die Pusiowa über ihn gebeugt.

»Steh auf!«, hatte sie immer wieder gesagt. »Das Essen wird kalt.«

Nusek lief ins Haus.

»Pusio ist tot!«, rief er wie die Zeitungsverkäufer auf der Straße. »Auf der ersten Seite: Pusiowas Mann lebt nicht mehr!«

»Ihr Mann?« Hesio tippte sich an die Stirn.

»Du hast mir doch selbst mal gesagt, dass sie geheiratet haben.«

»Und das hast du geglaubt?!«

Nusek lachte.

Rywka war damals wirklich besorgt. Tags darauf wollte sie zur Pusiowa gehen. Nathan nahm eine Holzklammer von der Wäscheleine und tat so, als würde er sie Rywka auf die Nase setzen.

»Atme für alle Fälle durch den Mund«, riet er ihr, als sie rausging.

Verwundert kam sie zurück. Die Pusiowa hatte sich benommen, als wäre nichts geschehen.

»Sie spaziert immer noch mit der Leine in der Hand«, erzählte sie, »und redet immer noch mit dem Hund …«

»Und er antwortet immer noch nicht«, ergänzte Nathan.

Nachdem sie vom Bahnhof zurückgekehrt waren, blieb Rywka vor dem Foto auf der Kommode stehen.

Eine Woche zuvor war Rudek mit den Geschwistern in die Krakauer Straße 4 gegangen, in das neu eröffnete Fotoatelier. Den Besitzer, Chaskiel Bronstein, kannte er noch vom Haschomer. Chaskiel, ein paar Jahre älter als Rudek, war ihr Gruppenleiter gewesen.

Jetzt stand er stolz auf dem Gehweg vor seinem Geschäft, wie Nathan, als er das Café betrieb.

»Ein guter Name.« Rudek drückte ihm die Hand und schaute anerkennend auf das Schild FOTOGRAFIK. »Sehr treffend.«

Chaskiel begrüßte nacheinander die Geschwister.

Rudek hatte sie angewiesen, sich an diesem Tag ordentlich anzuziehen.

»Nichts Durchgewetztes, keine Flicken an den Knien oder Ellbogen. Keine Flecken und keine fehlenden Knöpfe. Um die Farben müsst ihr euch nicht kümmern, die müssen nicht passen, das sieht man sowieso nicht. Aber kämmt euch und macht euch unterwegs nicht die Schuhe schmutzig.«

Tags zuvor hatte er dafür gesorgt, dass sie abends die Haare wuschen und sich die Fingernägel schnitten. Nusek hatte er extra geweckt, aber der hatte wohl nur so getan, als schliefe er, denn als er die Augen aufmachte, sagte er ganz geistesgegenwärtig:

»Warum muss ich immer als Letzter im Wasser der anderen baden?«

Den Kamm hatte Rudek unnötigerweise mitgenommen. Rena und Wela hatten ihre Bürste, und wie er in Chaskiels Schaufenster gesehen hatte, ließen sich die Männer und Jungen jetzt meist in Helmen oder Hüten fotografieren.

Als Salek ihn fragte, warum das so sei, zögerte Rudek einen Moment, ob er sagen sollte: »Weil sie größer erscheinen wollen«, oder eher: »Offenbar verbergen sie unter diesen Kopfbedeckungen etwas.«

Schließlich zuckte er die Schultern:

»Das ist jetzt Mode.«

Er selbst hatte beschlossen, für das Foto eine Uhr mit Kette zu tragen.

»Woher hast du die?«, fragte Hesio.

Keines der Geschwister hatte die Uhr bisher gesehen.

»Ich hab sie halt. Und?«

Rudek war der Einzige, der vor dem grauen Laken saß, das den Hintergrund bildete. Chaskiel hatte den Bambusstuhl seitlich gestellt, damit Rudeks rechter Arm auf der Lehne liegen konnte (»leg den Arm lässig hin«), und an den Zeigefinger hängte er die Kette der Uhr, die – verschlossen in einem runden Gehäuse – die linke Hand berührte. Rudeks Hand sollte still auf der Höhe der Taille ruhen.

Rena, Salek und Hesio platzierte er einen halben Schritt hinter Rudek. (»Damit ihr euren Bruder nicht verdeckt.«) Und Wela und Nusek (»lasst die Arme hängen, ich fresse euch nicht«) stellte er neben Rudek, der sogar im Sitzen größer war als die beiden.

Rena trug das Haar offen und sah ideal aus in der weißen Bluse und dem schwarzen Rock, der übers Knie ging. Trotzdem brauchte Chaskiel bei ihr am längsten, bis er sie in Position gebracht hatte.

Sie sollte einfach hinter Rudek stehen, aber der Fotograf musste schauen, ob ihre Hände richtig auf den Schultern des Bruders lagen (»schade, wenn man die Finger nicht sieht, die einer Pianistin würdig wären«), ob kein Schatten auf ihr Gesicht fiel (»eine Sünde, diesen tiefen Blick nicht einzufangen«) und ob man den Anhänger am Hals nicht besser zur Geltung bringen könnte. (»Ja, den muss ich ein bisschen korrigieren.«)

Rena bemerkte, dass an diesem Tag selbst die Brüder nicht den Blick von ihr lassen konnten und immer wieder in den Ausschnitt ihrer Bluse schielten.

»Also …«, sagte Rudek. »Haltet die Pfoten still.«

»Beweg dich bloß nicht!« Chaskiel verschwand hinter dem großen Apparat auf drei Beinen.

»Und du quatsch nicht, sondern mach.«

»Du hast keine Ahnung. Damit das Modell sich entspannt, muss man mit ihm reden.« Chaskiel setzte sich die an dem Apparat angebrachte schwarze Kapuze auf den Kopf. »Wisst ihr, dass es früher in den Ateliers spezielle Metallstützen gab? Die Leute legten ihre Nacken hinein, damit sie sich nicht bewegen konnten, während das Bild gemacht wurde. Wie in einen Schraubstock. Das drückte fürchterlich. Deshalb wirken auf alten Fotos alle so steif und leidend. Aber zum Glück gibt es Fortschritt, ich habe empfindlichere Platten. Und jetzt, Achtung, jetzt atmen und blinzeln wir nicht!«

Nachdem er die Aufnahme gemacht hatte, nahm Chaskiel die Kassette mit dem gläsernen Negativ aus dem Apparat.

Drei Tage später holte Rudek die Fotografie ab und schrieb auf die Rückseite:

Zum Andenken,
Rudolf, Rena, Salek, Hesio, Wela und Nusek Stramer

»Wie viele Nachhilfestunden muss er gegeben haben, um sich so was leisten zu können?« Das war Rywkas erster Gedanke, als sie das Foto von ihrem Sohn geschenkt bekam. »Du hättest dir lieber etwas kaufen sollen.«

Ihre Augen wurden feucht.

»Keine Angst. Ich werde nicht weinen«, sagte sie jetzt zu dem Rudek auf der Fotografie.

Endlich hatte sie Zeit, ihn richtig anzuschauen. Ein gutaussehender, kräftig gebauter moderner Mann. Nathan behauptete, Ben wie aus dem Gesicht geschnitten.

Jetzt werde ich zwei Rudeks haben – einen in Krakau und einen auf der Kommode, dachte sie.

»Mama, wenn ich jemandem etwas kaufe, dann freuen sich zwei Personen: die andere und ich«, sagte Rudek früher öfter. »Und wenn ich mir etwas kaufe, nur eine.«

Gut, dass er sich wenigstens eine Uhr besorgt hatte.

Wer hatte ihn so gut erzogen? Sicher nicht ich, dachte Rywka, nicht Nathans Geschrei und nicht der Gürtel; auch nicht die Synagoge, in die er nicht gehen wollte. Die Schule? Die Straße? Von Kind auf hatte er niemanden nach seiner Meinung gefragt, hatte immer alles selbst entschieden. Wahrscheinlich hatte er sich selbst erzogen.

Seine Frau würde Glück haben.

Er hatte nie ein Mädchen nach Hause gebracht. Deshalb war sie trotz allem froh, als sie an Jom Kippur zufällig ein Gespräch mit seinen Kameraden belauschte.

Es klopfte an der Tür, und sie machte auf.

»Guten Abend, Frau Stramer.«

»Guten Abend«, sagte sie zu den Freunden ihres ältesten Sohnes. »Kommt rein.«

»Nein, danke, wir wollen nur ... Ist Rudek hier?«

Rudek zog seine Jacke an und ging zu ihnen hinaus.

Durch das angelehnte Fenster konnte sie die Zigaretten riechen, die sie hinter dem Schuppen für Kohle und Holz rauchten.

Sie hörte, was der Lauteste von ihnen sagte, Daniel, der Sohn des Vizebürgermeisters, der offenbar die Stimme seines Vaters geerbt hatte:

»Wir haben genug gebetet und genug gefastet, jetzt geht's ab zu den Huren!«

Sie hörte sie lachen.

Sie kannte Daniel noch als Kind, besser gesagt, den schönen Wagen, in dem sein Kindermädchen ihn spazieren fuhr. Ein Kinderwagen aus Wien. Ganz Tarnów war begeistert. Er hatte hohe Räder und war mit weiß-blauem Leder bezogen, in der Form erinnerte er an einen Aeroplan, der gleich abheben könnte, zusammen mit dem Mädchen, das ihn schob.

Die Leute gingen ihm für alle Fälle aus dem Weg, aber dann steckte doch jeder den Kopf hinein, um unter dem Vorwand der Betrachtung des Säuglings zu schauen, ob das Innere des Wagens ebenso gut gearbeitet war.

Nathan sagte damals:

»Er kann noch nicht sprechen und nicht laufen, aber schon gehören ihm drei Häuser in der Innenstadt.«

Rywka trug den kleinen Rudek fast immer auf dem Arm. Sicher begann er deshalb so schnell zu krabbeln und später auch zu laufen. Er war noch keine zehn Monate alt.

Wer hätte damals gedacht, dass der kleine Daniel, der Insasse des Wiener Kinderwagens, nach Jahren Gast in ihrem Haus sein würde.

»Kommst du mit, Rudek?«, fragte er jetzt.

Die Antwort hörte Rywka nicht.

Kurz darauf kam Rudek in die Wohnung zurück, aber die Jacke zog er nicht aus.

»Salek, Hesio«, sagte er, »wir gehen!«

»Und ich?«, fragte Nusek, aber weil er keine Antwort bekam, versuchte er es anders: »Wohin geht ihr?«

Das wirkte.

»Warum fragst du, wenn du nicht mitgehst?«, bekam er zu hören.

In letzter Zeit antworteten die Brüder auf seine Fragen immer mit Gegenfragen. Am häufigsten mit: »Aber wer?« Nusek erklärte, wen er meinte, und sie fragten weiter: »Aber wer?«

»Ich sag euch doch – ich!«

»Aber wer … hört dir zu?«

Er fiel jedes Mal darauf herein. Jetzt würde er das mit jemandem in der Schule machen. Dort behandelten sie ihn nicht so, dort schätzte ihn niemand gering. Niemand beschimpfte oder schlug ihn. Nicht einmal die Älteren wagten es, ihm zu drohen.

In der Schule wussten sie, wer sein Bruder war. Das genügte, um Ruhe zu haben. Sie wussten, er war der Jüngste der Stramers.

Bis heute erinnerten sich alle daran, wie Rudek nach dem

Abschluss der letzten Klasse auf dem Flur der Schule in Anwesenheit des Direktors eine Zigarette rauchte und diesem den Rauch ins Gesicht blies. Jedenfalls erinnerte Nusek ständig seine Kameraden daran:

»So hat ihre letzte Begegnung ausgesehen, der letzte Kampf, das letzte Duell des Schulkönigs mit dem Direktor. Die ganze Schule hat den Atem angehalten. Ihr könnt den Direktor fragen. Die Augen tränten ihm, und er begann zu husten. Das war ein K.o.«

Nuseks Klassenkameraden lauschten der Geschichte – wie Nusek selbst sagte – mit angehaltenem Stuhlgang.

Warum konnte es zu Hause nicht auch so sein?

»Mama!« Nusek lief zu seiner Mutter, um sich zu beklagen. »Sie wollen mich wieder nicht mitnehmen.«

Diesmal bestand Rywka nicht darauf, dass sie ihn mitnahmen.

Was sie an diesem Abend gehört hatte, konnte sie Nathan nicht mitteilen, der häufig um die Feiertage, und an Neujahr eigentlich immer, mit einem Magenkatarrh im Bett lag.

Aber vielleicht war das ja besser so?

Schließlich hatten alle drei, Rudek, Salek und Hesio, schon die Bar Mizwa hinter sich, dachte sie. Ihre Sünden gehen nicht mehr auf den Vater über, warum ihn also wecken?

Der Thora nach waren sie erwachsen: Und wie dachte Rywka?

Sie ließ das Küchenfenster für sie offen.

Während sie in der Dunkelheit lag, neben ihrem Mann, stellte sie sich vor, wohin Daniel ihre Söhne gebracht hatte. Was taten sie jetzt? Und mit wem?

Als sie die Augen schloss, sah sie die drei in den Armen ihrer alten Freundinnen Nesa Schnur und Lila Flaum, die sie vor fast dreißig Jahren zuletzt gesehen hatte, vor ihrer Abreise nach Brasilien oder Argentinien. Sie hatte sie darum beneidet, aus Nisko fortzugehen. Und auf die Schiffsreise war sie neidisch gewesen. Jetzt wunderte sie sich, dass sie sich gar nicht verändert hatten.

Je mehr sie sich das vorstellte, desto fester schmiegte sie sich an Nathan, und sie küsste seinen breiten Nacken.

KAPITEL 10

Hesio

Hesio erwachte mit Bauchweh, besser gesagt, das Bauchweh weckte ihn. Er spürte genau, wo es herkam: aus dem Zimmer mit der Nr. 14 im zweiten Stock, wo ihn heute in der vierten Stunde Fräulein Professor Matraszek drannehmen würde.

Das hatte sie angekündigt.

Warum hatte er die Sache die ganze Woche vor sich hergeschoben und nichts getan? Vielleicht hoffte er, Rudek würde aus Krakau kommen und ihm helfen. Manchmal kam er unverhofft. Er war in Latein immer gut gewesen, und seit er Klassische Philologie studierte, warf er ständig mit lateinischen Sprichwörtern um sich, die zu Hause niemand verstand. So ähnlich wie der Vater mit englischen.

»Du hast also doch was von mir«, sagte Nathan dann. »Like father, like son.«

»Stramer, du solltest Gruben ausheben und nicht in der Schulbank sitzen«, hatte die Matraszek Hesio in der vergangenen Woche gesagt. »Was ist das überhaupt für ein Name, Hersz-Cwi?«

Und was ist das für ein Name, Matraszek?, dachte Hesio mit unter der Bank geballten Fäusten. Das klingt wie eine Eidechse, die tropische Krankheiten überträgt.

Die Eidechse wandte sich der Klasse zu:

»Ein außergewöhnlich schwaches Kindermaterial.«

Und wie zu sich selbst fügte sie hinzu:

»Aus bekannten Gründen.«

Die Kameraden trösteten Hesio mit Blicken, jemand warf ihm einen zweimal gefalteten Zettel zu, von Flunder aus der letzten Reihe.

Die hat sicher wieder ihre Tage.

Aber konnte sie jede Woche ihre Tage haben?

Hesio drehte sich um, zum Zeichen, dass er es gelesen hatte. Flunder wiederholte die Klasse und war doppelt so groß wie seine Mitschüler. Er kam jeden Tag zu Fuß aus einem der umliegenden Dörfer, die Schuhe über die Schulter geworfen. Die zog er erst in der Stadt an. Und in der Schule saß er in der letzten Bank, in die er kaum noch passte.

Die Schüler drehten sich ständig zu Flunder um und kicherten, und die Lehrer taten so, als sähen sie nicht, was er unter der Bank machte.

Nur hin und wieder sagten sie, wobei sie in eine andere Richtung schauten:

»Flunder, die Hose.«

»Wie bitte, Frau Lehrerin?«

»Knöpf die Hose zu!«

Neulich hatte sich Flunder, traurig, Hesio anvertraut:

»Meine Eltern wollen, dass ich Pfarrer werde. Aber ich verspüre keine Berufung. Das kommt mit der Zeit, sagen sie immer. Aber ich will etwas anderes.«

Nach der Biologiestunde hatte er, als niemand hinsah, mit Kreide in schiefen Buchstaben an die Tür des Arztzimmers geschrieben:

GYNÄKOLOGE
(fummelt den Weibern in der Möse rum)

Genau das wollte er später tun. Und er träumte davon, dass eines Tages an der Tür seines Arztzimmers, des Zimmers von Doktor Flunder, so ein Schild hängen würde. Er hatte Hesio gebeten, zu schauen, ob Fehler drin seien. Da waren keine, aber Hesio wusste nicht, was er ihm sagen sollte.

Denn er begriff, dass Flunder in dem, was er geschrieben hatte, nichts Vulgäres, Unanständiges oder auch Witziges sah. Er konnte sich einfach nicht anders ausdrücken. In Bezug auf das, was ihn am meisten interessierte.

Einmal hatte er beim Anblick betender Juden Hesio mit dem Ellbogen gestupst und gesagt:

»Warum schaukeln die so, wie ein Kranker über einer Möse?«

Aber im Strzelecki-Park, in Anwesenheit von Mädchen, errötete Doktor Flunder oder der Landfrauenarzt, wie sie ihn jetzt in der Klasse nannten, stotterte und schob den zierlichen Hesio vor:

»Sag du was.«

Was konnte er jetzt tun?

Vielleicht würde die Matraszek nicht kommen? Vielleicht krank werden? Oder ein Wunder geschähe, und sie würde wie letztes Jahr auf der Eisbahn von Samson beim Denkmal des Unbekannten Soldaten hinfallen und sich das Steißbein brechen?

Aber dafür müsste Winter sein, und der hatte noch nicht angefangen.

Vielleicht einfach nicht in Latein gehen?, dachte Hesio noch im Bett. Schließlich ist Freitag, und wir sind Juden, die sich den ganzen Tag auf den Sabbat vorbereiten. Aber das geht nicht mehr durch. Es ist durchgegangen, solange der Direktor nicht gemerkt hat, dass wir Fußball spielen, statt zu Hause Kerzen anzuzünden.

Sie hätten nicht auf dem Sportplatz bei der Schule spielen sollen.

»Die Schüler mit jüdischer Religionszugehörigkeit nehmen freitags und samstags nach Lust und Laune am Unterricht teil«, hatte der Direktor bei der Lehrerversammlung behauptet und den Übeltätern schlechtere Noten in Betragen gegeben. »Es liegt auf der Hand, dass so eine Bagatellisierung der Schule, des Unterrichts und der Lehrerschaft auf alle Schüler übergreift.«

Hesio und Flunder hatten an der Tür des Lehrerzimmers gelauscht.

»Ähnlich ist es mit der Nachlässigkeit der Juden, die sich in den Pausen nicht des Polnischen bedienen, sondern Jiddisch sprechen. Aus verständlichen Gründen muss man diese Gewohnheit ausmerzen, um daraus resultierenden Schäden für die polnische Sprache vorzubeugen.«

»Gleich kriegt er einen Ständer«, flüsterte Flunder Hesio ins Ohr.

»Im Bereich der Alltagskultur dagegen«, fuhr der Direktor fort, »ist eine deutliche Verbesserung zu verzeichnen. Die Schüler sind reinlich. Sogar die Juden tragen saubere Schuhe. Man sieht, dass die hygienischen Anweisungen nicht allein auf theoretischem Weg, sondern auf der Grundlage didaktischer und pädagogischer Prinzipien erfolgt sind …«

»Er hat schon einen«, konnte Flunder gerade noch feststellen, bevor Hesio ihn von der Tür wegzog.

»Juszczyk kommt!«

Sie versteckten sich in der Toilette, wo es wegen der kaputten Fenster noch kälter war als in den Klassenzimmern. Sie warteten, bis Jan Juszszyk, der ältere Hausmeister, mit schwerem Schritt durch den Flur gegangen war. Um diese Zeit hatte er seine Arbeit schon beendet und ging in seine Wohnung im

Parterre. Deshalb hatte er keine Lust mehr, in die Toiletten zu schauen.

Außer ihm hatte nur der Direktor eine Wohnung in der Schule.

»Vielleicht treffen sie sich nach dem Unterricht?«, sagte Flunder.

Und als sie wieder vor dem Lehrerzimmer angekommen waren, zeigte er seinen angespannten Bizeps zum Zeichen, dass der Direktor noch nicht fertig war.

»Die Pünktlichkeit hat sich erhöht. Als gutes, wirksames Mittel hat sich die mehrmalige Schließung des Schultors um 8.00 Uhr erwiesen. Man hat festgestellt, dass es hauptsächlich die jüdischen Schüler waren, die zu spät kamen, da sie zu späterer Stunde ins Bett gehen und daher morgens länger schlafen. Auch das Fehlen von Uhren in manchen Haushalten hat dazu beigetragen. Das ist ein weiteres Übel.«

In diesem Moment fiel die Eidechse Matraszek ein:

»Ich bitte Sie, Herr Wachtel, auf die jüdische Jugend einzuwirken, die sich schlechter benimmt als die katholische. Sie organisiert Schlägereien, schreibt Schimpfwörter und anstößige Sätze. Im Unterricht machen die meisten keine Fortschritte. Und manche von ihnen singen nicht einmal unsere Hymne *Noch ist Polen nicht verloren* … Das muss man untersuchen und die Gründe dafür herausfinden. Ich möchte nur daran erinnern, dass wir während der Teilungen unsere Jugend in patriotischem Geiste erzogen haben. Heutzutage erschweren fremde, destruktive Einflüsse, separatistische Bestrebungen und insbesondere der Kommunismus, dass die Jugendlichen in Liebe zur polnischen Staatsangehörigkeit entflammen.«

»Ich spüre, dass sie erregt ist. Sie ist feucht.« Flunder leckte sich die Lippen.

»Tja«, flüsterte Hesio in das abstehende Ohr seines Freundes, »sogar mich hat sie entflammt.«

Wachtel begann mit seiner traurigen Stimme, dem Direktor dafür zu danken, dass er die Sache mit den Störenfrieden geregelt hatte, die seinen jüdischen Religionsunterricht durcheinanderbrachten.

Es ging um einige Katholiken, die in dieser Zeit eine Freistunde hatten und in den Hof gingen, um dort Lärm zu machen und Steine oder Steinchen in die offenen Fenster zu werfen. Flunder zum Beispiel schoss extra so, dass er in Hesios Bank traf.

»Wachtel kriegt keinen Ständer. Gehen wir?« Flunder machte eine Kopfbewegung zum Ausgang am Ende des Flurs.

Aber Hesio schüttelte den Kopf, er wollte die Hoffnung noch nicht aufgeben. Vielleicht würde sich der jüdische Religionslehrer ja hinter seine Schüler stellen und sie verteidigen. Oder zumindest etwas Aufbauendes sagen.

Etwas in der Art von »Gott hat's gegeben, Gott hat's genommen«, wie er neulich zu Mordechaj gesagt hatte, dessen Vater gestorben war.

»Ich bin Ihnen dankbar, Herr Direktor«, sagte unterdessen Wachtel, »dass die Juden in der Schule überhaupt gleich behandelt werden wie die Katholiken, das ist ein großes Verdienst von Ihnen und allen Lehrkräften. Daher schlage ich ebenfalls vor, denjenigen jüdischen Schülern eine schlechtere Note in Betragen zu geben, die den Zaun mit Farbe beschmiert haben.«

Du Waschlappen, dachte Hesio.

Er bereute, dass er nicht auf Flunder gehört hatte und sie nicht vorher gegangen waren. Es wäre ihm lieber gewesen, er hätte das nicht gehört. Und sein Freund hätte jetzt nicht gesehen, wie er sich mit dem Ärmel die Augen wischte. Er biss die

Zähne zusammen, doch es nützte nichts. Aber vielleicht würde Flunder denken, ihm sei etwas ins Auge geflogen?

Rena und Salek verstanden nicht, dass er mit jemandem wie Flunder befreundet sein konnte. Aber gerade in solchen Momenten war Flunder ein guter Kumpel, außerdem sollte man frei von Vorurteilen sein, was die Klassen betraf. Darauf beruhte schließlich der Kommunismus, oder nicht?

Und seit Rudek nicht mehr in Tarnów war, konnte es nichts schaden, sich in der Stadt hin und wieder mit jemandem sehen zu lassen, der doppelt so groß und so stark war wie man selbst.

(»Und wer steht klassenmäßig tiefer?«, hätte Salek wohl gefragt. »Wir oder die Bauern?«)

Hesio nickte Flunder zu zum Zeichen, dass sie gehen konnten.

»Du hast Recht«, sagte er, als sie das Gymnasium verlassen hatten und an der Schulkapelle und am Versammlungsraum für Pfadfinder vorbeigingen, in denen er noch nie gewesen war. »Der hat keinen Ständer.«

Während des ganzen Heimwegs kickte Hesio alles weg, was auf der Straße lag, Steine, Kastanien, Müll. Nicht einmal in den Strzelecki-Park wollte er gehen.

»Das wirst du dir nicht in dein beschissenes Heft für die guten Taten schreiben können.« Immer noch dachte er an den jüdischen Religionslehrer.

Wachtel hielt seine Schüler an, ein Heft für gute Taten zu führen. Sie sollten jeden Tag eine hineinschreiben. Hesio tat das normalerweise in letzter Minute. Er trug am Abend vor dem Unterricht in einem Rutsch alle sieben ein.

Im Religionsunterricht mussten sie laut vorlesen.

Am Montag brachte ich einen blinden Bettler über eine belebte Straße. Am Dienstag half ich meinem jüngeren Bruder, einen Eimer Kohlen über den Hof zu tragen. Am Mittwoch machte ich mit meiner Mutter zusammen gebratenen Käse. Am Donnerstag ...

Und am Donnerstag? Die Ideen gingen ihm aus. Er konnte ja nicht schreiben, dass er in der Stadt Flugblätter mit der Aufschrift *Hände weg von der UdSSR!* verteilt, auf den Schulzaun Hammer und Sichel gemalt oder mit roter Farbe auf Mauern geschrieben hatte: *Es lebe der Kommunismus! Es lebe die kommunistische Jugend! Arbeiter und Bauern, nur die Partei kämpft für das Wohl der Arbeiterklasse! Jugendliche Arbeiter, tretet massenhaft in den Verband der Kommunistischen Jugend ein!*

Er war sich mit Salek einig, dass einige der Parolen, die ihnen von älteren Genossen diktiert wurden, etwas zu lang waren. Schade um die Farbe. Und das Risiko war höher, dass man erwischt wurde, weil man länger am Schreiben war.

Aber was mit dem unglücklichen Donnerstag? Keine neue gute Tat wollte ihm in den Sinn kommen, immer nur: der Blinde, die Kohle oder der Käse.

Und noch die alte Frau (natürlich gebeugt und mit Kopftuch), aber er hatte schon in der letzten Woche zweimal für eine kranke alte Frau die Einkäufe erledigt, die Arznei in der Apotheke geholt und außerdem noch ihren Hund Pusio Gassi geführt.

Im Übrigen war sie dank Hesio jetzt sicher wieder gesund und brauchte diese Woche seine guten Taten nicht. Aber nächste Woche, wer weiß?

»Salek!« Sie saßen abends zu zweit bei der Petroleumlampe. »Tust du für mich eine gute Tat?«

Er reichte seinem Bruder das Heft, der ohne nachzudenken zu schreiben begann:

Am Donnerstag kehrte ich gegen zehn Uhr abends nach Hause zurück. Da sah ich ein Mädchen, das allein unterwegs war. Ich machte mir Sorgen um ihre Sicherheit, also ging ich hin und fragte, ob ich sie nach Hause begleiten dürfe.

Wie immer hatte er zu ausführlich geschrieben. Er meinte es gut – woher sollte er wissen, dass sie sich in der Klasse lustig machen würden.

»Das ist keine gute Tat!«, sagten seine Kameraden. »Er wollte sie anmachen! Das ist alles. Mehr war das nicht.«

»Aber er musste vom Weg abweichen, um ihr zu helfen.« So verteidigte Wachtel ihn gegen Ende der Stunde. Manche der Jungs lachten noch in der Pause über das Wort »abweichen«.

Andere fragten, wie das Mädchen ausgesehen habe, ob sie hübsch gewesen sei und wo man sie treffen könne.

Hesio bestätigte: Sie war hübsch.

Kurz vor dem Klingeln wischte der Lehrer mit dem Schwamm die Tafel ab, strich sich das spärliche graue Haar nach hinten, klappte das Lehrbuch von Bałaban zu und knöpfte die Jacke auf, was die Schüler in der ersten Bank sofort rochen.

»Was ist schneller?«, scherzte man in der Klasse. »Die Lichtgeschwindigkeit, die Schallgeschwindigkeit oder die Geschwindigkeit von Wachtels Schweiß?«

Auch über das, was er dann sagte, lachten die Schüler:

»Liebe Kinder!« Zum Glück hatte er die Jacke wieder zugeknöpft. »Das Purim-Fest rückt näher. Es gibt den Brauch, dass man zu diesem Fest geachteten Menschen etwas zu essen vorbeibringt. Das nennt man Schlachmones. Schlachmatanot heißt, schick ein Geschenk. Sagt euren Eltern, dass ich in der Wallstraße 28 wohne. Habt ihr das notiert?«

»In diesem Jahr«, sagte Hesio am Abend zu Salek, als sie

schon gemeinsam im Bett lagen, »soll er uns am Arsch lecken! Wir schicken ihm nichts!«

»Ach, sei ruhig«, winkte Salek ab. »Sie wollten ihn entlassen wie Bleiweiss. Hast du nicht verstanden, warum sie so viel über Hygiene geredet haben? Er musste etwas opfern, er hat um sein Leben gekämpft.«

»Du übertreibst!«

»Weißt du, wie viele Arbeitslose es in Tarnów gibt? 1400. Er wollte nicht der nächste sein. Aber was soll's, das ist sein Problem, nicht deines.«

Insgesamt, dachte Hesio, sagte Salek das Gleiche wie Flunder: »Dir steht er, also was soll's, verdammt?«

Nur dass Salek nie geflucht hätte. Und ein Mädchen nannte er, anders als Flunder, »Fräulein«.

Salek

Seit Rudeks Abreise nach Krakau kamen die Geschwister zu Salek, wenn sie ein Problem hatten. Auf seine Worte warteten sie, wenn sie abends am Küchentisch saßen und Malzkaffee tranken. Sogar Mutter nannte Salek zum Spaß ihren »Familienrabbi« und küsste ihn auf die Stirn.

»Aber ihr wisst doch alle, was ich von der Religion halte«, sagte er zu Mutter. »Das ist Opium fürs Volk.«

Er gab zwar ehrlich zu, dass er nie Opium probiert hatte, aber die Religion hatte er im Cheder und in der Synagoge probiert, und das brachte ihn für immer vom Opium ab, wenn das das Gleiche sein sollte.

Rywka erinnerte sich, wie der Melamed und der alte Bleiweiss immer wieder gekommen waren. Wie sie versucht hatten, sie zu überzeugen, dass das Lesen der alten Bücher Saleks Berufung sei. Vielleicht hatten sie Recht, dachte sie manchmal, und durch uns hat er sie verpasst.

Sie mochte es gern, wie Salek sprach. Ganz ruhig, sogar deutlicher als Rudek. Jedes Wort und jeden Satz ließ er ausklingen.

Er verschluckte nie die polnischen Endsilben wie Nathan oder die Schüler, denen er zu Hause Nachhilfe gab. Unsicher über die Flexion der polnischen Wörter, sprachen sie lieber undeutlich, in der Hoffnung, ihre Fehler so kaschieren zu können.

Deshalb begann Salek in der ersten Nachhilfestunde immer mit der Deklination durch die Kasus.

Wenn ein Schüler ihn auf Jiddisch ansprach, unterbrach er ihn jäh:

»Wir sind in Polen. Vergiss das Jiddische.«

Und wenn es eine Schülerin war, antwortete er ihr mit einem Vers, den er auswendig konnte:

Welch Schicksal dich auch treffen mag,
denk daran an jedem Tag:
Wir alle werden hier geboren
als Menschen und als Polen.

Das sprach er natürlich ohne eine Spur von Akzent und erwähnte nicht, dass der Autor Tetmajer hieß und nicht Stramer. Die Namen waren sogar ein bisschen ähnlich, dachte er. Vielleicht kein Zufall? Vielleicht hatte er früher Kazimierz Przerwa-Stramer geheißen oder Salomon Przerwa-Tetmajer? So jedenfalls verstand er dieses Gedicht.

Abends rezitierte er ganze Seiten aus Büchern. Er tat es nie von sich aus, sondern immer auf Bitten der Geschwister, die sich vor dem Schlafen meistens etwas aus der Trilogie von Sienkiewicz wünschten. Nur hin und wieder schmuggelte er ein Zitat von Marx ein.

Nachdem in der Goldhammer-Straße die Petroleumlampe gelöscht war, geschah in der kleinen Parterre-Wohnung mehr als tagsüber. Zwischen den überall ausgebreiteten Betten trafen sich Herr Wołodyjowski, Kmicic und die schöne Helena. Zagłoba und Wołodyjowski schmiedeten nach dem Duell mit Bohun einen Plan, der Skrzetuski glücklich machen sollte. Skrzetuski sprach mit Zagłoba. Rzędzian gab Helena der Kastellanin Witowska zurück.

Die Wohnung war voller Tataren, Schweden und Polen.

Auch Rywka lauschte in ihrem Bett in der Küche mit geschlossenen Augen gern den Geschichten.

So ähnlich stellte sie sich die Tonfilme vor, die angeblich bald im Kinotheater »Marzenie«* gezeigt werden sollten.

Sie erinnerte sich an den Titel des ersten Films, eines Stummfilms natürlich, der zur Eröffnung gezeigt worden war. In der ganzen Stadt hingen Plakate an den Säulen. Wie war das? *Das Mädchen des Apachen* – großes Kriminaldrama in zehn Akten! Oder eher: erz-sensationelles Abenteuerdrama? Ja, wahrscheinlich, denn damals nannte man alles »erz«.

Wie der Film wirklich war, wusste sie nicht. Manchmal tat es ihr leid, dass sie sich nicht selbst davon überzeugen konnte.

Vielleicht weil das dunkelhaarige Mädchen auf dem Plakat ihr ein bisschen ähnlich sah. Der Apache dagegen war das Gegenteil von Nathan – hochgewachsen, schlank, und das Haar trug er lang wie eine Frau.

Warum war sie nicht ins Kino gegangen? Auch zu den folgenden Filmen nicht.

* Marzenie – dt. Traum, Wunschtraum, Träumen.

Da sie nicht zu dem ersten, der sie wirklich interessierte, gegangen war, warum hätte sie dann zu einem anderen gehen sollen?

Außerdem brauchte man Zeit und Geld, um ins Kino zu gehen. Und ihr fehlte immer das eine oder das andere, meistens beides zusammen.

Und war das Kinotheater überhaupt etwas für Erwachsene? Für Rywka war das eher etwas für die Kinder. So ähnlich war es mit den Büchern, die sie aus der Bibliothek oder von Schulfreunden mitbrachten. Wer konnte es sich denn mit sechs Kindern leisten, ins Kino oder in die Bibliothek zu gehen?

Sie konnten ihr ja dann erzählen, was sie gesehen oder gelesen hatten. Sie hörte es lieber von ihnen. Wenn sie ihren Erzählungen lauschte, fühlte sie sich, als säße sie selbst im Kino oder mit einem Buch neben der Petroleumlampe.

Aber vielleicht würde Nathan sie einmal ins »Marzenie« einladen? Allerdings hatte sie das Gefühl, da würde sie eher noch das Meer sehen. Sie konnte sich gar nicht erinnern, wann er mit ihr zum letzten Mal ausgegangen war.

Doch, sie erinnerte sich, obwohl es schon lange her war. Kurz nach der Eröffnung des Cafés BEI DEN STRAMERS hatte Nathan sie zu einem ganz besonderen Fußballspiel mitgenommen. Er hatte von jemandem Karten bekommen. Oder vielleicht hatte jemand im Café damit bezahlt. Wer konnte das sein? Wahrscheinlich Rechtsanwalt Zawadowski.

»Das ist ein außergewöhnliches Spiel, du wirst sehen«, sagte Nathan begeistert. »Die kleinsten Tarnower spielen gegen die größten. Das wird eine Show.«

Nathan lachte – wie alle auf der Tribüne – die ganze Zeit. Obwohl er das erste Mal hier war und die Regeln nicht kannte. Wie auch Rywka, die allerdings bis heute nicht verstehen konnte, was so lustig daran sein sollte, dass die Großen die Kleinen treten, kicken und ihnen Tore schießen. Dass die Stärkeren die Schwächeren schlagen – wie Nathan die Kinder mit dem Gürtel. Im Übrigen war auch auf dem verdreckten Sportplatz den Spielern bald das Lachen vergangen. Und am folgenden Tag hatte Salek ihr vorgelesen, was über das Match in den Zeitungen stand: *Die Sache war gut gemeint, aber die Stimmung schwankte im Laufe des Spiels, die Fröhlichkeit ließ nach, weil zu ernsthaft gespielt wurde.* Rywka nickte.

Wenn Salek abends sein »auswendiges Vorlesen« beendet hatte, verweilten die Helden von Sienkiewicz noch eine Weile in der Goldhammer-Straße 20 und warteten, bis die Geschwister eingeschlafen waren.

Hin und wieder las Salek auch zum Spaß oder um zu sehen, ob sie aufmerksam zuhörten, aus dem Gedächtnis etwas vor, was nicht von Sienkiewicz und auch nicht von Marx war, zum Beispiel eine Notiz aus der Zeitung:

Das im Jahre 1927 zur Benutzung freigegebene Gebäude wurde mit neuartigen Einrichtungen ausgestattet. Der Herd, der mit Wasserdampf betrieben wird, die elektrische Reinigung und die Bäckerei übertreffen ähnliche Einrichtungen in privaten Institutionen. Saubere Zellen, vorbildliche Werkstätten, breite Korridore, ein Schulungsraum, eine Bühne, eine Gefängniskapelle mit einem holzgeschnitzten Altar machen das Tarnower Gefängnis zum am besten ausgestatteten Gefängnis in ganz Polen.

Konnte Salek das alles wirklich auswendig, oder dachte er es sich einfach aus? Woher sollte Rywka das wissen?

Hesio überlegte immer noch, was er vor der Lateinstunde machen sollte – falls die Eidechse Matraszek sich doch nicht das Steißbein brechen würde. Mit nassen Haaren ins Freie? Aber so schnell konnte man sich nicht ordentlich erkälten. Man würde sich eher abhärten. Wie im letzten Winter, als er mit seinen Brüdern im Hof jeden Morgen schwedische Gymnastik gemacht hatte. Sie rieben sich mit kaltem Wasser ab, machten Rumpfbeugen, Kniebeugen und Liegestützen. Wenn möglich im Schnee.

Alle, inklusive der Hund Suchard und die Katze Milka, die bei diesem Wetter nie hinausging, schauten sie beunruhigt an.

»Warum heißt das schwedische Gymnastik?«, fragte Nusek zähneklappernd Rudek.

»Weil man das in Schweden macht.«

»Woher weißt du das?«

Rudek dachte einen Moment nach.

»Lies *Die Sintflut*«, sagte er und rieb sich mit Schnee ein.

Hesio hatte *Die Sintflut* unlängst gelesen, aber an irgendeine Gymnastik konnte er sich nicht erinnern. Es sei denn, sie hätten sie während der Schlachten gemacht, die sich über so viele Seiten zogen, dass er sie übersprang. Aber selbst wenn sie Gymnastik gemacht hätten – gegen die polnischen Streitkräfte hätte ihnen das letztendlich nichts genützt.

Kein Wunder. Der Geschichtslehrer Kryński hatte ihnen schließlich beigebracht, dass die polnischen Ritter in jener Zeit geübt hätten, sich zusammen mit ihren Pferden an Reckstangen hochzuziehen. Natürlich ohne die Waffen abzulegen.

Sie mussten weniger getrunken haben als die Ulanen des fünften Regiments der berittenen Schützen, die in besoffenem Zustand ein Pferd verloren hatten.

Vielleicht sollte sich Hesio kurz vor dem Unterricht mit dem Messer verletzen und mit blutendem Finger zum Schularzt gehen? Das hatte er schon einmal gemacht, die Wunde hatte sich entzündet, und er hatte immer noch eine Narbe am Daumen. Wozu brauchte er eine zweite Narbe? Am besten wäre es wohl, während des Unterrichts das zu machen, was Flunder immer machte, mit offener Hose würde die Matraszek ihn bestimmt nicht an die Tafel rufen. Flunder war nicht so dumm, wie man in der Schule dachte. Er wusste, was er tat.

Übrigens hätte Hesio gern gewusst, wen er sich dabei vorstellte. Die schöne Helena aus *Mit Feuer und Schwert*?

Aber was sollte er machen?

»Schläfst du?« Hesio stupste den leise schnarchenden Salek an.

Anderthalb Stunden später gingen sie zusammen zur Schule, und Hesio hatte kein Bauchweh mehr. Salek hatte ihm alles aufgeschrieben.

»Jetzt wissen wir immerhin, warum wir den Cheder besucht haben«, sagte er, bevor sie sich trennten, um in ihre Klassen zu gehen.

Während der Pause vor Latein ging Hesio als Einziger nicht in den Flur oder in den Hof. Für alle Fälle schloss er die Tür. Vor der schwarzen Tafel stehend, übertrug er mit Kreide sorgfältig die kleinen hebräischen Buchstaben, die Salek ihm in sein Heft geschrieben hatte – in der rechten unteren Ecke, neben dem teilweise weggewischten Thema des Aufsatzes aus der Polnischstunde (Schön ist der Tod fürs Vaterland, aber nicht minder schön ist es, dafür zu leben).

Dabei brummte er vor sich hin: »Wachtel, dieser Waschlappen, wäre stolz auf mich!«

וללאָנ עצידניוו עווק טאַסע טסעטאַס אַמירפ אַעראָא
טאַבעלוק עווקמאָטקער םעדיפ עגעל עניס אַאָס עטנופס

Der Waschlappen Wachtel wäre stolz gewesen, hätte er gewusst, dass ein Schüler von ihm Ovid phonetisch ins Hebräische übersetzt hatte.

Jetzt musste Hesio in Latein nur aufstehen und – ohne ein Wort zu verstehen – einfach ablesen, was er gerade selbst geschrieben hatte.

Es sei denn, der Matraszek würde es einfallen, die Tafel zu wischen; aber normalerweise rührte sie sie nicht an und hielt sich auch weit entfernt von dem stinkenden, löchrigen Schwamm und der weißen Kreide, um sich nicht die Hände oder die Kleidung schmutzig zu machen.

Hesio setzte sich zufrieden in seine Bank. Von der dritten Reihe aus konnte er, falls er an seinem Platz antworten musste, den Text ohne Problem ablesen.

»Cogito ergo sum«, wie Rudek immer sagte. Doch um Salek gegenüber gerecht zu sein, sollte Hesio eigentlich sagen: »Mein Bruder denkt, also bin ich.«

Es klingelt.

Augenblicklich füllt sich das Klassenzimmer, und es wird still. Nur das Geräusch der Absätze von Fräulein Matraszek ist zu hören. Das Lateinbuch und das Klassenbuch landen auf dem Eichentisch. Es quietscht der Stuhl, den sie wegschiebt, bevor sie sich setzt.

In der Stille kommt es Hesio vor, als würden seine Kameraden die Luft anhalten, als würden alle Herzen in der Klasse schneller schlagen. Oder ist es nur seines?

Zusammen mit den anderen verfolgt er den Zeigefinger der Matraszek, der langsam, mit einem charakteristischen kleinen

Geräusch des Nagels, an der Namensliste entlanggleitet. Diejenigen, die er hinter sich lässt, atmen erleichtert auf, die anderen halten noch die Luft an, als könnte das Ausatmen die Matraszek an sie erinnern.

Fräulein Matraszek erreicht wortlos das Ende der Liste. Erst jetzt hebt sie den Kopf und sieht sich in der Klasse um. Und ihr Finger fährt langsam wieder nach oben.

Nach ein paar Namen macht er kurz Halt in der Gegend des Buchstabens W (Wakspress, Wąs, Wolf, Wrona, Wyderko hören für einen Moment auf zu atmen), passiert dann den Buchstaben U (Unger) und bremst bei T (Tokarski, Tatar, Tramer, Trybulec) allmählich ab, um schließlich bei S anzuhalten.

Hesio fiel ein, dass Rudek einmal erzählt hatte, ein Junge, den die Matraszek an die Tafel rief, sei ohnmächtig geworden.

»Bitte abtransportieren«, hatte sie, an die Klasse gewandt, gesagt.

Außer ihr gab es nur noch einen Lehrer, dem die Schüler so gehorchten, bei dem sie jede Bewegung verfolgten und Bauchweh bekamen: In der Turnhalle schlotterten sie in ihren Hemden und kurzen Hosen. Jan Klimek, der Lehrer für Leibesübungen, ließ auch im Winter die Fenster offen.

»In einem gesunden Körper wohnt ein gesunder Geist«, pflegte er zu sagen.

Wollte er sie abhärten oder den Qualm der Zigaretten beseitigen, die er während des Unterrichts rauchte?

Er begann jede Stunde damit, die Schüler daran zu erinnern, was sie alles nicht durften.

»Zu spät kommen, schwatzen, schlagen, die Übungen nicht machen und die Anordnungen nicht befolgen …« Klimek drehte den Medizinball zwischen den Händen. »Die Übungen falsch machen und die Anordnungen falsch befolgen, aufeinander schießen mit Pfeil und Bogen oder mit einer Kleinkaliberwaffe. Und wenn ihr nicht …«

Er blies kräftig in die Pfeife, die er immer um den Hals hängen hatte. Er sah den Schülern aufmerksam in die Augen. Sie wussten Bescheid. Die ganze Schule wusste Bescheid. Insgeheim erzählte man sich, Klimek habe das im Tarnower Gefängnis gelernt, als er dort eine Strafe absaß. Noch leiser erzählte man sich, er habe zuvor dort gearbeitet und sich auf diese Art die schlimmsten Banditen und Perverslinge gefügig gemacht. Und man flüsterte, er habe wohl den Eindruck, er arbeite immer noch im Gefängnis.

Jedenfalls hatte hier in Freiheit, zumindest in diesem Gymnasium, niemand Lust auf Klimeks Zunge. Sogar Flunder befolgte brav alle Anordnungen. Und er hatte als Einziger im letzten Schuljahr »sehr gut« in Leibesübungen bekommen. Warum seine Kameraden bei dieser Nachricht einen Lachanfall kriegten, verstand er nicht. In allen anderen Fächern, inklusive Betragen, hatte er »ungenügend«.

Klimek hatte die Angewohnheit, mit seinen behaarten Tatzen einen Schüler am Schopf zu packen, dessen Kopf zur Seite zu ziehen und ihm vor den Augen der ganzen Klasse langsam das Ohr zu lecken, innen wie außen.

Schon beim Gedanken daran wurde Hesio schlecht.

Da war ihm – wie auch den anderen – schon lieber, er bekam mit dem hölzernen Lineal oder dem Federkästchen ein paar Schläge auf die Hände, das hieß »Pfoten«, oder er musste hundert Mal in sein Heft schreiben: »Ich werde mich im Musikunterricht angemessen verhalten.« Sogar mit dem schmutzigen Schwamm das Gesicht gewischt zu bekommen, war besser – so lehrte der Schularzt Hieronim Potok sie Hygiene, wenn sie ihn aus dem Gleichgewicht brachten.

»Und wisst ihr, Kinder«, Klimek wechselte das Thema, »dass euch Haare in der Hand wachsen, wenn ihr euch einen rubbelt?«

Auf denjenigen, der erschrocken seine Hände anguckte (wie Hesio in der ersten Stunde), warf Klimek dann den Medizinball.

»Fang!«, schrie er und blies in die Pfeife.

Aber meistens war es dann schon zu spät. Und der Fünf-Kilo-Ball warf das Opfer um.

Klimek lachte über seinen Witz, die Schüler mit ihm, und aus dem meist erzwungenen Lachen war das ehrlichste und lauteste deutlich herauszuhören – das von Flunder.

Zu Hesio sagte Klimek: der Bruder des Dorfphilosophen.

»Aber im Gegensatz zu Salomon bist du keine Vogelscheuche.«

Hesio wäre lieber selbst der Dorfphilosoph gewesen oder auch die Vogelscheuche oder der Rabbiner der Familie.

Muss man denn, wenn man einen Bruder hat, unbedingt nur noch der Bruder dieses Bruders sein? Darf man nicht einfach man selber sein?

Und was, wenn man gleich drei Brüder hat!

Aber Rudek studiert jetzt in Krakau, und Nusek ist noch klein.

Alle, sogar dieser Idiot von Sportlehrer, schauen dich an und sehen zuerst deinen Bruder. Und du selbst auch – du guckst in den Spiegel, und wen siehst du zuerst? Deinen Bruder!

Als wäre es nicht genug, dass man sowieso abends neben seinem Gesicht einschläft und morgens wieder aufwacht – er ist die erste und letzte Person, die man jeden Tag sieht.

In den Augen der Menschen waren Salek und Hesio Stramer zusammengewachsen wie siamesische Zwillinge.

Manchmal wünschte sich Hesio, jemand möge sie trennen.

Und das, obwohl die Mädchen im Strzelecki-Park ihm sagten: Du siehst ihm ähnlich, aber du bist schöner, du siehst besser aus als Salek.

Warum also soll ich immer sein Bruder sein und er nie meiner?

Vielleicht sollte ich meinen Namen ändern? Hersz-Cwi Tanner, Werner, Kowalski? Zu einem neuen Namen würde dann auch ein neuer Vorname passen – Henryk, Karol, Józef?

Aber dafür ist es jetzt zu spät. Fräulein Matraszek hält mit ihrer Eidechsenkralle auf der Höhe des Namens Stramer an.

Sie ruft ihn auf; aber warum erhebt sie sich selbst und verdeckt dadurch die Tafel? Hesio muss sich wiegen, zur Seite schwanken, um seinen Text ablesen zu können.

»Wir sind nicht in der Synagoge. Stell dich hin wie ein Mensch«, sagt die Matraszek, aber zum Glück setzt sie sich wieder.

KAPITEL 11

Nusek

Rudeks Abreise, die Traurigkeit der Mutter, das Gerangel des Vaters mit Salek waren Nusek gleichgültig, er nahm diese Dinge nicht wahr, wie gewöhnlich der kleine Mann nicht sieht, was sich oben, in den höheren Sphären der Macht, abspielt. Das jedenfalls sagte sein Vater.

Für Nusek zählte etwas anderes. Er freute sich, dass er jetzt Herr seines Bettes war, dass er es ganz für sich hatte. Anfangs heimlich: Unsicher, wie lange die Herrschaft anhalten würde, zeigte er seine Freude niemandem.

Vielleicht war ja etwas übersehen worden, wie die paar Groschen, die er manchmal in dem Weidenkorb mit den Einkäufen oder an der Garderobe in Vaters Manteltasche fand.

Aber die Tage seit Rudeks Abreise vergingen und vergingen, und nichts änderte sich. Die Eltern sagten ihm nicht, er solle jetzt bei Hesio oder Salek schlafen, die das wahrscheinlich ohnehin nicht akzeptiert hätten. Nicht weil sie fast unzertrennlich waren und einander ständig etwas ins Ohr flüsterten, aber sie fanden, dass alle von allem gleich viel haben sollten. Zu Wela würden sie ihn bestimmt auch nicht schicken, um Rena sein Bett zu geben. Nusek begriff, dass die Eltern, selbst wenn sie gewollt hätten, keinen Spielraum hatten.

Er war der Jüngste – und schon hatte er ein Bett für sich allein, dachte er stolz. Und zwar als Einziger. Schließlich schliefen ja sogar Mutter und Vater zusammen in einem Bett.

Nur manchmal tat es ihm leid, dass er sich vor dem Schlafen

nicht mit Rudek beraten konnte. Heute hätte er gern das ganze Kissen und die halbe Decke abgegeben, um zu erfahren, was der älteste Bruder an seiner Stelle täte.

Aber stattdessen musste er selbst überlegen. Natürlich hätte er auch Salek oder Hesio fragen können, aber das war nicht dasselbe, schon gar nicht, seit sie Kommunisten geworden waren.

Nusek war in diesem Jahr endlich elf geworden und konnte zum Haschomer gehen. Für den Anfang zu den »Milchbuben«. Von Salek und Hesio hatte er ein ausgebleichtes Tuch und eine grüne Uniform bekommen.

Ursprünglich hatte er gedacht, er könne wie die anderen in seiner Klasse zu den Pfadfindern gehen, aber Rudek hatte ihm gesagt, das sei nur für Katholiken.

»Und sind beim Haschomer auch Mädchen?«, fragte Nusek.

Die erste Versammlung auf dem Sankt-Martinsberg, mit dem besten Blick auf die Stadt (die Sonne spiegelte sich in der runden goldenen Kuppel der Neuen Synagoge, so sehr, dass sie Nusek blendete), leitete Fredek Haber, ein Klassenkamerad von Salek.

Es stellte sich heraus, dass zur selben Zeit auch die Pfadfinder ihre Versammlung hier abhielten.

Fredek schielte zu ihnen hinüber, während er das erste Gebot der Organisation verkündete: Der Schomer sei ein Mensch der Wahrheit und wache über sie.

»Das heißt, auf das Wort eines Schomer kann man sich immer verlassen.«

Beim zweiten Gebot – »Der Schomer ist ein Pionier der Wiedergeburt seines Volkes, seiner (hebräischen) Kultur und seines Vaterlands (Palästina)« – wurde Fredek weitschweifig, Nusek verstand nicht mehr viel und hörte dann nicht mehr zu.

Seine Gedanken begannen um die Kuppel der Synagoge zu kreisen. Wenn man sie einschmelzen würde, wie viel Gold käme wohl dabei heraus?

Und für wie viel könnte man es beim Juwelier in der Wallstraße verkaufen, wo niemand je fragte, woher man es hatte?

Dort verschwanden angeblich die gusseisernen Kreuze und Zinktafeln von den Gräbern des Tarnower Friedhofs. So dass die Katholiken sich dann nicht mehr orientieren konnten, wer wo lag.

Die goldene Kuppel würde der Juwelier also bestimmt auch nehmen. Und das mit Handkuss.

Schließlich sagte Gruppenführer Fredek, während er sich immer öfter umsah:

»Der Schomer ist ein Mann der Tat und kann durch eigene Arbeit seinen Lebensunterhalt bestreiten.«

Auf dem Martinsberg war zu spüren, wie sich ohne jeden Befehl zwei Armeen von Kindern formierten. Ohne einander aus den Augen zu lassen, schlossen sie die Reihen. Vorläufig spannten sie unter ihren Uniformen die Muskeln an, ballten die Fäuste und schossen mit Blicken aufeinander.

Als Fredek beim siebten Gebot angekommen war (»Der Schomer ist tapfer, mutig und flott«), hatten die Pfadfinder sie umringt.

»Wer seid ihr?«, fragten sie.

»Pfadfinder«, sagte Fredek und fügte leiser hinzu: »Jüdische.«

»Dann macht, dass ihr wegkommt. Das ist unser Berg.«

Die beiden Gruppenführer gerieten aneinander. Sie packten sich an den Schultern und versuchten, den anderen wegzudrängen. Schwitzend, in fast identischen grünen Uniformen, die nicht zu unterscheiden waren.

Und die Jungen auf beiden Seiten feuerten sie an.

Das letzte Gebot – »Der Schomer ist rein in Worten, Gedanken und Taten (er konsumiert keinen Tabak, keinen Alkohol und ist keusch)« – erklärte Fredek schon beim Abstieg vom Martinsberg, mit einem verletzten Auge, geschwollenen Lippen, in verschmutzter und zerrissener Uniform.

Was hätte Rudek an Fredeks Stelle getan?, überlegte Nusek. Hätte er auch den Rückzug angeordnet?

Sicher hätte er sich nicht sinnlos geprügelt. Und nicht gewartet, bis der andere ihn mit dem Knie ins Gesicht tritt. Er hätte nämlich zuerst zugeschlagen – genau das hatte er seinen Brüdern beigebracht. Dass das wichtiger sei als die Muskeln oder die Länge der Arme.

Und was hätte Salek getan? Er hätte sich überhaupt nicht darüber gestritten, wessen Berg das sei, denn es war ja klar, dass es der Sankt-Martinsberg war. Außerdem war er ein Gegner von Privateigentum.

Da war noch eine Sache, in der sich Nusek gern mit Rudek beraten hätte: Ob es richtig sei, was er mit den Briefchen machte, die Karol Szpilman, der Sohn des Kerzenfabrikanten, ihm immer für Rena gab? Zusammen mit einer Orange oder einem Bonbon.

Nusek aß die Beigaben auf und las dabei die Briefe.

Was für ein Quatsch da drinstand! Zu allem Überfluss waren einige Blätter parfümiert, davon wurde einem schlecht, und man musste die Hände waschen. Schwer zu glauben, dass dieser Karol ein Freund von Rudek sein sollte.

Im ersten Brief hatte er Rena zu einem Spaziergang über den Marktplatz eingeladen. Später nahm er ihr übel, dass sie nicht gekommen war. Danach entschuldigte er sich dafür, dass er es übelgenommen hatte. Dann bat er sie um Verzeihung. Danach versprach er, nicht mehr zu schreiben. Nach zwei Tagen bat er um wenigstens »eine kurze Antwort, einen Satz, damit ich weiß, dass Du auch an mich denkst, denn sonst werde ich verrückt«.

Nuseks Ansicht nach war er schon verrückt. Ständig spazierte er an ihrem Haus vorbei oder fuhr mit dem Fahrrad durch die Straße. Und wann immer er konnte, fragte er Nusek nach Renas Reaktion. Ob sie etwas gesagt habe, nachdem sie den Brief gelesen habe, ob sie gelächelt habe, rot geworden sei oder vielsagend geguckt habe. Ob sie nach ihm gefragt habe.

»Ich hab Hunger«, sagte Nusek, und sofort bekam er von Karol ein Bonbon.

Für jedes Lächeln von Rena gab es ein weiteres, das wusste Nusek.

»Hat sie dich vielleicht gebeten, mir etwas zu bringen?«, fragte Karol.

Nusek schüttelte den Kopf.

Nur einmal hatte er für Karol eine kurze Nachricht von Rena: Er solle keine Blumen mehr schicken.

»Warum denn?«

»Sie mag lieber das, was du früher geschickt hast. Schokolade. Milka.«

»Und warum schreibt sie mir nicht?«

Nusek zuckte die Schultern. Was sollte er darauf sagen?

Er lutschte das Orangenbonbon. Schließlich konnte er ja nicht sagen, dass sie nie einen Brief von Karol bekommen hatte, dass er alle in den Abort im Hof geworfen und manche sogar benutzt hatte.

Zum ersten Mal im Leben wartete jemand so sehr auf eine Antwort von Nusek. Er musste sich nicht – wie zu Hause – mit Gewalt durchsetzen, um zu Wort zu kommen. Niemand unterbrach ihn, niemand überschrie ihn.

»Sie bekommt Katarrh von den Blumen«, sagte er schließlich, als hätte er die letzte Frage nicht verstanden.

»Die Arme.«

Er bekam ein drittes Bonbon.

Was hätte Rudek zu alldem gesagt? Er hätte ihn wohl gelobt. Zum einen kam er umsonst an Bonbons und Orangen. Und zum Zweiten …

Rena wäre vor Lachen geplatzt, wenn sie den ganzen Quatsch gesehen hätte. Und sicher hätte sie die besten Stellen laut vorgelesen, damit die anderen auch hätten lachen können. Und Salek hätte sie gleich auswendig gelernt, um sie in der Schule zum Besten zu geben.

»Und zum Zweiten tust du Karol einen Gefallen. Für ein paar läppische Bonbons rettest du ihn vor der Verspottung. Und jetzt halt die Klappe und schlaf« – so hörte Nusek in seiner Phantasie Rudeks kräftige Stimme vor dem Einschlafen.

Für alle Fälle wollte er lieber nicht fragen und sich auch nicht vorstellen, was Salek und Hesio dazu sagen würden. Wahrscheinlich, dass es eine Schweinerei sei, fremde Briefe zu lesen, übertroffen nur noch von der Unterschlagung derselben. Womöglich hätten sie gesagt, er solle sie Rena geben. Und zwar sofort.

Das war leicht gesagt.

Die beiden lasen zu viel. Vater hatte Recht. Das war schädlich. Was hatten denn die Bücher des Philosophen mit dem lockigen Rauschebart mit dem Leben zu tun?

Nichts. So viel wie Chanukka mit Weihnachten.

Wenn dieser Marx wenigstens, statt seine Texte hinzuhauen, hier einmal mit einem Geschenk vorbeigekommen wäre.

Seit Nusek denken konnte, wollte er einen Weihnachtsbaum haben wie die anderen Klassenkameraden. Mit Glaskugeln, buntem Schmuck aus Glanzpapier, Lametta und einem Stern auf der Spitze. Auch ein kleinerer, nicht bis zur Decke, hätte es getan. Nur durchs Fenster hätte man ihn sehen müssen. Dann hätten der Weihnachtsmann oder das Christkind, die den Kindern in Tarnów Geschenke brachten, sich auch in ihr Haus verirren können. Nusek und Wela stellten sich das sehr oft vor.

»Wie könnt ihr so jemand eigentlich glauben?« Nathan meinte natürlich Marx. »In die Synagoge geht ihr nicht, aber ihr traut einem Mann mit einem Bart wie ein Rabbi?«

Nathan

Seit er als Versicherungsagent für die Assecurazioni Generali Trieste arbeitete, wusste Nathan, dass man, um jemandes Vertrauen zu gewinnen und ihn zu etwas zu bewegen, vor allem ordentlich rasiert sein und saubere Schuhe tragen musste. Der Chef der Tarnower Niederlassung hielt das für grundlegend. Alles andere, vor allem Argumente, hätten noch nie jemanden von einer Police überzeugt.

Und Bücher? War es nicht schade um die Augen und die Zeit?

»Stühle kannst du aus ihnen nicht machen«, provozierte ihn Salek.

»Du könntest sie ja absägen …«, ergänzte Hesio.

Seit Nathan Arbeit hatte und besser gelaunt war, konnten sie sich mehr erlauben. Auch die mit dem Magenkatarrh verbundenen Beschwerden waren allmählich abgeklungen.

Solche Wortgefechte beendete Nathan jetzt mit einem Satz, den er von seinem Chef gelernt hatte:

»Kommt Zeit, kommt Rat.«

Und ähnlich wie der winkte er verächtlich ab.

Auf Rywkas Bitte hin hatte er aufgehört, den Söhnen abends die Petroleumlampe abzudrehen. Er versuchte jetzt, anders an sie heranzukommen.

Gestern beim Mittagessen fragten sie zum Beispiel:

»Stimmt es, dass du im Krieg mit dem Schriftsteller Ferenc Molnár und dem Maler Kokoschka im selben Schützengraben warst?«

Nathan erwiderte:

»Wieso? Schreibt ihr ein Buch?«

Es gab ja nicht wenige Soldaten, die in diesen stinkenden Gräben etwas in ihr Notizbuch schrieben oder zeichneten … Daran dachte man beim Essen lieber nicht. Aber woher sollte er wissen, ob es diese beiden waren?

»Papa, du hast mal gesagt, dass du mit ihnen dort warst.«

»Dann war's wohl so.«

Und zur Abschreckung erzählte er ihnen von einem jungen Mann aus Österreich, Ludwig, der sich nicht einmal auf dem Schlachtfeld von seinem Lieblingsbuch trennte. Noch schlimmer als dieser Sobelsohn. Einmal fiel ihm das Buch bei einem Angriff aus dem Rucksack, und er ging unter dem Pfeifen der Kugeln und zwischen toten Soldaten zurück, um es zu holen.

Nathan hätte das nicht geglaubt, wenn er es nicht selbst gesehen hätte. Für ein paar gedruckte Seiten das Leben riskieren! Da musste man doch auf den Kopf gefallen sein.

Ein Wunder, dass Ludwig überlebt hatte. Nur weil die Feinde damit beschäftigt waren, sich an die Stirn zu klopfen, statt auf ihn zu schießen, erzählte man sich.

Angeblich war er aber schon vorher verrückt geworden, vom vielen Lesen. Schon vor dem Krieg hatte er seinen ganzen Familienbesitz an die Armen verteilt. Na ja, sicher außer den Büchern.

Damit brüstete er sich übrigens selbst: ein Palast, Häuser, Gold.

»I wish I knew you before«, brüstete Nathan sich mit seinem Englisch.

Vielleicht hatte Ludwig sich den Palast, die Häuser, das Gold aber auch ausgedacht. In den Gräben saßen alle in der gleichen Scheiße, also dachte sich jeder etwas aus. Nathan zum Beispiel erzählte, er sei ein Nachfahre des Oberrabbiners von Krakau.

Einmal beim Appell standen sie nebeneinander Habacht in den letzten Reihen. Ludwig mit seinem Buch unterm Arm.

»Wittgenstein!« Der General befahl ihm herauszutreten.

Beim Salutieren fiel Ludwig das Buch auf den Fuß.

Der General brüllte ihn an, er schrie sich fast die Kehle wund. Nach dem Krieg versuchte Nathan, seine Kinder auch so anzuschreien, aber die Kehle wollte er dabei schonen.

Ludwig wurde versetzt, und kurz danach geriet er in Gefangenschaft.

»Ihr versteht.«

Aber wussten die Kinder überhaupt, warum Nathan ihnen das erzählte?

Sicher dachten sie: Das ist alles Bullshit, der veräppelt uns. Sie zwinkerten sich zu, und den Vater schauten sie an, wie die Soldaten damals wohl Ludwig angeschaut hatten.

»Und was hat er gelesen?«, fragte Salek.

Was war das denn für eine Frage?! Er hatte nichts begriffen, gar nichts. Oder er hielt ihn absichtlich zum Narren. Immer fragte er nach unwichtigen Einzelheiten. Es war ein Fehler, dass er Rywka versprochen hatte, die Kinder nicht mehr so anzuschreien. Reden nützte nichts. Er sehnte sich nach dem amerikanischen Gürtel.

»Ein Buch«, er zeigte auf einen Stapel auf dem Fensterbrett. »So eins wie eure.«

Ein Buch war schließlich ein Buch. Abgesehen vom Talmud, den er auch nicht ganz gelesen hatte, waren alle ähnlich. Die einen größer, die anderen kleiner. Dicker, dünner, wo war da der Unterschied.

Zum Glück hielt sich wenigstens der kleine Nusek von ihnen fern.

»Das ist eine Mode, die wieder vergeht«, erklärte ihm Nathan. »Kaum dreht man sich um, schon gibt es was anderes. Das ist wie mit den Zeitungen. Es lohnt sich nicht, sich an solche Sachen zu gewöhnen. Gestern Geige, heute Bücher, morgen was anderes.«

Nusek nickte nur.

Was für eine Erleichterung. Endlich ein Kind, das nicht mit ihm diskutierte. Wenn er daran dachte, dass ihm das erst beim sechsten Mal gelungen war ... Vielleicht dank des Namens? Nussim klang ja fast wie Nathan. Dass er darauf nicht gleich am Anfang, beim ersten Sohn, gekommen war ...

In Amerika hatten sie das schon lange verstanden. Deshalb gaben sie dem Sohn den Namen des Vaters und fügten nur »jr« hinzu, junior.

Genau darum ging's!

Von Kind auf betrachtete Nusek, wenn der Vater sich morgens vor der Arbeit rasierte und die Schuhe putzte, ihn mit Begeisterung. Auch jetzt fühlte sich Nathan, wenn er die Papiere und das von Rywka geschmierte Brot in seine Ledermappe packte, dank seines jüngsten Sohnes wie der Kapitän eines Schiffes, der zu einer großen Fahrt in unbekannte Länder und Meere aufbricht. Er vergaß dann, dass er ein Versicherungsagent war, der von Tür zu Tür gehen musste, um den Leuten Policen anzudrehen.

Nusek winkte ihm noch lange durch das Küchenfenster nach, als würde er am Kai stehen und Nathan durch die Goldhammer-Straße in die weite Welt fahren.

In solchen Momenten verstand er, wozu man Kinder hatte.

Deshalb machte der amerikanische Gürtel jetzt immer kurz vor Nuseks Hintern Halt. Er sollte ihn nur leicht berühren, mehr nicht. Nathan konnte sich nicht verzeihen, dass er ihn einmal so geschlagen hatte, und das mit dem Geigenbogen, dass der Kleine brüllte wie am Spieß. Dabei war Nathan bei ihm wirklich vorsichtig – anders als bei den älteren Söhnen Rudek, Salek und Hesio.

Es hatte doppelt geschmerzt. Nicht nur Nusek, sondern auch Nathan, der sich fühlte, als hätte er sich selbst geschlagen. Er hatte den Geigenbogen zerbrochen und danach wieder auf den amerikanischen Gürtel zurückgegriffen. Aber das wirkte nur halb. Zwar brüllte Nusek nie mehr so wie damals, aber Nathan tat es immer noch weh.

Wenn ihn Nusek nur nicht jeden Winter mit dem Weihnachtsbaum quälen würde.

»Wir können doch nicht die Katholiken nachäffen«, erklärte ihm Nathan geduldig. »Ganz zu schweigen davon, wie teuer so ein Baum ist. Im Wald wachsen sie umsonst, warum sollen wir in der Stadt dafür bezahlen?«

Umso mehr, als der Weihnachtsbaum ja erst der Anfang war. Denn schließlich musste man dann etwas kaufen, was man unter diesen Baum legen konnte. Und zu allem Überfluss glaubten die Kinder, dass das Christkind oder der Weihnachtsmann die Geschenke brachte. Also kein Dankeschön, die Dankbarkeit konnte man vergessen.

Und das jedes Jahr. Schlau ausgedacht. Das musste man den Katholiken lassen, Weihnachten war das beste Geschäft der

Welt. Die Läden verkauften innerhalb weniger Tage mehr als normalerweise in vielen Monaten. Daran konnte man sehen, dass Jesus Jude war.

Aber wie man in Tarnów ganz zu Recht sagte: »Was zu viel ist, ist zu viel.« Wozu brauchten sie Ostern? Warum sollte Jesus sterben, wenn er kurz danach wieder aufersteht? Nun ja, alles war den Katholiken eben nicht gelungen. Dieser Feiertag war irgendwie nicht richtig durchdacht. Eigentlich lohnte er sich überhaupt nicht, weil da niemand jemandem etwas kaufte.

Er erinnerte sich, was ihm Ben einmal in einem Brief geschrieben hatte: *Alle Religionen sind gleich viel wert, aber die beständigste menschliche Tugend ist das Geschäft.* Es wäre Nathan schwergefallen, hier nicht zuzustimmen. Wie bei fast allem, was sein älterer Bruder sagte.

Also ist es wichtiger, wer etwas sagt, als was gesagt wird, dachte Nathan. Ben sah es anscheinend auch so, denn Nathan hatte ihn schon ein paarmal gebeten, er solle die Dollars nicht zwischen Durchschlagpapier stecken, aber Ben wusste es immer besser.

Im Gegensatz zu Nathan hörte Ben nie auf seinen Bruder.

Rena musste bemerkt haben, wie Rywka die Banknoten von Bens letztem Brief abwusch und über dem Herd trocknete, denn sie quälte ihn wieder mit dem Grammophon.

Würde Ben an meiner Stelle nachgeben und ihr das Gerät kaufen?, dachte Nathan. Schließlich sind es seine Dollars.

Einmal hatte Nathan sich fast überreden lassen. Doch auf halbem Weg in das Geschäft in der Krakauer Straße wurde ihm bewusst, dass es genau so war wie mit dem Weihnachtsbaum. Rena war herausgerutscht, dass es ja nicht genügen würde, die Kurbel zu drehen, damit das Grammophon spielte. Man musste auch Platten kaufen. Und jede würde kosten.

»Das ist übertrieben«, entschied Nathan an der Ecke der Krakauer Straße und der Neuen Welt. »I'm not a fool. Wir gehen nach Hause.«

Rena ging während des ganzen Rückwegs einen halben Schritt hinter ihm, mit Tränen in den Augen.

Erst zu Hause weinte sie, und die Tränen sickerten in die Küchenschürze ihrer Mutter.

»Leider genügt ein Topf allein nicht, um Tschulent zu kochen«, sagte Rywka beim Abendessen, mehr um ihre Tochter zu trösten, als um ihren Mann zu überzeugen, der mit den Schultern zuckte und erwiderte:

»Ja, das ist schade.«

»Papa«, versuchte Hesio noch, »mit dem Gewehr allein hättest du im Krieg auch nicht schießen können.«

»Was weißt du denn vom Krieg.« Nathan bemerkte nicht, dass Hesio mit den Augen rollte. »Für dich würde der Gürtel genügen.«

Nathan aß zufrieden weiter. Er war sicher, dass er damit das Gespräch beendet hatte. Aber da wandte sich Rena an ihn, zum ersten Mal, seit sie zurück waren.

»Ich ziehe sowieso aus.« Und sie stand auf.

Rywka sah ihren Mann an. Damit er nicht daran zweifeln konnte, wer sie so weit gebracht hatte. Nathan vergaß wieder einmal, den Mund zu schließen, wie immer, wenn er sich aufregte. Er kam ihr jetzt ganz fremd vor.

Sie wusste, wenn ihre älteste Tochter sich etwas in den Kopf gesetzt hatte, dann gab es kein Zurück. Das zweite Kind würde aus dem Haus gehen. Dann wären sie nur noch zu sechst in der Wohnung in der Goldhammer-Straße. Das war jetzt schon klar. Sie konnte nur nicht wissen, dass vor Rena noch jemand anders ausziehen würde. Besser gesagt, ausziehen müsste.

KAPITEL 12

Hesio

Vorläufig saß Hesio am Tisch und aß, in Gedanken mit dem beschäftigt, was Salek die »Liebesökonomie« nannte. Hesio war beeindruckt, wie treffend dieser Begriff klang. Er hätte sich auch gern so etwas ausgedacht, aber wie Salek lachend sagte: »Du bist offenbar in der Praxis besser als in der Theorie.« Hatte er damit Recht? Obwohl er genauso viel und sogar dieselben Bücher las wie sein älterer Bruder, konnte er sich danach an weniger erinnern, und schon gar nicht konnte er »aus dem Gedächtnis lesen«.

Er betrachtete eine Weile Saleks Kopf. Er war wirklich sehr groß und auch der Hinterkopf stark gewölbt. Und hart. Hesio erinnerte sich, wie Rudek Salek den Stoß »aus dem Türmchen« beigebracht hatte:

»Du packst den Typ am Kragen, ziehst ihn fest an dich ran und haust ihn mit der Stirn direkt auf die Nase. Der wird so schnell nicht aufstehen, du hast einen Schädel wie aus Stein.«

Aber Salek hatte sich bis heute nicht überwinden können, jemanden ins Gesicht zu schlagen, auch nicht mit der Stirn.

Instinktiv fuhr sich Hesio mit der Hand über den Kopf, als wollte er den Umfang vergleichen.

Die Größe war wohl doch von Bedeutung. Flunder hatte Recht.

Flunders Ständer war fünfundzwanzig Zentimeter lang. Anfangs glaubte Hesio ihm nicht, deshalb führte Flunder in der Toilette vor seinen Augen eine Messung mit dem Holzlineal aus dem Mathematikunterricht durch.

Er musste zugeben, Flunder hatte nicht gelogen. Aber einen noch größeren Eindruck als die Länge machte auf Hesio etwas anderes: die Vorhaut. Die ganzen fünfundzwanzig Zentimeter waren mit Haut bedeckt. Er sah zum ersten Mal aus der Nähe, dass jemand unbeschnitten war.

»Wer in der Schule hat einen längeren?«, fragte Flunder.

Er war stolz, dass er durch eigene schwere Arbeit zu diesem imponierenden Ergebnis gekommen war. Schließlich arbeitete er sogar im Unterricht. Und er erzählte, dass bei den Mädchen vom Massieren auch die Brüste größer würden.

»Nicht schlecht für einen angehenden Priester«, nickte Hesio anerkennend. »Er wird dir unter der Soutane hervorstehen.«

»Gelobt sei …« Flunder, immer noch ohne Unterhose, begann mit andächtiger Stimme, aber er konnte vor Lachen kaum weiterreden. »In Ewigkeit …«

Kürzlich hatte er begriffen, dass die Priester das bei jeder Gelegenheit sagten. Jetzt wartete er in der Kirche immer auf diese Worte.

»Du«, er stupste Hesio mit dem Ellbogen. »Verstehst du, was die sagen? Gelobt sei die Möse* in Ewigkeit. Amen.«

Nun ja, der Kopf war bei Flunder mit Sicherheit kleiner als bei Salek.

»Man kann nicht alles haben«, wie der jüdische Religionslehrer Wachtel häufig bemerkte.

Aber wer von den Stramers hatte einen so großen Kopf wie Salek? Bestimmt keines der Geschwister, nicht einmal Rudek. Er war ähnlich imponierend wie Renas Brüste, auf die Hesio starrte, bis Rena beleidigt vom Tisch aufstand.

* Das polnische Wort für »gelobt« (pochwalony) enthält das Wort »pochwa« (Scheide). Das Wortspiel ist nicht übersetzbar.

Auf ihrem Gebiet haben sie nicht ihresgleichen, dachte er verträumt. Sie sind, was Sienkiewicz für die Schriftsteller ist, Marx für die Philosophen, Matejko für die Maler.

Hesio war so stolz auf die beiden wie Flunder an jenem Tag in der Toilette. Oder wie Vater an der Tür seines Cafés BEI DEN STRAMERS. Oder Bürgermeister Tertil, dem es gelungen war, den berühmten Stanisław Przybyszewski nach Tarnów zu holen. Romek Brandstaetter, ein Klassenkamerad von Rudek, ahmte nach, wie Tertil den halbtauben Alten offiziell begrüßt hatte:

»Verehrter Meister!«, schrie er. »Du motorisierter Pflug der polnischen Literatur!«

Aber vielleicht war nicht das der Grund dafür, dass Hesio jetzt so aufgeregt war.

Welche Brüste konnte Lotka Goldberg haben, mit der er sich in einer halben Stunde im Strzelecki-Park treffen würde? In dieser Hinsicht war sie wohl seiner älteren Schwester ähnlich. Aber nur in dieser. Über Rena sagte man in Tarnów mit Achtung, sie sei sehr speziell und ziere sich, und Lotka wurde von ihren Klassenkameradinnen geschnitten, weil sie sich schlecht benahm. Aber vielleicht waren sie nur neidisch, weil sie groß und gut gebaut war? Sie erzählten, sie lade extra Freunde nach Hause ein, um dann vor ihnen nur im BH und im Schlüpfer herumzulaufen. Sogar auf den Teppich würde sie sich so legen. Und die Jungen säßen auf dem Sofa und könnten nichts machen, weil im Nebenzimmer die Eltern seien.

Lotka hat sie in der Hand, dachte Hesio.

Angeblich trank sie auch Alkohol und rauchte.

Wenn sie nur nicht zu hungrig wäre. Hesio war mit ihr am Haupteingang verabredet. Von dort wollten sie zum Café UNTER DER PLANE gehen.

»Warum verabreden wir uns nicht gleich an Ort und Stelle?«, hatte sie gefragt.

»An so einem Abend?« Er hatte mit einer Frage geantwortet …

In seiner Jacke hielt er schon zwei Stückchen Halwa parat. Das müsste reichen. Er hatte sie auf dem Heimweg gekauft, nach den Nachhilfestunden, natürlich mit dem Gedanken an sein Rendezvous. Er hatte dafür genau so viel ausgegeben, wie er in den zwei Stunden Polnischunterricht verdient hatte, das heißt, nicht ganz zwei Zloty. Dort, wo er immer kaufte – im Kolonialwarenladen. Unweit der Mauer, an die er neulich in der Nacht mit roter Farbe Hammer und Sichel gemalt hatte.

Es fiel ihm schwer zu glauben, dass Lotka die Nichte des berühmtesten (vorläufig!, dachte er) Kommunisten in Tarnów war. Diese Verwandtschaft wirkte auf Hesio ebenso stark wie ihr Aussehen und die Gerüchte über sie. Zum Glück ähnelte sie Karol Radek physisch überhaupt nicht. Und geistig? Hesio lächelte.

Wenn man daran dachte, wie viel mehr Radek für die gute Sache hätte tun, wie weit er es hätte bringen können, wenn er seiner Nichte wenigstens ansatzweise ähneln würde. Und dann noch ihre Körpergröße. Das hätte ihn sofort an die Spitze der Macht in Moskau befördert.

Aber, wie der jüdische Religionslehrer Wachtel so oft sagte …

Es sei denn, Vater hat Recht, und es ist gerade umgekehrt, dachte Hesio. Wenn Radek etwas besser aussehen würde, hätte er vielleicht Besseres zu tun, als sich den Kopf mit dem Kommunismus schwerzumachen.

Radek hatte übrigens schon getan, was er konnte – er hatte den Namen abgelegt, der ihn in Tarnów dafür berühmt gemacht hatte, mit einem Buch unterm Arm regelmäßig unter die Räder eines Bauernfuhrwerks zu geraten. Und auch Ludwig, Vaters Kameraden aus dem Weltkrieg, hatten die Schüsse auf dem Schlachtfeld nicht von seiner Lektüre abgebracht. Für solche Leute waren Bücher wohl realer als die Realität.

»Weißt du, mein Onkel sagt, dass selbst meine Strümpfe«, Lotka blieb stehen und präsentierte ihre hübschen Waden in den ideal weißen Strümpfen, »mit dem Blut der Arbeiter beschmiert sind.«

Hesio konnte sie jetzt im Licht der Gaslaterne etwas länger betrachten.

»Das stimmt«, nickte er traurig.

Insgesamt sah er das auch so. Auch er fühlte mit den unterdrückten Näherinnen. Wie wäre es, wenn er Lotka dazu bewegen könnte, in die Partei einzutreten? Dann würde endlich das Geschwätz aufhören, nur hässliche Mädchen seien Kommunistinnen. In Tarnów gehörten schließlich alle Jugendlichen zu einer Organisation. Und es war eben die Konkurrenz, der Zionistische Jugendbund Bejtar, der ein solches Bild der Kommunistinnen verbreitete.

Lotka würde blitzartig neue Mitglieder und Sympathisanten anziehen. Auch Katholiken. Denn gerade von ihnen, abgesehen von hübschen Mädchen, könnten sie mehr vertragen. Für so ein Mädchen würde sich Flunder sofort vom Kommunismus überzeugen lassen. Statt zu onanieren – Hesio grinste in Gedanken –, würde er mit den Genossen kommunizieren.

Aber hatte Lotka das wirklich ernst gemeint mit den blutbeschmierten Strümpfen? Oder machte sie sich über ihn lustig?

»Ganz zu schweigen von anderen Kleidungsstücken«, fügte sie hinzu und lächelte diesmal geheimnisvoll.

Sie waren schon ein Stück von der Laterne entfernt, ihr Gesicht lag jetzt im Schatten, vielleicht hatte er sich getäuscht mit diesem Lächeln. Die anderen Kleidungsstücke konnte er sich nur schwer vorstellen.

Zieht sie sich deshalb so oft aus?, dachte er. Weil sie sich in diesen von Ausbeutung beschmutzten Sachen nicht gut fühlt?

Und kurz darauf: Hat sie mich schon in der Hand?

»Magst du vielleicht Halwa?«, fragte er, um das Thema zu wechseln.

Sie nahm sie gern und begann gleich zu essen. Ganz nach Plan. Wer hatte da wen in der Hand?

Die Liebesökonomie funktionierte. Und Halwa war wesentlich wirksamer als die Schokolade, mit der er begonnen hatte. Das spürte er am eigenen Geldbeutel. Ein paar Bisse reichen, und man fühlt sich lange Zeit voll.

»Weißt du, was meine Eltern mir gesagt haben, als ich klein war?« Lotka blieb stehen. »Keine Süßigkeiten vor dem Essen, weil sonst im Bauch kein Platz mehr ist.«

Hesio hatte das Gefühl, die Kontrolle über die Situation zu verlieren. Sagte sie das einfach so, oder hatte sie ihn durchschaut?

»Und weißt du, was ich dann geantwortet habe? Dass ich kein Mittagessen will, weil sonst im Bauch kein Platz für den Nachtisch bleibt.« Lotka lachte, und Hesio stimmte mit kurzer Verzögerung ein.

Sie war alles andere als naiv. Wenn sie schon als kleines Mädchen so resolut war …

Sie musste ihn durchschaut haben. Oder jemand hatte sie gewarnt. Eine von denen, die mit ihm den gleichen Weg gegangen waren, ebenfalls Halwa essend, und im Café dann nur einen kleinen Schwarzen bestellt hatten?

Andererseits – was war so schlimm daran, jemandem Halwa anzubieten?

Schließlich konnten sie immer sagen: nein, danke.

Und wie sollte man sonst, wenn man fast kein Geld hatte, ein Mädchen ins Café einladen?

»Der Zweck heiligt die Mittel«, das hatte er oft bei Parteiversammlungen gehört. Nicht von ungefähr war er während einer dieser Versammlungen auf diese Idee gekommen. Im Gegensatz zu Hegels Zug des Geistes durch die Geschichte hinterließ die Liebesökonomie keine unschuldig zertretenen Blumen.

»Als ich vier war«, Hesio wechselte das Thema, um sich mit einer Geschichte aus der Kindheit zu revanchieren, »habe ich Mama stolz erzählt, dass mir das Mädchen gefällt, mit dem ich auf dem Hof spiele. Wie ist ihre Augenfarbe?, fragte Mama, und ich sagte: Ich weiß nicht, das hat sie mir nicht gesagt.«

Gut, dass Lotka immerhin lachte.

Und was hatte sie eigentlich für eine Augenfarbe?

Er hatte bemerkt, dass jedes Mal, wenn sie sich unterhielten, Lotka hin und wieder stehen blieb. Und da er während des fünfzehnminütigen Spaziergangs begriffen hatte, dass Lotka nichts ohne Grund tat, überlegte er, worum es ihr gehen konnte. Wollte sie ihm so zu verstehen geben, dass der Moment gekommen war, sie zu küssen? Jetzt schon?

Dann hätten sie gar nicht ins Café zu gehen brauchen. Er sah Lotka fragend in die Augen. Grüne Augen. Das wäre der größte Triumph in der Geschichte der Liebesökonomie! Aber es war so dunkel, dass er nichts Bestimmtes in Lotkas Augen lesen konnte – außer ihrem scherzhaften Blick.

Er schaute weg. Sicherer wäre, es wie immer zu machen: Im Café wie zufällig die Hand auf ihre Hand zu legen und abzuwarten, ob sie sie wegzog.

Lotka wohnte in der Straße mit dem Namen Neue Welt. Das spürte Hesio auch an ihrem Verhalten und ihrem Ton. Ihre Familie bewohnte das ganze erste Stockwerk eines Hauses unweit des Marktes. Hesio war noch nie in der Wohnung gewesen, aber oft hatte er von der Straße aus die Buntglasfenster über der Eingangstür und die verzierten Erker an der Fassade betrachtet, die ihn einschüchterten.

Vielleicht kam das durch seinen Vater, der davon träumte, endlich das Geschäft seines Lebens zu machen und in dieses Viertel zu ziehen. Es war Nathans Lieblingsort – nach New York natürlich.

»Just look! Die Fassade, die Blumen auf den Balkonen. Elektrischer Strom, Kanalisation, fließend Wasser. Was kann man vom Leben mehr verlangen? Alles eingerichtet für die zukünftigen Generationen.«

Hesio konnte sich ohne Problem Lotkas Kinder, Enkel und vor allem die attraktiven Urenkelinnen vorstellen, die in hundert Jahren bestimmt hier wohnen und sich vor den Augen ihrer ohnmächtigen Klassenkameraden in Unterwäsche auf dem Teppich rekeln würden.

Denn schon seine eigenen Kinder wollte sich Hesio nicht mehr im letzten Haus in der Goldhammer-Straße vorstellen. In dieser Parterrewohnung – gemietet, wackelig wie Tisch und Stühle in der Küche. So vollgestopft, dass man beim besten Willen kein Sofa hineinzwängen könnte. Über den Fußboden liefen Mäuse, und von der Tür her zog es.

Das war die alte Welt. Hesio hätte seine Nachkommen gern in der Neuen Welt gesehen. Und sich in der Gesellschaft nicht nur von Lotkas Vater, der Hasenfelle kaufte und Vertreter der Hutfabrik in Bielsko war, aber auch ihres Onkels, Karol Radek. Er hätte für dessen Sicherheit in den Straßen von Tarnów gesorgt und über die Parallelen der französischen und der Oktoberrevolution diskutiert.

Auf dem Kopf unbedingt ein grauer Hut vom Schwiegervater. Ein paar Zentimeter mehr könnten nicht schaden. Dazu würden auch ein Paar Lederhandschuhe passen, wie sie jetzt die Autofahrer trugen.

Vielleicht würden also ihre Töchter und Enkelinnen – er sah Lotka an – in der Neuen Welt wohnen? Aber bitte ohne das bourgeoise Gerekel auf dem Sofa.

War das möglich? Trotz des Klassenkampfes und der nahenden Revolution des Proletariats? Wer könnte das wissen? Er musste Salek fragen.

»Noch ein bisschen Halwa?«

»Nein, danke.« Lotka hielt neben einer Bank an.

Warum rührt sie sich nicht von der Stelle? Warum gehen wir nicht weiter? Ist das denn möglich? Lotka setzt sich auf die Bank, Hesio neben sie.

Ja, ja, es war möglich. Er musste nicht mehr Salek um Rat fragen. Ja.

Es bestätigte sich, dass Lotka nicht unberührbar war.

Umso besser, dachte er nach einer Weile. Wir passen zusammen.

Eine Stunde später, als sie im Café angekommen waren, begriff Hesio, dass er sich zu früh über den Sieg der Liebesökonomie gefreut hatte. Lotka hatte Appetit bekommen und bestellte ohne jegliche Skrupel wesentlich mehr als ihre Vorgängerinnen. Auch für Hesio, obwohl er sagte, er habe keinen Hunger.

Irgendwann vergaß er sogar, an die Rechnung zu denken. Er wusste, dass sein Geld sowieso nicht reichen würde. Aber natürlich würde er nicht türmen und Lotka mit den hohen Absätzen hinter sich herziehen.

Im schlimmsten Fall würde er – wie Rechtsanwalt Zawadowski im Café BEI DEN STRAMERS – als Geisel hierbleiben. Doch wer könnte ihn freikaufen? An wen konnte er eine Droschke schicken, mit der Bitte um Hilfe?

Da kam ihm nur Rudek in den Sinn, aber er müsste dann bis Samstag warten, bis Rudek wieder nach Tarnów käme.

Oder könnte er sich vielleicht an die Partei wenden?

Für alle Fälle bestellte Hesio noch ein Cremetörtchen und ein Eclair, um es irgendwie auszuhalten, solange er auf Hilfe wartete. Zum Glück hatte er auch noch ein Stück Halwa in der Tasche, fiel ihm ein.

»Tatsächlich«, sagte Lotka mit einem Lächeln in den Mundwinkeln, »du hattest überhaupt keinen Hunger.«

Dank des Cremetörtchens und des Eclairs gewann Hesio ein bisschen Zeit zum Nachdenken. Was konnte ihn jetzt noch retten? Ein Feuer, ein Erdbeben, eine Windhose. Er selbst konnte leider gar nichts tun. Außerdem wurde ihm übel.

Allmählich leerten sich die Haken an der Garderobe, die Nachbartische waren schon leer, und Hesio zögerte immer noch mit der Bitte um die Rechnung. Besser gesagt, das Urteil. Beim Anblick des gähnenden Kellers sah er weg. Das Grammophon war schon ausgeschaltet. Es wurde demonstrativ gefegt, die Tische wurden abgewischt und dann die Stühle draufgestellt.

Trotzdem blieb Hesio ruhig, er wunderte sich selbst. Er war wohl überzeugt, dass sich alles irgendwie zum Guten wenden würde. Genau deshalb wurde er auch des Öfteren ausgesucht, nachts Plakate aufzuhängen oder Parolen an die Wände zu schreiben.

Schließlich kam der Kellner von sich aus mit der Rechnung auf ihren Tisch zu. Wie könnte er sich vor ihm rechtfertigen? Das war nicht so wichtig. Aber was könnte er Lotka sagen? Dass er den Geldbeutel vergessen hatte? Dass er ihm wohl gestohlen worden war oder, besser noch, dass er ihm im Moment der Leidenschaft aus der Tasche gefallen sein musste. Dort würde er sicher noch liegen, wenn ihn niemand mitgenommen hatte.

Der Kellner war noch drei Schritte entfernt, als Hesio spürte, dass Lotka ihn unter dem Tisch an der verschwitzten Hand fasste und ihm das Portemonnaie reichte.

Wer hatte hier wen in der Hand?

KAPITEL 13

Salek

In der nächsten Nacht unterbrach ein Klopfen an der Tür Hesios Traum von Lotka, besser gesagt, ein heftiges Pochen. Nathan riss es aus New York heraus (er flog zwischen den Spitzen der Wolkenkratzer umher), Rywka aus Brasilien (oder Argentinien), Rena hatte von Rechtsanwalt Zawadowski geträumt, Wela vom Christkind mit Geschenken, Nusek, dass er wieder weniger bekam als die anderen (er wusste nur nicht mehr, wovon), und Salek – dass die Polizei an ihre Tür schlug.

Und so war es.

»Polizei!«

Der alte Suchard begann zu bellen.

Nathan zog sich die Decke über den Kopf – hatten sie das ganze Kleingeld zusammengezählt, das er über die Jahre in der Schlachterei und später in den Assicurazioni Generali Trieste veruntreut hatte?

»Aufmachen!«

»Im besten Moment den Schlaf unterbrechen!« Hesio schlug ein Auge auf. Das sollte bekämpft werden, am besten gesetzlich verboten, wie Antisemitismus in der Sowjetunion.

Wela weinte und schmiegte sich an Rena, die sich im ersten Augenblick wunderte, dass es nicht Rechtsanwalt Zawadowski war.

Salek holte in aller Ruhe ein Bündel aus dem Schrank, das er nach den Anweisungen auf den Versammlungen gepackt hatte: lange Unterhosen, Socken, einen warmen Pullover, Zahnbürste und die Dinge fürs Selbststudium (das heißt, Heft und Bleistift).

Um das Gefängnis war noch kein berühmter Revolutionär herumgekommen. Früher oder später musste es passieren. Aber er wusste genau, warum sie gerade jetzt kamen, Ende April. Sie wollten ihn von der Demonstration am 1. Mai fernhalten. Bei einer Versammlung im Tarnower Klub »Kraft« hatten sie einen Tag zuvor vierzig Arbeiter aus der Abteilung Schaftmacher festgenommen. Hatte einer davon ihn vielleicht verpfiffen?

Außerdem hatten sie so wichtige Genossen wie Janusz Grzyb, Mojżesz Ortsman und Staszek Pisz von der Straße geholt. Es fehlte ihnen also nur noch er.

Den Moment der Verhaftung hatte er sich schon oft vorgestellt. Und auch den Gesichtsausdruck der Klassenkameraden, wenn sie davon erfahren würden.

»Er hat es ja nicht anders gewollt«, würden sie sagen, mit einer Mischung aus Genugtuung und Neid.

Letztendlich war es das kleinere Übel, in einer Zelle zu sitzen, im Vergleich zur Abiturklasse.

Die Parteigenossinnen würden ihm mit roten Wangen und Tränen in den Augen abwechselnd Päckchen bringen und dann im Gerichtssaal seinen leidenschaftlichen Worten lauschen.

Wenn es hart kommen sollte, würde er im schlimmsten Fall aus seinem Brot Schachfiguren machen und gegen sich selbst spielen.

Aber würde die Partei ohne Bezirksvorsitzenden auskommen? Das war seine größte Sorge. Wer könnte ihn vertreten? Wie schade, dass Hesio, der immer noch mit geschlossenen Augen reglos unter der Decke lag, noch nicht alt genug für diese Rolle war. Im Hinblick auf diesen jüngeren Bruder wäre es übrigens besser, in Freiheit zu bleiben. Damit er nicht in schlechte

Gesellschaft geriet, sich nicht von den Falschen beeinflussen ließ …

Aber manchmal muss man zum Wohle der Menschheit seine Angehörigen opfern. Er sah sich, mit Bleistift skizziert, in den Geschichtsbüchern, unter all den frierenden, gegen den Wind marschierenden polnischen Aufständischen: denen vom Januar-, vom Novemberaufstand, vom … Eigentlich hatte jeder Monat in diesem Land seine Helden.

Waren tatsächlich alle dreißig Apriltage schon besetzt, oder müsste ihm vielleicht jemand Platz machen?

Rywka stupste Nathan das dritte Mal mit dem Ellbogen, er solle aufstehen. Ohne Erfolg. Sie betrachtete das Foto auf der Kommode – es fehlte Rudek, der immer wusste, was zu tun und zu sagen war. Er stünde schon lange an der Tür oder wäre durch den Hof geflüchtet.

»Aufmachen! Sonst brechen wir die Tür auf!«

Rywka ging im Nachthemd öffnen.

»Wohnt hier Hersz-Cwi Stramer?«, schrien sie und kamen herein.

Sie waren zu dritt.

»Das ist mein Sohn Hesio«, sagte sie. »Was ist passiert?«

»Welcher ist es?«

»Steh auf«, sagten sie und stellten sich an sein Bett. »Du kommst mit.«

Aber Hesio rührte sich nicht. Er konnte nicht. Musste abwarten, bis seine Erektion verging. So wollte er sich nicht verhaften lassen. Er versuchte jetzt, Lotka so schnell wie möglich zu vergessen.

Die Durchsuchung hatte begonnen – Bettzeug, Kleider, Lehrbücher und Hefte landeten auf dem Boden. Die Polizisten hatten keine Wahl, selbst wenn sie es nicht wollten, mussten sie auf den Sachen herumtreten, um sich zwischen den überall aufgestellten Betten zu bewegen. Einer von ihnen, der jüngste, ein ehemaliger Klassenkamerad von Rudek, entschuldigte sich jedes Mal, wenn er auf etwas trat.

Und er schielte ständig in Richtung von Renas und Welas Bett.

Außer Hesio nahmen sie noch eine rote Flagge mit der Aufschrift KPP mit, drei Nummern der Zeitschrift *Genosse*, die Bücher mit den Titeln *Straßenkämpfe* und *ABC des Leninismus* und eine Anthologie revolutionärer Lyrik – sie »sequestrierten« sie, wie sie sagten.

In dieser Anthologie hatte Hesio unter dem Pseudonym Henryk Weber ein Gedicht veröffentlicht.

Sie suchten jetzt nach der Lokalzeitung von Tarnów. Das Exemplar, in dem Rechtsanwalt Zawadowski beschrieb, was im Magistrat vor sich ging – wer weshalb die städtischen Ausschreibungen gewann und alle möglichen Konzessionen bekam. In letzter Zeit hatte ein Artikel über einen Buchhalter der Abteilung Straßenbau die Runde gemacht, der über Jahre fiktive Arbeiter auf die Gehaltslisten setzte und das Geld in die eigene Tasche steckte. Zawadowski hatte nicht mit Namen und mit bissigen Bemerkungen gespart, deshalb wurde seine Zeitung immer wieder konfisziert und verboten, so dass sie ständig den Namen ändern musste. Vor einer Woche war sie als *Der Floh von Tarnów* herausgekommen, diese Woche als *Die Wespe* – und wie würde sie wohl nächste Woche heißen? Vielleicht *Die Stechmücke*?

»Alles Schlechte hat auch sein Gutes«, sagte der Vater auf Polnisch, nachdem die Polizisten gegangen waren. »Immerhin haben sie diesen kommunistischen Müll mitgenommen und ein bisschen Platz im Schrank gemacht.«

Salek zuckte mit den Schultern. Hauptsache, dass sie die Liste mit den Namen der Tarnower Kommunisten nicht gefunden hatten.

Er war stolz darauf, sie so gut versteckt zu haben. Nur wusste er nicht mehr wo. Deshalb war er während der Durchsuchung den Polizisten ständig mit den Augen gefolgt, um im Falle eines Falles nach dem Beispiel anderer konspirativer Genossen diese Liste im entscheidenden Moment aufzuessen, um zu verhindern, dass die Leute aufflogen.

»Hier ist das beste Versteck«, sagten die Genossen und zeigten auf ihre mageren Bäuche, die schon so manchen Zettel verschluckt hatten.

»Du hast ihn da hineingezogen«, sagte Nathan, der über Kleider und Hefte getrampelt war und jetzt an Saleks Bett stand. »Dann hol ihn da wieder raus.«

Wie soll das gehen, erwiderte Salek in Gedanken und sah den Vater nicht einmal an.

Hatte dieser Mann je versucht, seine Kinder zu verstehen? Hätten sie ihm nicht äußerlich geähnelt, wäre niemand auf die Idee gekommen, er könnte ihr Vater sein. Sie waren wie These und Antithese, ein lebendiger Beweis für die marxistische Dialektik. Hatte Nathan je versucht, irgendetwas zu verstehen, wenn auch nur sich selbst?

Machte er sich Gedanken darüber, wie Salek sich jetzt fühlte? Nicht wertgeschätzt, abgelehnt, ungerechterweise nicht verhaftet. Aus den Geschichtsbüchern gestrichen.

Fühlten sich so nicht die Schüler, die mit Salek zu Rezitationswettbewerben starteten und die ihm dann auf der Schulbühne vor den Augen aller Beifall klatschen mussten, wenn er den Hauptpreis gewann, wie neulich bei der Deklamation von *Kościuszkos Begräbnis* von Kornel Ujejski?

Im Übrigen erinnerte der Moment, in dem die Polizisten fragten »Wohnt hier …« und eine kurze Pause machten, um in ihre Notizen zu schauen, Salek an den Augenblick vor der feierlichen Verkündung des Siegers. Er wiederholte die Szene jetzt ständig in seinem Kopf, als wollte er nicht an seine Niederlage glauben.

Aber die Tatsache, dass die Polizei mich nicht verhaftet hat, dachte er, um sich zu trösten, spricht gegen die Polizei, nicht gegen mich. Sie sind einfach schlecht informiert.

Doch wer wusste davon? Wie würden die Parteigenossen das aufnehmen?

Die Welt musste voller stiller Helden sein.

Oder es handelte sich doch um einen Irrtum.

Vielleicht würden sie Hesio gleich zurückbringen und sagen, diese jüdischen Namen seien doch alle gleich, und sie hätten natürlich Salomon Stramer verhaften wollen.

»Nachdem wir von seiner Tätigkeit erfahren hatten, beschlossen wir, ihn unverzüglich festzunehmen«, würden die Polizisten verkünden und warnend hinzufügen: »Vorsicht! Er soll gefährlich sein im direkten Umgang.«

Schon spürte er lustvoll, wie sich die kalten Handschellen um seine Handgelenke legten.

Doch das hielt nicht lange an. Aus einem politischen Gefangenen war wieder ein normaler Abiturient geworden. Unverdientermaßen war er frei und saß auf dem Bett, das ihm jetzt ganz allein gehörte, statt sich auf einer Gefängnispritsche seiner Gefangenschaft zu freuen, in der erlesenen Gesellschaft von Taschen- und Pferdedieben.

Die Bedingungen waren an beiden Orten übrigens gar nicht so weit auseinander. Angeblich kamen im Winter Verbrecher aus dem ganzen Land zusammen, um sich in Tarnów schnappen zu lassen, weil das Gefängnis hier als das modernste und bequemste in Polen galt.

»Dann hol ihn da wieder raus«, wiederholte der Vater.

Die Mutter stand, seit Hesio und die Polizisten weg waren, im Nachthemd an der noch offenen Tür. Vielleicht wartete auch sie darauf, dass sie zurückkämen und sich Hesios Verhaftung als Irrtum erweisen würde. Eine Frau, deren Mann nach Amerika gefahren ist, nennt man amerikanische Witwe, dachte sie. Und eine Mutter, deren Sohn verhaftet worden ist?

Wozu brauchten die beiden diese Politik? Das wollte sie Salek und Hesio schon lange fragen, aber sie hatte sich nie getraut. Auch Rudek hatte sie ja nie gefragt, woher er das Geld hatte, das er ihr für den Haushalt gab.

Nathan trat an Rywka heran.

»Dass die Revolution die eigenen Kinder frisst, davon habe ich gehört«, sagte er. »Aber warum auch unsere?«

KAPITEL 14

Rudek

Am letzten Apriltag kam Rudek mit dem Abendzug aus Krakau. Mutter weinte, als er sie zur Begrüßung umarmte. Mit jeder Rückkehr in seine Heimatstadt kam ihm Tarnów kleiner vor. Die Häuser niedriger, die Straßen schmaler, die Wohnung in der Goldhammer-Straße noch enger. Und diesmal musste er sich auch noch tiefer hinunterbeugen, um Mama zu drücken.

Auf die Fragen von Freunden, die er auf dem Weg vom Bahnhof nach Hause traf, gab er nur banale Antworten; er wollte nicht unnötig ihren Neid wecken.

Er musste aufpassen, um nicht bei jedem Schritt zu sagen:

»Bei uns in Krakau …«

Er kannte ja den Witz: Was sagen die Tarnower über die Leute aus Krakau? Dass sie die Nase hoch tragen, die Weisheit mit Löffeln gefressen haben und denken, sie wären weiß der Geier wer. Und was sagen die Krakauer über die Leute aus Tarnów? Nichts.

Der erste Mai war ein sonniger Tag. Rudek ging frühmorgens zum Kino »Marzenie« und kaufte Karten. Für alle Geschwister, natürlich außer Hesio, und außer Salek, weil er wusste, ihn würde er nicht überzeugen können.

Wela, Rena, Nusek und Rudek saßen nebeneinander in der fünften Reihe. Als die Liebenden Ellen und Timothy sich vor tropischem Hintergrund zärtliche Worte sagten, übertönte der am Kino vorbeiziehende Umzug ihr Liebesgeflüster.

Rudek bemerkte, dass Rena sehnsüchtig abwechselnd auf die Leinwand und zum Eingang schaute.

Draußen skandierten sie: »Lasst die politischen Gefangenen frei!«

Rudek stupste Rena am Arm und hielt eine Tafel Milka-Schokolade in ihre Richtung. Ohne den Blick von der Leinwand zu lassen, streckten Nusek und Wela ihre Hände aus, um auch ein Stück zu bekommen.

Würde die schöne Ellen auf dem Oberdeck des Passagierschiffs den Heiratsantrag von Timothy annehmen?

Wela hielt den Atem an. Sie wollte so gern einmal auf eine lange Schiffsreise gehen. In einer Einzelkajüte schlafen, mit einem Bad, so groß wie ihre ganze Wohnung. Unbekannte Länder kennenlernen und auf einem sonnigen Deck inmitten gutaussehender Matrosen eine romantische Liebe erleben.

Und so sehr wollte sie Ellen in einem schneeweißen Kleid mit Schleier sehen.

Timothy sah mit seiner Fliege so gut aus, dass sie an Ellens Stelle keinen Moment gezögert hätte.

In den Kinosaal drang die Stimme des Anführers der Tarnower Sozialisten, Adam Ciołkosz.

»Genossen!« Er überschrie Ellens Antwort auf den Heiratsantrag. »Heute ist uns sogar das Wetter gewogen!«

»Halt die Klappe«, entfuhr es Rudek.

Weinte Ellen vor Glück, weil sie den Antrag angenommen, oder vor Kummer, weil sie ihn abgelehnt hatte?

Die Stramer-Geschwister sahen einander an, aber keines wusste es.

»Ich verlange nach dem Film den Eintritt zurück.« Rudek wollte sie beruhigen. »Oder zumindest Gratiskarten für die nächste Vorstellung.«

Er schaute in Richtung Tür, woher die Schreie kamen. Hesio war wenigstens sicher im Gefängnis – aber Salek?

Nusek streckte die Hand nach dem nächsten Stückchen Schokolade aus. Rudek tat so, als sähe er es in der Dunkelheit nicht.

Salek

Salek und den anderen Genossen war es wegen der Verhaftungen nicht gelungen, einen eigenen Umzug zu organisieren. Also gingen sie zusammen mit den Sozialisten und Bundisten. Es hätte nicht viel gefehlt, und sie wären gar nicht mitmarschiert. Sie kamen im letzten Moment an, als der Umzug sich gerade in Bewegung setzte. Ihre Hemden waren zerrissen und blutverschmiert, die Fahnen abgebrochen, einige hatten blutunterlaufene Augen.

Auf dem Weg zur Demonstration hatten ihnen junge Zionisten aufgelauert. Es hatte mit Beschimpfungen begonnen, mit der Aufforderung, das heimatliche Tarnów zu verlassen, wo sie dieselben Schulen besuchten, in denselben Straßen wohnten und in denselben Hinterhöfen spielten.

»Was hält euch hier noch?«, riefen die Zionisten. »Haut ab zu den Sowjets!«

»Und ihr nach Palästina! Im Kibbuz schuften!«

Danach hatte es ein Handgemenge gegeben. Und zum Schluss hatten sie mit Fäusten und Stöcken gekämpft.

Salek hatte wie immer nicht daran teilgenommen. Er spürte, wie ihm die Knie zitterten. Er hatte wohl genauso viel Angst zuzuschlagen wie davor, verprügelt zu werden. Jemand hatte ihm sogar einen Schlag auf den Hinterkopf versetzt, aber sein

Kopf war so hart, dass er es kaum spürte. Trotzdem drehte er sich um und blickte spöttisch in die braunen Augen des Angreifers (der Sohn des sympathischen Doktor Gramada), wie er auch die »koscheren Patrouillen« betrachtete – Gruppen junger Orthodoxer, die in der Stadt Juden jagten, die Schinkenbrote aßen.

Er schüttelte den Kopf: »Das hat keinen Sinn.«

Aber für manche ist jeder Grund gut, um mit den Fäusten auf andere loszugehen.

»Wir sollten uns nicht gegenseitig bekämpfen.« Salek versuchte, die Situation zu entschärfen.

Er war nicht deshalb der Verhaftung entgangen, um jetzt zu spät zur Demonstration zu kommen.

Die Seinen konnte er überzeugen, nicht aber die Zionisten, die in der Überzahl waren.

All diese jungen Männer, kam ihm in den Sinn, als er zusammen mit den anderen flüchtete, werden in ein paar Jahren wie ihre Väter und Großväter sein. Sie würden weiter kämpfen, aber kultivierter, im Rahmen Dutzender jüdischer Organisationen, Kreise und Vereinigungen. Von morgens bis abends würden sie beraten und streiten in allen möglichen Fragen: von der Übersetzung der Thora über die Preise der Straßenbahnfahrkarten bis zum Tag der Wiederkehr des Messias.

Jeder musste das letzte Wort haben, deshalb zog sich alles so lange hin und würde nie aufhören.

»Ich habe Recht!«

»Nein. Ich habe Recht.«

»Du musst immer Recht haben!«

»Nein. Du musst immer Recht haben.«

Und so vergingen die Jahrhunderte.

Unwichtig, dass das zu nichts führte und nichts dabei herauskam – für jeden zählte einzig und allein, was er selbst zu sagen hatte. Unwichtig, dass man zusammengeklebte Brillengestelle trug, ungepflegte Fingernägel hatte und ein Lotterieschein aus der Tasche des schmutzigen Hemdes guckte. Und dass zu Hause die hungrigen Kinder warteten.

Wichtig war, dass man zu Wort kam, bevor jemand anders es tat. Und dass man das Wort so lange wie möglich behielt.

Ein bisschen wie im Fußball.

So sah Salek das jetzt.

»Und die Katholiken sehen uns wahrscheinlich noch negativer.«

Es gab nur eine Chance – sich von alldem zu befreien und zusammen etwas für alle zu tun.

Deshalb demonstrierte er heute. Morgen würden sie in der Zeitung sicher schreiben: »Schon lange hat Tarnów nicht solche Massen gesehen.«

Gut, dass der Generalstreik ausgerufen wurde, dachte er.

An der Spitze des Umzugs gingen Radfahrer, ihnen folgten ein Blasorchester, sozialistische Fahnen und ein Meer von Proletariern.

Salek war mit vielen Arbeitern per du. Er grüßte sie mit einem Kopfnicken.

Er starrte auf die Staubwolke, die von den Füßen der Demonstranten aufstieg.

Sie würden vorübergehen, der Staub würde sich legen, sie würden zur Arbeit zurückkehren und alles würde sein wie zuvor. Was könnte man tun, damit diese Wolke, statt sich zu legen, hoch aufstiege, ins Bewusstsein der Menschen dränge und eines Tages als revolutionärer Regen niederginge?

Salek musste niesen.

Weit vor sich sah er den über der Menschenmenge wogenden,

hellen runden Hut von Rechtsanwalt Zawadowski. Anders als Salek war Zawadowski einer der hochgewachsenen Demonstranten. Es war schwierig, zu ihm vorzudringen, aber Salek sah ihn zum Glück immer am Horizont, wie einen Leuchtturm.

»Arbeit und Brot«, riefen die Demonstranten.

Sie bogen jetzt von der Wallstraße in die Krakauer ein, auf dem Weg zum Bahnhof.

Salek zählte nicht, wie viele Leute ihm auf die Füße traten und bei wie vielen er das tat. Wichtig war nur, dass es ihm schließlich gelang, Zawadowski einzuholen. Er griff nach dem Ärmel seines Mantels und zog leicht daran, um auf sich aufmerksam zu machen.

»Herr Rechtsanwalt«, Salek musste nach oben schauen, weil die Sonne ihn blendete. »Ich heiße …«

»Hallo Salek«, unterbrach ihn Zawadowski. »Was ist mit dir passiert?«

Anfangs verstand Salek nicht. Zawadowski zeigte auf sein zerrissenes Hemd mit dem Kragen, der nur noch an einem Faden hing.

»Wer war das?«, fragte der Rechtsanwalt. »Die Nationalisten?«

»Nein, das ist nichts.« Salek riss den Kragen vollends ab, steckte ihn in die Tasche und winkte dann ab. »Aber ich wollte Ihnen von meinem …«

»Sag du zu mir.«

Salek drückte die große warme Hand des Rechtsanwalts, der offensichtlich vergessen hatte, wie Vater ihn im Café BEI DEN STRAMERS festgehalten hatte. Oder er war nicht nachtragend. Es sei denn, der Name sagte ihm nichts … Und er hatte ihn nur von den Versammlungen auf dem Martinsberg in Erinnerung.

Salek spürte die Blicke seiner Kameraden auf sich. Es

schmeichelte ihm, dass sie ihn in der Gesellschaft des Stars der Tarnower Rechtsanwaltschaft sahen.

»Mieczysław.« Wenn sie auch noch hören könnten, wie er ihn nannte …

»Geht es um deinen Bruder Hesio?«

»Ja.«

»Ich weiß Bescheid.« Zawadowski legte Salek die Hand auf den Arm. »Ich kümmere mich darum.«

Salek war so überrascht, dass er nicht wusste, was er sagen sollte. Je weniger du weißt, desto besser für dich – das hatte man ihm oft gesagt. Er hatte keine Ahnung, dass die Partei bei Verhaftungen so schnell und effektiv handelte. Dass sie sogar die unteren Ränge nicht vergaß. Sie musste bei der Polizei oder im Gefängnis wohl ihre Leute haben.

»Haben Sie vielen Dank.«

»Jetzt hör schon auf mit dem Sie!«

Er drohte Salek scherzhaft mit dem Finger.

Der Rechtsanwalt wischte sich (mit einem Taschentuch mit dem Monogramm MZ) unter dem Hut die Stirn.

»Verdammte Hitze«, sagte er. »Mein Hals ist ganz trocken von dem Staub.«

Sollte er ihm vielleicht ein Bier kaufen? Aber Salek hatte keinen Groschen bei sich.

Zawadowski sah auf die Uhr.

»Ich muss los«, sagte er. »Grüß deine Schwester.«

Er bog rechts ab und verschwand im Schatten der Neuen Welt. Salek blieb stolz zurück und erlebte noch einmal jedes Wort ihres fünfminütigen Gesprächs, allein in der Menge, die Zeuge war.

KAPITEL 15

Rywka

Wenn Rywka tagsüber oder nachts auf der Straße einen Laut hörte, der an das Klappern von Pferdehufen auf dem Pflaster erinnerte, sich aber weder entfernte noch näherkam, als würde das Pferd auf der Stelle treten, ging sie sofort zum Küchenfenster.

Die Kinder nannten dieses verabredete Zeichen »mit der Zunge schnalzen«. Oder einfach »klingeln«.

Wahrscheinlich wäre es einfacher gewesen, an die Scheibe zu klopfen, aber sie wussten, dass ihre Mutter täglich die Fenster putzte. Vielleicht war es ihnen auch wichtig, ihr eigenes, ganz spezielles Zeichen zu haben? Sie taten schließlich alles auf ihre Art und Weise.

»Wir sind nicht mehr im 19. Jahrhundert«, erwiderten sie manchmal, wenn die Eltern ihnen Ratschläge gaben.

Neulich war Rywka nachts aufgewacht und sich sicher gewesen, sie habe ein »Schnalzen« gehört. Kamen die Studenten – Rudek und Salek – vielleicht unverhofft aus Krakau? Oder war Hesio geflüchtet? Aber vor dem Fenster war niemand.

Ein paar Mal war ihr das auch tagsüber passiert.

»Was gehst du denn ständig ans Fenster?«, fragte Nathan.

»Das ist das beste Thermometer«, erwiderte sie. »Gucken, wer draußen wie angezogen ist.«

Einmal hatte sie das »Schnalzen« gehört, und da stand Rechtsanwalt Zawadowski mit einem Strauß Rosen. Einen Monat zuvor hatten sie sich in der Kanzlei Zawadowski und

Francoz gesehen, wo er ihnen erklärt hatte, er werde ehrenamtlich Hesio verteidigen. Jetzt sah er noch erstaunter aus als sie.

»Vielleicht weiß er gar nicht, dass wir hier wohnen«, dachte Rywka im ersten Moment.

Aber wer hatte dann »geschnalzt«? Außer Zawadowski war niemand da.

Der Rechtsanwalt nahm den Hut ab, verneigte sich und küsste ihre Hand, immer noch vor dem Fenster stehend. Ein gutaussehender grau melierter Mann. Sie hatte gerade erst Möhren und Zwiebeln für die Gemüsesuppe geschnitten. Gegen eins verköstigte sie täglich fünf bis sechs »Mittagesser«, wie sie es nannte. Das Hauptgericht, Zunge in Meerrettichsoße, hatte sie tags zuvor schon gekocht, es musste nur aufgewärmt werden.

Rasch zog sie die Hand weg.

Sie kochte so, dass es auch für die Kinder und Nathan reichte, der ihr seit seiner Entlassung bei der Versicherung (»Rywka, sie stellen nur noch ihre eigenen Leute ein«) beim Einkaufen half und jeden Morgen auf den Markt lief. Aber Suppe und Hauptgericht würden sicher noch für den Rechtsanwalt reichen.

»Das ist für mich.« Plötzlich stand Rena neben ihrer Mutter.

Sie trug hohe geschnürte Stiefel bis fast zum Knie, einen schwarzen Faltenrock und eine weiße Bluse mit Besatz, die Rywka zum ersten Mal sah.

»Ich komm schon«, lächelte sie Zawadowski an.

Und Rywka begriff, warum Rena in letzter Zeit so glücklich durch das Fenster nach Hause kam. Und danach mit Wela im Bett noch stundenlang flüsterte und kicherte.

»Er sagt Rehlein zu mir«, hatte sie einmal zu hören bekommen.

Eine Woche später, als ihre Tochter zwei weiße Blusen, zwei

schwarze Röcke und Wäsche in den Koffer packte, protestierte Rywka nicht. Es hätte ohnehin nichts genützt. Es war frühmorgens, offenbar wollte Rena weg sein, wenn ihr Vater vom Markt zurückkam.

»Sie werden in wilder Ehe leben!«, brüllte Nathan nun Rywka an. »Womöglich zusammen mit seiner Frau und den Kindern? It's a shame!«

Jetzt waren nur noch Wela und Nusek bei ihnen zu Hause, jedes natürlich in seinem eigenen Bett. Den beiden jüngsten Kindern kam es vor, als hätte die Wohnung sich vergrößert, der Küchentisch wäre länger und wackeliger, der Schrank tiefer, die Kommode breiter geworden. Als würden die Möbel mit ihnen wachsen.

Für Rywka war die Wohnung in der Goldhammer-Straße ohne Rudek, Salek, Hesio und Rena jetzt einfach leer.

Mit dem Zipfel der Schürze wischte sie sich die Augen.

Das passierte ihr in letzter Zeit öfter. Aus banalen Gründen. Es genügte eine fröhliche Melodie, die jemand vor dem Fenster pfiff. Eine von Mäusen angenagte Ansichtskarte vom Meer, die ihr ein alter Jude im Chalat auf dem Markt unterjubeln wollte. Ein unter der Achsel gerissenes Kleid von Wela. Die Erinnerung an ihre Heimatstadt Nisko.

Manchmal, wenn sie im Spiegel ihr langes graues Haar betrachtete, ertappte sie sich bei dem Gedanken: Und? War das alles?

Es war doch gar nicht lange her, da hatte ihre Mutter in Nisko ihr die schwarzen Locken zu Zöpfen geflochten. Mama war von morgens bis abends hinter ihr hergelaufen und hatte gefragt: Kind, was machst du? Wo gehst du hin? Pass auf …

Jetzt sah Rywka im Spiegel den Blick der Mutter.

Und ein anderes Gefühl aus der Kindheit kehrte zurück. Die

Eltern schickten sie ins Bett, und sie wollte nicht. Sie wollte keine Zeit für den Schlaf vergeuden, weil sie wusste, dieser Tag würde nie wiederkehren. Mit offenen Augen lag sie im Bett. Sie war ein Einzelkind, das von Geschwistern träumte.

Sie erfüllte sich diesen Traum – aber erst für ihre Kinder. Auch bemühte sie sich, sie in Ruhe zu lassen, sie nicht immer mit Fragen zu bedrängen.

Ihr Elternhaus in Nisko hatte sie verlassen wie ihre Kinder das Haus in der Goldhammer-Straße. Vielleicht sogar – dachte sie jetzt – noch entschiedener und schmerzlicher für die Eltern, denn sie hatte nicht zurückgeblickt. Sie war in die Stadt aufgebrochen, in eine Großstadt, die für ihre Kinder schon zu klein war.

Das müsste Nathan doch verstehen.

Wo war denn für ihn das »echte Leben«, von dem er so oft sprach? Nur in New York? Und für die Kinder? In Krakau? In Moskau? Wahrscheinlich für jedes woanders.

Und für sie selbst?

Die Haare werden überall gleich grau, dachte sie.

Na ja, in letzter Zeit eher in Tarnów.

Hesio war immer noch im Gefängnis. Bei ihren Besuchen dort tröstete er sie damit, dass er gute Haftbedingungen hatte. Die »Politischen« waren am Tag nicht eingesperrt. Er las mehr als vorher in Freiheit und lobte die Gefängnisbibliothek. Jeden Tag wusch er sich von Kopf bis Fuß mit nur einem Becher Wasser – das hatte er gelernt. Wie er sagte: »Die Staatsgewalt sorgt für ihre Feinde.« Sogar für ihre Zähne. Alle drei Wochen brachten sie ihn zum Zahnarzt, natürlich in Anwesenheit eines älteren Wächters mit Pistole, der ihm im Wartezimmer den gutmütigen Ratschlag gab, er solle das mit dem Kommunismus lieber lassen.

Aber stimmte das alles überhaupt? Hesio war ja erst siebzehn. In Freiheit hatte er sich auch nie beklagt.

»Wenn es in schwierigen Situationen etwas besser wird«, hatte er unlängst gesagt, »hat man gleich das Gefühl, es wäre sehr gut.«

Was meinte er damit? Vielleicht die Freude darüber, dass man seinen Mitgefangenen in eine andere Zelle gebracht hatte? Denjenigen, der Hesios Zahnbürste benutzte, wenn dieser zum Verhör musste. Er versuchte das nicht einmal groß zu verbergen. Hesio hatte ihn schon drei Mal auf frischer Tat ertappt, wenn er zurückkam.

Auf seine Bitten und Drohungen antwortete der Mitgefangene immer:

»Als Kommunist bin ich ein Gegner von Privateigentum. Du etwa nicht?«

Das setzte Hesio mehr zu als die stundenlangen Verhöre.

Er hatte abgenommen.

Rywka und Lotka, sein Schwarm, brachten ihm Päckchen ins Gefängnis. Außer um Lebensmittel hatte er in einem der Briefe um Samen gebeten. Anfangs hatten sie gedacht, dass sei eine konspirative kommunistische Chiffre ... Aber nein – man erlaubte den Gefangenen, einen Garten zu bestellen.

»Der Gefängnisdirektor«, erklärte Hesio, als sie ihn besuchte, »hat während der Teilungen selbst gesessen.«

Gleich nach dem Besuch lief Rywka wegen der Samen zum Markt.

Rudek war unlängst nach Tarnów gekommen, um mit dem Sohn des Richters zu sprechen. Sie gingen auf ein Bier in die Wallstraße, in das Restaurant beim Hotel City.

Die Preise mindestens wie in Krakau.

Er ließ ihn beim Billard gewinnen. Nach der zweiten Partie

und dem dritten Krug Bier erfuhr Rudek, das Wichtigste sei, dass Hesio sich während des Prozesses ruhig verhielte.

»Ohne Faxen. Dann bekommt er ein mildes Urteil.«

Am Ende des Abends tranken sie jeder ein Gläschen ungarischen Branntwein.

»Auf deinen Bruder«, sagte der Sohn des Richters unverhofft.

Und er nahm wohl an, das genüge, denn dann stand er auf und tat nicht einmal so, als wollte er für sich zahlen.

Rudek zeigte der Mutter die Rechnung: teuer für Tarnów, nicht teuer für ein Urteil.

Auch Rechtsanwalt Zawadowski war guter Dinge. Im schlimmsten Fall würden sie Hesio die Mitgliedschaft zu einer illegalen Organisation, der Kommunistischen Partei Polens, nachweisen. Er müsste bald freikommen. Sie würden einen Minderjährigen, von dem schon die ganze Stadt sprach, nicht länger festhalten.

Die Stramers wurden jetzt als »kommunistische Familie« bezeichnet. Vom Morgen an klopften fremde Leute an der Tür. Sie ließen sie keinen Moment vergessen, dass ihr Sohn im Gefängnis saß. Nathan fühlte sich wie ein New Yorker doorman. Mit dem wesentlichen Unterschied, dass der nicht umsonst arbeitete.

Ganze Pilgerzüge junger Leute tauchten in der Goldhammer-Straße 20 auf, um zu fragen, wie man es anstellte, Kommunist zu werden.

»Man muss auf den Kopf gefallen sein.« Nathan schlug die Tür zu.

Manche zwinkerten ihm noch schnell verständnisvoll zu, andere steckten eine Karte mit ihrer Adresse durch. Was immer er sagen würde, sie wären sowieso sicher, dass er ebenfalls konspirierte. Schließlich hatte er einen Sohn zum Kommunisten erzogen. Durch die geschlossene Tür versuchten sie noch Grüße an Hesio zu übermitteln.

»Get out!«, schrie Nathan, dass es über den ganzen Hof schallte.

Sollte er vielleicht Anmeldegebühr für den Eintritt in die Partei kassieren? Nein, lieber nicht.

Sie würden womöglich die Essensgäste vertreiben.

Vor den Fenstern trieben sich schon Spitzel herum. Sogar die kleine Wela hatte Unterkommissar Kania gesehen, der in ganz Tarnów nach Kommunisten Ausschau hielt. Sie hatte gehört, dass sie ihn »Schweinskopf« nannten. Daran hatte sie ihn erkannt.

»Womöglich schickt er uns noch eine Kontrolle«, sorgte sich Rywka. »Die prüfen soll, warum wir ohne Konzession Essen ausgeben.«

Am späten Abend hörten sie ein Klopfen. Um diese Zeit? Nathan griff nach dem amerikanischen Gürtel. Diese »Genossen« übertrieben es. Man sollte sie alle einsperren. Zeit, mit ihnen aufzuräumen!

Er zerrte an der Tür und schrie:

»Who the hell is …« Er unterbrach sich, denn an der Tür sah er den eleganten Herrn Szpilman, mit einem Seidentuch in der Tasche des dunkelblauen Jacketts, den Besitzer der Kerzenfabrik »Biene«.

»Störe ich?«, fragte er, als er Nathan mit dem Gürtel erblickte.

»Bitte treten Sie ein. Willkommen.«

»Ich brauche nur einen Moment.«

KAPITEL 16

Nathan

Einen Tag vor dem Prozess saßen alle wie früher am Küchentisch. Nur Hesio fehlte – seinetwegen hatten sie sich hier versammelt. Wie früher stupsten sie sich mit den Ellbogen und fielen einander ins Wort.

Rywka brühte Kaffee auf. Sie hatte eine schlechte Vorahnung. Jedenfalls erzählte sie das später; vorläufig ließ sie sich nichts anmerken, schließlich hatte sie fünf ihrer geliebten Kinder bei sich.

Sie hatte einen Käsekuchen mit Schokoladenguss gebacken.

»Ein Stück lasst bitte für morgen übrig«, bat sie.

Rudek trug einen neuen Anzug mit Nadelstreifen, ein weißes Hemd und eine Krawatte. Er war direkt von der Arbeit nach Tarnów gekommen, war früher als gewöhnlich gegangen und hatte sich den nächsten Tag extra freigenommen. Jeden Morgen ging er zur Universität (er hatte die Fakultät gewechselt und war jetzt in der juristisch-ökonomischen), und nachmittags arbeitete er in der Verwaltung des … Rywka konnte sich den langen Namen schlecht merken. Wahrscheinlich kannten ihn nur er selbst und Salek genau: Zentrale Verwaltung für den Kerzenverkauf des westlichen Kleinpolens, des Kohlebeckens von Dąbrowa und Südwest-Kongresspolens.

Und natürlich kannte diesen Namen Herr Szpilman, der Rudek mit einem Anruf die Arbeit dort verschafft hatte. Am Tag, nachdem er in die Goldhammer-Straße gekommen war und erklärt hatte, er helfe politischen Gefangenen und ihren Familien.

»Und warum machen Sie das eigentlich?«, hatte Nathan gefragt.

Szpilman hatte nicht erwähnt, dass ihn in diesem Fall sein in Rena verliebter Sohn Karol darum gebeten hatte.

»Weil ich es kann«, sagte er. »Und weil ich Sozialist bin.«

Der Eigentümer einer Fabrik – Sozialist?! Davon hatte Nathan natürlich schon vorher gehört, man erzählte sich in Tarnów seit langem, Szpilman vergeude das ererbte Familienvermögen, aber Nathan wollte sichergehen, denn in Amerika wäre das undenkbar. Ein sozialistischer Kapitalist könnte dort höchstens Bankrott machen.

Vor allem jetzt, während der Krise, wo es – wie Ben ihm geschrieben hatte – sogar in den besten Vierteln gefährlich geworden war. Die Leute gingen mit erhobenem Kopf durch die Straßen, um rechtzeitig zur Seite springen zu können. Ständig fielen aus den Fenstern der Wolkenkratzer Männer in Anzügen, die von heute auf morgen alles verloren hätten. Es sei wie die ägyptischen Plagen.

Die Welt veränderte sich. Sogar jenseits des Ozeans.

Warum springen sie nicht mehr von den Brücken in den Hudson River?, fragte Nathan im letzten Brief seinen Bruder, weil ihm einfiel, dass das während seiner Zeit in New York so abgelaufen war.

Ich werde sie fragen, sobald ich Gelegenheit dazu habe, erwiderte Ben.

Salek versuchte jetzt, die Eltern zu beruhigen – es gebe keinen Grund für Misstrauen, Szpilman wisse, was er tue.

»Marx wurde von seinem Freund Friedrich Engels finanziell unterstützt, dessen Onkel Chef einer Fabrik war, und zwar einer viel größeren als die ›Biene‹ in Tarnów.« Salek blickte in die Runde, um zu sehen, ob seine Worte Eindruck machten. »Außerdem war er ein Aristokrat, ein Baron, er hieß Chesterfield. Der mit dem Tabak und den Zigaretten.«

»To hell with him«, kommentierte Nathan, und weil wie immer niemand verstand, übersetzte er: »Beide schmeißen das Geld zum Fenster raus.«

»Schlimmer noch«, grinste Rudek. »Sie lassen alles in Rauch aufgehen.«

Nathan klopfte seinem ältesten Sohn auf die Schulter und dachte, dies könnte genauso gut die muskulöse Schulter von Ben sein, der wäre auch zu so einem Kommentar fähig.

Nathan hatte selten solche Gedanken, doch jetzt, beim Anblick seiner Kinder am Tisch, ging ihm durch den Kopf, dass man die Menschen eigentlich nie getrennt voneinander betrachtete. Hinten, vorne, an der Seite – immer stand da noch jemand. Mit ähnlichen Haaren, ähnlichen Augen, ähnlichen Gesten. Seit er denken konnte, hatte sein Vater ihn immer mit Ben verglichen, damals noch Benjamin. Und jetzt verglich Nathan selbst seine Kinder miteinander und mit dem Rest der Familie.

Zugleich spürte er unter den Fingern, dass der Anzug seines Sohnes aus einem ordentlichen, festen Material war. So einen hätte er auch gern gehabt. Natürlich mit einer viel kürzeren Hose, aber das Jackett dürfte an den Schultern wohl genauso breit sein.

Wie gut, dass im Gegensatz zu Salek, Hesio und sogar Rena zumindest der Erstgeborene nichts mit dem Kommunismus am Hut hatte. Nathan war sich sicher, das sei sein Verdienst. Wer hatte ihm schließlich den Namen Rudolf gegeben? Zu Ehren der Habsburger, zu Ehren Österreich-Ungarns – glückliche Zeiten.

Aber Moment mal. War die Zeit wirklich so gut und glücklich gewesen? Warum waren dann Ben und nach ihm sein jüngerer Bruder Nathan nach Amerika gefahren?

Und warum nannte man die Habsburgermonarchie jetzt das »Forschungszentrum für den Weltuntergang«? Nathan hatte das Gespräch am Tisch nicht genau verfolgt, aber diese Worte hatte er gerade von Salek gehört. Und sie trafen ihn ganz persönlich.

Hesio

»Kaffee?«

Rywka goss ihn in die Becher, Rena und Wela stellten sie auf den Tisch.

Sie konnten nicht wissen, dass Hesio in dieser Zeit für die Routineuntersuchung beim Zahnarzt aus seiner Zelle abgeholt wurde.

»Damit du im Gerichtssaal gut aussiehst und schön lächeln kannst.« Der Wächter klopfte ihm auf die Schulter.

Über das, was in der ganzen Stadt schon Gegenstand von Gerüchten war, nämlich dass Rechtsanwalt Zawadowski seine Frau und zwei Kinder für eine junge Jüdin verlassen hatte, wurde in der Goldhammer-Straße tunlichst jedes Gespräch vermieden.

Sympathie und Mitgefühl auf der einen, Empörung und Beschimpfungen auf der anderen Seite – klar, auf welchen.

»Wir müssen ein paar Wochen abwarten«, versuchte Zawadowski Rena zu trösten, »bis sie ein anderes Thema gefunden haben.«

»Nein, darum geht's nicht.« Rena träumte fast jede Nacht von seiner verlassenen Familie.

Letzte Nacht war Frau Zawadowska aus ihrem brennenden Haus gelaufen. Rena wollte sie retten, das brennende Kleid löschen. Aber Zawadowskis Frau drehte sich bei Renas Anblick um und lief zurück ins Feuer. Da wachte Rena auf.

Jetzt versuchte sie, wie auch die anderen am Tisch, nicht mehr daran zu denken. Sie fragte Rudek nach dem Mädchen aus, mit dem er sich in Krakau traf.

Sie wollte wissen, wie sie sich kennengelernt hatten.

»Im Zug nach Tarnów«, sagte Rudek. »Sie saß mir gegenüber im Abteil.«

»Und habt ihr euch verliebt?«, fragte hoffnungsvoll die Jüngste, Wela. »Auf den ersten Blick?«

»Ich weiß nicht, sie hatte die Augen zu und schlief. Aber ein halbes Jahr später trafen wir uns wieder im Zug.«

»Und dann ist es passiert?«

Wela stellte sich vor, ihr Bruder sei monatelang dieselbe Strecke gefahren (und im selben Abteil auf demselben Platz gesessen), um die schlafende Prinzessin wiederzutreffen.

Als Rudek erheitert seine Schwester auf den Kopf küsste, verließen Hesio und sein Wächter gerade das Gefängnis.

»Und in welchem Alter ist sie?«, fragte Nathan, den eigentlich viel mehr der Beruf ihres Vaters und eventuelle Erbkrankheiten in der Familie interessierten, und erst an dritter Stelle das Alter.

Er begann also von hinten.

»In meinem«, sagte Rudek, und weil Nathan ein Gesicht machte, als wüsste er nicht, wie alt sein ältester Sohn sei, fügte er hinzu: »Vierundzwanzig.«

»Das gefällt mir.« Nathan schaute lange Rena an, die so tat, als sähe sie das nicht.

Unterdessen erreichten Hesio und der Wächter schnellen Schrittes die Bernhardiner-Straße, wo sich unter der Hausnummer 16 die Zahnarztpraxis befand.

»Und wie heißt die Glückliche?«, fragte Rywka lächelnd; sie war neugierig, ob sie Jüdin war.

Und ob sie wohl schon im Bett waren?

»Ruth.«

An Rudeks Ton erkannte sie: Ja, das waren sie. Ob sie womöglich schon schwanger war? Das andere war klar.

»Rudek und Ruth! Rudek und Ruth!« Wela schlug vor Begeisterung die Hände zusammen, wie sie es bei den Schauspielerinnen in amerikanischen Filmen gesehen hatte. »Schön!«

Und sie meinte damit nicht nur, dass sie zusammenpassten, sondern dachte auch gleich an eine Trauung und Hochzeit wie in Amerika. Als wäre es auf der Leinwand im Kino »Marzenie«, sah sie sich selbst den von der Braut hochgeworfenen Blumenstrauß fangen.

Hesio und der Wächter betraten die Villa, wo im ersten Stock der Zahnarzt praktizierte.

»Ist es eine ernsthafte Beziehung?«, fuhr Nathan fort, um sich allmählich den Weg zu den Fragen nach der Gesundheit von Ruths Eltern und dem Einkommen des Vaters zu bahnen.

Rudek überlegte einen Augenblick.

»Schluss mit dem Verhör.« Er stand auf und zwinkerte Wela zu.

Im selben Moment drehte Hesio sich auf dem Zwischenstockwerk um, stieß den Wächter weg, der schreiend und fluchend die Wendeltreppe hinunterfiel, und sprang aus dem offenen Fenster.

Keine halbe Stunde später klopften Polizisten an die Tür in der Goldhammer-Straße. Sie schubsten Nathan beiseite, liefen in die Wohnung und trugen Straßendreck herein.

»Wo habt ihr ihn versteckt?«

Nusek, auch vorher kaum zu sehen, schweigend, von den älteren Brüdern verdeckt, verbarg sich hinter dem Stuhl des Vaters. Wela schmiegte sich in Mutters Schürze.

Die Polizisten suchten auf dem Fußboden nach Blutspuren, denn dem Wächter war es trotz eines verstauchten Knöchels gelungen, zwei Schüsse auf den Flüchtenden abzugeben. Mehr wollten sie nicht sagen. Um die Ermittlungen nicht zu gefährden.

Hesio ging am Tag der Flucht zwanzig Kilometer zu Fuß in das Dorf Biała.

Er lief nicht, um sich nicht verdächtig zu machen. In der Dunkelheit konnte niemand sehen, wie er angezogen war. Er ging auf einem Trampelpfad, mit schnellen Schritten, er spürte, dass ihn etwas trug.

Für das Gehen auf der Fahrbahn konnte man in Tarnów seit einiger Zeit ein Bußgeld erhalten. Wer weiß? Vielleicht galt das auch auf den Straßen außerhalb der Stadt? Besser nichts riskieren.

»Gut, dass es ein warmer Herbst ist«, sagte er sich immer wieder. »Im Winter, bei Schnee, würde ich mit den dünnen Schuhen nicht weit kommen.«

Die Spannung fiel allmählich von ihm ab, und langsam wurde ihm bewusst, was er getan hatte.

Beim Gedanken an die Konsequenzen bekam er zuerst einen steifen Nacken, dann begannen seine Knie zu zittern.

»Bin ich übergeschnappt oder was?« Er schüttelte den Kopf und ging dabei weiter.

Wann würde er Lotka wiedersehen? Die Eltern? Die Geschwister?

Wie würden sie auf seine Flucht reagieren? Er wusste, die Goldhammer-Straße war der letzte Ort, wo er sich jetzt blicken lassen durfte.

Er hätte viel dafür gegeben, die Miene des alten, feigen Wachtel zu sehen, wenn der erfahren würde, wie viel Mut sein Schüler bewiesen hatte.

Aber ehrlich gesagt hätte er noch mehr dafür gegeben, wenn er die Zeit hätte zurückdrehen können. Sollte er umkehren und sich der Polizei stellen? »Unsinn, damit kann ich nicht ungeschehen machen, was ich getan habe. Und was würden dann die Genossen von mir denken?«

Es tat ihm auch leid um den alten Wächter, den er im Gefängnis ein bisschen liebgewonnen hatte. Sie hatten beide Spaß an politischen Schäkereien. Nicht von ungefähr trug der Wächter einen langen, buschigen Schnurrbart im Stil von Piłsudski, der das Hauptthema ihrer Diskussionen war.

»Das ist ein blutiger Diktator.« Hesio erinnerte an den Maiputsch und die Verfolgung der Opposition, nicht nur der Kommunisten.

Der Wächter winkte ab.

Aber nach einer Weile kam er selbst auf das Thema zurück:

»Er ist unser größter Nationalheld. Er hat für Polen die Unabhängigkeit erkämpft.«

Und als Ermunterung fügte er hinzu:

»Der Marschall war in seiner Jugend auch Sozialist und saß im Gefängnis. Und gegen die Alttestamentarischen hat er nichts.«

Hesio zuckte mit den Schultern und sagte:

»An Ihrer Stelle würde ich mir den Schnurrbart abrasieren.«

Jeder blieb bei seinen Helden.

Das letzte Wort hatte immer der Wächter: Tu, was du musst, dann kommt, was kommen soll.

Im Zwischenstock der Villa des Zahnarztes wollte Hesio ihn nur wegschubsen, um das offene Fenster zu erreichen, er konnte nicht vorhersehen, dass der Alte gleich die Treppe hinunterfliegen würde. In einem ersten Reflex wollte er ihm nachlaufen. Aber es war schon zu spät.

Wie sagten sie auf den Parteiversammlungen: Wo gehobelt wird, fallen Späne.

Übrigens sah der dunkle Wald, der den Weg umgab, ein bisschen gruselig aus.

Der Wächter hatte sich wohl nicht zu sehr wehgetan. Schließlich war er vor die Villa gerannt und hatte ihm nachgeschrien:

»Stehen bleiben oder ich schieße.«

Aber die Pistole musste geklemmt haben, denn Hesio hatte den ersten Schuss erst gehört, als er schon in eine Seitenstraße gebogen war.

Im Mondlicht sah er die dörfliche Bebauung. Welche Nummer war es? Er würde ja nicht zum Schulzen gehen, um zu fragen.

Einige seiner Klassenkameraden konnten sich Ferien leisten. Sie fuhren im Sommer mit den Eltern aufs Land. »Gesunde Luft atmen«, wie ihre Mütter sagten. Sie mieteten ein Haus von einem Bauern, der für die Zeit ihres Aufenthalts mit seiner Familie in die Scheune zog. Für zusätzliches Geld verpflegte der Bauer sie und fuhr sie ans Wasser.

Es kam vor, dass die Kinder der Wirtsleute und der Sommerfrischler sich aus der Schule kannten.

Wenn die Klassenkameraden in die Stadt zurückkamen, erzählten sie Geschichten von Bäuerinnen, die nur mit einem Kopftuch bekleidet durch die Weizenfelder gingen. Dass sie sich mit ihnen im Heu gewälzt hatten. Aber bestimmt nicht um diese Jahreszeit, da das Getreide schon geerntet war.

Wohin Lotkas Familie wohl in Urlaub fahren würde? Sicher ins Ausland – Berlin, Wien, Paris. Und im Winter in einen

Schweizer Kurort. Dahin sollte Hesio fliehen. Am besten zusammen mit Lotka.

Aber man flieht dahin, wohin man kann, nicht, wohin man gern möchte. Wie es auch nicht genügt zu wollen, um in Urlaub fahren zu können. Weitere Beweise dafür, dass das Sein das Bewusstsein prägt.

Hesio hatte Hunger.

Im Dunkeln sahen alle Holzhäuser gleich aus. In keinem Fenster brannte Licht, das Dorf schlief schon.

»Wir gehen mit den Hühnern ins Bett und stehen mit ihnen auf.« Hesio fiel ein, dass Flunder das immer sagte und darin nichts Lustiges sah, im Gegensatz zu den Klassenkameraden, die ihm darauf antworteten: »Wir in der Stadt machen das mit den Frauen.«

In welchem der Häuser wohnte die Familie des zukünftigen Pfarrers?

KAPITEL 17

Rywka

Als ob Rywka nicht schon genug Sorgen gehabt hätte, wollte Nusek als erstes der Geschwister nicht lernen. Und seit Hesios Flucht und Prozess hatte er völlig damit aufgehört. Sogar aus der Haschomer-Organisation war er ausgetreten. Für die Schule konnte er immer noch nicht selbst bezahlen – wovon auch? Hätte er Nachhilfe im Flanieren durch die Stadt geben sollen, das er mit seinem »Herzensfreund« Lolek Szpeda so fleißig übte?!

Wer hatte hier den schlechteren Einfluss auf wen?

Sie waren so umtriebig, dass sie sie manchmal doppelt sah.

Eine explosive Mischung.

Wie sie selbst sagten, zogen sie sich an wie zwei Magnete. Rywkas Ansicht nach zogen Nusek und Lolek sich eher wie zwei Steine gegenseitig hinunter. Oder anders: Sie wirkten aufeinander wie zwei Medikamente, die man nicht zusammen nehmen darf. Die Nebenwirkungen zeigten sich sofort: Schwänzen und schlechte Noten.

Und zu allem Überfluss lachten sie darüber wie zwei kleine Wiesel.

Beide sagten, Lernen sei Zeitverschwendung.

Solche Momente erinnerten Rywka daran, wie sehr die drei ältesten Söhne in der Goldhammer-Straße fehlten. Wie sehr sie ihr fehlten.

Saleks Abreise nach Krakau, die sie das ganze vergangene Jahr so gefürchtet hatte, war im Schatten von Hesios Verhaftung, Flucht und Prozess untergegangen. Eines Tages hatte sie, zusammen mit Nathan, Rena, Wela und Nusek, Salek mitsamt seinem Koffer zum Bahnhof begleitet. Um ihn machte Rywka sich keine Sorgen. Sie wusste, auf dem Bahnhof in Krakau würde Rudek warten.

Was empfand sie, als der Zug losfuhr? Wahrscheinlich Neid. Sie beneidete diejenigen, die Salek in Krakau erst noch kennenlernen durften.

Er selbst ermunterte mit diesem Ausdruck seine Geschwister zum Lesen von Büchern, die er ihnen empfahl:

»Ich beneide euch, dass ihr sie noch kennenlernen dürft.«

Und wann genau war er gefahren? Die vergangenen Tage, Wochen und Monate verschwammen ineinander.

Sie erinnerte sich daran, wie hervorragend er das Abitur bestanden hatte. Wie er sie gefragt hatte, ob er studieren solle. Ob sie ohne ihn zurechtkomme.

Sicher war er bei Hesios Prozess noch da gewesen, denn nach der Verkündung des Urteils umarmte er sie. Oder war er damals schon extra aus Krakau gekommen? Als Hesio aus dem Saal geführt wurde, drehte er sich zu Salek und Rudek um und rief: »PKP.«

Was meinte er damit?

Jedenfalls war ein weiteres Bett frei geworden. Sie nahm das Bettzeug weg, das war alles. Das Bett sollte bleiben, wo es war. Und ebenfalls warten.

Vier Jahre würden schnell vergehen.

Nachdem sie von der Verhandlung zurückgekommen waren, hatte Nathan sich ausgezogen und ins Bett gelegt. Und da blieb er auch in den nächsten Tagen. Dafür wachte Rywka nachts auf und konnte nicht weiterschlafen.

Sie wusste, jetzt musste sie sich auf die beiden Jüngsten konzentrieren. Auf Wela und vor allem Nusek, der es umso weniger zeigte, je mehr er sie brauchte. Das jedenfalls sagte sie sich in schweren Momenten. Sie hatte Sorge, dass ihr die Geduld ausgehen könnte.

Als Nathan während all der Jahre Rudek, Salek und Hesio Szenen gemacht hatte, hatte sie versucht, ihn zu rechtfertigen, indem sie sich sagte: »Kann man denn alle gleich lieben, wenn man sechs Kinder hat?«

Er sah das etwas anders, jedenfalls erklärte er es so:

»Jemand in der Familie muss diese undankbare Aufgabe übernehmen«, sagte er mit einer Miene der Aufopferung und meinte das Gebrüll und die Schläge. »Bei uns bin ich das.«

Aber war ich zu ihnen immer gerecht, zu allen gleich?, dachte Rywka.

Denn war es Nuseks Schuld, dass er nicht wie seine älteren Brüder war?

»Er ist am wenigsten mit Masse zwischen den Ohren gesegnet«, sagte Rudek einmal im Zorn über ihn.

Oder wollte Nusek mit seinem Verhalten vielleicht auf sich aufmerksam machen?

»Und was willst du machen?«, fragte Rywka schließlich. »Was wäre für euch keine Zeitverschwendung?«

»Wir wollen Elektriker werden.« Nusek und Lolek sahen einander stolz an. »Das ist ein Beruf mit Zukunft.«

Mehr als die Antwort der beiden erstaunte sie Nathans Ruhe. Er griff nicht zum Gürtel, er brüllte nichts auf Amerikanisch, er stand einfach da und lächelte.

Offenbar wurde er alt. Oder er kannte sich mit Elektrik aus.

»Ich war auch so«, sagte er zu Rywka, aber erst am Abend vor dem Einschlafen.

Will er Nusek oder sich selbst rechtfertigen?, dachte sie sofort.

Denn jetzt verdienten nur die beiden kein Geld – die einzigen Männer im Haus. Sogar Wela lief schon durch die Stadt, um Nachhilfe in Polnisch und Latein zu geben. Vorläufig unterrichtete sie drei Klassenkameradinnen. Für einen Zloty die Stunde. Das war ein anständiger Lohn. Heimarbeiterinnen bekamen in Tarnów für das Nähen zwei Zloty für einen ganzen Arbeitstag.

KAPITEL 18

Hesio

Zufrieden mit sich las Hesio noch einmal den Artikel im »Illustrierten Tageskurier« mit seinem Foto auf der Titelseite.

Es wurde beschrieben, wie er sich im Dorf Biała bei einem Schulkameraden versteckt hatte, höchstwahrscheinlich einem Komplizen, einem verdächtigen Individuum, dessen plötzliche Fortschritte beim Lernen den begründeten Argwohn des Lehrkörpers weckten. Die darüber informierte Polizei führte eine Razzia durch (in Wirklichkeit kam ein Beamter auf dem Fahrrad – Hesio grinste), dem Ausreißer gelang es jedoch, in die umliegenden Wälder zu flüchten. Am nächsten Tag verließ ihn das Glück. Er wurde von Unterkommissar Kania auf dem Bahnhof von Tarnów erkannt und geschnappt, als er gerade in den Zug nach Krakau steigen wollte.

Der Beitrag endete mit den Worten: *Der Kommunist Hersz-Cwi Stramer wird jetzt sitzen und über seine Dummheit nachdenken.*

Und genau das tat er. Warum war er auch auf den Bahnhof gegangen? Schließlich hatte er kein Geld, nicht einmal für eine Bahnsteigkarte. Er hätte sich denken können, dass der »Schweinskopf« dort auf ihn warten würde. Genauso gut hätte er in die Goldhammer-Straße, zu Lotka oder gleich ins Kommissariat gehen können.

»Habe ich mich absichtlich fangen lassen?«, verhörte er sich selbst. »Und warum bin ich überhaupt geflohen?«

In den Zeitungen, die ihm der neue Wächter, ein glattrasierter kleiner Blonder mit modisch nach hinten frisiertem Haar, in die Zelle brachte, stand fast nichts über die zwei Wochen, die er auf dem Land verbracht hatte.

Schade.

Kein Wort über die Armut der analphabetischen Bauern aus Biała oder über den Reichtum des Grafen Romer, sein schönes Schloss, den Garten und die Fischteiche.

Er summte das Lied, das er an einem der ersten Tage von Flunders Vater gehört hatte.

Beim Grafen, unserem Herrn
Da sind wir immer gern.
Der Wodka fließt in Strömen,
Wir müssen uns nicht grämen.

Hätte Hesio den Artikel geschrieben, hätte er damit angefangen. Aber die Geschichte wird von den Siegern geschrieben …

Außerdem hätte er den einzigen Zeitvertreib der Bauern geschildert. Das sonntägliche Rennen nach dem Kirchenbesuch. In Biała selbst gab es keine Kirche. Die Bauern mussten nach Brzozówka fahren. Und nach dem Gottesdienst veranstalteten sie ein Rennen auf der Landstraße zum Gasthaus. Mit voller Kraft knallten sie die Peitschen auf die Pferdehintern. Die Wagen mit dem Korbgeflecht gerieten in den Kurven in eine gefährliche Schieflage, hinterließen Staubwolken und die Schreie der an den Straßenrand flüchtenden Leute.

Noch gefährlicher waren die Rennen danach, vom Gasthaus zurück nach Biała. In der Dunkelheit. Die fast bewusstlosen Fuhrleute ergriffen die Zügel. Die Pferde stolperten über Steine, Wagen stießen gegeneinander. Hesio kannte das aus Flunders

Erzählungen. Einmal im Winter schlief ein Fuhrmann im Schnee ein und erwachte morgens mit erfrorenen Fingern. Das Pferd war schlauer gewesen, es war geflohen.

Hesio hatte im Kuhstall geschlafen. Er wusste, es gibt Leute, die sich nirgends zu Hause fühlen. Wie sein Vater. Aber bei ihm, Hesio, war es umgekehrt. Wo immer er sich wiederfand, er kam zurecht, sogar im Gefängnis. So dachte er gern über sich. Aber warum musste er das gerade in einem nach Kuh- und Pferdemist stinkenden Stall beweisen?

Flunders Eltern hatten sie erklärt, er sei für ein paar Tage gekommen, um ihrem Sohn beim Lernen zu helfen. Ob sie es glaubten, war ihm völlig egal. Er wollte sich einfach hinlegen und schlafen. Aber in der ersten Nacht drang das Stroh in alle Ritzen und kitzelte ihn, und die Tiere neben ihm, hinter dem kaputten Holzzaun, waren nicht zu beruhigen.

Um einzuschlafen, atmete er durch den Mund und stellte sich vor, dass ihn hier statt der Hühner Bäuerinnen mit kunstvoll geflochtenen, dicken blonden Zöpfen besuchten, die sie speziell für ihn lösten. Noch freizügiger als Lotka. Einfache Mädchen, die nicht wissen, was Scham ist.

Lotka konnte er sich im Stall irgendwie nicht vorstellen.

»Nur die Ruhe, Krakau wurde nicht an einem Tag erbaut«, tröstete er sich mit einem neuen Spruch von Rudek, der wie alle anderen blitzschnell von der Familie angenommen wurde.

Tagsüber weidete er die Kühe und wartete, bis Flunder aus der Schule kam. Danach half er dem Freund tatsächlich bei den Hausaufgaben, in der ärmlichen Küche, kaum größer als die in der Goldhammer-Straße und dieser ziemlich ähnlich, abgesehen von dem feuchten Geruch, an den er sich schnell gewöhnte. Er übte sogar Diktat mit ihm, um seinen Aufenthalt in den Augen der Eltern glaubwürdiger zu machen. Die schauten begeistert ihrem Sprössling zu, wie er wieder einmal mit schiefen Buchstaben »Sohne« statt »Sonne« schrieb.

Sahen sie ihn vor ihrem inneren Auge schon mit dem Priesterkragen?

Flunders Mutter, mit geröteten Wangen und einem Kopftuch, das das Blau ihrer Augen unterstrich, schenkte ihnen Milch ein. Hesio liebte auch den Quark, den sie in einem Steintopf herstellte und in der Diele aufbewahrte.

»Trinkt, solange sie heiß ist.«

Und dann hielt sie sich selbst den Finger vor den Mund, zum Zeichen, dass sie nicht stören sollte. Ihre Hand war geschwollen vom Butterschlagen in einem hölzernen Butterfass.

»Der Gemeindeschreiber bekommt Konkurrenz, oder?« Flunders Vater führte am Tisch indessen ein lautes Gespräch mit sich selbst. »Flunders Sohn! Nicht zu verkennen. Es hat sich gelohnt, all die Jahre für den Rotzlöffel zu sparen.«

Mit jedem Tag auf dem Land erinnerten Flunders Eltern Hesio mehr an seine eigenen.

Ob er wohl, wenn er in Biała geboren und aufgewachsen wäre, so geworden wäre wie Flunder? War es immer so, dass das Sein das Bewusstsein bestimmte?

Und wo hatten sich die grausamen Bauern versteckt, von denen die Großmutter in Nisko erzählt und damit die Kinder erschreckt hatte, als sie klein waren? Früher seien Bauern in die Städte gekommen, um jüdische Läden zu plündern, die Juden zu verprügeln und schwangeren Jüdinnen den Bauch aufzuschlitzen.

Die Stramer-Geschwister hatten sich an den Händen gehalten und mit offenen Mündern gelauscht.

»Einer der Schwangeren haben sie anstelle vom Kind eine lebende Katze in den Bauch genäht.«

Und was war weiter passiert? Mit der Frau und der Katze? Großmutter konnte nicht zu Ende erzählen.

»Mama!«, unterbrach Rywka sie. »Es reicht!«

»So war es, Kind.«

»Ewig her und nicht wahr!«

Am nächsten Tag waren sie mit Mama wieder nach Tarnów zurückgefahren.

Heute war es schwer, an diese Geschichten zu glauben.

Jedenfalls hatte Hesio in den zwei Wochen im Dorf keine solchen Bauern gesehen. Hatten sie sich vielleicht irgendwo versteckt, wie er? Oder waren das alles Märchen, um jüdische Kinder zu erschrecken?

Natürlich schauten ihn die Bauern in Biała an wie einen Fremden, aber wie hätten sie auch schauen sollen? Mit Gabeln jagten sie ihn jedenfalls nicht.

Wie er schnell herausgefunden hatte, lebten jedoch unbehelligt drei jüdische Familien im Dorf. Die eine hatte die Schenke gepachtet, die zweite unterhielt ein Lebensmittelgeschäft, die dritte einen kleinen Hof.

Eines sonnigen Tages lernte er den Sohn der dritten Familie kennen, der mit einem Buch in der Hand auf einer Weide unweit von Hesio die Kühe hütete.

»Was liest du?«, fragte er ihn für alle Fälle auf Polnisch.

Obwohl der Junge strohgelbes Haar hatte, war Hesio sicher, er hätte ihn auch auf Jiddisch ansprechen können.

Wie alt mochte er sein? Höchstens zehn.

Hesio war selbst noch in dem Alter, wo man ohne Problem genau unterscheiden kann, wer neun, zehn oder elf Jahre alt ist.

Der Junge zeigte ihm den Umschlag eines englisch-polnischen Wörterbuchs.

»Ich habe einen Onkel in Amerika«, erklärte er, als wollte er sich rechtfertigen.

»Ich auch«, erwiderte Hesio, und ihm wurde klar, dass er Ben gar nicht kannte.

Sollte er das vielleicht ändern und zu ihm nach New York fliehen? Sofort sah er den missbilligenden Gesichtsausdruck der Tarnower Genossen vor sich.

Natek Kierbel war noch Grundschüler, aber als die Sonne unterging und die beiden aufstanden, um die Pflöcke herauszuziehen, an denen die Ketten der Kühe befestigt waren, zeigte sich, dass er kaum kleiner war als Hesio.

Die blonden Locken machten bestimmt auch ein paar Zentimeter aus.

»Kleiner!«, rief Hesio ihm nach. »Hast du vielleicht noch was zu lesen daheim?«

Die drei Kühe kannten den Weg zum Anwesen der Flunders besser als Hesio. Geduldig gingen sie voraus, mit dem Schwanz träge die Fliegen vertreibend. Sie waren entspannt, denn im Gegenteil zu Hesio wussten sie, was sie erwartete: das abendliche Melken und der Schlaf. Und am nächsten Tag das Gleiche. Hesio hatte sie nur einmal nervös gesehen.

Als Flunder sie zum Spaß am Euter zog und die Milch gegen die Holzwand spritzte. Da traten sie mit den Hinterbeinen und drohten mit den Hörnern.

»Lass sie in Ruhe«, sagte Hesio.

»Du weißt ja nicht«, grinste Flunder geheimnisvoll, »was andere mit ihren Kühen machen.«

Und er zeigte es mit rhythmischen Hüftbewegungen.

Beim Abendessen, gleich nach dem gemeinsamen Gebet, das Hesio schon genauso gut sprechen konnte wie die anderen, erzählte er von seiner Begegnung mit Natek.

»Sieht er nicht dem Grafen ziemlich ähnlich?«, unterbrach ihn Flunders Vater lachend.

Den Grafen Romer hatte Hesio noch nicht gesehen. Das war wohl auch besser so. Er könnte von der Flucht gehört haben.

»Wie ein Ei dem anderen«, antwortete der alte Flunder sich selbst.

Und sein Sohn illustrierte unter dem Tisch mit einigen Handbewegungen, wie es dazu kommen konnte.

Hesio begann automatisch, nach Ähnlichkeiten zwischen Flunder und seinem Vater zu suchen. Hatte Flunder die berühmten fünfundzwanzig Zentimeter von ihm geerbt?

Allein der Gedanke daran genügte, um den alten Flunder in Hesios Augen (ein wenig) wachsen zu lassen. Es sei denn, auch hier wäre der Graf involviert gewesen.

»Außen hui, innen pfui«, sagte Flunders Mutter über den Grafen.

Am nächsten Tag brachte Natek ihm ein Buch. Mit dem groß geschriebenen Titel *Titanic*, der Zeichnung eines Schiffes und dem einladenden Untertitel: Es war keine Heerschar mutiger Ritter, doch sie starben dort wie Helden.

»Machst du's auch nicht kaputt?«

Wahrscheinlich lag es noch im Stall, im Stroh vergraben.

Hinter Gittern in Untersuchungshaft fühlte er sich jetzt wie die Passagiere der Titanic. Die in der dritten Klasse. Für die es keine Rettungswesten mehr gegeben hatte, keine Decken und keinen Platz in den Booten. Sie hatten geringere Chancen zu überleben als die Hunde der Passagiere der ersten Klasse.

Aber wahrscheinlich hatte das auch etwas Angenehmes. Sie hörten auf zu kämpfen. Von ihnen hing nichts mehr ab. Langsam wurde ihnen wohl.

Und Hesio fühlte sich jetzt ähnlich.

KAPITEL 19

Wela

Die Schule wurde, wie alles, jetzt teurer, in diesem Jahr betrug das Schulgeld schon sechzig Zloty im Monat. Wela lernte zum Glück so gut, dass sie eine Ermäßigung erhielt und nur die Hälfte bezahlte – natürlich von ihrem eigenen Geld.

Heute kam sie ganz aufgelöst aus der Schule.

Rywka hatte schon lange bemerkt, dass sich ihre Kinder sehr unterschiedlich verhielten, wenn sie aus der Schule kamen. Die Jungs warfen gleich an der Tür die Mappen hin, schimpften über die Lehrer oder Kameraden und erzählten gewöhnlich alles, ohne dass sie fragte. Nicht so die Mädchen, jedenfalls Wela.

Was war passiert?

Rywka stellte in aller Ruhe Wasser für einen Malzkaffee auf. Sie wusste: Je weniger sie fragte, desto mehr würde sie erfahren. Sie selbst hatte es nicht ausstehen können, wenn ihre Mutter in Nisko sich mit Fragen auf sie stürzte, sobald sie heimkam. Nervös trank Wela den Kaffee. Schließlich begann sie zu erzählen. Chaotisch, in Andeutungen. Rywka verstand anfangs nicht, was in der Lateinstunde so Schreckliches passiert sein sollte.

»Der Reihe nach, Welusia«, bat sie. »Mania, der du Nachhilfe gibst, ist an die Tafel gerufen worden und hat eine falsche Antwort gegeben, ja?«

Wela nickte.

»Mania hat alles durcheinandergebracht. Aber bevor die Lehrerin ihr eine Sechs gegeben hat, hat sie mich vor der ganzen Klasse fertiggemacht!«

»Was hat sie gesagt?«

Wela holte tief Luft.

»Na, Fräulein Stramer, und sie hat mir mit dem Finger gedroht, was bringst du ihr eigentlich bei?!«

Wela sagte das mit Tränen in den Augen, und Rywka musste sich auf die Lippe beißen, um nicht zu lächeln.

»An sich selbst hat sie nicht gezweifelt!«, sagte Wela zum Schluss.

Und gleich fühlte sie sich ein bisschen besser.

Als sie den Kaffee getrunken hatte, gab Rywka ihr ein paar Groschen, damit sie sich 50 Gramm Schinken und ein Brötchen kaufen konnte. Nicht koscher, aber ein wirksamer Trost. Denn Wela mochte Schinken sogar noch lieber als das italienische Eis aus dem Café von Pudelski.

Gut, dass ihre religiösen Großeltern in Nisko nichts davon wussten.

»Danke, Mama.«

Eigentlich hätte ja Rywka ihr danken müssen, denn sie war für einen Moment von ihren Sorgen befreit, lächelte und lachte sogar zum ersten Mal seit Hesios Flucht.

»Na, Fräulein Stramer«, sagte sie jetzt leise zu sich selbst und winkte vom Küchenfenster aus Wela zu, die schon auf dem Weg zum Fleischer war. »Was bringst du ihr eigentlich bei?«

Sie setzte sich an den Herd und wischte sich mit der Schürze übers Gesicht.

Der kleine Salek hatte sie einmal gefragt, warum die Leute auf Hochzeiten öfter weinten als auf Beerdigungen. Sie hatte dann jahrelang stolz die Worte ihres Sohnes wiederholt.

Jetzt erinnerte sie sich daran – und auch das erheiterte sie. Sie konnte sich nicht mehr zurückhalten. Immer lauter lachte sie und wischte hin und wieder mit dem Schürzenzipfel die Tränen weg.

KAPITEL 20

Salek

Salek sah in dem von Rudek geborgten zu großen Mantel mit hochgestelltem Kragen und dem aschgrauen Hut mit nach unten gedrehter Krempe nicht gerade aus wie ein revolutionärer Aktivist. Er sah nicht einmal wie ein Philosophiestudent der Jagiellonen-Universität im sechsten Semester aus.

Das war gut, denn er reiste als Bezirksleiter der Partei.

Sein Spiegelbild in der Scheibe, das sich über die fliehende Landschaft legte, erinnerte eher an seinen Vater. Jedenfalls an einen gewöhnlichen Passagier, der den morgendlichen Reisenden und Schaffnern des Zuges nach Tschenstochau nicht in die müden Augen stach. Und darum ging es.

Bisher war er zu Vorträgen höchstens ins kleinere Rybnik gefahren, aber auch dort brachte er es fertig, sich auf dem Weg vom Bahnhof zum Treffpunkt zu verlaufen.

Es genügte, dass er in Gedanken akademische ontologische Dilemmata oder Probleme des dialektischen Materialismus wälzte, oder dass er von Irka träumte. Nach einer Weile schaute er sich um und hatte keine Ahnung mehr, wo er sich befand.

Er tröstete sich damit, dass ihm das nicht als Erstem passierte. Moses hatte wohl auch keine gute Orientierung, da er vierzig Jahre brauchte, um die Juden durch eine Wüste zu führen, die auf der Landkarte nicht besonders groß aussah.

Aber wie stellte Rudek es an, dass er sich nie verirrte?

»Was die Orientierung im Raum betrifft«, hatte er einmal zu Salek gesagt, »da bist du Tabula rasa.«

Genauso war es in Krakau, obwohl Salek schon drei Jahre dort wohnte. Wie oft war er desorientiert auf dem Marktplatz hin und her gelaufen, vorbei an den Tuchhallen, an der Marienkirche, ohne zu wissen, auf welcher Seite er den Platz verlassen musste, um zur Universität, zu Rudek oder zu Irkas Eltern zu gelangen.

Nach ein paar Umkreisungen war er sich nicht einmal mehr sicher, woher er eigentlich gekommen war.

Wie zum Trotz kam es gerade dann vor, dass ihm Spitzel folgten. Die sicher allen Krakauer Aktivisten bekannten Kapusta und Macioł.

Salek hatte Irka davon erzählt, bei einem ihrer ersten Gespräche.

»Sie dachten bestimmt, du versuchst sie zu täuschen«, lachte sie.

Auf dem Marktplatz drehte Salek sich ständig um und schaute die Spitzel hilflos an, und diese hefteten den Blick auf eine Zeitung oder ein Schaufenster.

»Einmal wollte ich sie schon um Hilfe bitten«, gestand er.

»Eine hervorragende Idee.« Irka rückte Salek die runde Brille zurecht, die ihm von der Nase rutschte. »Die helfen Kommunisten immer gerne.«

Und sie fügte hinzu, am leichtesten sei es in Krakau zwischen zwei und drei nachmittags, »den Schwanz loszuwerden«. Denn da hätten die Funktionäre Mittagspause. Anfangs dachte Salek, Irka mache sich wieder über ihn lustig, aber bald stellte sich heraus, dass es stimmte.

Später flüchteten sie oft zu zweit vor den Spitzeln und liefen händchenhaltend durch Tore, Höfe und verwinkelte Gässchen, die Irka gut kannte. Nicht nur, weil sie »zu einer Aktion unterwegs« waren, sondern auch, weil sie nicht wollten, dass jemand sie beobachtete, wenn sie sich auf einer Bank in den Planty oder auf der Wiese beim Jordan-Park küssten.

Nach Tschenstochau fuhr Salek zum ersten Mal. Manche Dörfer draußen sahen aus wie auf Fotografien des 19. Jahrhunderts. Holzhäuschen, zerzauste Bauern in schmutzigen Pelzen, Kinder in zu großen Filzstiefeln. Da fehlte nur Irka mit dem Fotoapparat. Was war seit jener Zeit geschehen? Die Fremdherrschaft war vorbei, das Land war unabhängig, in Russland hatte die Revolution gesiegt. Und im Leben dieser Menschen?

Wenn er daran dachte, kamen ihm immer Zweifel. Schließlich war Polen ein Agrarland. Anders als Deutschland, das hauptsächlich ein Industrieland und daher nach Marx zum Ausbruch einer sozialistischen Revolution verurteilt war. Und in Polen versuchte die Partei nicht von ungefähr, auf Fahnen und Flugblättern eine »Arbeiter-und-Bauern-Allianz« zu beschwören.

Salek kannte die Uhrzeit der Versammlung und die Adresse des Treffpunkts, wo er seine Sachen lassen und übernachten sollte. Das Referat (*Gemeinsame Front: Die aktuelle politische Situation als Beweis dafür, dass allein der Kommunismus den weltweiten Faschismus aufzuhalten vermag*) konnte er auswendig. Jetzt wiederholte er nur leise die Losung, die er angeben musste, wenn die Tür aufginge:

»Ich soll Grüße von zu Hause ausrichten.«

Worauf der Hausherr (vielleicht auch eine Hausherrin?) antworten sollte:

»Wie geht es der Mutter?«

Sehr konspirativ.

Aber leider musste Salek nur seinen Namen sagen, und schon begannen die Fragen. Er hatte es viele Male durchexerziert. Sind Sie es, der aus dem Gefängnis geflohen ist? Wie haben Sie die Wächter getäuscht? Womit haben Sie einen unterirdischen

Gang gegraben? Wie ist es Ihnen gelungen, sich so lange zu verstecken, in Freiheit zu bleiben?

Dann die Enttäuschung: Ah, das ist dein Bruder, natürlich. Unwillkürlich gingen sie zum Du über. Der ältere Bruder natürlich?

Salek schüttelte den Kopf.

Und er sah, wie der revolutionäre Eifer in ihren Augen erlosch.

Übrigens wurden unglaubliche Geschichten über Hesio erzählt, dem von einem Urteil auf vier Jahre noch eines geblieben sei. Obwohl er angekettet gewesen sei, seien drei bewaffnete Wächter nicht mit ihm fertiggeworden. In seinem Versteck auf dem Land habe er nicht zu agitieren aufgehört, sondern den auf dem Feld arbeitenden Bauern das Kommunistische Manifest vorgelesen. Und auf nur ihm bekannte Art und Weise sei er der Razzia der Polizei entkommen, die das ganze Dorf so umstellt habe, dass kein Blatt mehr dazwischenpasste. Doch er sei verschwunden wie eine Stecknadel im Heuhaufen.

Ein Held unserer Zeit.

»So einen braucht jede Bewegung«, sagte sich Salek. Um sich davon zu überzeugen, müsse man nur in die erstbeste Kirche gehen und den ans Kreuz Genagelten betrachten.

Er erinnerte sich an den Augenblick, als er bei einem Kameraden aus der Nachbarschaft zum ersten Mal die Figur des Mannes am Kreuz gesehen hatte. »Der arme Herr. Was ist mit ihm passiert?«, wunderte er sich damals.

»Rudek, haben das wirklich wir ihm angetan?«, fragte er vor dem Einschlafen.

Und diese Heldenrolle war jetzt ihrem Bruder zugefallen …

Unter anderem deshalb – und wenn er ehrlich zu sich war, dann eigentlich nur deshalb – hatte er beschlossen, unter Pseudonym zu agieren. Das hatte er am Vortag bei der Versammlung der Bezirksabteilung Propagit der KPP verkündet, morgens um sechs Uhr in der Garncarska-Straße, in der Wohnung des Zahnarztes Dr. Schmaltzbach.

»Das ist sicherer«, hatte er gesagt.

Niemand hatte das in Frage gestellt, und es hatte niemanden gewundert, schließlich wechselten manche Genossen jede Woche ihre Pseudonyme, da kam man gar nicht hinterher. Manche kannten sich selbst nicht mehr damit aus. Und auch Salek wusste bei den Versammlungen bisweilen nicht, wer sich da an wen wandte.

Er wählte aus der Liste, die er tags zuvor gemacht hatte, »Gustaw« aus. Kurz schwankte er noch zwischen »Fred« und »Zygmunt«.

Es war nicht mehr das Spiel von früher, in Tarnów auf dem Sankt-Martinsberg.

Im ratternden Zug nach Tschenstochau erinnerte sich Salek an einige Szenen dieser Versammlung.

Man hatte über die organisatorische Arbeit geredet, über das Verfassen neuer Manifeste und die Plakatierung der Stadt zum Jahrestag der Oktoberrevolution. Die Idee, eine Erinnerungspostkarte zu zeichnen, sie dann zu fotografieren, zu vergrößern und zu vervielfältigen, war aufgekommen, doch sie war verworfen worden, weil es dafür keine Mittel gab.

Zahnarzt Schmaltzbach (Pseudonym »Heniek«), ein von Woche zu Woche nervöserer Gastgeber, unterbrach die anderen ständig und sagte immer wieder:

»Leiser. Die Wände haben Ohren.«

Irka kam zu spät, mit einer dunkelblauen Baskenmütze und einem hellen Mantel. Darunter trug sie ein schlichtes dunkelblaues Kleid, das übers Knie ging.

Die Versammlung leitete Sekretär »Majewski«, der kürzlich aus der Sowjetunion zurückgekommen war. Er saß als Einziger nicht geduckt am Boden, sondern hatte auf dem Zahnarztsessel Platz genommen. Auf der beweglichen Stütze hatte er seinen Kopf etwas zurückgelehnt. Jetzt stand er auf und begann seine Ansprache mit einem detaillierten Plan, wie man an die Offiziere der Armee herankommen könnte.

»Ich wende mich an die Zentrale mit der Bitte, uns für den Krakauer Bezirk zwei clevere Frauen zuzuteilen …«

»Aber keine kompromittierten Kommunistinnen«, rief aus dem Saal Perla, Pseudonym »Mańka«; Salek hatte sie schon an der Uni gesehen. »Und keine Jüdinnen!«

»Wir müssen Polinnen anwerben«, stimmte »Majewski« zu. »Damit ihre Kontakte zu den Offizieren keinen Argwohn wecken. Sie könnten auch dabei helfen, in den Betrieben und Fabriken, die fürs Militär produzieren, Zellen zu bilden. Das ist dringend nötig, wenn wir Sabotageakte durchführen müssen, für den Fall, dass Polen die Sowjetunion angreift.«

»Wie soll so eine Sabotage aussehen?«, fragte ein neben Salek sitzender Metallarbeiter mit sorgfältig gestutztem grauem Schnurrbart.

»Wincenty« – ein legendärer Veteran der Revolution von 1905.

Man erzählte sich, er lehne seit Jahren konsequent die Beförderung zum Meister, sogar zum Brigadeleiter ab. Damit die Fabrikarbeiter wüssten, er lasse sich von niemandem kaufen. Er diene der Revolution und nicht den Kapitalisten. Nicht alle glaubten diese Geschichte – sie war so wenig lebensnah.

»Wincenty« war auch dafür bekannt, dass er jungen Genossinnen gern ans Knie grapschte.

»Wir verunreinigen das Schießpulver und die für Militärfahrzeuge verwendeten Schmiermittel. Dabei verwenden wir eine spezielle Substanz, die innerhalb einiger Tage die Achsen und Lager zerstört. Lastwagen, Panzer, Kanonen – das ist dann alles nicht mehr zu gebrauchen.«

»Majewski« tat so, als hätte er die nächste Frage von »Wincenty« – nach dem Namen dieser Substanz – nicht gehört, und fügte hinzu:

»Im Falle eines Falles macht euch keine Sorgen, Genossen. Die Partei hat ihre Fühler überall, die gehen bis zum Generalstab.«

In diesem Augenblick winkte Irka Salek mit der offenen Hand. Am Ringfinger trug sie den Verlobungsring von ihm. Salek biss sich auf die Lippe, um nicht zu grinsen.

»Majewski« verteilte die Aufgaben. Er informierte »Gustaw« darüber, dass er in zwei Tagen nach Tschenstochau fahren sollte, um einen Vortrag zu halten. Salek begriff anfangs nicht, dass er gemeint war, aber dann sah er Irka traurig an. Er würde nicht zu ihren Eltern zum Mittagessen kommen können.

Bevor sich »Majewski« wieder in den Zahnarztsessel fallen ließ, wandte er sich noch an den Straßenbahnfahrer Gadomski.

»Pass bloß auf«, sagte er und zielte theatralisch mit dem Finger auf ihn. »Sonst droht dir ein Verfahren wegen unmoralischem Verhalten.«

»Was sagen Sie da?!« Gadomski sprang vom Boden auf. Er war nicht viel größer als Salek. Er streckte die Arme aus, als wollte er sich ergeben. »Wofür?«

Er sah sich im Saal um.

»Weiß die Partei über mich auch so viel?«, fragte sich Salek.

»Für die Ansteckung von Genossinnen«, sagte »Majewski«.

Gadomskis Augen füllten sich mit Tränen, er antwortete nicht.

»Das ist die letzte Warnung«, drohte »Majewski« ihm noch einmal.

Zum Schluss ergriff der Zahnarzt das Wort. Es war eher ein Flüstern. Er hatte Angst, sie könnten auffliegen. Er wollte seine Patienten nicht verlieren. Schon jetzt zitterten ihm bei jedem lauteren Geräusch von der Straße die Hände, was die Arbeit ziemlich schwer mache und tragisch enden könnte. Einen Tag nach der letzten Versammlung hatten ihn drei Polizisten besucht und gefragt, ob in seiner Praxis ein Mord geschehen sei. Natürlich habe er verneint, aber er hätte fast einen Herzinfarkt erlitten. Sie hätten sich noch eine Weile in der Praxis umgesehen und seien dann gegangen. »So weit ist es schon gekommen«, sagte er.

Deshalb bitte er darum, für künftige Versammlungen einen neuen Ort zu finden.

Bevor alle gingen, wurde traditionellerweise für die Partei gesammelt. Salek warf einen Zloty hinein, Irka zwei. Die Büchse war eine andere als sonst. Ihre Form erinnerte beide an die Blechbüchsen des Jüdischen Nationalfonds Keren Kayemeth, die in vielen jüdischen Häusern hingen. Man warf Geld hinein, das dafür bestimmt war, von arabischen Besitzern das »einst Abraham von Gott versprochene Land« zurückzukaufen. War es vielleicht einfach eine Büchse, die jemand von zu Hause mitgebracht hatte? Ob er dann vorher den Inhalt geleert hatte?

Wie immer hatten sie den Saal getrennt verlassen, im Abstand von zwei, drei Minuten, um keinen Verdacht zu wecken. Salek war vor Irka hinausgegangen und hatte auf einer Bank an der Straßenbahnhaltestelle gewartet. Das neue Pseudonym gefiel ihm. Und er selbst gefiel sich damit ebenfalls. Und Irka? Sie hatte sich neben ihn gesetzt.

Jetzt im Zug sah Salek das Spiegelbild von »Gustaw« in der

Fensterscheibe. Er betrachtete ihn wie einen Fremden, einen Romanhelden. Oder betrachtet da vielleicht Gustaw ihn, Salek?, dachte er.

»Liebst du Mickiewicz so sehr?«, hatte Irka gestern an der Haltestelle gefragt. »Dann könntest du ja auch Konrad sein?«*

Ihm wurde warm. Er nahm den Hut ab und knöpfte den dicken Mantel von Rudek auf.

Nachdem Rudek Vater geworden war, war Salek, der bisher bei Rudek und Ruth gewohnt hatte, ausgezogen, um die beiden nicht länger zu belasten (und Platz zu machen für das Bettchen und eine Kinderfrau). Rudek hatte ihm geholfen, eine billige Wohnung in Kazimierz zu finden. Zwei Zimmer im Souterrain, wie aus einer Erzählung der Orzeszkowa. Er teilte sie mit einem Tarnower Freund von Rudek, mit Benek Laubhart, den fast jede Nacht Frauen besuchten.

»Wie machst du das?« Salek war beeindruckt. Schließlich hörte er durch die dünne Wand alles, und er musste zugeben, dass Benek im Bett echte Erfolge erzielte.

Benek zuckte nur die Schultern.

»Na, sag schon.«

»Ich mag die Mädchen und bin nicht wählerisch«, erwiderte er. »Ich nehm's, wie's kommt. Mal eine Prinzessin, mal ein Hund.«

Das war sein Lieblingssprichwort. Die einen sagten: »Das Glück ist blind«, andere: »Mal ist man oben, mal unten«, und Benek sagte immer: »Mal eine Prinzessin, mal ein Hund.«

* Anspielung auf das Drama *Die Ahnenfeier* (*Dziady*) von Mickiewicz. In diesem zentralen Drama der polnischen Romantik hat die Verwandlung von Gustaw in Konrad, von einem Werther'schen in einen Byron'schen Helden, hohe symbolische Bedeutung.

Für Beneks Unterhalt in Krakau und seinen Teil der Wohnung kamen die Eltern seiner Tarnower Verlobten auf. Salek kannte sie natürlich vom Sehen. Franka war die ältere Schwester von Lotka, Hesios Freundin.

Klein und gebeugt, mit Brille, mochte sie in Rudeks Alter sein. »Zu ihrem und meinem Unglück hat sie nicht viel von ihrer jüngeren Schwester«, beklagte sich Benek. »Dafür aber ziemlich viel von ihrem berühmten Onkel, Karol Radek.«

Salek erinnerte sich, dass man sich früher erzählt hatte, sie würde eine berühmte Pianistin werden. Aber das war nicht geschehen.

»Wenn sie sich ans Klavier setzt, geht man besser aus dem Haus.« Allein wenn er daran dachte, hielt Benek sich die Ohren zu.

Ihr Vater hatte Franka nach dem Abitur nach Wien geschickt, auf die Hochschule für Außenhandel. Und nach ihrem Abschluss dort sollte sie nach Florenz gehen und ein beliebiges Studium beginnen.

»Das machen viele reiche Familien«, erklärte Rudek Salek. »Nach dem Magisterstudium im Ausland schicken sie ihre Kinder für eine Weile nach Italien. Denn ›Magister‹ ist auf italienisch ›dottore‹. Das kannst du im Wörterbuch nachschlagen. Du musst dich nur zum Beispiel in Florenz bei einer Hochschule einschreiben, und du bekommst ein Papier, dass du ›dottore‹ bist. Dann kannst du als Doktor nach Tarnów zurückkommen.«

Und Franka war jetzt Buchhalterin in der Firma ihres Vaters, der sie vor Kunden und Mitarbeitern nie anders nannte als »meine liebe Frau Doktor«.

»Sie sollte sich freuen, dass sie überhaupt Arbeit hat«, sagte Rudek. »Bekannte von mir, vor allem Juristen, sind glücklich, wenn man sie auf Kaffee und Kuchen für vierzig Groschen einlädt.«

Franka schickte Benek einmal die Woche ein Paket mit Essen (das er, muss man zugeben, gerne mit Salek teilte).

»Und das ist das Beste an ihr«, sagte Benek.

»Du bist ein Schwein«, erwiderte Salek.

»Wenn es dir nicht gefällt, dann iss nicht.«

»Das wird noch schlecht enden. Du wirst sehen.«

Benek schüttelte den Kopf. Sein schöner schwarzer Schopf verdeckte ihm fast die Augen.

»Ein ganz normaler Hochstapler«, erzählte Salek Irka und tat alles dafür, dass die beiden sich nicht begegneten. Warum sollte er das riskieren? Da er selbst ja am besten wusste, wie Irka auf Männer und wie Benek auf Frauen wirkte. Groß, gutaussehend und angenehm, nicht nur als Gesprächspartner. Zu allem Überfluss trug er in letzter Zeit eine modische Fahrradmütze, ein Geschenk seines künftigen Schwiegervaters, der diese Mützen jetzt im Angebot hatte.

»Ich besorge dir eine, willst du?«, schlug er vor.

»Nein, danke.«

»Und für den halben Preis?«

Seit seinem Umzug nach Krakau kleidete sich Salek wie alle anderen, um nicht aufzufallen. An jeder zweiten Ecke saßen zwei Philosophiestudenten wie er, zwei Angestellte wie Rudek, ganz zu schweigen von den Beneks, von denen Krakau überflutet war, als wären sie aus ganz Polen hierhergekommen.

Das Gleiche konnte man über die Frauen sagen: Eine Hälfte sah aus wie Marlene Dietrich, die andere wie Greta Garbo. Salek konnte kaum die Augen von ihnen lassen.

»Wahrscheinlich verirre ich mich deshalb«, erklärte er Rudek.

Die Frauen saßen oft allein an den Fenstern der Cafés und

Restaurants und rauchten eine Zigarette. Auch im Kabarett hatte Salek sich Frauen angesehen. Im vergangenen Jahr hatte Rudek ihn zum Auftritt eines Freundes aus Tarnów mitgenommen – Karol Szpilman, der Sohn des Besitzers der Kerzenfabrik.

In Tarnów war Karol während der ganzen Zeit im Lyzeum traurig hinter Rena her gewesen. Jetzt sang er in Krakau auf der Bühne mit künstlichem Lächeln und einem gespielten jüdischen Akzent, den in seiner reichen, assimilierten Familie schon lange keiner mehr hatte.

Ich weiß nicht, was besser ist, dachte Salek, als er ihn hörte.

Was braucht der Jud, um sich gut zu fühlen?
Er braucht einen Baum zum Weihnachten spielen,
Dass der Sohn gesund bleibt, in die Schul geht mit vielen,
das braucht der Jud, um sich gut zu fühlen.

Nach dem Auftritt setzte sich Karol zu ihnen an den Tisch. Rudek bestellte eine Flasche Wodka. Sogar einen aus Lemberg, von Baczewski. Wahrscheinlich wollte er sich beim alten Szpilman revanchieren, der ihm die Arbeit im Kerzen-Syndikat besorgt hatte. Salek trank nur drei Gläschen, er hatte am nächsten Morgen eine Versammlung. Auch Rudek musste früh aufstehen, aber er hielt trotzdem Schritt mit Karol, der nicht so viel vertragen konnte wie er.

»Nach jedem Auftritt lerne ich irgendein Mädchen näher kennen«, erzählte Karol und zwinkerte. »Gehe ich arbeiten, lerne ich eine kennen. Gehe ich nicht, dann nicht. Ganz einfach.«

Er war auf die Reaktion der Stramer-Brüder gespannt, darauf, welchen Eindruck sein neues Leben in der Krakauer Boheme auf sie machte.

»Ich spendiere ihnen ein Glas Wein, und dann fahren wir mit der Droschke zu mir.« Karol gestikulierte, als wäre er immer noch auf der Bühne. »Ich trete vier Mal die Woche auf, das macht durchschnittlich sechzehn Frauen im Monat.«

Die Stramer-Brüder sahen sich an.

»Gut.« Karol stand überraschend auf, wobei er fast den Stuhl umstieß.

Er stand einen Moment lang reglos da, als wartete er auf Beifall.

»Zeit, aufs Klo zu gehen«, sagte er schließlich.

»Was glaubst du, wozu erzählt er uns das?«, fragte Salek, als sie zu zweit am Tisch saßen. »Will er, dass wir Rena sagen, dass er Erfahrung gesammelt hat?«

Und er lachte über den eigenen Scherz. Auch er vertrug nicht so viel wie sein älterer Bruder.

»Was macht dieses Krakau mit den Menschen …« Rudek dachte dabei auch an andere Bekannte und Freunde, unter anderem an Benek Laubhart. »Aber der hat wenigstens vom Vater richtig rechnen gelernt. Sechzehn – das ist nicht gerade wenig.«

Als Karol zurückkam, war er weniger selbstsicher.

Er vertraute ihnen an, dass er sich nach der Geschichte mit Rena, seitdem sie mit Rechtsanwalt Zawadowski zusammen war, geschworen hatte, er würde sich nie wieder verlieben.

Die Stramer-Brüder nickten verständnisvoll, was hätten sie auch tun sollen? Rudek schaute bei der Gelegenheit auf die Uhr.

»Aber stattdessen verliebe ich mich ständig«, sagte Karol traurig.

Sie tranken den Wodka aus und verließen das Kabarett.

Auf dem Heimweg erwartete sie die hin und wieder von Gesang unterbrochene Fortsetzung von Karols Monolog. Zuerst erfuhren sie, dass die Leute ihn mochten, dann dass sie ihn nicht mochten, und zum Schluss, dass er ihnen gleichgültig sei.

Sie waren erleichtert, als sie ihn nach Hause begleitet hatten.

Jetzt gingen sie zu zweit durch die Krakauer Nacht. (Rudek ging lieber zu Fuß, obwohl er sich eine Droschke hätte leisten können.) Und sie fühlten sich gut zusammen. Wie früher, wenn sie als Jungs durch Tarnów liefen. Sie mussten dabei nicht sprechen. Im Licht der Laternen sahen sie den Nieselregen, das glänzende Straßenpflaster, wichen den Pfützen aus. In all den Jahren hatte sich viel verändert, in ihnen und um sie herum, doch sie gingen immer noch zusammen durch die Stadt. Und Salek blickte immer noch zu seinem älteren Bruder auf, mit dem er sich keine Sorgen machen musste, wie er wohin gelangen sollte. Von dem ganzen Abend erinnerte er sich am besten an diesen nächtlichen Spaziergang, wahrscheinlich, weil Rudek ihn mit einer peinlichen Frage zu Irka überrascht hatte.

Gegen Morgen hatten Schreie Salek aufgeweckt. Rudek war verkatert und machte seiner Frau eine Szene. Diesmal ging es um neue Schuhe. Er zeigte ihr, wie sie gehen sollte, um die Absätze nicht so schnell abzunutzen. Sie müsse die Beine mehr anheben, endlich zu schlurfen aufhören!

Salek grinste, weil ihm jetzt im Zug einfiel, wie er gleich nach dem Umzug nach Kazimierz Benek Laubhart gefragt hatte, warum er seine Verlobte nicht nach Krakau hole. Es musste am ersten Tag gewesen sein, bevor er hörte, was in der Nacht hinter der Wand seines Mitbewohners geschah.

»Eulen nach Athen tragen?!«

Benek hinterließ überall Unordnung. Er spülte sein Geschirr nicht und legte selten die Dinge an ihren Platz. Vielleicht trugen die in der ganzen Wohnung herumliegenden Hemden, Jacken und Krawatten dazu bei, dass Salek seinen Stil erneut änderte.

Natürlich fand Salek weiterhin und versuchte auch die Geschwister davon zu überzeugen, dass es darauf ankam, was man in sich habe, und nicht, was man anhabe.

»Wenn du innerlich interessant und fortschrittlich bist, musst du das nicht äußerlich zeigen.«

Aber dieses Prinzip funktionierte offensichtlich nicht überall, und ganz bestimmt nicht in Krakau.

Salek begann, die Hemden mit offenem Kragen zu tragen und dazu farbige Schals – gelbe und rote.

Er dachte jetzt daran, immer mindestens ein farbiges Teil zu tragen. Dieses Prinzip hatte er von Benek übernommen. Nur wenn er konspirativ unterwegs war, beherzigte er es nicht.

Er hatte auch zu rauchen begonnen, wie Benek.

Im zweiten Studienjahr ging er zu einem Optiker, weil er bei den Vorlesungen, selbst wenn er in der ersten Reihe die Augen zusammenkniff, nicht mehr lesen konnte, was die Professoren an die Tafel schrieben. Dann erinnerte er sich an das Geschrei seines Vaters:

»Hört auf zu lesen, ihr Blindschleichen! Wollt ihr irgendwann diese verdammten Brillen tragen?!«

Salek war seit fast zwei Monaten nicht mehr in Tarnów gewesen, weil er die Wochenenden mit Irka verbrachte. Oft im Sommerhaus ihrer Eltern außerhalb der Stadt. Morgens machten sie Spaziergänge im Wald, später aßen sie auf der Veranda zu Mittag und führten politische Diskussionen mit Irkas Eltern, und nachmittags lagen sie in Decken gewickelt auf Liegestühlen und lasen einander laut aus Büchern und Zeitungen vor.

»Salek, du musst wissen, dass Papa einen schwerwiegenden Fehler hat«, sagte sie mit trauriger Miene vor allen Anwesenden beim ersten Essen, als Salek ihre Eltern kennenlernte. »Er geht gern ins Theater, zu Konzerten und Vernissagen.«

Ja, sie wusste, wie sie die anderen erheitern konnte. Und vor allem ihren Vater – den bekannten Krakauer Rechtsanwalt, den Sozialisten, der wie ein Szlachcic aussah, mit seiner schwarzen Haarpracht und seinem Schnurrbart, noch dichter und länger als der von Piłsudski, in dessen Polnischen Legionen er übrigens während des Krieges gedient hatte. Wahrscheinlich war er ihm damals so ähnlich geworden.

Ob er früher auch nicht jüdisch ausgesehen hat?, fragte sich Salek.

Er wusste, dass er nie wie Irkas Vater aussehen würde. In Krakau sagte man: »Der Frack sitzt in der dritten Generation am besten.« Und der Schnurrbart?

Er hätte seine Verlobte schon lange seinen Eltern vorstellen sollen, aber etwas hielt ihn ab. Was eigentlich?

Rudeks Frau Ruth hatten die Eltern sofort in die Familie aufgenommen, und sie behandelten sie wie eine dritte Tochter.

Aber wer war Irkas Vater, vor dem sich Unbekannte in den Straßen von Krakau verbeugten, und wer war sein Vater?

Salek lag vor allem daran, dass Irka seine Mutter kennenlernte. Irka wusste schon, wie sie aussah, denn das Foto seiner Mutter, das er am Tag des Umzugs von Rudek bekommen hatte (er hatte es geschafft, sie zum ersten Mal im Leben zum Fotografen zu bewegen!), hing über dem Schreibtisch in seiner Wohnung. Was Benek sofort kommentierte:

»Nicht schlecht, aber ist die nicht zu alt für dich?«

Wie hätte ihre Begegnung mit Irka aussehen können?

Schließlich würden sie nicht mit der Droschke in die Goldhammer-Straße 20 fahren.

Schämte er sich für sein armes Elternhaus oder für seine reiche Verlobte?

Und was wäre, wenn Irka in der Goldhammer-Straße aufs

Klo gehen wollte? Und begriffe, dass ihr Verlobter sein Leben lang auf einen stinkenden Abort im Hof gegangen war?

Diese Fragen verschoben die Fahrt nach Tarnów von Woche zu Woche.

Irka hatte zum 20. Geburtstag von ihrem Vater einen Fotoapparat bekommen, die ersehnte Rolleiflex. Schwarz, rechteckig, elegant. Sie trug sie in einem Lederetui am Hals. Sie passte zu ihr, zu ihren schwarzen Augen und schwarzen Haaren, die sie hinters Ohr schob.

»Das ist meine neue Halskette«, sagte sie.

Oder sie hängte die Rolleiflex über die Schulter – wie eine elegante Tasche.

Wie viel hatte sie gekostet? Das wollte sie Salek nicht sagen.

In ihrem Leben erschienen jetzt neue Wörter. Blende, Belichtungszeit, Verschluss, Tiefenschärfe, Lichtempfindlichkeit. Für Salek hatten sie etwas Aufregendes.

Die Welt sah durch das Objektiv anders aus. Und es hing nur von ihnen ab, welchen Ausschnitt sie auf einem der zwölf Bilder für immer fixieren würden.

»Ihr interessiert euch mehr für die Welt«, sagte Rudek einmal zu ihnen, »als die Welt sich für euch.«

Salek hatte den Eindruck, dass Rudek sich nicht wirklich über seine Beziehung zu Irka freuen konnte. Einerseits riet er Salek:

»Eine hervorragende Partie. Heirate sie, Bruder.«

Und andererseits konnte er sich hin und wieder, wenn er sie zusammen glücklich sah, nicht beherrschen, seine kleinen Sticheleien nicht zurückhalten. Er nannte sie dann »das Brautpaar« und fragte: »Was macht der Klassenkampf?« Als wollte er einen Riss in ihr Glück ritzen.

Ging es vielleicht darum, dass er sich mit seiner Frau immer öfter stritt? Oder um das Vermögen, das die Familie von Irkas Vater seit Generationen angehäuft hatte, während Rudek seit der Geburt seines Kindes wieder sparen und Ruth zu Hause Kostüme und Mäntel flicken musste?

Irka fotografierte Salek im Liegestuhl in seinem neuen weißen Hemd mit offenem Kragen, beim Lesen von Hegels »Phänomenologie des Geistes« im Original. Oder in angeschmutzten Kleidern, während er mit Bodo, ihrem Deutschen Schäferhund, spielte. Wie er auf einer Parkbank saß, neben dem Etui für den Apparat (»Es hat die ganze Komposition versaut!«), wie er in die Ferne blickte, mit dem Hut von Irkas Vater, einem flachen Panama mit schwarzem Band.

»Bitte lächeln, du bist meine Muse. Bitte lächeln, Mona Lisa«, sagte sie und rückte mit dem Belichtungsmesser näher an sein Gesicht. »Blende fünf und sechs, Zeit ein Sechzigstel.«

Es kam vor, dass sie durch Krakau gingen und einander den Apparat aus den Händen rissen, weil jedes in diesem Moment etwas anderes fotografieren wollte.

Für den Studentenausweis machten sie voneinander ernsthafte Porträts im Profil, vor einem Laken, das sie in Irkas Zimmer aufgehängt hatten. Das war Rudeks Idee gewesen.

»So müsst ihr kein Geld für den Fotografen verschwenden«, hatte er geraten.

»Ich hab schon genug davon, Krakau zu fotografieren«, hatte Irka unlängst gesagt. »Vielleicht fahren wir nach Tarnów? Und machen dort Bilder?«

»Gut«, beschloss er jetzt im Zug. »Nächsten Samstag stelle ich Irka den Eltern vor.«

Und sofort war er beruhigt.

In Gedanken wiederholte er noch einmal einen Teil seines heutigen Vortrags. Natürlich sprach er immer frei. Dass das wichtig sei, hatte er schon lange begriffen, bei einer Veranstaltung mit einem alten Kommunisten mit Zwicker, Pseudonym »Graf«, der seine Vorlesung begann, indem er ablas:

»Genossen! Wenn ich euch alle anschaue, eure edlen Gesichter …«

Das genügte, und alle lachten, statt zuzuhören, was er über die Bedingungen einer für die Revolution günstigen Situation zu sagen hatte.

»Die Geschichte erzähle ich bei Gelegenheit Irkas Eltern am Tisch«, beschloss Salek. »Vielleicht kennen sie den ›Grafen‹, er war ja auch in den Legionen.«

Irkas Vater summte immer wieder ein Lied aus jener Zeit. Vor allem wenn er dachte, er sei allein auf der Veranda. War ihm klar, wie falsch das klang, oder schämte er sich eher dafür, was aus den Legionen geworden war? Dafür, dass die ehemaligen Legionäre, mit denen er für die Unabhängigkeit gekämpft hatte, jetzt politische Gegner waren und sich gegenseitig ins Gefängnis steckten?

Dennoch hörten Irka und Salek von der Veranda häufig die Zeilen:

Die Legionen – das ist das Soldatenleben,
Die Legionen sind der Kühnen Los …

»Für uns war das wie für euch das Abenteuer mit der illegalen Partei«, erklärte er ihnen.

Doch auf die Frage, warum er dann nicht Kommunist werden wollte, erwiderte er:

»Der Kommunismus beschäftigt sich mit den Menschen als

Masse, und der Sozialismus kümmert sich um jeden Einzelnen.«

Salek legte den Hut in den Schoß, lehnte den Kopf ans Fenster. Es holperte. Plötzlich war er in Tarnów, auf dem Platz vor dem Rathaus. Wo normalerweise der Markt stattfand. Salek war vielleicht sieben oder acht. Er drängte sich durch die Menschenmenge, aber an diesem Tag verkaufte niemand etwas. Plötzlich wurde es still auf dem Marktplatz, und alle knieten nieder. Alle außer ihm.

Mitten über den Marktplatz fuhr ein eleganter offener Wagen mit dem in Violett gekleideten Bischof, vielleicht sogar Erzbischof.

Aber die betenden Leute schauten nicht auf den Bischof, sondern auf Salek. Er spürte auf den Armen ihre Hände, die ihn nach unten ziehen wollten.

»Nicht ich bin anders!«, rief er. »Nur ihr seid alle gleich!«

Er wachte auf und sah sich erleichtert im Abteil mit den angelaufenen Scheiben und den ruhigen Gesichtern der Passagiere um, die eingestiegen sein mussten, während er schlief. Hatten sie gehört, wie er geschrien hatte?

Eine zahnlose Alte mit geblümtem Kopftuch lächelte ihm zu.

Der Zug drosselte das Tempo.

»Tschenstochau?«, fragte er.

»Ja«, sagte sie.

Rasch knöpfte er den Mantel zu, setzte den Hut auf und sagte: »Auf Wiedersehen.«

Am Bahnhof sah er sich nach dem nächsten Ausgang um.

»Gustaw?«, sprach ihn ein Mann aus der Menge an.

Salek nickte. Also hatten sie jemanden geschickt. Vielleicht hatte die Partei sie informiert, dass ich mich manchmal verirre.

Aber der Mann war schon weitergegangen und verschwunden. Salek war sich nicht einmal sicher, wie er genau aussah. Sollte er ihm nachlaufen oder am Bahnsteig warten?

Kurz darauf traten zwei Offiziere an ihn heran.

»Du bist verhaftet.« Und sie fassten ihn an den Armen.

KAPITEL 21

Rena

Rena drehte die Kurbel und legte eine Platte mit Tango auf. Das Grammophon hatte sie nach ihrem letzten Gespräch über den Umzug nach Krakau von Mieczysław erhalten. Nachdem sie ihm gesagt hatte, sie halte es nicht länger aus. In der Stadt, wo alle alles über sie wüssten und drei Straßen weiter seine Frau und seine Kinder lebten. Rena musste nur aus dem Haus gehen, auf den Markt, zu einer Versammlung der Internationalen Hilfsorganisation für Revolutionäre oder zu ihren Eltern, und fast immer traf sie auf Mieczysławs Familie.

»Lass uns wegziehen«, hatte sie gebeten. »Wir könnten in Krakau eine kleine Wohnung mieten, ein Zimmer mit Küche.«

Stattdessen hatte sie ein Grammophon bekommen. Als dächte Mieczysław, damit könnte er sie hier festhalten. Mit diesem Grammophon, das selbst aussah, als wollte es sich auf die Reise machen, in seinem Köfferchen.

Mieczysław wollte aus den gleichen Gründen in Tarnów bleiben, aus denen sie wegwollte. Er wollte in der Nähe seiner Töchter sein, und sie konnte es ihm nicht verdenken.

»Das geht vorbei, Rehlein, das vergeht wie der Regen von gestern. Wir müssen nur abwarten. Es wird sich wieder aufheitern.«

Doch es regnete weiter, und Mieczysław trank weiter, und zwar immer mehr.

Rena öffnete den Schrank, betrachtete sich im Spiegel der Tür und tanzte einen Moment mit ihrem Spiegelbild. Dieser

Anblick war es, den Mieczysław so begehrte. Das erste Mal, als er ihr die Bluse aufknöpfte und ihre Brust zu küssen begann, fragte sie:

»War's das? Darum ging es dir?«

Er war fast beleidigt.

Aber sie wusste ja auch nicht wirklich weiter, trotz seiner Beteuerungen. War es von seiner Seite wirklich etwas Ernstes? Und wusste er das selbst?

»Es wird ein bisschen wehtun«, sagte er vorsorglich, als sie zum ersten Mal ins Bett gingen.

Kurz danach bemerkte sie zum ersten Mal Paare, bei denen der Mann aus der sogenannten »Wiederverwertung« stammte (diesen Begriff hatte sie bei ihrer Freundin Gizella gehört). Vorher hatte sie nicht darauf geachtet, aber jetzt kam es ihr vor, als sei Tarnów voll von solchen Männern.

Auf der Straße ging sie an Paaren vorbei und überlegte, ob der Mann, der hier mit einer Frau am Arm spazierte, für sie Frau und Kinder verlassen hatte. Wer war wohl das Opfer ihres Glücks?

»Sei nicht melodramatisch«, bat Mieczysław, als sie ihm das erzählte.

»Und warum trinkst du?«, erwiderte sie. »Immer musst du die Flasche leeren.«

»Die Leiden des alten Werther«, lächelte er.

Zu allem Überfluss lief auf dem Grammophon gerade der »Betrunkene Tango« vom Dano-Chor. Warum passte die Musik manchmal auf so idiotische Weise zum Leben?

Morgen wird's wieder trist und Moll,
und wieder werden sehnsuchtsvoll
die Augen in die Ferne blicken.

Rena beschloss, was sie heute Mieczysław sagen würde. Natürlich nicht sofort, wenn er aus der Kanzlei käme. Zuerst sollte er ein wenig ausruhen, ein Bier trinken, in aller Ruhe das Abendessen zu sich nehmen, das sie gleich machen würde.

Sie würden reden wie immer, aber nicht über ihre Beziehung, um sich nicht zu streiten. Über irgendein unverfängliches Thema. Etwas, worin sie beide übereinstimmten, oder eben, womit sie beide nicht einverstanden waren. Über die Krise im Land: die Verhaftungen vor der Wahl, die Rechtsbrüche durch das Regime der Obersten und den Diktator Piłsudski. Über den Angriff auf den Anführer der Tarnower Sozialisten, Adam Ciołkosz, und dessen Verhaftung. Mieczysław und Rena hatten Arm in Arm für seine Freilassung protestiert. Es war einer ihrer ersten öffentlichen Auftritte gewesen. Hatte er etwas gebracht? Abgesehen davon, dass sie in der Menschenmenge auf Mieczysławs Frau getroffen waren?

Rena kam es vor, als starrten sie die anderen Demonstranten ebenfalls an, als wäre sie zumindest an der Verhaftung von Ciołkosz schuld. Als hätten sie sich versammelt und marschierten nun durch die Stadt, um gegen sie und ihre Beziehung zu Mieczysław zu demonstrieren. Sie bekam Bauchweh, ihr war zum Heulen. Und sicher hätte sie geweint, wäre da nicht die Polizei gewesen, die zu schießen begann und die Demonstranten vertrieb.

Nach dem Abendessen würde Mieczysław sich eine Zigarette anstecken.

»Liebster«, würde Rena sagen und ihm in die Augen schauen. »Das ist sogar aus mathematischer Sicht sinnlos. Drei Personen sind unglücklich, damit zwei glücklich sein können, denen dies sowieso nicht gelingt.«

Vorläufig sprach sie zu dem angelaufenen Spiegel in der Schranktür.

»Wenn du nicht mit mir wegziehen willst, gehe ich allein. Ich komme schon zurecht. In Krakau habe ich Rudek und Salek, sie werden mir helfen. Ich will sowieso studieren.«

Und Mieczysław würde sich sofort die Studenten und Professoren der Jagiellonen-Universität vorstellen, die sich nach Rena umdrehen würden.

Vielleicht würde ihn das davon überzeugen, mit ihr zu gehen.

Und was würde Mama ihr raten? Rena würde sie gern fragen. Sie würde gern in die Goldhammer-Straße gehen, wenn Vater nicht da und Nusek und Wela in der Schule wären. Sich an den Küchentisch setzen, einen Malzkaffee trinken und von allem erzählen.

Sicher würde Rywka sich einen Moment Zeit nehmen zwischen dem Kochen für die Mittagsgäste, dem Aufräumen und dem Gang ins Gefängnis, wo sie Päckchen hintrug. Zwischen den Sorgen um Nusek, der nicht in die Schule wollte, um Hesio, der im Gefängnis saß, und um Vater, der nicht vom Bett aufstand.

Neulich in der Goldhammer-Straße hatte Rena sich nicht getraut, das Thema anzusprechen. Sie spürte, dass kein Raum dafür war in dieser engen Wohnung. Die einst voller Kinder und jetzt voller Sorgen um diese Kinder war. Sie wartete darauf, dass ihre Mutter selbst davon anfangen würde. Doch die verletzte sich am Finger, als sie Möhren schnitt. Rena konnte sich nicht erinnern, dass ihr das früher passiert wäre. Rena schnitt dann für sie weiter die Möhren und Petersilie für die Suppe.

An jenem Tag hatte ihre Mutter sie gar nichts gefragt, was sie und Mieczysław betraf. Nur eine ganz andere Sache.

Ob es zu Renas Zeit auch solche Lieder gegeben habe, wie Nusek sie jetzt von der Schule mitbrachte?

»Was für welche?«

»Na, weißt du …«

»Ku-ku-ru?«, lachte Rena. »Von den Tauben, die sich betrügen?«

Rywka schüttelte den Kopf.

»Schlimmer«, sagte sie und rief durch das Küchenfenster nach Nusek. Der kam dann angelaufen, mit seinem Freund, Lolek Szpeda. Rena roch die Zigaretten.

»Mama, was ist mit deinem Finger passiert?«, fragte er.

Auf Rywkas Bitte begannen die beiden zu singen:

In die Armee kam der Itzig
Au weh bums
Und das war gar nicht witzig
Au weh bums
Er sah ein Eichhörnchen oben hoch
Au weh bums
Das zeigte ihm sogleich sein Loch
Au weh bums

Und dann fingen sie mit dem nächsten Lied an:

Srulek wurde eingezogen
Doch der Säbel, stark gebogen …

»Hört auf, das reicht.« Rywka konnte den Quatsch nicht länger hören.

Als die beiden wieder hinter dem Schuppen verschwunden waren, erzählte die Mutter Rena von der Musterungskommission, bei der sich Nusek wie jeder Schüler der ersten Klasse der Berufsschule vorgestellt hatte.

»Name?«

»Stramer.«

»Vorname?«

»Nissen.«

»Konfession?«

»Jüdisch.«

»Muttersprache?«

»Polnisch.«

»Nationalität?«

»Jüdisch.«

»Meine Herren«, wandte sich der Feldwebel an den Rest der Kommission, die an dem mit einem abgenutzten grünen Tuch bedeckten Tisch saß. »Das widerspricht sich, da stimmt was nicht ... Muttersprache Polnisch und Nationalität jüdisch?«

Die anderen nickten mit müden Köpfen.

Und er änderte die Nationalität in »polnisch«.

Nusek protestierte nicht. Er empfand es als Auszeichnung, dass er so gut abgeschnitten hatte. Und wohl deshalb salutierte er zum Schluss.

»Melde gehorsamst, trete weg«, sagte er.

»An einen leeren Kopf legt man nicht die Hand«, erwiderte der Feldwebel.

Warum sollte Nusek Pole sein? Warum lag ihnen so viel daran? Nathan tat das zuerst ab wie üblich: »Habt ihr keine anderen Sorgen?« Doch später lief er den ganzen Abend zwischen Ofen und Fenster hin und her und zerbrach sich darüber den Kopf. »In letzter Zeit sagt man ja, wir sind alle Polen, nur die Religion trennt uns. Geht's vielleicht darum? Weiß der Geier. Oder bei denen in den Papieren steht, dass wir Polen waren, bevor wir Juden wurden? Nein, es ist eher umgekehrt.«

Rena wusste es auch nicht. Außerdem hatte sie anderes im Kopf und gar keine Lust, darüber nachzudenken. Erst Rudek, der am Samstagabend mit Ruth und der einjährigen Róża nach Tarnów kam, erklärte ihnen, es gehe einfach um die Statistik. Das sei die Politik der neuen Regierung, die daran Interesse habe, dass der Prozentsatz der Polen in der Gesellschaft möglich hoch sei.

»Das dachte ich mir«, sagte Nathan.

Rywka verstand nicht ganz, hatte auch nicht alles gehört, denn sie hielt ihr Enkelkind auf dem Arm, und dann hörte die Welt für sie auf zu existieren, nicht nur, wenn die Kleine ihr ins Ohr weinte. Aber ihren ältesten Sohn betrachtete sie mit Bewunderung. Hatte sie ihn je anders betrachtet? Jedes Mal, wenn er kam, beruhigte sie sich. Rudek wusste immer alles. Und er hatte alle daran gewöhnt, dass alles so war, wie er sagte. Sogar Nathan hatte sich damit abgefunden.

KAPITEL 22

Rudek

»Gar nicht lang her, dass ich deinen Papa im Arm hatte«, sagte Rywka zu der kleinen Róża.

Róża hörte zu weinen auf und lächelte. Die ganze Familie war verliebt in sie. Am meisten angeblich ihre Krakauer Kinderfrau, von Ruth Oma genannt, die Rywka nicht kannte.

Die Kleine hatte etwas an sich, das sogar Nathan veranlasste, mit ihr über den Boden zu krabbeln und den Hund zu geben. Rywka konnte sich nicht erinnern, dass er jemals mit einem der Kinder so gespielt hätte. Rudek hatte dafür eine Erklärung:

»Mama, das macht er deshalb, weil Róża dir so ähnlich sieht.«

Schon lange hatte sie nicht mehr etwas so Schönes gehört.

Rywka überlegte, ob sie mit Ruth reden sollte. Ob ihre Schwiegertochter wohl wusste, dass man dem Kind am besten das zu essen gibt, was man selbst isst? Dann würde Róża lernen, alles zu essen.

Doch Ruth hatte sich in letzter Zeit verändert. Nicht als Mutter, aber als Frau. Sie schaute Rudek jetzt anders an als früher, oft mit Tränen in den Augen. Und sie ballte die Fäuste. Vielleicht verbarg sie damit nur die abgenagten Fingernägel? Heute war sie nicht richtig frisiert und nicht geschminkt. »Sieht so eine Frau aus, die ihrem Mann gefallen will?«, hätte Rywkas Mutter, Rudeks Großmutter, bei diesem Anblick sofort gefragt. Und das war heute auch Rywkas erster Gedanke.

Wahrscheinlich hätte sie mit Ruth eher darüber reden sollen als über Różas Ernährung, aber sicher nicht jetzt und nicht vor allen anderen. Und war es nicht vielleicht besser, zuerst Rudek zu fragen, ob er nichts dagegen hätte? Und dabei auch gleich etwas über Salek zu erfahren. Warum er sich gar nicht meldete. Womit hatte diese neue Freundin ihm so den Kopf verdreht?

Wie Nathan zu sagen pflegte: »Was ist das überhaupt für eine?«

Und Rywka würde bei der Gelegenheit Rudek auch gleich sagen, wie man das Kind am gesündesten ernährt, damit es nicht zu dick, dafür aber kräftig wird.

Rudek selbst war ja das beste Beispiel dafür, dass es funktionierte. Man musste ihn nur ansehen: Er war der Größte, hatte die breitesten Schultern und war der Stärkste in der Familie. Und dann dieser gesunde, olivfarbene Teint.

Er sah immer besser aus, je älter er wurde.

Die Haare frisch geschnitten, mit Pomade, duftend. Fast jedes Mal, wenn er nach Tarnów kam, begann er mit einem Besuch beim Friseur. Er sagte, es sei billiger als in Krakau, aber ging es wirklich nur darum? Die Friseuse war eine Freundin von früher, eigentlich die jüngere Schwester eines Klassenkameraden, die ihm schon immer gefallen hatte.

Rudek erinnerte sich an die bestickte Bluse, die Antosia vor zehn Jahren trug, als sie das Zimmer ihres älteren Bruders betrat und fragte: »Störe ich?«

Rudek störte sie nicht, im Gegensatz zu ihrem Bruder.

»Was hast du für Wünsche?«, fragte sie jetzt.

Wie immer sahen sie einander in die Augen.

»Schneide sie so«, pflegte er meist zu sagen, »dass ich nicht an sie denken muss.«

Er betrachtete ihre weiße Bluse mit rosa Blumenmuster, deren obere Knöpfe offen waren.

Auch das gehörte zu den konstanten Elementen ihres Spiels.

Er würde es sich später, für den Rest des Tages, leicht verträumt in Erinnerung rufen.

Diesmal gab es eine neue Antwort, die Rudek sich morgens, im Zug nach Tarnów, zurechtgelegt hatte, als Róża für eine Weile auf seinem Arm eingeschlafen war.

»Meine Wünsche?« Er sah jetzt von der Höhe des Friseursessels zu Antosia auf. »Dass es so lange wie möglich dauert.«

»Ich tue, was in meiner Macht steht«, erwiderte sie sofort. »Aber zu viel kann ich nicht versprechen.«

Wir verstehen uns gut, dachte er. Wir wären ein perfektes Paar.

Das sagte er sich in letzter Zeit beunruhigend oft, bei verschiedenen Frauen. Es war ihm bewusst. Am häufigsten natürlich bei der Arbeit im Kerzen-Syndikat, in Bezug auf die Sekretärin Zuzanna Lipska, mit der er tagsüber zum Mittagessen ging.

Abends, auf der durchgelegenen Matratze des kleinen Bettes in dem Zimmer mit Küche und zwei identischen schwarzen Katzen, bat sie ihn:

»Sag Zula zu mir.«

Nur dann erlebte sie »den Höhepunkt des Glücks« und gab zum Schluss einen Schrei von sich. Doch das war nichts im Vergleich zu ihrer Freundin, der das angeblich nur beim Geräusch eines vorbeifahrenden Zuges gelang. Rudek scherzte, jetzt verstehe er, warum manche Leute ihre Häuser an der Bahnlinie bauten. Wie sei die Menschheit wohl vor der Erfindung der Bahn damit zurechtgekommen? Zula lachte. Und was könnte auf Ruth wirken? Rudek wusste es nicht, und es interessierte ihn immer weniger.

Nach seinem ersten abendlichen Besuch war Zula begeistert, dass die Tür zum Bad nicht mehr quietschte. Ein Tröpfchen Öl, eine Sekunde Arbeit hatten genügt, und sie warf sich ihm an den Hals, dankte ihm und freute sich wie ein Kind.

Mit zerkratztem Rücken ging er nach Hause. Und mit der Überzeugung, dass manche Frauen weniger zum Glück brauchten als seine Ehefrau.

Ist die Lipska schön?, fragte er sich auf dem Heimweg. Es kam ihm so vor, aber er war sich nicht sicher. Jedenfalls war sie in jeder Hinsicht anders als die sehr eigene, dunkle Ruth mit den breiten Hüften. Sie waren wie Negativ und Positiv – so hätte er es Salek beschrieben, der sich seit einiger Zeit mit Fotografie beschäftigte, wenn dieser ihn gefragt hätte.

Wobei die Lipska das Positiv war.

Eine zierliche Blonde mit blauen Augen, Sommersprossen und hübschen Beinen. Frisur und Figur so typisch, dass er sie überall in Krakau und manchmal auch in Tarnów schon von weitem zu erkennen glaubte. Am Hals trug sie ein kleines Kreuz und an den schlanken Fingern glänzende Ringe wie vom Tarnower Trödelmarkt. War das schlecht oder gut? Mangelnder Geschmack oder Sparsamkeit? Dafür hatte sie wunderschöne Sommersprossen auf dem Rücken. Da war er sich sicher. Genauso wie bei den Fältchen um die Augen. Hätte er sie bemerkt, wenn sie es ihm nicht selbst gesagt hätte?

»Meine fünfzigjährige Mutter hat weniger Falten. Das ist ungerecht. Das hab ich ihr neulich gesagt, und sie hat nicht einmal widersprochen! Kannst du dir das vorstellen?«

Eigentlich hätten sie auch während der Mittagspause zu ihr nach Hause gehen können, dachte er. Das wäre sogar billiger gekommen, weil Zula etwas hätte kochen können. Aber nein, das war zu riskant.

Bei der Arbeit waren sie natürlich immer noch per Sie.

Einmal küsste sie ihn im Büro zur Begrüßung auf die Wange.

War sie sicher, dass niemand sie sah? Oder vielleicht eher umgekehrt – wollte sie, dass sie endlich gesehen wurden? Rudek sprach den ganzen Tag kein Wort mit ihr und ging abends direkt nach Hause.

Am nächsten Tag sagte er ihr, wenn das nochmal passierte, würde er ihr in die Fresse hauen.

Auch er selbst müsste besser aufpassen. Salek schien etwas zu spüren. Schon vor einiger Zeit hatte er ihn nach anderen Frauen gefragt, als sie nachts durch Krakau gingen. Allerdings hatten sie da zuvor den komplett betrunkenen Karol Szpilman nach Hause begleitet, der den ganzen Abend mit seinen Eroberungen geprahlt hatte. Vielleicht war das damals der Grund für Saleks Frage?

Rudek war in jener Nacht ebenfalls betrunken gewesen, doch er wusste, dass man ihm das nicht ansah. Wahrscheinlich hatte er sich deshalb dem jüngeren Bruder mehr geöffnet, als er wollte.

»Wenn es im Bett stimmt, hat das keinerlei Bedeutung«, hatte er gesagt. »Aber wenn das fehlt, dann fehlt es ganz fürchterlich.«

Zunächst war er erleichtert gewesen, als hätte er das schon lange aussprechen sollen, aber kurz darauf spürte er, dass es ihm leidtat. Zu allem Überfluss begann es zu regnen.

»Und wie ist es mit Irka?«, fragte er. »Hat sie dich schon rangelassen?«

Dieser Satz tat ihm noch viel mehr leid. Er hoffte, dass er es so gesagt hatte und nicht etwa: »Hat sie sich schon ficken lassen«, »bumsen lassen« oder »die Beine breit gemacht«. Aber sicher war er sich leider nicht.

Diese Kommunisten waren ja derart prüde. Rudek stellte sich vor, dass sie kopulierten wie die Karnickel, nervös, nicht einmal ganz ausgezogen, weil die Partei sie jeden Moment unterbrechen und zu einer Versammlung, einer Agitation oder Demonstration einberufen konnte.

Als wäre die Partei ihre betrogene Frau.

Sie waren ihre Sklaven. Wie konnte ein so intelligenter und belesener Mensch wie sein Bruder das nicht begreifen?

Er tröstete sich damit, dass Salek ja wusste, wie viel Rudek an diesem Abend im Kabarett getrunken hatte. Dass er nicht torkelte, nicht lallte und nicht sang (oder eher: nicht brüllte) wie Karol Szpilman, war hier nicht entscheidend.

Aber er hatte seinem Bruder eine Frage zu viel gestellt.

Rudek fiel ein, was der junge Szpilman damals gesungen hatte:

In Russland genossen die Fürsten ihr Leben,
Dafür lässt Blut jetzt die Straßen erbeben.

»Halt die Klappe!«, schallte es aus den Fenstern.

»Krakauer!«, schrie Szpilman zurück. »Versteht ihr nicht? Das ist das neue Turmlied der Marienkirche!«

»Geh schlafen, du Itzig!« Das waren die höflichsten Worte, die sie zu hören bekamen.

»Warum zahlen die Leute einen Haufen Geld für meine Auftritte im Kabarett«, sagte Szpilman ehrlich verwundert, »und zu Hause wollen sie mich nicht mal umsonst hören?«

Jedenfalls hatte Salek an jenem Abend Rudek nicht geantwortet, und sie waren nie wieder auf dieses Thema zurückgekommen.

KAPITEL 23

Salek

Nach dem Prozess und der Überführung nach Łomża nahm man Salek die Fesseln ab und brachte ihn zum Direktor, der ihm eine Zeitung mit der rot gedruckten Schlagzeile »Im Dunst des Blutes – der große Hunger und der Rjutin-Prozess« reichte, besser gesagt zuwarf.

»So sieht dein bolschewistisches Paradies aus«, sagte er. »Ich würde euch alle zu den Bolschewiki schicken. Da würden sie mit euch aufräumen.«

Dann vertiefte er sich in aller Ruhe in Saleks Akte. Was konnte er da finden?

Größe 161 cm, Körperbau schlank, Haare und Augenbrauen schwarz, Nase semitisch, Ohren klein und dick, Lippen voll, Gesicht länglich, schmal und dunkelhäutig, Aussehen deprimiert, Zähne gesund, rasiert, Kinn klein und vorstehend, beherrscht Polnisch, Deutsch und Jiddisch, ist kurzsichtig und trägt eine runde Hornbrille.

»Aussehen deprimiert?« Der Direktor hob einen Moment den Blick und sah den über die Zeitung gebeugten Häftling an, als wollte er prüfen, ob das stimmte.

Und er verzog das Gesicht. Schwer zu sagen, dachte er.

Salek konnte in den polnischen Zeitungen, die über die Sowjetunion schrieben, zwischen den Zeilen lesen. Zehn Jahre für die Kritik an Stalin und der Zwangskollektivierung? Lüge und Unsinn! Die typische verleumderische Propaganda der polnischen Faschisten.

Und was hatte man Salomon Stramer bei Gericht nachgewiesen? Nicht viel. Außer der Teilnahme an der letzten illegalen Versammlung bei Zahnarzt Dr. Schmaltzbach nur alte Geschichten, eine sogar noch aus seiner Zeit in Tarnów: den Auftritt bei der Versammlung der Sozialisten im Arbeiterhaus in der Goldhammer-Straße.

Dazu hatte er sich bekennen müssen, das Gericht hatte zu viele Zeugen. Ein stickiger Saal voller Arbeiter. Kein Wunder. Die PPS bot am Ende der Versammlung immer etwas zu essen an.

Das war eine der ersten ernsthaften Aufgaben gewesen, die Salek bekommen hatte. Nicht mehr nur das Austragen kommunistischer Flugblätter oder das nächtliche Anbringen von Plakaten an Wänden, sondern das Zerschlagen der Versammlung der PPS. Er hatte sich selbst gewundert, wie einfach das war. Es genügte, wie in der Schule (übrigens war er wohl der Jüngste dort) die Hand zu heben (sie zitterte) und eine Ansprache zu beginnen (auch die Stimme zitterte). Die Taktik der Polnischen Sozialistischen Partei sei es, nur leere oppositionelle Reden zu schwingen, denen keinerlei kämpferische Taten folgten! Einatmen, ausatmen. Die PPS sei ein Hindernis auf dem Weg zur Revolutionierung der Arbeiter! Einatmen, ausatmen. Die PPS sei verantwortlich für das bisherige Elend der Arbeiter!

Die Sozialisten versuchten von Anfang an, ihn zu unterbrechen. Aber Salek wusste, das durfte er nicht zulassen. Das war das Grundprinzip. Denn die einmal weggenommene Stimme ließ sich nicht so schnell zurückgewinnen.

Sie schrien, er solle aufhören. Er habe seine Zeit überschritten. Sie übertönten ihn mit Rufen: »Geh nach Hause, Kind«, »Weg mit dem Kommunismus«, »Halt die Fresse, du Hurensohn«. Sie pfiffen und trampelten. Einer der Sozialisten wollte sich sogar auf ihn stürzen, aber die anderen hielten ihn zurück.

Doch Salek nahm all das kaum wahr. Viel mehr störte ihn etwas anderes. Aus Nervosität oder vielleicht aus Angst, er könnte zu spät kommen, hatte er vergessen, vor der Versammlung aufs Klo zu gehen. Deshalb war er während seiner flammenden Rede im Arbeiterhaus in erster Linie auf den Kampf mit seiner Blase konzentriert.

»Es lebe der Arbeiter- und Bauernstaat!« Er biss die Zähne zusammen. »Es lebe die Diktatur des Proletariats!«

Dann rannte er in den Hof, und die Versammelten stürzten sich auf die kalt gewordenen Piroggen.

»Aber diese Details findest du in den Akten bestimmt nicht.« Salek schielte nach dem dicken Direktor mit dem roten Gesicht.

Das zweite Mal, als er eine Versammlung zerschlagen sollte, hatte er mehr Lampenfieber, weil er da auch vor Irka auftrat. Und in Krakau.

Auf dem Treffen des Allgemein-Jüdischen Wahlblocks begann er mit der Kritik an der Religion als Opium zum Einlullen der Arbeitermassen. Danach beschrieb er die nationale Bewegung in China als Vorbild der revolutionären Bewegung einer sich erneuernden Klasse. Und er rief das Proletariat der ganzen Welt – und damit natürlich das jüdische – dazu auf, diese zu unterstützen. Vielleicht redete er etwas zu ausschweifend über China (und dann noch über die streikenden englischen Bergarbeiter), aber er wollte, dass Irka sich bewusst machte, dass sie es mit einem Revolutionär von großem Format und weitem Horizont zu tun hatte, der über Krakau, Polen und sogar Europa hinausreichte.

Als er zu dem Punkt kam, dass selbst die gemäßigten jüdischen Parteien die Kapitalisten unterstützten, versuchten ein paar Zionisten, ihm ins Wort zu fallen, aber ähnlich wie in Tarnów gerieten sie kurz darauf miteinander in Streit. Und andere riefen ihnen zu:

»Nicht alle gleichzeitig! Das ist doch kein jüdischer Markt!«

Es war ihm also wieder gelungen.

»Mit dem Schneidern beschäftigst du dich nicht zufällig?« Der Direktor war mit der Akte durch und warf sie auf den Schreibtisch.

Salek sah ihn erstaunt an.

»Das Jackett hast du nicht aufgetrennt?«

»Nein, Herr Direktor.«

Um sich Mut zu machen, stellte er sich den ihm gegenübersitzenden Direktor in Unterhose vor.

Unter dem Futter von Salomon Stramers Jackett hatten sie ein aus einer Zeitung ausgeschnittenes und in der Mitte gefaltetes Foto von Lenin gefunden. Außerdem ein Notizheft mit den Pseudonymen einiger Krakauer Genossen und einem Satz darin, der das Gericht besonders interessierte: »Äther ist leicht entzündlich!« (Das mussten sie ihm untergejubelt haben, denn das hatte er sich mit Sicherheit nicht notiert.) Sowie einen Brief aus dem Tarnower Gefängnis, von einem Bekannten, Markus Kohn.

Vor Gericht hatte er ausgesagt, er wisse nicht, woher das alles komme. Das Jackett habe er erst neulich auf dem Krakauer Basar gekauft, und warum hätte er es auftrennen sollen? Und Markus Kohn kenne er nicht.

Der Direktor grinste nur und gab dem Wächter ein Zeichen, er solle den Gefangenen in die Zelle bringen.

Die Katholiken pilgerten zu diesem Zweck extra nach Tschenstochau. Das heißt, um ein Wunder zu erwirken.

Salek befand sich jetzt an einem Ort, von dem er seit Jahren geträumt hatte. Wie sein Vater von New York träumte oder Irka von Moskau. Aber eben wegen Irka konnte er sich nicht so richtig über seine neue Adresse »hinter Gittern« freuen.

Er sehnte sich nach seiner Verlobten.

»Ich konnte ja nicht wissen, dass Wunder auch ungläubigen Juden und Kommunisten widerfahren«, würde er zu Irka sagen, wenn sie zu Besuch käme.

Sie würde nicht glauben können, welche Nachbarn er hatte. Eifersüchtig würde sie sein. In Freiheit hätte er nie eine Chance gehabt, diese Leute zu treffen. Alte Kämpfer, legendäre Genossen.

Sie pfeifen demonstrativ die »Internationale«, wenn die Wächter den Schlüssel in der Zellentür umdrehen. Statt aufzustehen und sich in eine Reihe zu stellen, liegen sie in Schuhen auf den Betten und lesen. Über den Spazierhof gehen sie mit den Händen in den Hosentaschen, und den Hinweis des Wächters, dass das Reden verboten und die Hände auf dem Rücken zu halten seien, beantworten sie mit einem Schulterzucken (natürlich ohne die Hände aus den Taschen zu nehmen) und Sprüchen wie:

»Der klammert sich an mich wie die Laus an die Eier.«

Oder sie sagen laut, dass der ganze Hof es hört:

»Mach dich nicht so wichtig, Mann, sonst hast du in Freiheit einen Unfall, schneller als du denken kannst.«

Dennoch kam es selten vor, dass der Wächter sie vom Spazierhof holte und mit hartem Bett oder 24 Stunden Karzer bestrafte. Eher sagte er versöhnlich:

»Na, mein Herr, Schluss jetzt. Genug geredet.«

»Die Wächter sind schließlich auch Gefangene«, erklärten dann die alten Kommunisten. »Nur auf der anderen Seite der Tür. Sie stehen zwischen uns und dem Direktor. Aber wie der

Zahnarzt, der Friseur oder das Badepersonal können sie hilfreich sein. Durch sie schmuggeln wir Nachrichten nach draußen, versteht ihr?«

Auf die bewundernden Blicke der Jungen, darunter auch Salek, erwiderten sie:

»Wir waren schon Kommunisten, als ihr noch die Unterhosen zwischen den Zähnen hattet.«

Oder bescheidener:

»Mit der Zeit werdet ihr das verstehen.«

Sie kannten wohl alle weltlichen Heiligen persönlich, von Lenin bis Karol Radek, nach denen Salek besonders gern fragte, weil Radek ja auch aus Tarnów kam. Er war zwanzig Jahre vor ihm durch dieselben Straßen gegangen, hatte sich nach den Mädchen umgesehen, nach deren Töchtern Salek sich zwanzig Jahre später umsah. Vielleicht hatte er sogar im Strzelecki-Park gesessen, mit dem gleichen Buch auf derselben schiefen Bank mit Blick auf die Büste von General Bem. Salek hatte sich das während seiner ganzen Schulzeit gern vorgestellt. Und erst recht, dass er selbst auf Radeks Spuren ganz nach oben käme, auf den kommunistischen Mount Everest, und ihre Büsten einst zusammen neben der von General Bem im Strzelecki-Park stünden: Radek, Stramer und Bem.

Vorläufig half Salek seinen Mitgefangenen, Briefe zu schreiben.

»Schreib alles so, wie ich es sage.«

»Das kommt nicht durch die Zensur.«

»Dann schreib so, dass es durchkommt.«

Ein Kamerad aus der Zelle, »Justyn«, sagte Salek, er lerne bei dem Unterricht, den er Analphabeten gebe, selbst mehr, als er den anderen beibringe. Ein Jahr im Gefängnis entspreche fünf Jahren in Freiheit, was das Lernen angehe. Er habe während dieses Jahres mehr gelernt als während seines ganzen Linguistik-Studiums. Salek reagierte darauf anfangs mit einem Lächeln, nahm es als exaltierte Erklärung eines jungen Aktivisten aus reichem bürgerlichem Haus, aber bald begriff er, dass er das falsch eingeschätzt hatte.

Jedenfalls durfte es nicht sein, dass ein kleiner Gauner, ein Einbrecher oder auch ein Mörder, der im Gefängnis von Łomża gelandet war, dieses wieder verließ, ohne ein Klassenbewusstsein erlangt zu haben und bereit zu sein, gegen die Ausbeutung zu kämpfen, auf der diese ungerechte Welt basierte.

Die Welt, durch die diese Leute ins Gefängnis gekommen waren.

Immer sagten sie, sie säßen dort unschuldig. Aber erst durch die Kommunisten begriffen sie, dass das der Wahrheit entsprach.

Der Doktor der Rechte Szyja Fensterblau bläute ihnen täglich ein:

»Die Polen waren sozusagen die Juden des russischen Zarenreichs. Und sie spielten eine Schlüsselrolle in der ganzen revolutionären Bewegung Russlands, vor allem bei der Oktoberrevolution. Und zwar nicht nur Arbeiter, sondern auch Polen aus adligen Familien, die für Feliks Dzierżyński zum Nachmittagskaffee Schokoladeneis, Hefekuchen und Kirschkonfitüre zubereiteten.«

Auf diese Weise prüfte Fensterblau, ob die Gefangenen auch zuhörten und sich mit Verstand notierten, was er sagte.

Wer »Schokoladeneis, Hefekuchen und Kirschkonfitüre« aufgeschrieben hatte, musste die Hand heben, und die anderen brachen in Gelächter aus. Dann hörten wieder alle aufmerksam zu und notierten sich nur das Wichtigste des Vortrags, denn keiner wollte, dass man ein zweites Mal über ihn lachte.

Aber warum kamen Herrn Doktor Fensterblau eigentlich ausgerechnet Eis, Konfitüre und Kuchen in den Sinn? Einige Zuhörer sahen einander verständnisvoll, aber diskret an – schließlich waren sie Profi-Verschwörer. Man wusste, dass der Doktor wegen einer Magenerkrankung als Einziger im ganzen Gefängnis von zu Hause täglich ein Diätessen bekam, das ihm das Dienstmädchen brachte.

Ein Kommunist mit einem Dienstmädchen. Die Gefangenen machten sich hinter seinem Rücken über ihn lustig. Wie sie anfangs auch über seinen Vornamen gespottet hatten – Szyja, »Hals«. Wenn er wenigstens »Kopf« geheißen hätte ... Aber immerhin hieß er nicht Noga, »Bein«. Manchmal machten sie die Geste des Halsabschneidens, wenn sie über ihn sprachen.

Sie hörten erst damit auf, als »Justyn« fragte, ob sie den Namen Jesus ebenso lächerlich fänden.

»Wieso denn?«

»Szyja und Jesus – das ist der gleiche Name. Jesus ist auf Jiddisch Szyja. Beide kommen vom hebräischen Jeschua. Jeschua ist auf polnisch Jesus und auf Jiddisch Szyja.«

In Freiheit war »Justyn« wohl einer der hoffnungsvollsten Studenten der Linguistik. Das bewahrheitete sich im Gefängnis.

Abends beobachtete Salek ein wenig neidisch, wie »Justyn« sich noch an seine Notizen setzte. Alle zwei Monate kam sein früherer Professor Kazimierz Nitsch zu Besuch, ein Sprachwissenschaftler der Jagiellonen-Universität. Dann überreichte »Justyn« ihm ein in Schönschrift geschriebenes neues Kapitel seiner Studie über die Gefängnissprache.

Von den Geschichten, die alte Funktionäre über Karol Radek erzählten, interessierte Salek vor allem die unpolitischste – die von den fünf Prozent. Angeblich hatte Radek, der die Statistik liebte, errechnet, dass nur fünf Prozent der Menschheit imstande seien, sich zu verlieben. Und dass diese Wahrscheinlichkeit für alle Zeiten und alle Gesellschaften gelte. Für feudale, kapitalistische und sogar für sozialistische.

Deshalb sei es so wichtig, so Radek, es selbst unter diese fünf Prozent zu schaffen und die anderen 95 Prozent zu vermeiden. Darin liege der Schlüssel zum persönlichen Glück.

Diese theoretischen Studien untermauerte Radek durch langjährige praktische Untersuchungen, die immer noch andauerten, da er seine fünf Prozent noch nicht gefunden hatte. So erklärte man sich seine zahlreichen Liebesbeziehungen und Affären mit Frauen.

Vielleicht ist es mit Hesio, Benek oder Karol Szpilman ähnlich?, dachte Salek. Sie suchen immer noch, nur ich habe das Glück, gleich die Richtige gefunden zu haben.

Und das fürs ganze Leben. Da war er sich sicher.

Oft hatte er den Eindruck, seine Erlebnisse bekämen erst ihren Sinn, wenn er Irka davon erzählte. Ansonsten war es, als ginge man allein ins Kino oder bewunderte irgendwelche Aussichten – und niemand da, zu dem man sagen könnte: »Schau, wie schön!«

Also sprach er in Gedanken täglich vor dem Einschlafen mit ihr und versuchte, so interessant wie möglich zu erzählen, was an diesem Tag passiert war. Und sie lächelte, machte einen Scherz über ihn oder drückte ihn an sich.

Warum kam sie ihn immer noch nicht besuchen? Erhielt sie vielleicht keine Genehmigung?

Er hätte gern ein Foto von Irka hier gehabt. Am liebsten das, das er im Wald beim Sommerhaus ihrer Eltern nicht gemacht hatte. Sie hatte vorgeschlagen, sie nackt zu fotografieren.

»Warum?«, hatte er gefragt.

»Ich bin schon zweiundzwanzig«, sagte sie und zog ihr Kleid über den Kopf.

Sie trug keinen Büstenhalter.

Salek sah sich um. Es war ein lichter Wald. Was, wenn jemand vorbeikäme und sie nackt zwischen den Bäumen sähe? Die Bauern fuhren hier oft mit ihren Fuhrwerken.

Irka sah so schön aus auf dem nicht gemachten Foto. In seiner Fantasie entwickelte er es. Die untergehende Sonne erleuchtete ihr dunkles Haar, den langen Hals und die zarten Schultern.

»Es ist kalt«, hatte er gesagt. »Du erkältest dich.«

»Wie du willst.« Sie zuckte die Achseln und zog sich wieder an.

Übrigens hatten sie einen Tag danach unweit dieser Stelle mit dem Selbstauslöser ihr gemeinsames Lieblingsfoto auf der karierten Decke gemacht. Aber das war nicht dasselbe.

Die Gefangenen erzählten sich oft, was sie zuerst machen würden, wenn sie wieder frei wären: »Ich poliere dem Trottel, der mich hat auffliegen lassen, die Fresse. Ich esse Schweinerippchen mit Kraut im Bahnhofslokal. Ich gehe ein Bier trinken und ins Bordell.«

Und Salek würde ein Nacktfoto von Irka im Wald machen, wenn er aus dem Gefängnis käme. In drei Jahren.

KAPITEL 24

Rywka

Rywka dachte immer noch daran, was die Lehrerin zu Wela gesagt hatte. Seit einer Woche legte sie sich mit diesem Gedanken schlafen, erwachte davon nachts und stand morgens damit auf. Nathan bemerkte natürlich nichts. Das war auch gut so. Man wusste ja nie, was ihm in den Sinn käme, und sie wollte auf keinen Fall, dass er in seinem gebrochenen Polnisch in der Schule eine Szene machte. Das wäre für Wela nur peinlich, und die Lehrerin würde sagen:

»So ein Rüpel, der alte Stramer. Wie der Vater, so die Tochter.«

Sie würde es im selben bösartigen Ton sagen, in dem sie vor einer Woche im Unterricht die lachende Wela angesprochen hatte:

»Unter Hitler wärst du nicht so fröhlich, Wilhelmina.«

Einige Schülerinnen hatten gekichert.

Jedes Kind wusste genau, was damit gemeint war. Man musste gar nicht das »Neue Tagblatt«, den »Illustrierten Tageskurier« lesen oder die Nachrichten im Radio hören. Es genügte, den Eltern, Großeltern oder eben den Lehrern zuzuhören. Oder durch die Stadt zu gehen. Die Straßen von Tarnów waren voll von den Albträumen, die die Juden in Deutschland erlebten.

Wie konnte so ein Weibsbild Lehrerin sein?

Zum Glück sah Wela aus, als hätte sie die Sache allmählich vergessen. Nur Rywka gelang das nicht.

Vielleicht sollte ich hingehen und mit der Lehrerin reden?,

dachte sie nachts im Bett. Soll sie sich bloß getrauen, das vor mir zu wiederholen.

Einmal hatte Rywka geträumt, sie würde die Lehrerin anschreien: »Aber dir, du blöde Kuh, würde es unter Hitler gut gehen!«

Mit einem Lächeln war sie erwacht.

Sie würde sich mit ihrer älteren Tochter beraten, dachte sie. Rena würde wissen, was für die zwölfjährige Wela am besten wäre: Abwinken und die Sache vergessen oder in die Schule gehen und eine Szene machen? Deshalb hatte sie damals auch ein Gespräch mit Rena über die antijüdischen Lieder geführt, die Nusek von der Schule mitbrachte.

Aber der älteren Tochter konnte sie im Moment auch nicht helfen. Denn was sollte man raten, wenn es um Gefühle ging?

Da hätte sie nur mit Nathan sagen können:

»Ich gebe dir einen gutgemeinten Rat. Du tust natürlich, was du für richtig hältst.«

Doch stattdessen hatte sie sich beim Schneiden der Karotten den Finger verletzt.

Und ihr fiel ein, was sie jahrelang zu den Kindern sagte, wenn sie sich wehgetan hatten und weinend zu ihr gelaufen kamen.

»Greif dir ans Ohr und drück fest zu.«

Dann spürten sie einen Schmerz am Ohr und vergaßen eine Zeitlang das aufgeschürfte Knie, den angestoßenen Ellbogen oder den kleinen Finger, mit dem sie gegen den Türrahmen gerannt waren, als sie in den Hof wollten.

Das hatte ihnen immer geholfen. Vielleicht sollte sie sich jetzt auch auf kleinere Probleme konzentrieren statt auf die großen.

Denn wie lange sollte man darüber grübeln, dass man nicht öfter als alle zwei Wochen ein Paket ins Gefängnis schicken konnte?

»Die Sorgen der Mutter haben noch für keinen Sohn das Urteil verkürzt«, wie Salek in einem Brief geschrieben hatte.

Doch sie hatte sich in den Finger geschnitten und konzentrierte sich auf die dumme Lehrerin im Gymnasium.

Aber es ging ja nicht allein um sie. Was war denn in letzter Zeit überhaupt mit den Leuten in Tarnów los?

»Das Gleiche wie in Krakau, Mama«, sagte Rudek, als er am Samstag nach Hause kam. »Sie sagen Dinge, die sie vor ein paar Jahren nicht mal zu denken gewagt hätten.«

Als hätten sie sich plötzlich alle abgesprochen, dachte sie.

KAPITEL 25

Salek

Liebe Eltern! In ein paar Tagen (am 23. dieses Monats) ist es ein Jahr her, dass ich verhaftet wurde. Das Jahr geht zu Ende, und ihr wisst immer noch nicht, wie der weitere Verlauf dieser Verhaftung aussah. Um zwei Uhr morgens drang, besser gesagt, marschierte die Polizei in unser Haus, und man hat mich von euch getrennt, ohne Rücksicht darauf, in welchen wirtschaftlichen Verhältnissen ich euch zurücklasse. Es war ein schlimmer Moment für mich, ich war sehr betroffen, dass ich gegen meinen Willen mein Elternhaus verlassen musste. Draußen fiel Schnee. In der Stadt herrschte Grabesstille, als man mich zum Kommissariat brachte. Ich dachte, alle schliefen, doch dann musste ich erfahren, dass nicht alle schliefen …

Meine Lieben! Sicher seid ihr neugierig, wie es mir im Gefängnis geht. Anfangs setzte mir alles zu, vor allem das ständige Klirren der Schlüssel. Doch jetzt habe ich mich daran gewöhnt, und etwas anderes quält mich: die Glocke, von der das Schlafen und das Aufstehen abhängt. Die Tage vergehen schnell, weil ich in Bewegung bin. Ich würde gern mehr darüber schreiben, aber das kann ich nicht wegen der Zensur.

Meine Lieben! Denkt nicht, dass die Trennung von euch dazu geführt hat, dass ich euch vergesse. Niemals! Ich denke an euch wie in Freiheit. Ich würde euch so gern helfen, aber wie soll das gehen?! Ich möchte sehr gern wissen, wie es euch geht. Es gab Zeiten, da konnten wir uns wenigstens im Gefängnis sehen, doch jetzt sind leider alle Tore für euch geschlossen. Deshalb weiß ich nicht, liebe Eltern, wie ihr mit der gegenwärtigen Krise zurechtkommt. An mich müsst ihr nicht denken, ich bin gesund, mir geht es nicht schlecht. Ich habe dicke Unterwäsche und warme Stiefel. Was gibt es bei euch zu Hause? Wie geht es meinem lieben Vater und meiner lieben Mutter und überhaupt allen? Habt ihr etwas aus Amerika bekommen? Hiermit möchte ich schließen. Ich grüße euch herzlich, euer geliebter Sohn.

Als Salek den Brief laut vorgelesen hatte, den er gerade für den jungen Schneider Piotr Sowa geschrieben hatte, bemerkte er, dass ihm Tränen in die Augen stiegen. Er hätte nicht so offen an seine Eltern schreiben können.

»Ich habe Bindehautentzündung«, sagte er zu Sowa.

Und etwas anderes: Wie sollten die analphabetischen Eltern des Schneiders dieses Werk eigentlich lesen?

»Na ja.« Daran hatte Sowa wohl auch nicht gedacht, denn er schwieg einen Moment. »Sie gehen wahrscheinlich zum Schulzen, oder der Briefträger hilft ihnen. Mach dir darum keine Sorgen.«

Der schwierigste Brief bisher war der letzte, den der Schuster Icek Grynblum bei Salek bestellt hatte.

»Meine Schwester ist aus unserem Dorf nach Warschau gefahren«, erklärte ihm der Schuster. »Sie ist nach Nalewki gezogen, und es wissen ja alle, was man dort macht. Schreib, sie soll nicht zur Nutte werden, verstehst du? Sonst schlag ich ihr den Schädel ein, wenn ich aus dem Gefängnis komme. Schreib ihr das.«

Salek bat Icek, ihm mehr über die Schwester zu erzählen, und erst, als er erfahren hatte, dass sie von den Eltern nach Warschau geschickt worden war, um Arbeit zu finden und sie finanziell zu unterstützen, begann er zu schreiben.

Liebe Ida,
weißt Du was? Irgendwie bin ich nicht zufrieden mit Deinen Partnern. Sie scheinen mir unpassend. Denn es ist sehr merkwürdig, dass alle, mit denen Du zu tun hattest, denken, es wäre menschenunwürdig, dass Du so viel arbeitest und Dich abmühst. Man muss nämlich wissen, dass es überall, und vor allem in einer Stadt wie Warschau, verschiedene Leute gibt, deren »Beruf« sozusagen das Lieben ist.

Ich habe den Eindruck, dass Du unter den Einfluss von solchen Leuten geraten bist. Deshalb glaube ich, Du solltest in diesen Fällen vorsichtig sein und einen Menschen erst näher kennenlernen, bevor Du Dich auf ihn einlässt. Du solltest den Liebesversprechungen nicht so schnell glauben, für die Du später vielleicht teuer bezahlen musst. Ich will Dir mit diesem Brief mitnichten vorschreiben, was Du zu tun hast. Aber ich denke, es ist die Pflicht jedes guten Bruders und Freundes, und weil ich mich für einen solchen halte, rate ich Dir, so vorzugehen.

Was gibt es bei mir? Die Hose, die Stiefel und den Pullover habe ich erhalten. Ich danke Dir herzlich dafür, denn eine Zeitlang konnte ich nicht einmal zum Spaziergang im Hof. Ich bin gesund, und das ist die Hauptsache! Dein Bruder.

Salek hatte laut vorgelesen. Icek sah auf ihn herab. Er war einer der größten Gefangenen in Łomża. Es war schwer, seinem intensiven Blick irgendetwas zu entnehmen. Anders war es mit seinem Atem. Es war bekannt, dass Icek hin und wieder gern den Tabak, den seine Schwester ihm schickte, bei den Wächtern gegen Wodka tauschte und so einen halben Liter ins Gefängnis bekam. Bekannt war auch, dass er seinen tätowierten Oberkörper am offenen Zellenfenster bräunte und zu den weiblichen Gefangenen auf dem benachbarten Spazierhof der Frauen hinüberpfiff. Dafür wurde er schon viele Male mit dem harten Bett bestraft.

Er machte sich nichts daraus und sagte zu den Kameraden: »Das ist gut für den Rücken.«

Jetzt schwieg Icek.

Salek ging noch durch den Kopf: Wird er mir auch den Schädel einschlagen wollen? Aber nein: Der Schuster legte ihm die Hand auf die Schulter.

»Na«, lächelte er anerkennend, »das hab ich schön gesagt, oder?«

Salek nickte nur. Er spürte große Erleichterung, dass sein Kopf noch an seinem Platz saß. In Gedanken sah er schon, wie er bei ihrem nächsten Besuch Irka davon erzählen würde.

»In seiner Anwesenheit fühlte ich mich wie David gegenüber Goliath. Ich versuchte, mich an die Schläge zu erinnern, die Rudek mir als Kind beigebracht hat. Oder zumindest, wie man richtig Deckung hält. Aber Icek umarmte mich unverhofft und sagte herzlich: Danke, das hast du schön in Worte gefasst.«

Das würde sie sicher erheitern.

KAPITEL 26

Rena

Nach der Trennung von Mieczysław fuhr Rena nach Krakau. Anfangs, den ersten Monat, wohnte sie bei Rudek in Podgórze.

Vielleicht war es falsch, das Grammophon mitzunehmen und ständig die Platten aufzulegen, die sie in Tarnów zusammen gehört hatten.

Es kam vor, dass sie nach dem Aufwachen nicht an Mieczysław dachte. Manchmal sogar bis zum Mittag, wenn sie beschäftigt war. Aber sobald sie sich über die Situation klar wurde, war ihr zum Heulen, und sie konnte bis zum Abend an nichts anderes mehr denken.

Nach einem Monat half Rudek ihr, ein Zimmer zu finden, bei einer älteren Dame, ebenfalls in Podgórze. Frau Radziejowska, eine verarmte Adlige, ähnelte ein wenig der Pusiowa, bei deren Anblick sich Renas Vater schon von weitem die Nase zuhielt. Hier hätte er dasselbe getan.

Außerdem hatte sie ebenfalls einen Hund, ebenfalls einen Dackel. Aber im Gegensatz zur Pusiowa, die immer an ihren Pusio dachte und regelmäßig mit ihm Gassi ging, selbst nach seinem Tod, vergaß die Radziejowska häufig, mit ihrem Borys rauszugehen, obwohl er noch lebte.

»Die beiden könnten tauschen«, sagte Rudek, »davon würden beide profitieren. Aber für dich ist das Wichtigste, dass die Radziejowska dir für wenig Geld ein anständiges Zimmer vermietet. Das ist in Krakau selten.«

Rena sollte einmal in der Woche die Wohnung putzen.

Während des Studiums war sie in Gedanken immer bei Mieczysław. Vielleicht ging sie deshalb so gleichgültig an den Nationalisten vorbei, die mit Transparenten vor der Universität standen: WIR FORDERN EIN GHETTO IN DEN HÖRSÄLEN! TOD DEM JUDEN-KOMMUNISMUS!

In Tarnów gab es das nicht. Aber in Tarnów gab es auch keine Universität. Nusek hatte allerdings unlängst erzählt, es gebe Probleme mit Klassenfotos. Polnische Kinder hatten es abgelehnt, sich mit jüdischen Lehrern fotografieren zu lassen. Als Reaktion darauf hatten jüdische Kinder es abgelehnt, mit ihren polnischen Kameraden fotografiert zu werden.

Rena schüttelte den Kopf.

Während ihrer Schulzeit hatte es so etwas nicht gegeben.

Wann hatte das alles eigentlich angefangen? Sie erinnerte sich, wie ihre Mutter von judenfeindlichen Liedern erzählt hatte. War sie mit ihrer Beziehung zu Mieczysław tatsächlich so beschäftigt gewesen, dass sie nichts bemerkt hatte?

An der Jagiellonen-Universität hatte sich Rena – wie geplant – in der Philosophischen Fakultät eingeschrieben, im mathematisch-naturwissenschaftlichen Fachbereich. Zu Semesterbeginn flocht sie ihr langes Haar zu zwei Zöpfen, die sie im Nacken zu einem »Körbchen« zusammensteckte. Mieczysław liebte es, sie auf den Nacken zu küssen. Sie trug halbhohe geschnürte Stiefel, einen dunkelblauen Rock bis übers Knie, eine weiße Bluse und einen hellblauen Blazer. Sogar Rudek, der gerade zur Arbeit ging, hielt einen Moment an der Tür inne. Und er brauchte eine Weile, bis er sagte:

»Gehst du auf einen Schönheitswettbewerb oder zu einer Einführungsveranstaltung?«

Offenbar stand Trauer ihr gut. Im Spiegel sah sie ihre leuchtenden Augen. Ihre Brust war ein wenig gewachsen. Sie wusste nicht, dass das so sein konnte, wenn man schon über zwanzig war.

Schade, dass Mieczysław sie nicht sehen konnte.

Die Hausmeister an den Universitäten nannten die humanistischen Wissenschaften »kommunistische« Wissenschaften. Und so riefen die »kommunistischen« Studenten dazu auf, den Versuch einer Ghettoisierung an der Uni zu boykottieren und sich dort hinzusetzen, wo man wollte.

Angeblich hatten die Nationalisten einen der Studenten, der dem Aufruf gefolgt war und sich geweigert hatte, im für ihn vorgesehenen Teil des Saals Platz zu nehmen, während der Vorlesung zum Fenster hinausgeworfen.

Der Professor hatte nichts bemerkt.

Zum Glück lag der Saal im ersten Stock.

Für Rena hatte einmal jemand eine Bahnfahrkarte vierter Klasse nach Palästina aufs Pult gelegt. Wer war das? Sie drehte sich um, aber hinter ihr lauschten alle aufmerksam der Vorlesung über Botanik. Sie zerknüllte die Fahrkarte und warf sie auf den Boden.

»Meine liebe Kommilitonin«, sprach sie nach der Veranstaltung ein Nationalist der »Gesamtpolnischen Jugend« an, den sie im Verdacht hatte, ihr die jetzt zu einer Kugel zerknüllte Karte hingelegt zu haben. »Komm morgen lieber nicht an die Uni.«

»Weil was?«

»Wir werden die Jidden verdreschen.« Er machte eine Bewegung, als holte er jetzt schon aus mit dem mit Rasierklingen gespickten Stock. »Das wird sehr unangenehm.«

Sie sah ihn an, so kalt sie konnte.

Und bei der Gelegenheit musterte sie ihn: nichts Besonderes. War das der Nächste, der – wie Frau Radziejowska in Erinnerung an ihre Jugend sagte – um sie herumschwirren würde wie die Motten ums Licht? Der Nationalist machte den Mund auf und wollte noch etwas sagen. Doch er kam nicht dazu, weil Rena sich umdrehte und ging.

Als sie nach dem Tag an der Uni abends nach Hause kam, schliefen Borys und sein Frauchen schon. Also ging sie auf Zehenspitzen, um die beiden nicht zu wecken, zog aber für alle Fälle – aus Erfahrung klug geworden – auch nicht die Schuhe aus.

Sie wusste, was sie erwartete, obwohl sie jede Woche putzte. Sie begann im Flur, wischte mit einem Lappen den verpissten Boden. Es ist ja nicht seine Schuld, dachte sie. Immerhin verschont er die Ottomane und den alten persischen Teppich im Salon. Aber schlecht wurde ihr trotzdem. Sie wusste, gleich müsste sie mit zugehaltener Nase die Hundehaufen aus der Badewanne entfernen.

Letzteres erstaunte Frau Radziejowska immer wieder.

»Mein Borys?«, sagte sie beim Frühstück, unter zwei gekreuzten Säbeln sitzend, zu Rena. »Ausgeschlossen, dass er sein Geschäft in die Badewanne macht!«

Erklärungen halfen hier nicht, schade um die Zeit. Umso mehr, als Frau Radziejowska fürchtete, sich zu erkälten, und morgens die Fenster im Salon nicht öffnete. Rena war übel von dem Gestank, und sie wollte so schnell wie möglich mit Borys Gassi gehen.

Auf der Straße ließ sie ihn nicht von der Leine, denn er stürzte sich gern auf Radfahrer, biss ihnen in die Füße und zerrte an den Hosenbeinen.

Frau Radziejowska behauptete, bei ihr tue er das nie.

Kein Wunder, dachte Rena. Du gehst ja auch nie mit ihm raus.

»Kein Wunder«, sagte sie. »Er weiß, wer sein Frauchen ist.«

Und zufrieden warf die Radziejowska Borys als Belohnung eine Scheibe Wurst zu.

Rena versuchte also, so spät wie möglich nach Hause zu kommen. Nach den Veranstaltungen an der Uni und zwei bis drei Stunden Nachhilfe, die sie Gymnasiasten gab, ging sie abends zu Rudek und seiner Familie.

Manchmal konnte sie Róża noch einen Gute-Nacht-Kuss geben. Unglaublich, wie schnell die Kleine gewachsen war. Heute hatte Rena sie gefragt, ob sie lieber ein Kind oder eine Erwachsene sein wollte, und Róża hatte geantwortet:

»Ich will ein Kind sein, ein Kind, ein Kind!«

»Warum?«

»Weil ich nicht storben mag.«

Rudek sollte sich diese Sprüche von ihr aufschreiben.

Rena half Ruth, das Abendessen vorzubereiten.

Und dann warteten sie schweigend am Küchentisch. Sie erinnerte sich, wie sie sich in Tarnów gegenseitig überschrien hatten. Die Wohnung in der Goldhammer-Straße war so lebendig gewesen.

Hier konnte man (abgesehen vom Schlucken des Speichels und dem Knurren im Bauch) sogar hören, wie Ruth die Nadel in ein Kleidungsstück stieß, das sie gerade stopfte. Und wie Rena ihre Notizen umblätterte. Sie bereitete sich auf den nächsten Tag vor und versuchte, nicht an Mieczysław zu denken. Aber versuchte auch er, nicht an sie zu denken?

Am Anfang, als sie sich kennenlernten, schrieb er ihr in einem Brief: »Ich denke entschieden zu oft an Dich, Du unerträgliches Mädchen!« Am Ende, vor ihrer Abreise nach Krakau, beschlossen sie gemeinsam, es sei besser, wenn sie sich trennten.

Aber ging es auch ihm jetzt schlechter?

Schluss damit. Sie musste sich auf das Hier und Jetzt konzentrieren. Krakau. November 1935. Viertel vor zehn.

Hatten andere nicht viel größere Sorgen? Salek und seine Irka, von der die Eltern so bezaubert waren, als sie nach Tarnów kam. Sie fotografierte sie im Hof vor dem Schuppen.

Angeblich hatte sie in Krakau auf die Standardfrage der Polizisten, ob sie sich eine Droschke zum Gefängnis leisten könne, geantwortet, sie wolle keine Droschke, sie würde lieber unter dem Bajonett der Polizei durch die Stadt spazieren.

»Für Kommunisten ist das Ins-Gefängnis-Kommen wie das Ins-Paradies-Kommen«, erzählte Rudek boshaft. »Sie wollte ihr Glück mit den Passanten teilen.«

Damals konnte er nicht wissen, dass Irka im Gefängnis erkranken würde.

Was empfand Hesio, dessen Lotka von ihren Eltern zum Studium nach Wien geschickt worden war? Und wie ging es ihrer Schwägerin, die ihr gegenübersaß, über eine Näharbeit gebeugt? Wovor floh sie in ihren Gedanken? Wenn sie Ruth betrachtete, die jeden Moment mit angespannter Miene auf die Uhr über dem Tisch sah, kam Rena nicht umhin, sich ihr Teil zu denken.

Hatte genau diesen angespannten Gesichtsausdruck nicht auch Mieczysławs Frau, wenn sie sich begegneten?

Rudek verbrachte immer mehr Zeit im Kerzen-Syndikat. Man wusste nie, wann er nach Hause kam. Sicher war nur, dass er müde, gereizt und hungrig sein würde.

»Stört dich das nicht?«, hatte Rena einmal gefragt.

Die Nadel, mit der Ruth gerade einen Socken ihres Mannes stopfte, erstarrte einen Moment.

Und Rena bereute ihre Frage.

Schließlich wussten beide, dass Rudek lieber als Lateinlehrer gearbeitet hätte, doch davon konnte er keine Familie ernähren und die Eltern nicht unterstützen, außerdem wollte sowieso fast niemand mehr Juden in Schulen anstellen.

Also wussten sie beide, dass Rena in Wirklichkeit etwas anderes gefragt hatte.

Jetzt sah Ruth Rena an, wollte ihr vielleicht etwas sagen, aber dann hörte sie, dass der Schlüssel im Schloss umgedreht wurde, zuckte nur die Schultern und kehrte zum Stopfen zurück.

Der Fußboden im Flur knarrte, und Rudek kam mit energischem Schritt in die Küche.

»Wir ersticken in Arbeit.«

Er lockerte die Krawatte und warf das Jackett auf einen Stuhl.

»Wie geht's, Mädels? Was macht Róża?«

»Schrei nicht so, du weckst sie«, sagte Ruth.

Rudek blickte auf und lächelte Rena an, die aufgestanden war, um den Bruder zu begrüßen. Er küsste sie auf die Wange.

Rudek

»Ist sie schwanger?«

Rudek, der schon eingeschlafen war, war sich nicht sicher, wer ihn das fragte. Er wusste nicht, wo er war. Er begriff nicht, was er tat. Neben wem lag er da? Er versuchte, sich vom Schlaf zu befreien, aber seine Lider schienen eine Tonne zu wiegen. Bist du das, Nusek? Ruth? Zula? Es gelang ihm, die Augen zu öffnen. Wie jede Nacht lag er im Bett neben einer Frau und dachte an eine andere.

»Sie ist schwanger, stimmt's?«, fragte Ruth.

Aber er passte doch immer auf, und wenn er keine Präservative hatte, versuchte er, ihn rechtzeitig rauszuziehen. Jetzt drehte er sich auf die andere Seite.

Die Lipska schwanger! Heißt das, die Entscheidung ist von selbst gefallen? Einen Moment lang war er erleichtert.

Ich werde wieder Vater. Der nächste Stramer kommt zur Welt. Ein Junge oder ein Mädchen?

Wäre seine Tochter nicht gewesen, hätte er ja schon lange entschieden, sich zu trennen, und er hätte all das hinter sich.

Er liebte es, Róża Geschenke mitzubringen. Eine Puppe auf die Fußmatte zu legen, an die Tür zu klopfen und sich ein halbes Stockwerk höher zu verbergen, um zu sehen, wie sie sich freute. Er trug sie huckepack durch Krakau. Er nahm sie mit ins Schwimmbad und sogar zu den Spielen von Cracovia.

Am meisten mochte sie es, wenn sie im Laufen in die Straßenbahn oder aus ihr heraussprangen. Er hielt sie in den Armen, sie schmiegte sich an ihn und quietschte. Das war ihr Geheimnis, Róża hatte versprochen, niemandem davon zu erzählen. Was könnte er ihr jetzt sagen?

Er hatte Lust auf eine Zigarette. Er rauchte selten, nur wenn er nervös war; Róża hatte ihn noch nie mit Zigarette gesehen. Die Lipska rauchte ägyptische, die teuersten, für vier Zloty das Päckchen. Bei ihrem Einkommen! Das konnte er nicht verstehen. Mit Zigaretten sollte man eher Geld verdienen. Da kannte er sich aus, schließlich hatte er früher selbst welche verkauft, an Soldaten. Jetzt steckte er sich höchstens mal im Bett eine an und gab sie an Zula weiter, die sie – den Kopf auf seiner Brust – zu Ende rauchte. Wenn sie schwanger wäre, müsste sie aufhören.

Aber Moment mal … Der Reihe nach. Woher sollte Ruth von der Schwangerschaft wissen? Und das vor ihm? War die Lipska zu ihr gekommen und hatte ihr von ihrer Affäre erzählt? Einmal hatte sie ihm sogar damit gedroht. Aber wann hätte sie das tun sollen? Und wenn sie einen Brief geschrieben hatte?

Dachte sie etwa, dass er nach so etwas mit ihr zusammenbleiben würde?

Rudek holte tief Luft und fragte seine Frau in möglichst gleichgültigem Ton:

»Woher weißt du das?«

»Ich bin eine Frau«, erwiderte sie.

Er tat so, als gähnte er, um Zeit zum Nachdenken zu gewinnen. Müde war er jetzt nicht mehr. Es gab einen Ausweg: Er würde jetzt, vor seiner Frau, alles leugnen und die Lipska, sofern sie nicht log und wirklich schwanger war, zum Engelmacher schicken.

»Ich verstehe nicht«, sagte er zu seiner Frau. »Wer ist schwanger?«

»Na ich bestimmt nicht!« Ruth setzte sich im Bett auf.

Sie lehnte den Kopf an die Wand, zog die Beine an und schlang die Arme um sie. Jetzt tat sie Rudek leid. Was musste sie wegen ihm durchmachen?

»Deine Schwester.«

Am nächsten Tag nach der Arbeit, in dem durchgelegenen Bett, erzählte Rudek Zula davon.

Er sollte ihr wohl eine neue Matratze kaufen. Diese hier hatten sie völlig ruiniert. An einer Stelle hatte eine Feder den Stoff durchbohrt, und man musste aufpassen, dass man sich nicht verletzte. An anderen Stellen hatte sie Flecken, sie war reif für den Müll.

In Kazimierz hatte er ein Matratzengeschäft entdeckt, er müsste hingehen und sich die Preise ansehen.

Zula hörte ihm aufmerksam zu, mit dem konzentrierten blauen Blick von Frau Zuzanna Lipska, den er aus dem Sekretariat im Kerzen-Syndikat so gut kannte. Diese Augen schauten ernsthaft, prüfend, sie lachten ihn nicht an. Deshalb ersparte er ihnen ein paar Details der letzten Nacht. Vor allem seine Gedanken. Und den kurzen Moment schmerzlicher Enttäuschung und danach die große Erleichterung, als er begriff, dass nicht die Lipska schwanger war.

Rudek steckte sich eine an, nahm einen Zug und gab die Zigarette Zula.

Die Geschichte von Rena und Rechtsanwalt Zawadowski interessierte Zula. Sie wollte wissen, wie lange die Affäre schon gedauert hatte, als sie ein Paar wurden. Sah sie in ihnen ein Spiegelbild ihrer eigenen Beziehung? Jedenfalls röteten sich ihre Wangen und dann auch die kleinen, leicht abstehenden Ohren, die er so liebte.

»Rena tut mir leid«, sagte sie.

Rudek beriet sich selten mit jemandem. Mit der Lipska wohl das erste Mal. Ähnlich wie Ruth war sie der Meinung, er sollte so schnell und so behutsam wie möglich mit Rena reden. In solchen Angelegenheiten sollte man nicht warten. Und im Falle eines Falles wüsste Zula einen vertrauenswürdigen und zuverlässigen Arzt.

»Im Falle eines Falles …« Rudek hatte es sich gemerkt.

Vor dem Gespräch mit der Schwester wollte er noch mit Salek reden. Das nächste Treffen sollte in einer Woche stattfinden. Ein ganzer Tag im Zug für zehn Minuten Gespräch in Anwesenheit eines Wächters. Aber es war ja schon gut, dass dieses blöde Gitter nicht mehr zwischen ihnen wäre, wie am Anfang. Wenigstens könnte er den Bruder umarmen.

Salek stellte seinen Schwachpunkt dar. Das war schon immer so. Darüber war Rudek sich klar.

Der jüngere Bruder machte ihn nie an oder nervte ihn. Im Gegensatz zum jüngsten, Nusek, der Rudek oft aus dem Gleichgewicht brachte. Es reichte schon, wenn er nur in der

Nähe war. Er stellte dumme Fragen, mischte sich in Angelegenheiten, die ihn nichts angingen, und stilisierte sich zum Opfer. Als er noch in der Goldhammer-Straße wohnte, schnappte Rudek sich manchmal Nusek, legte ihn auf den Rücken, kniete sich auf Nuseks Unterarme und ließ langsam ein dickes Stück Spucke über dessen Gesicht los. Als es schon fast Nuseks Nase berührte, der abwechselnd um Gnade bat und mit den Beinen zappelte, zog Rudek den Speichel im letzten Moment zurück in den Mund. Sofern es nicht zu spät war. Nicht immer gelang das.

Und Salek? Er hatte etwas an sich, das den anderen bewog, ihm helfen zu wollen. Vielleicht gerade, weil er nie um Hilfe bat. Er war der ruhigste der Brüder. Und er erledigte von Kind auf alles mit einem Gespräch.

Jetzt brachte der Wächter ihn in den Besuchsraum.

Rudek betrachtete das blasse, ausgemergelte Gesicht seines Bruders, der den Husten unterdrückte und die Nase am Ärmel seines Drillichanzugs abwischte.

»Wie geht's dir?«, fragte er.

»Gut!«

Sofort fiel ihm Salek als kleines Kind ein. Er war von einem Baum gefallen, und Rudek führte ihn an der Hand ins Haus. Aus der Nase blutete er, das Knie war geschwollen, und er weinte.

»Wie geht's dir, mein Schatz?« Mama beugte sich zu ihm hinunter.

»Gut«, erwiderte er.

Jetzt war Rudek ratlos. Die Wut auf die blöden Kommunisten, die ihn auf dem ganzen Weg von Krakau nach Łomża fast zerrissen hatte, war vorüber. Was verbarg sich eigentlich, hatte er gedacht, hinter ihren schönen Worten von sozialer Gerechtigkeit, von der Verteidigung der Benachteiligten und der Minderheiten? Sie waren sich ja nicht einmal untereinander einig, übten Selbstkritik und baten um Verzeihung wie kleine Kinder, aber die anderen wollten sie belehren! Und sie hetzten die Arbeiter auf. Sogar die Aktivisten, die hin und wieder auf der »Durchreise« bei Rudek übernachteten, beklagten sich darüber.

Im Abteil hatte er mit niemandem geredet, nur in Gedanken mit Salek.

»Sag doch selbst, was gelingt ihnen eigentlich, den Kommunisten? Abgesehen natürlich von der Aktion, an Jom Kippur vor der Synagoge Schinkenbrötchen zu essen? Ins Gefängnis gesteckt zu werden und sich als Juden-Kommunisten beschimpfen zu lassen!«

Er musste das Salek endlich ins Gesicht sagen!

Aber vor Ort, in Łomża, wollte er nur noch eines – ihn da rausholen. Der ganze Zorn war im Zug geblieben. Und wenn es möglich gewesen wäre, hätte er sogar mit seinem Bruder getauscht.

Zu dem Besuch hatte er Salek ein Foto der Eltern mitgebracht, das Irka im Hof der Goldhammer-Straße gemacht hatte.

»Schönes Licht«, lobte Salek.

Rudek nickte, damit kannte er sich nicht aus. Die Eltern saßen auf der hinfälligen Holzbank vor dem Schuppen und blickten direkt ins Objektiv. Die Mutter, schon völlig grau geworden, in einer schwarzen Bluse mit weißen Punkten. Sie lächelte. Hing ihr das rechte Lid ein wenig herunter, oder sah das nur auf dem Foto so aus? Die Hände lagen im Schoß. Und Vater? Er sah aus wie immer, eher waren der zerknitterte Anzug und der in die Stirn gezogene Hut älter geworden.

»Wann hast du Irka zuletzt gesehen?«, fragte Salek.

Und Rudek musste es ihm erzählen. Zwei Wochen zuvor hatte er sich mit Irkas Vater verabredet. Brodner hatte noch aus der Zeit der Legionen weitreichende Bekanntschaften. Vielleicht könnte er sie nutzen, um den zukünftigen Schwiegersohn aus dem Gefängnis zu holen? Wahrscheinlich würde ein Telefonanruf genügen.

Rudek war in seinem besten Anzug zu ihm gegangen in der Hoffnung, er könne ihn dazu überreden.

Konnte man in Krakau besser wohnen? Unweit des Marktes, des Planty-Parks und der Universität. Und das in einem Jugendstilhaus. Und drinnen … Er versuchte, sich nicht zu sehr umzusehen, wie früher in der Wohnung von seinem Schulkameraden, dem Sohn des Vize-Bürgermeisters. Aber er bemerkte, dass allein Irkas Zimmer größer war als sein Wohnzimmer und Schlafzimmer in Podgórze zusammen. Größer als die ganze Wohnung der Eltern in Tarnów, deren Foto vor dem altersschwachen Schuppen ihm Irkas Vater gerade übergeben hatte.

In diesen Räumen voll teurer moderner Möbel und Bilder sah es aus wie ein Andenken aus dem vergangenen Jahrhundert.

Brodner trug ein weißes Hemd und eine lange schwarze Krawatte und roch nach Lavendel. Aber Rudek hätte ihn auf der Straße allein an dem adeligen Schnurrbart erkannt, von dem Salek erzählt hatte.

»Was denkst du, wozu brauchen Männer lange Krawatten?« Rudek erinnerte sich an die Frage der lachenden Zula. »Aber du musst nicht …«

Wusste sie auch, warum die Juden Schnurrbärte trugen? Aus demselben Grund, aus dem manche ihre Söhne nicht mehr beschneiden ließen.

Sie gingen in den Salon und setzten sich in Klubsessel am Kamin. Wie bequem, dachte Rudek. Wie viele Monatsmieten könnte ich von so einem Sessel wohl bezahlen?

Aus der Zeit, als er in Krakau studierte, war ihm die Angewohnheit geblieben, alles in Mieten umzurechnen.

Das war schließlich die internationale, die universellste Währung. Mehr noch als der Dollar.

Irkas Vater sprach das Thema Salek zuerst an. Es stellte sich heraus, dass er ihm schon ganz zu Anfang seiner Haft in einem Brief zu verstehen gegeben hatte, dass er sich gerne für ihn einsetzen wolle, wo es nötig wäre. Aber Salek hatte das abgelehnt.

»Den Gefangenen bitten, dass er so gut sein soll, das Gefängnis zu verlassen!«, grinste Brodner.

»Sie spielen alle die Helden«, sagte Rudek.

»Es kommt ihnen wie ein Spiel vor«, nickte Brodner. »Aber die Konsequenzen sind ernst.«

»Ich werde Salek davon überzeugen, dass er seine Meinung ändert«, versprach Rudek.

Doch er glaubte selbst nicht, dass ihm das gelingen würde.

»Dann nehme ich mich der Sache natürlich an«, sagte der Rechtsanwalt. »Inklusive der Kaution von zweitausend Zloty.«

In diesem Moment hörte sogar Brodners Schnurrbart auf, Rudek zu nerven. Denn war es nicht besser, sich einen Schnurrbart wachsen zu lassen und Ruhe zu haben, als eine Revolution anzuzetteln und die ganze Welt auf den Kopf zu stellen?

»Ich weiß gar nicht, wie ich Ihnen danken soll.«

Er hatte mehr bekommen, als er erhofft hatte. Anders als in dem Witz, der in letzter Zeit in Krakau kursierte. Einen Augenblick überlegte er, ob er nicht wenigstens die Pointe erzählen sollte.

Ein Pfarrer fährt mit dem Wagen, es ist Winter und schneit. Da bemerkt er Mojsche, der zu Fuß geht. Der Pfarrer nimmt ihn mit in die Stadt und sagt unterwegs: »Schau mal, Mojsche, dieser Judas – warum hat er für dreißig Silberlinge seinen Herrn

Jesus verkauft?« Worauf Mojsche antwortet: »Herr Pfarrer, wahrscheinlich hat er nicht mehr für ihn bekommen.«

Stattdessen fragte er nach Irka.

Brodner wunderte sich, dass Rudek nichts wusste. Irka war krank geworden, sie hatten sie aus dem Gefängnis entlassen und in ein Krankenhaus in Krakau verlegt. Die Ärzte vermuteten eine schwere Lungenentzündung. Im besten Fall.

»Im Laufe der letzten Woche hat sich ihr Zustand noch verschlechtert«, sagte Rudek jetzt zu Salek im Besuchssaal, nachdem er von der Begegnung mit Brodner berichtet hatte.

Salek sprang vom Stuhl auf.

Rudek begriff, dass er ihn jetzt nicht mehr überzeugen musste, Irkas Krankheit war ein ausreichendes Argument, um wieder in Freiheit sein zu wollen.

»Wahrscheinlich hat die Zensur ihre Briefe zurückgehalten«, sagte Salek resigniert und setzte sich wieder.

Und er wurde ähnlich traurig wie Brodner an jenem Tag in seiner schönen Wohnung.

KAPITEL 27

Rywka

Wieder saßen wie früher alle Kinder am Küchentisch in der Goldhammer-Straße, und sie sah zu, wie sie aßen. Was sollte sie tun – das war ihr liebster Anblick.

Es schien noch nicht lange her, da kletterten sie mühsam auf die Stühle und erreichten mit den Füßen kaum den Boden. Jetzt hatten sie ihre alten Plätze eingenommen, und es war recht eng. Sie konnte nicht wissen, dass sie zum letzten Mal alle zusammen am Tisch saßen.

Wer hatte sich in dieser Zeit am meisten verändert? Sicher Wela und Nusek. Obwohl Rywka das nicht bemerkte, weil sie sie jeden Tag um sich hatte. Beide waren schon größer als sie, Wela bekam rundliche Formen und Nusek einen Bart.

Hesio hatte zum Glück etwas zugenommen. Und war männlicher geworden. Bestimmt dank der Gartenbauschule, die er abgeschlossen hatte, weil ihn nach dem Gefängnis keine andere hatte annehmen wollen. Gut sah er aus in dem Hemd mit hochgekrempelten Ärmeln; alle ihre Söhne hatten von Nathan die schönen, kräftigen Unterarme geerbt.

Für Rywka hatte sich vor allem Salek verändert. Nicht nur, weil er jetzt wie Hesio quer durchs Zimmer lief, wenn er über etwas nachdachte. Salek hatte sich nicht äußerlich verändert, vom Aussehen oder vom Naturell her – denn er war schon von Kind auf ernst und reif.

Aber ganz im Innern war er nicht mehr derselbe. Und das beunruhigte Rywka.

Natürlich hätte sie nicht gewollt, dass er als gebrochener Mann aus dem Gefängnis käme. Aber – so überlegte sie – musste er in die andere Richtung so übertreiben? Musste er gar so tapfer sein, keinerlei Schwäche zeigen und so tun, als wäre nichts geschehen?

Sie sah Irka noch vor sich, als sie damals bei ihnen zu Besuch war. Sie hatten am selben Tisch gesessen. Die schüchterne Wela hörte schweigend dem Gespräch der Erwachsenen zu, den Blick auf Irkas bis zum Hals zugeknöpftes Kleid aus dunkelblauer Schurwolle geheftet, das einen Kragen in Schottenkaro hatte. Sie aßen den Apfelkuchen, den die zukünftige Schwiegertochter (wie sie damals glaubten) unnötigerweise aus Krakau mitgebracht hatte, denn Rywka hatte für den Besuch einen Käsekuchen gebacken.

»Und der ist wesentlich besser«, gab Irka zu.

Alles gefiel Irka, und sie wollte alles fotografieren. Die Straße, den Hof, die Wohnung. Sogar die Stramers. Sie fragte sie aus, wie Salek als Kind gewesen sei, wie als Junge, als Sohn. Wo er geschlafen, wo er gespielt und wo er Hausaufgaben gemacht hatte. Als sie begriff, dass all das in einem einzigen Zimmer stattgefunden hatte, war sie beeindruckt.

»Ich hatte alles in Reichweite, musste nur die Hand ausstrecken«, sagte sie. (Rywka betrachtete ihre schönen schlanken Finger und den Verlobungsring.) »Ich wurde in einem Haus geboren, wo in den Regalen schon Hunderte Bücher auf mich warteten. Ich musste nur nach ihnen greifen.«

Nathan schüttelte den Kopf; zum Glück wusste Irka nicht, was er im Sinn hatte.

»Und Salek hat sich alles selbst erarbeitet«, fügte sie hinzu.

Nathan, unverhofft stolz auf seinen Sohn, nickte. Als wäre das auch sein Verdienst.

Rywka wusste nicht mehr genau, wann Salek angefangen hatte, so viel zu lesen. Sicher hatte Rudek ein Buch aus der Bibliothek mitgebracht oder den Bruder dorthin mitgenommen. Den Cheder erwähnte sie nicht. Wozu auch? Es war ja sofort ersichtlich, dass Irkas Familie schon lange nicht mehr in die Synagoge ging. Salek brachte immer mehr Bücher nach Hause. Rywka erinnerte sich, dass er am Anfang nur Bücher von Autoren mit dem Buchstaben A ausgeliehen hatte. Danach die mit B und C. Das faszinierte Irka ungemein.

»Es gab ja keinen, der ihn hätte beraten können, und so …«, sagte Rywka ein wenig verlegen.

»… war er auf das Alphabet angewiesen!«, lachte Irka.

Einmal hatte er seiner Mutter gesagt, in der Bibliothek fühle er sich wie in einem Laden mit Süßwaren, wo alles in den Regalen umsonst ist.

Rywka sah Irka an, ihre langen Wimpern und leuchtenden Augen. Sie verstand sehr gut, was die junge Frau für Salek empfand und was Salek für sie empfinden musste.

Er hat mehr Glück als Rudek, dachte sie damals.

Aber wie ihr Vater, Saleks Großvater, immer zu sagen pflegte: »Man weiß nie, wo der Blitz einschlägt.«

Warum ausgerechnet Irka? Wer konnte das schon wissen?

An jenem Sonntag ließ Irka Rywka, Nathan und Wela in guter Stimmung zurück.

»Trotz den vielen Büchern ist sie ein ordentliches Mädel geworden. Und hübsch ist sie auch. Und nicht mal 'ne Brille trägt sie«, sagte Nathan, als sie ihr am Bahnhof nachwinkten. »Es hat sich gelohnt, den Jungen zum Studium zu schicken.«

Salek hatte es nicht geschafft, sich von Irka zu verabschieden. Erst eine Woche nach ihrem Begräbnis hatten sie ihn freigelassen.

»Ich fahre nach Spanien«, sagte er jetzt.

»Die warten dort nur auf dich …«, brummte Nathan.

Sogar Rywka lächelte, als sie sich Salek in Uniform und mit einer Waffe vorstellte. Sie wusste ja, dass er von allen Brüdern Gewalt am meisten ablehnte und sie vermied, wo er konnte.

Aber dann kam ihr in den Sinn, dass er das wegen Irka tat, dass er extra nach Spanien gehen wollte, um sich töten zu lassen.

Wer konnte ihn noch aufhalten? Sie sah Rudek an.

»Na, dann fahr«, sagte Rudek, der ebenfalls begriffen hatte, dass es Salek ernst war. »Mein Bruder bleibst du trotzdem.«

Jetzt hält ihn keiner mehr auf, dachte Rywka.

Und eine Woche später fuhr Salek. Wie? Mit wem? Auf welchem Weg? Alles war ein Geheimnis, das nicht einmal sein älterer Bruder kannte.

KAPITEL 28

Nusek

Noch lange nach Saleks Abreise wiederholte Nusek ständig die zwei Sätze: Na, dann fahr. Mein Bruder bleibst du trotzdem.

Die anderen, zum Beispiel die Lehrer in der Schule, quatschten stundenlang, und man konnte sich nichts davon merken. Vor allem, wenn eine Klassenarbeit anstand. Der beste Beweis waren Nuseks Noten. Doch wenn Rudek hin und wieder etwas sagte … Er könnte kein Lehrer sein. Ganz sicher nicht. Eines der ersten Dinge, die Nusek in der Schule gelernt hatte, war, den Lehrern nicht zuzuhören. Dabei hatte ihm Lolek Szpeda geholfen. Es war kein Zufall, dass sie immer noch nebeneinander in der Bank saßen, inzwischen in der Berufsschule.

»Kann ich mitkommen?« Während seiner ganzen Kindheit war dies Nuseks Frage gewesen.

Die Brüder antworteten in der Regel gar nicht.

Sie verschwanden durchs Tor, und er stellte sich jahrelang all die tollen Dinge vor, die er verpasste.

Einmal rief er ihnen vom Hof aus nach:

»Aber warum?«

Diese Frage war ganz von selbst herausgesprudelt. Und sofort bereute er sie, denn das Beste, was er je als Antwort darauf bekommen hatte, war: »Zum Wohle der Gemeinschaft.«

Und Rudek drehte sich um und sagte:

»Das Leben ist ungerecht.«

In der Tat, da hatte er Recht.

Es bestätigte sich mit jedem Jahr.

Die Welt wäre entschieden gerechter gewesen, wenn sie ihn mitgenommen hätten.

Seit die Brüder aus Tarnów weg waren, stellte er sich manchmal vor, er wäre einer von ihnen.

Rudek, der durch die Krakauer Straße ging, wo es jetzt die besten Läden und Cafés gab. Er kannte nicht nur alle, sondern sie grüßten ihn auch zuerst. Und er erwiderte den Gruß mit einem leichten Nicken.

Und wenn er Hesio wäre? Dann hätte er endlich mit einem Mädchen schlafen können. Am besten mit Lotka. Und wenn nicht sie, dann dürfte es auch irgendeine andere in Warschau sein. Hesio hatte einen guten Geschmack. Sicher hatte er dort schon eine gefunden. Mindestens eine. Bestimmt knutschte er mit ihr jetzt gerade auf irgendeiner Parkbank.

Selten dagegen stellte er sich vor, er sei Salek und müsse in Spanien »für eure und unsere Freiheit« gegen die Faschisten kämpfen. Nicht dass er Angst gehabt hätte, wovor auch? Salek hatte geschrieben, er habe noch kein einziges Mal mit seiner Waffe geschossen. Und Vater sagte immer, der erste Befehl im Krieg sei, sich zu verschanzen, und dann würde man in diesen verdammten Schützengräben warten. Und Nusek hasste das Warten. Vielleicht weil er schon mehr als genug gewartet hatte, bevor er als letztes der Geschwister zur Welt kam. So zumindest sah er das selbst. Aber andererseits redeten alle im Haus ständig über Salek und machten sich seinetwegen Sorgen, weil seit Monaten keine Karte mehr aus Barcelona mit der Unterschrift »Salo« gekommen war.

Nusek ertappte sich manchmal dabei, dass er den Brüdern etwas erzählen wollte, zum Beispiel einen Traum. Aber würden sie ihn zu Ende erzählen lassen, ihn nicht unterbrechen? Vor ein paar Tagen hatte er geträumt, das Leben in Tarnów sei zum Erliegen gekommen, als hätte jemand die Zeit angehalten. Autos, Busse und Straßenbahnen standen still. Die Leute waren erstarrt wie auf Fotos. Manche mit geöffnetem Geldbeutel an der Kasse eines Ladens, manche mit heruntergelassener Hose auf dem Klo. Frauen während des Anprobierens beim Schneider. Die Friseuse Antosia, im BH, hatte im Hinterzimmer gerade die Schürze ausgezogen …

Alle außer Nusek.

In Ruhe konnte er ein paar Banknoten aus der Kasse der Geschäfte holen. Leihweise, er würde das Geld bei Gelegenheit zurückgeben, wenn er wieder welches hätte. Er konnte die Mädchen küssen, die ihm schon immer gefallen hatten, und sogar die, die ihm nicht gefielen. Und keine haute ihm auf die Schnauze. In der Konditorei auf dem Sobieski-Platz konnte er sich selbst italienisches Eis nehmen, seine Lieblingsgeschmäcker: Pistazie, Vanille und Schokolade, zwei Kugeln von jeder Sorte, und beim Hinausgehen an der Tür den Zettel »Juden Zutritt verboten« abreißen, zusammenknüllen und dem alten Besitzer der Konditorei ins Maul stopfen.

Da kam die Zeit wieder in Gang, der Alte würgte, und Nusek wachte auf.

Er bereute nur eines: dass er es nicht geschafft hatte, das Eis zu essen.

Am selben Tag ging er in die Konditorei und stellte sich vor das Schaufenster. Es war genau wie in seinem Traum: der Besitzer, das Eis und der Zettel an der Tür. Er trat nicht wegen des Zettels nicht ein, sondern weil er kein Geld hatte. Schließlich war er der am wenigsten dunkle Typ von den Brüdern, im Sommer hatte sein Haar von der Sonne sogar noch einen helleren Ton. Nur in dieser Beziehung konnte er sich jetzt besser fühlen als seine Brüder.

Was für eine Genugtuung, dass er nicht nach dem aussah, der er war.

Die beiden Brüder wären sicher nicht in die Konditorei gekommen. Ganz zu schweigen von einem anderen Café, das er unlängst betreten hatte, trotz des Schildes HUNDEN UND JUDEN ZUTRITT VERBOTEN. Nusek spürte den forschenden Blick des Kellners am Eingang. Deshalb fragte er:

»Und warum Hunden?«

Der junge Kellner lachte und ließ ihn herein.

Nusek hatte sich übrigens gar nicht an einen Tisch gesetzt. Es war das Lieblingscafé der Burschen von den Ordnungskräften der Gesamtpolnischen Jugend. Warum hätte er das riskieren sollen? Er winkte nur durchs Fenster dem draußen stehenden Lolek zu und ging kurz darauf in aller Ruhe wieder hinaus, wobei er den Blick des jungen Kellners vermied. Er hatte mit Lolek gewettet, dass er hineinkam. Und er hatte gewonnen.

Zu Hause fand niemand seine Frage »und warum Hunden?« lustig. Er hätte sich damit nicht zu brüsten brauchen.

Aber wie hätte er sonst die Wette gewinnen sollen?

Seine Mutter schüttelte den Kopf und betrachtete Rudek auf dem gemeinsamen Foto der Kinder, das auf der Kommode stand. Diesen Blick kannte Nusek gut. Sicher würde der Bruder ihn wieder anmachen, wenn er aus Krakau käme.

»Und was hast du gewonnen?«, fragte Nathan, als wollte er ihn mit dieser Frage unterstützen.

Frag nicht!, dachte Nusek und zuckte die Schultern.

Die Familie von Lolek Szpeda war noch ärmer als die Stramers. Um Nusek den Zloty zu geben, um den sie gewettet hatten, musste Lolek ihn sich zuerst von Nusek leihen.

Nusek war damit einverstanden, unter der Bedingung, dass sie von dem Gewinn ihren Lieblingskuchen, ein Cremetörtchen, kaufen und es gemeinsam auf einer Bank im Strzelecki-Park verzehren würden. Schließlich waren sie beste Freunde.

In letzter Zeit stritten sie sich schon weniger, und wenn, dann baten sie danach abwechselnd um Verzeihung. Das hatten sie vereinbart.

Und es funktionierte. Es war unwichtig geworden, wer wen zuerst beleidigte.

»Verpiss dich, du stinkender Ruthene«, warf Nusek zum Beispiel in den Raum und fügte im Gehen hinzu: »Denk dran, jetzt bist du an der Reihe.«

In der Schlange für das Cremetörtchen spielte Nusek mit der gewonnenen Münze. Er schoss sie mit dem Daumen in die Luft. Lolek und er schauten zu, wie sie sich drehte und das Licht reflektierte. Beide dachten an dasselbe. An den Porzellanverschluss. Statt in die Schule zu gehen, waren sie durch die Stadt gestreift, hatten laut an den Fenstern gerülpst (Lolek konnte das ganze Alphabet rülpsen, Nusek nur bis K) und mit dem Porzellanverschluss einer Bierflasche, die sie leergetrunken hatten, geübt, ein Ziel zu treffen. In einem bestimmten Moment hatte sich Lolek fünf Schritt vor Nusek hingestellt und den Mund aufgemacht.

»Du triffst im Leben nicht«, sagte er.

Nusek wartete, bis es windstill war, zielte in aller Ruhe und …

»Au!« Lolek hockte sich hin und griff sich ans Gesicht.

Vielleicht tat es schon im Voraus weh. Er wusste, was ihn für den abgebrochenen Zahn zu Hause erwartete.

Loleks Mutter schlug ihren Sohn bis heute mit einem Metallbügel. Nusek traf sie oft, weil sie als Hausmeisterin im Nachbarhof arbeitete. Bei ihr hatte er zum ersten Mal leckere Piroggen mit Erdbeeren gegessen. Wenn sie einen Kater hatte, war sie wirklich lieb.

Seinen Vater hatte Lolek nie gesehen. Manchmal erzählte er, er sei nach Amerika ausgewandert. Oder er sei Bergführer in Indien. Die Mutter erwähnte den Vater nur, wenn sie sich über Lolek aufregte:

»Du bist noch schlimmer als dieser Hurensohn.«

Nusek konnte sich genau an den Augenblick erinnern, als er begriff, warum Lolek immer sagte, er habe es schwerer als Nusek. Sie mochten vielleicht zehn gewesen sein. Die Mutter hatte Lolek zu sich gerufen. Sie harkte gerade die Herbstblätter im Hof zusammen. Mit ihrem Kopftuch und dem langen Rock sah sie aus wie immer, aber sie konnte sich kaum auf den Beinen halten. Auch reden konnte sie nicht mehr normal. Die Jungs hatten nur verstanden, dass sie sie in den Laden schicken wollte.

Nusek senkte den Kopf, um die beiden nicht anschauen zu müssen. Da sah er den starken durchsichtigen Strahl, der unter ihrem Rock hervor ins Gras rann.

Im Strzelecki-Park waren jetzt alle Bänke besetzt. Wie sie es geplant hatten, aßen sie das Cremetörtchen zusammen auf, aber im Stehen. Das dauerte keine Minute. Loleks Gesicht war voller Puderzucker. Nusek wischte sich mit dem Ärmel der Jacke ab.

»Was willst du nach der Berufsschule machen?«, fragte er.

Lolek zuckte traurig die Schultern. Genau wie Nusek, wenn sie ihn zu Hause mit dieser Frage quälten. Deshalb begriff er seinen Fehler sofort. Statt »was willst du?« hätte er eher fragen sollen: »Was kannst du machen?« Trotzdem ließ er nicht locker.

»Für mich wird Rudek sicher in Krakau was organisieren«, sagte er.

Lolek schwieg und blickte weit in die ungewisse Zukunft, über die Dächer der Asot-Werke hinweg. Man wusste ja, wie verdammt schwer es war, in Tarnów gerade Arbeit zu finden.

Nusek fiel ein, was Rudek unlängst erzählt hatte. Er hatte von Freunden im Magistrat von Tarnów erfahren, wie der Lieblingsspruch des Stadtpräsidenten lautete: »Niemand gibt euch so viel, wie ich euch verspreche.«

»Mach dir keine Sorgen.« Nusek klopfte Lolek auf die Schulter. »Für dich frage ich auch.«

»Gut!« Lolek klopfte Nusek ebenfalls auf die Schulter. Sie erwiderten diese Gesten immer.

Übrigens war es Zeit, mit Rudek zu reden. Nusek war kein Kind mehr, das man nicht mit nach Krakau nehmen konnte, weil es zu klein war. Jemand musste Rudek das klarmachen.

Vielleicht Mutter? Auf Vater würde er wohl nicht hören.

Er sollte nicht darauf warten, dass Rudek selbst einen Vorschlag machte. Nach so vielen Jahren im selben Bett würde er nicht an die Not des Bruders denken. Nusek hatte gehört, dass er selbst Wela, die ein Jahr jünger war als er, schon versprochen hatte, dass er nach dem Abitur in Krakau etwas für sie finden würde.

Dann würde Nusek allein in diesem Hof in Tarnów zurückbleiben.

Na gut. Es war klar, dass Wela nach dem Lyzeum zum Studium wegziehen würde. Und natürlich nicht nach Wien wie ihre reichen Freundinnen, sondern wie Rena nach Krakau.

Sie wollte Medizin studieren. Das wäre vor ein paar Jahren kein Problem gewesen, aber jetzt ... Rudek hatte sich extra noch einmal genau erkundigt.

Danach kam er an einem Samstag nach Tarnów und erklärte Wela und den Eltern, dass Pharmazie auch ein gutes Fach sei und Pharmazeutin ein guter Beruf. Apotheken würden immer gebraucht, und sie müsste sich keine Sorge um die Arbeit machen.

Alles war klar. Er musste nicht davon sprechen, dass ihnen seit Piłsudskis Tod immer mehr Wege verwehrt wurden. Es begann mit »Jeder wo er hingehört« oder »Gleich und gleich gesellt sich gern«, ging weiter mit »Kauf nicht beim Juden« und endete mit dem Zerschlagen der Fensterscheiben in jüdischen Geschäften und Parolen wie »Juden nach Madagaskar!«. Er musste nicht sagen, dass die Regierenden Zustände wie die in Deutschland oder Italien anstrebten. Und dass diese Richtung den jungen Leuten gefiel, die mit Fackeln marschierten und eine »nationale Revolution« wollten. Der Nationalismus war die Welle von morgen.

Alle sprachen davon. Wie auch über den bevorstehenden Krieg. Sogar Nusek kannte die Namen schon zur Genüge: Hitler, Daladier, Chamberlain, Beck.

Rudek erzählte nur vom Gespräch zweier kultiviert aussehender älterer Herren in der Straßenbahn.

»Er muss doch ein kluger Mann sein, wenn er an die Macht gekommen ist!«, schrie einer von ihnen.

Und der zweite, der wohl schon leicht taub war, beugte sich zu ihm und erwiderte laut:

»Da muss was dran sein an seinem Programm, wenn man so auf ihn hört!«

Rudek war erleichtert, als er an seiner Haltestelle aussteigen konnte.

Ähnlich wie in der Straßenbahn wussten auch in der Goldhammer-Straße alle, von wem die älteren Herren redeten.

Nathan wurde ernst.

»Im Talmud steht geschrieben: *Wehe dem Sehenden, den ein Blinder führt*. Und ich sage euch: Wehe den Tauben, die ein Blinder führt.«

»Es ist wie in dem Witz von den zwei Eulen«, sagte Rudek.

»Eine sagt zur anderen: Du bist taub wie ein Stock! Und die andere antwortet: Und du wie ein Stock!«

Er wollte die Atmosphäre ein bisschen entspannen, aber sie hatten wohl nicht verstanden, denn sie lachten nicht besonders.

Wela erzählte, in der Schule hätten sie als Hausaufgabe einen Aufsatz über die Mistel bekommen. Ihre gute Freundin Wilga war aufgestanden und hatte vorgelesen: »Die Juden sind wie die Mistel, sie schmarotzen im Blut des polnischen Volkes.« Und sie hatte eine Eins bekommen.

So etwas hatte sie noch nie zuvor gesagt. Wela hatte auf dem ganzen Heimweg von der Schule geweint.

»Die ist bestimmt neidisch auf deinen Freund.« Rywka umarmte ihre Tochter und strich ihr übers Haar, das Wela jetzt der Mode entsprechend hinter dem Ohr trug.

Nusek war der Meinung, Wela sollte sich ein dickeres Fell zulegen. Sie nahm sich alles zu sehr zu Herzen. Wenn er sich alles zu Herzen nähme, was er jeden Tag im Schulflur hörte, müsste er den ganzen Tag ins Taschentuch rotzen. Über all die Jidden, Philosemiten, Judenlober, Judenschmeichler …

Aber Wela war – seit sie sich verliebt hatte – überempfindlich geworden. Und sie redete ständig über ihre Gefühle. Nusek gefiel ihr Freund Natek übrigens gar nicht.

»Warum?«, fragte Rudek, der ihn noch nicht gesehen hatte.

»Zu schön.«

»Bist du neidisch?« Der Bruder blickte aus der Höhe seiner fast 1,80 auf Nusek herab. »Ich hab gehört, er hat ein Buchhaltungsbüro gegründet. Es läuft gut, und er unterstützt noch die Familie.«

»Sie wohnen auf dem Land, und das Söhnchen hat sich fürs Mittagessen in der Goldhammer-Straße angemeldet und kommt jeden Tag hierher«, sagte Nusek.

Vielleicht hatte Rudek doch Recht, auch in diesem Fall? Schließlich redete man darüber, dass es in ganz Tarnów keinen Burschen gab, der besser aussah als Natek Kierbel. Wela erzählte, wenn sie zusammen durch die Straßen gingen, sähen sich alle nach ihm um. Nusek wusste, wie tief sogar Rena ihm in die blauen Augen sah, wenn sie aus Krakau kam. Und er hatte Wela zum Geburtstag ein Fahrrad gekauft. Vielleicht würde Nusek seine Meinung über ihn ändern, wenn er ihm auch etwas kaufen würde?

Nusek begleitete Rudek zum Zug nach Krakau und lenkte das Gespräch die ganze Zeit auf das besagte Thema. Er erzählte, nach der Schule wolle er eine Arbeit als Elektriker suchen. Aber heute sei es sogar für Fachleute schwer, etwas zu kriegen. Außerdem hätte er, verdammt noch mal, keine Kontakte. Aber er wolle ausziehen, um die Eltern nicht länger zu belasten. Hörte Rudek ihm überhaupt zu? Er bezweifelte es. War er vielleicht taub geworden in diesem Krakau?

Für alle Fälle lief Nusek um den Bruder herum und wiederholte alles noch einmal, jetzt ins andere Ohr.

Rudek machte eine Kopfbewegung, als wollte er eine summende Mücke vertreiben. Und unterbrach Nusek jeden Moment, um Bekannte zu grüßen und ein paar Worte mit ihnen zu wechseln, denen sie auf der Straße begegneten. Es waren immer die gleichen Sätze in letzter Zeit:

»Hitler blufft. Du wirst sehen. Die deutschen Panzer sind aus Pappe.«

»Der Krieg wird an uns vorbeigehen.«

»Hitler wird Stalin schlucken und dran ersticken.«

Trotz allem ist es gut, sich zusammen in der Stadt zu zeigen und die Leute daran zu erinnern, wessen Bruder man ist, dachte Nusek, obwohl er sauer war.

Rudek hielt an einem Matratzengeschäft an. Und ging wortlos hinein. Nusek stand allein auf der Straße und begriff im ersten Moment gar nicht, was los war.

Mehr als für seinen Bruder in Not interessierte sich Rudek für die am Bahnhof bettelnden Kinder. In letzter Zeit gab es immer mehr davon, überall. Rudek sah zu, wie sie mit Knöpfen spielten und Zigaretten rauchten. Einem Mädchen gab er ein paar Groschen.

Auf dem Bahnsteig winkte Nusek dem Bruder, aber in Wirklichkeit verabschiedete er seine Hoffnung auf eine bessere Zukunft.

Er machte zwei Schritte nach vorn. Noch einen und … »Wenn ich schon niemand sein soll, ist es da nicht besser, ich bin gar nicht?« Wenn er sich unter diesen Zug werfen würde, das würde Rudek sicher bedauern. Umso mehr als er eine Chance gehabt hätte, das Leben des jüngeren Bruders zu retten, indem er zum Beispiel im Kerzen-Syndikat eine Arbeit für ihn fände. Selbst dort brauchten sie Elektriker.

Mit welchem Gesichtsausdruck würde Rudek ein Steinchen auf sein Grab legen? Wenn man das im Voraus wissen könnte …

»Wenn du die Pflaumen nicht mit der Hand aus dem Glas herauskriegst, dann zerschlag das Glas.« Nur das hatte Rudek ihm gesagt.

Ich werde mich aber nicht taufen lassen wie Wilner, dachte Nusek, als er die Kirche der Heiligen Familie in der Krakauer Straße passierte. Was soll mir das bringen?

Wilner war der schlechteste Schüler in der Klasse, schlechter noch als Nusek und sogar Lolek. Aber er hatte einen Onkel in Warschau, einen ehemaligen Legionär, der ihm versprochen hatte, ihm einen Platz in der Offiziersschule für Sanitätsdienst zu besorgen. Unter der Bedingung, dass sein Neffe sich taufen ließe. Unwichtig, dass er nicht einmal das Gymnasium abgeschlossen hatte. Und was geschah? Wilner würde nach den Ferien nach Warschau gehen.

Wie Vater sagte: Jeder bekennt das, was er braucht, und in die Seele tappt man ja nicht in Galoschen.

Aber warum in Galoschen? Nusek zuckte die Schultern.

Wenn ich wegwollte, wie Wilner, dann könnte ich ja Hesio fragen, dachte er. Zwar sagt er immer, jeder Kleriker, egal ob polnisch oder jüdisch, ist eine Geschwulst, aber schließlich hat er einen Freund, der bald Pfarrer wird.

Leider reichte die Taufe allein nicht aus. Man musste auch noch Beziehungen in Warschau haben.

Viel geredet wurde über den jüngeren Sohn von Doktor Gramada aus dem jüdischen Krankenhaus. Er hatte das beste Abitur der Stadt gemacht. Und er wollte an die Marineakademie in Gdynia. Das war immer sein Traum gewesen. Die Examen bestand er hervorragend, aber als er sich vor der Ärztekommission auszog, sagten sie:

»Ihr Gesundheitszustand ist für die Marine nicht geeignet.«

Nach seiner Rückkehr berief sein Vater sofort eine Ärztekommission ein. Sie untersuchten den jungen Gramada und stellten einhellig fest, er sei gesund. Diese Erklärung schickten sie an das Ministerium für Innere Angelegenheiten. Nach einigen Wochen kam die Antwort: Gramada Ludwik werde nicht an der Marineakademie angenommen, weil keine Plätze mehr frei seien.

Zum Trost schickten ihn seine Eltern in die weite Welt zum Studium.

Nusek konnte zum Trost höchstens mit Lolek ein Bier trinken oder ein Cremetörtchen essen gehen.

Als er schon fast zu Hause war, überkam ihn das Gefühl, sich irgendwo verstecken, verschwinden zu müssen. Es war noch nicht spät, doch er zog sich aus und legte sich ins Bett.

»Nusek!«

Am nächsten Morgen zog sein Vater ihm mit Gewalt die Decke weg. Nusek tat so, als schliefe er noch.

»Goddammit! Steh auf!«

Nathan schüttelte ihn.

»Papa, lass mich in Ruhe.« Ausgerechnet sein Vater müsste ihn ja verstehen. »Ich hab Bauchweh.«

»Red keinen Quatsch.«

Für seinen eigenen »Magenkatarrh« hatte er mehr Verständnis.

»Du musst zum Markt laufen.«

Zehn Minuten später rannte Nusek so schnell, dass er die Ladenbesitzer nicht bemerkte, die Sperrholzplatten befestigten oder auf die Schaufenster Papierband in Form eines Kreuzes klebten.

Dafür sah er schon von weitem die lange Schlange vor dem Rathaus, die ein lebendiges S bildete. Als er näher kam, versuchte er, Bekannte auszumachen. Man hatte noch nicht angefangen, Gasmasken auszuteilen, aber schon verbreitete sich die Nachricht, sie würden wieder nicht für alle reichen. Es gab keine Chance, sich vorzudrängen, aber für alle Fälle versuchte er es. Ohne Erfolg. Er musste sich ganz ans Ende stellen.

Dass es in den letzten Augusttagen noch so warm war?

Sein Hemd klebte am Rücken. Er hatte sich zu Hause nicht einmal unter den Achseln gewaschen.

In der Schlange wechselten sich Polnisch und Jiddisch ab. Worüber redeten die alle? Anfangs begriff er es nicht.

Nein, das konnte nicht sein. Schließlich war er gestern mit Rudek auf dem Bahnhof gewesen.

»Eine Zeitbombe? Wo?«

»In der Gepäckaufbewahrung.«

»Was?!«

»Sie hat zwanzig Menschen getötet.«

Und das wenige Stunden, nachdem Nusek den Bahnhof verlassen hatte.

Mit Staub bedeckte und von der Explosion der Bombe erschreckte Pferde waren durch die Stadt galoppiert und hatten umgekippte Droschken hinter sich hergezogen.

Wer hatte die Bombe gelegt? Faschisten? Kommunisten? Ein entlassener Maschinist oder Stationsvorsteher, der seine Arbeit verloren hatte? Und wozu?

Jeder sagte etwas anderes und freute sich, dass es nicht sein Kopf, seine Arme oder Beine waren, die gestern durch die Bahnhofshalle geflogen waren.

Nusek schwitzte noch mehr, obwohl ihm kalt geworden war.

Ist das ein verdammtes Zeichen oder was?, dachte er. Dass ich überlebt habe und noch alles dran ist? Selbst wenn ich gestern Schluss gemacht und mich unter den Zug geworfen hätte, hätte das nichts gebracht, denn mein Tod wäre in den zwanzig anderen untergegangen. Und heute würden die Leute sowieso nur über die Opfer der Zeitbombe reden.

Nusek war jetzt nicht mehr der Letzte in der Schlange.

Gizella hatte sich zu ihm gesellt, die beste Freundin seiner älteren Schwester. Wie oft hatte er sie angestarrt, wenn sie zu Rena gekommen war. Aber sie schien ihn jetzt zum ersten Mal anzuschauen, jedenfalls freute sie sich zum ersten Mal über seinen Anblick.

Nusek erinnerte sich, dass Salek über Gizella einmal gesagt hatte: »Eine schöne Maid.« Lolek sagte, wenn sie ihr in der Stadt begegneten, im besten Fall: »Nicht schlecht, das Mädel.«

Und Rudek? Seit er verheiratet war und ein Kind hatte, sah er sich wohl nicht mehr nach anderen Frauen um. Wie er wohl Gizella fand? Doch was besagte das schon? Es war nicht wichtig, wer was von ihr hielt, sondern wie er jetzt mit ihr reden würde. Er hatte gehört, dass Reden bei Frauen am besten wirkte. Im Moment brachte er nur ein »guten Tag« heraus und war sprachlos.

Sie war immer noch einen halben Kopf größer als Nusek. Obwohl er gerade und sogar leicht auf den Zehenspitzen stand. Für alle Fälle drückte er die Arme an den Körper, damit sie seine Schweißflecken unter den Achseln nicht sehen konnte.

Es stellte sich heraus, dass sie tags zuvor ebenfalls am Bahnhof gewesen war. Und ebenfalls Glück gehabt hatte. Das ganze Gepäck in der Aufbewahrung war verbrannt, bis auf sechs Koffer, darunter ihrer.

»Der Bahnhof ist jetzt umstellt«, erzählte sie. »Und auf den Nachbardächern sind Posten mit Maschinengewehren.«

»Warum hast du den Koffer dort gehabt?«, wollte er fragen, aber sicher hätte sie ihm wie Hesio, der dort früher kommunistische Flugblätter aufbewahrte, sowieso nicht die Wahrheit gesagt.

Weitere Fragen konnte er nicht stellen, weil hinter ihnen zwei junge Kaftanträger halb polnisch, halb jiddisch zu schreien begannen, Gizella habe sich vorgedrängt. Nusek ballte die Fäuste. Sie waren hier nicht bei sich zu Hause in Grabówka. Noch ein Wort und … Er hätte sich am liebsten auf sie gestürzt.

Die Pejestypen hatten wohl die Schlange verwechselt.

»Wir warten hier auf Gasmasken, nicht auf den Messias!«, rief Nusek.

Gizella lächelte.

Man musste sie ja nur anschauen. Über solche wie sie lachten die Jungs in der Berufsschule. Wie mussten sie unter diesen Lumpen schwitzen und stinken. Wie konnten die Stramers nur früher so aussehen?

Die Frau, die vor Nusek und Gizella in der Schlage stand, drehte sich um und wollte wohl auch etwas sagen. Mehr war aus ihrem Gesicht nicht herauszulesen. Die breite Krempe des Hutes verdeckte Augen und Nase, der Schatten endete auf Höhe des offenen Mundes. Nervös bewegte sie den Fuß mit dem hohen Absatz, als wollte sie Gizella aus der Schlange kicken. Und Nusek, immer noch mit geballten Fäusten, rückte ein Stückchen vor, um sie gegebenenfalls zu schützen.

»Reicht es nicht, statt dieser Masken Handtücher anzufeuchten?«, fragte die Frau mit Hut. »Und aufs Gesicht zu legen?«

»Sie haben Recht.« Gizella nickte. »Das kommt aufs Gleiche raus.«

Dank dessen rückten sie ein Feld vor.

»Sie wollte wahrscheinlich sowieso pinkeln«, sagte Gizella.

Und Nusek sah bewundernd in ihre blauen Augen.

In diesem Moment wünschte er sich, die Schlange möge bis in alle Ewigkeit dauern. Meinten das die Rabbiner, wenn sie davon sprachen, der Weg sei das Ziel? Nicht umsonst nahm sein Vater ihn in letzter Zeit in die Synagoge mit.

KAPITEL 29

Salek

Einer der ersten Entschlüsse, die er in Paris gefasst hatte, war, nicht mehr mit »Salo« zu unterschreiben. Es war »Justyn«, der ihn so genannt hatte, schon im Gefängnis in Łomża. Später nannte er ihn auch in Spanien so.

Nachdem Salek ein paar Wochen intensiv Französisch gelernt hatte, stieß er auf ein Wort, das genau wie »Salo« ausgesprochen wurde, obwohl man es anders schrieb:

»Salaud«, das heißt Schweinigel.

In Spanien fragten sie, bevor die Abteilung weitermarschierte, ob er auch bestimmt nicht fehle.

»Salo, bist du sicher, dass du da bist?«, scherzten sie, nachdem sie ihn einmal vergessen hatten.

Er hatte sich damals nachts hinter einen Holzbalken in einer Scheune gelegt und war sofort eingeschlafen. Am Morgen erwachte er ausgeschlafen und ausgeruht, aber vollkommen allein.

Zwei Jahre zuvor war er zusammen mit anderen Freiwilligen zur französisch-spanischen Grenze in der Nähe von Perpignan gegangen. Das Überqueren der Grenze verlief unverhofft glatt. Die Grenzschützer taten so, als sähen sie die sechs Ausländer mit Gepäck gar nicht.

Unterwegs trafen sie auf Roman und hielten sich an ihn. Er war ein Metallarbeiter aus Posen, groß und breitschultrig wie Rudek. Mindestens zehn Jahre älter als sie, schon über vierzig. Er hatte zwei Kinder in Polen zurückgelassen, die er ihnen auf einem unscharfen, zerknitterten Foto ständig zeigte. Er erzählte ihnen von seinen drei Versuchen, nach Spanien zu gelangen. Zuletzt hatten sie ihn, in einem Schrank versteckt, auf einem Schiff nach Marseille gefunden.

Er bereitete Salek und »Justyn« auf den Krieg vor: »Mit Faschisten diskutiert man nicht. Faschisten bringt man um.«

Zwei Tage zuvor waren Salek und »Justyn« mit dem Zug von Krakau nach Paris gekommen. Sie waren besser für die Reise ausgerüstet als Roman, zumindest äußerlich, denn sie trugen keine kurzen Lederjacken mit großen Seitentaschen, wie sie unter Revolutionären jetzt in Mode waren. Sie trugen neue Jacketts, hatten polnische Pässe mit Visum und anständige Koffer, die keinen Verdacht weckten. Außerdem trugen beide eine runde Hornbrille. Sie sahen nicht aus wie illegale Kämpfer, die auf dem Weg in den Spanischen Bürgerkrieg waren und damit die Neutralität der demokratischen Staaten missachteten.

Den einzigen schweren Augenblick hatte Salek in Berlin erlebt. Aber auf eigenen Wunsch. Er war am Bahnhof vom Zug gesprungen, um einen Kaffee zu trinken. Er hatte auf die wehenden Hakenkreuzfahnen gestarrt und sich vorgestellt, wie er gleich fiele, durch die Hand der Faschisten. Fast wäre ihm der Zug entkommen, er konnte gerade noch nach der Tür des letzten Waggons greifen.

In Paris wussten sie, an wen sie sich wenden sollten. Sie hatten die Adresse eines Hotels.

»Justyn« orientierte sich dank einer Karte rasch, was wo lag. Salek musste sich keine Sorgen machen, wie er an einen bestimmten Ort käme.

»Wann wollt ihr in Spanien sein?«, fragte sie ein Mann mit einem so großen Helm, dass nicht einmal seine Ohren zu sehen waren.

An der Wand hinter ihm hing ein rotes Lenin-Plakat.

»Gestern!«, sagte »Justyn« und sah Lenin an.

»Na ja«, beruhigte ihn der Helm.

Sie sollten zwei Nächte in dem Hotel bleiben und dann am Gare de Lyon in den Zug nach Perpignan steigen. Mit dunkelblauen Baskenmützen und einer zusammengerollten Zeitung unter dem rechten Arm: das Zeichen, an dem »der entsprechende Mann« sie erkennen sollte, der sich dann um sie kümmern würde.

Wären sie eine Woche länger in Paris geblieben, hätte »Justyn« wohl angefangen, Französisch zu sprechen. Ständig las er Schilder, Plakate und die zwei Zeitungen, die sie sich für die Fahrt am Kiosk gekauft hatten. Unglaublich, wie schnell er die Sprache lernte.

Salek hatte keine Lust dazu. Er war sich sicher, dass er sie ohnehin nicht brauchen würde.

Er stellte sich vor, dass nicht ganz hundert Jahre vor ihm Mickiewicz durch diese Pariser Straßen gegangen war und sich nach seiner Maryla Wereszczakówna gesehnt hatte.

So bin ich denn an jedem Ort, zu jeder Zeit,
Da uns zusammenführte lachend, weinend das Geschick,
Immer und überall für dich bereit,
Denn meine Seele blieb ein Stückchen dort zurück.

Aber Mickiewicz konnte seiner Maryla wenigstens Briefe schreiben und Antworten bekommen. Und er?

Er erinnerte sich, wie Irka sich auf der Bank an der Straßenbahnhaltestelle über sein neues Pseudonym »Gustaw« lustig gemacht hatte. »So sehr liebst du Mickiewicz? Dann solltest du vielleicht auch Konrad werden?«

Abends hatten »Justyn« und er Zeit, über ernste Themen zu

reden. Sie tranken Wein auf ihrem Zimmer, das Café konnten sie sich nicht leisten.

»Justyn« sagte, er verstehe nach den Moskauer Prozessen um Sinowjew und Kamenew gar nichts mehr. Wer hätte je gehört, dass ältere Revolutionäre die Todesstrafe für sich verlangt und ihre ganze Vergangenheit verunglimpft hätten?

»Alles, was wir … Unsere ganze Arbeit im Gefängnis. Salo, verdammt …«

Auch Salek konnte sich an Kamenews Worte erinnern: *Das Urteil, das ich bekommen werde, wird kein grausames Urteil sein, sondern der Beweis dafür, dass alles seine Grenzen hat, auch die sowjetische Großmut. Deshalb spucke ich auf das Geschwätz von der Grausamkeit des über mich verhängten Urteils.*

»Justyn« begann plötzlich zu weinen. »Sag das bitte niemandem«, bat er Salek.

»Machst du Witze?« Beide wussten, worum es ging.

Sie sahen sich tief in die Augen.

»Justyn« sagte laut, der Krieg in Spanien gebe ihnen die Möglichkeit, auf der richtigen Seite zu stehen. Die Welt habe jetzt wieder Konturen und Farben erhalten. Und sich in zwei Lager geteilt.

»Das schwarze, reaktionäre, faschistische Lager um Franco. Und das lichte, demokratische, freiheitliche Lager der angegriffenen Spanischen Republik«, fügte Salek hinzu, ebenfalls etwas lauter als zuvor.

Sie lagen schon in den Betten, als Salek noch sagte, er könne nicht aufhören, an Irka zu denken. Er wollte sich mit etwas ähnlich Persönlichem revanchieren, damit »Justyn« spürte, dass er ihm weiterhin trauen konnte.

Am nächsten Morgen stiegen sie verkatert in den vollen Zug und mussten lachen, denn das Erste, was ihnen auffiel, waren eine Menge Männer mit dunkelblauen Baskenmützen und zusammengerollten Zeitungen unterm Arm.

Nachdem sie die französisch-spanische Grenze passiert hatten, fühlten sie sich erst recht wie in einem Slapstick. Im Zug reichten einander Freiwillige aus der ganzen Welt Wein, Cognac und Liköre weiter und sangen revolutionäre Lieder. Mit der Hand wiesen sie auf Olivenbäume und Orangenplantagen, an denen sie vorbeifuhren. Durch die offenen Fenster pfiffen sie Mädchen hinterher und winkten mit roten oder rot-schwarzen Tüchern. Salek hatte von den Anarchisten bisher nur gehört. An den Stationen auf dem Weg zum Sitz der Brigade in Albacete warfen die Menschen Blumen und Seidentücher und riefen:

»Saludos Brigadas Internacionales!«

In ihrem Abteil blieb nur Roman still.

»Ist was passiert?«, fragte ihn »Justyn«.

Roman schüttelte nur den Kopf.

Am Bahnhof von Albacete spielte ein Blasorchester zur Begrüßung einen Marsch für sie. Die jungen Kommunisten, Anarchisten, Sozialisten betrachteten einander. »Justyn«, der ihnen zuhörte, sagte Salek sofort, woher sie kamen. Amerikaner, Engländer, Studenten aus Cambridge und Oxford neben analphabetischen Metallarbeitern aus Tschechien, Bergleuten aus Polen, Litauern und Letten.

General und Schützen sollten per Du sein und den gleichen Sold erhalten.

Salek sah, wie »Justyn« sich beim Schwur diskret die Augen wischte.

»Wir schwören, treu für die Spanische Republik und die Demokratie in der ganzen Welt zu kämpfen. Wir sind alle gleich. Es gibt keinen Unterschied zwischen Arbeitern, Bauern, Kleinbürgern und Bürgern. Jeder, der in unseren Reihen kämpft, gehört zu unserem Kreis.«

Noch am selben Abend waren sie zu einem Bankett bei den sowjetischen Genossen eingeladen. Kaviar, Wodka und Trinksprüche, die Genosse Kawerin ausbrachte:

»Trinken wir auf den Sieg!«

Bevor sie an die Front kamen, durchliefen sie eine fünftägige Schulung in der nach Karl Marx benannten Kaserne.

»Warum lehren sie nicht das Exerzieren?«, wunderte sich Roman, der Einzige von ihnen, der den Militärdienst hinter sich hatte und den Grad eines Unteroffiziers der Reserve der polnischen Streitkräfte besaß.

Salek zuckte die Schultern.

Man zeigte ihnen die Graphiken »Die Schrecken des Krieges« von Goya, damit sie sahen, was sie erwarten könnte. Körper ohne Köpfe, das Abschneiden der Genitalien mit einem Säbel, Exekutionen, Vergewaltigungen. Auch erschreckte man sie damit, was an diesem Krieg neu war. Die Italiener benutzten Feuerwerfer und verbrannten ihre Gegner bei lebendigem Leib. Und die deutschen Messerschmitts verließen die Gipfelhöhe und beschossen mit Bordwaffen die offenen Positionen der Freiwilligen.

Es wurde ihnen beigebracht, sie sollten auf Kopf, Brust oder Bauch zielen. Aber niemand gab ihnen Waffen, also schrieb Salek das nur in sein Notizbuch. Während der gesamten Schulung wurde kein einziger Übungsschuss abgegeben. Die ganze Zeit wartete man auf ein sowjetisches Schiff, das jeden Moment mit Maschinengewehren ankommen sollte. Es kam auch, aber erst am letzten Tag, und es brachte nur Lebensmittel.

Soldaten, die die Front verließen, übergaben ihre Waffen den neuen Freiwilligen.

Unterwegs wiederholten die Neuen ständig die Worte eines englischen Brigadeführers: »Das ist kein Krieg. Das ist eine komische Oper, in der ab und zu ein zufälliger Tod vorkommt.«

Und einer davon traf Roman.

Am ersten Tag an der Front erhielten sie den Befehl, sich in den Schützengraben zu begeben und zu warten. Eintönige Stunden vergingen. Hin und wieder hielt es einer aus der Abteilung nicht aus und schoss in Richtung der Position des Feindes, die so weit entfernt war, dass Salek auch mit zusammengekniffenen Augen nichts erkennen konnte.

»Da war ein Meldegänger am Horizont zu sehen«, erklärte der Schütze.

»Vorzeitiger Erguss«, kommentierte Roman die Schüsse und schaute Salek und »Justyn« an.

»Ejaculatio praecox«, ergänzte »Justyn«.

Es hat sich nicht viel verändert, seit Vater gekämpft hat, dachte Salek. Außerdem erzählte man sich, ein Teil der Waffen stamme noch aus dem Weltkrieg. Angeblich hatte jemand eine Granate mit dem Datum 1917 gesehen.

Die Soldaten schrieben Briefe, spielten Karten, entkorkten Flaschen.

»Ob in der österreichisch-ungarischen Armee wohl auch so viel gesoffen wurde?«, grinste »Justyn«.

»Und ob die auch Läuse an den Eiern hatten?«, sagte Roman und kratzte sich. »Hat dein Alter damit nicht geprahlt?«

»Nee, irgendwie nicht.« Salek schüttelte den Kopf in dem unbequemen, für seinen großen Kopf zu engen Helm.

Jeder von ihnen war anders angezogen. Sie sahen aus wie Soldaten aus drei verschiedenen Armeen. Oder wie Typen bei einem Kostümfest, in zu langen Mänteln und zu kurzen Hosen, die ihnen beim Laufen hinunterrutschten, weil sie zu weit waren.

Das machte ihnen nichts aus. Nach einigen Stunden im Graben kam ihnen alles so witzig und unernst vor wie ihre Uniformen oder die Geschichten von den Blindgängern, die von einer Frontseite zur anderen flogen und weder auf der einen noch auf der anderen Seite Schaden anrichteten.

Gegen Abend, keine Viertelstunde nach dem Wortwechsel über die Läuse, traf eine verirrte Kugel Roman. Woher kam sie? Es war nicht sicher, ob sie nicht von einem Kameraden aus der eigenen Abteilung stammte, der versucht hatte, sein MG zu reinigen, weil es klemmte.

Roman lag ruhig auf dem Rücken, mit einem winzigen schwarzen Loch mitten auf der Stirn. Er war nicht dazu gekommen, auch nur einen einzigen Faschisten zu töten.

Salek sah zum ersten Mal eine Leiche. Da hatte es einen Menschen gegeben, und jetzt gab es ihn nicht mehr.

Später wurde ihm klar, dass er keinen Augenblick gedacht hatte, er wäre gern an seiner Stelle gewesen.

Zusammen mit »Justyn« schrieb er in einem Brief an Romans Frau, er sei wie ein Held gefallen.

Einige Wochen später wären sie selbst fast umgekommen, als deutsche Flieger Barcelona bombardierten.

Sie hatten damals Ausgang, tranken vom Morgen an, aber dann wurden sie ganz schnell nüchtern. »Justyn« beschloss, sie müssten nach Westen fliehen, in Richtung des Tibidabo-Berges. Er zog Salek hinter sich her, dem alles egal war. Es wurde schon Nacht, und Salek sah den Weg nicht. In den engen Sträßchen stieß er immer wieder gegen die steinernen Hauswände. Die Erde bebte. Er spürte unter den Füßen irgendwelche kaputten Möbel, Metall, wahrscheinlich leere Milchdosen, die überall herumlagen.

Plötzlich hörten sie Musik. Eine kleine Holztür ging auf, sie sahen einen Streifen Licht und Rauch. Sie schauten hinein. Auf dem Parkett drehten sich lauter Paare – Soldaten und Frauen.

»Hör mal, mach du, was du willst«, sagte Salek. »Ich scheiß drauf und geh tanzen.«

Wenn etwas geschehen müsste, dann sollte es hier geschehen.

Der Tod beim Tanzen war besser als der auf dem Schlachtfeld.

An der Bar tranken sie wie immer auf Roman. Jeder ein Gläschen Anisette, den süßen Likör, der ihm im Zug nach Albacete so geschmeckt hatte.

»Warum war er damals so still?«, fragte »Justyn«.

Es ließ ihm keine Ruhe.

»Ich weiß nicht«, sagte Salek.

Sie gingen aufs Parkett.

Noch einmal gab es eine Erschütterung, und die Muchacha, die zu *Ay Carmela* tanzte, stürzte in Saleks Arme. Wie bei einer starken Bremsung in der Straßenbahn in Tarnów oder Krakau.

Er spürte ihre Wärme, ihre Ruhe. Eine halbe Stunde später küssten sie sich und schmusten an der Wand beim Eingang. Dort hatten sie das einzige freie Plätzchen gefunden. Aber sie mussten näher an ein anderes Paar rücken, weil sie jedes Mal, wenn jemand hineinging, von der Holztür getroffen wurden.

In einer Pause zwischen den Küssen fragte das Mädchen ihn, wer er sei, wie er heiße und woher er komme.

»Ich bin Salo. Pole. Aus Polen.«

»Schön«, sagte sie.

Sie war wohl betrunkener als er, denn kurz darauf fragte sie nochmals das Gleiche.

Und dann noch zwei Mal.

In den Pausen hatte Salek immerhin die Chance, sich das

Mädchen anzusehen. Sie war selbst mit Absätzen kleiner als er, hatte schwarze Augen, gelocktes Haar und eine senkrechte Narbe über der linken Braue. Von dem roten Lippenstift, den sie dick aufgetragen hatte, als sie mit ihm kollidierte, war nichts mehr übrig.

Beim vierten Mal erwiderte er zur Abwechslung, er sei ein Jude aus Polen, und sie stieß ihn von sich.

»Das stimmt nicht!«, lachte sie.

»Warum?«

Was sie antwortete, verstand er nicht. »Justyn« hätte es sicher gern übersetzt, wäre er nicht schon am Tisch eingeschlafen gewesen.

Das Mädchen zeigte Salek mit zwei Händen über dem Kopf, was sie meinte, und wiederholte langsam:

»Los Judios tienen cuernos.«

Salek machte sich auch mit den Händen Hörner über dem Kopf, beugte sich hinunter, verzog bedrohlich das Gesicht und tat so, als wäre er ein Stier, der sie angreift. Und sie gab den niedergetrampelten Stierkämpfer.

Maria? Jetzt konnte er sich nicht erinnern. Hieß sie Maria, Paloma oder Nuria? Einmal hielten sie ihre Hände gegeneinander. Sie hatte kurze, jungenhafte Finger. Sie gefielen ihm nicht, aber gerade an sie konnte er sich später am besten erinnern.

Sie zerrten an seinem Militärgürtel herum, der nicht aufgehen wollte. Er schämte sich, dass er Läuse hatte.

»Wundert dich das?«, sagte »Justyn« am nächsten Tag. »Sie haben seit der Inquisition keine Juden mehr gesehen.«

Salek erinnerte sich oft an diese glückliche Nacht. Wusste diese Frau, wie viel sie ihm bedeutete?

Er war gekommen, um in einem gerechten Krieg zu fallen, sein Leben hinzugeben für eine gute Sache, doch nach ein paar

Monaten wusste er nicht mehr, ob dieser Krieg gerecht und die Sache gut war, und auch nicht, ob er immer noch sterben wollte.

Es gab niemanden mehr, der all das noch verstanden hätte.

Von einem Tag auf den anderen verschwanden Kameraden aus der Brigade, die Gefängnisse waren voller Anarchisten, Sozialisten und Trotzkisten, beim Anblick der sowjetischen Berater senkten die Genossen im Café die Stimmen und sahen sich unsicher an, wie Salek und »Justyn« in jener Nacht in dem Pariser Hotel.

In Spanien erlaubten sie sich so offene Gespräche nicht mehr. Aber sie brauchten sich nur anzuschauen, und schon war alles klar.

Salek wusste, dass der Krieg seine eigenen Regeln hatte, aber konnte es wirklich sein, dass alle Verhafteten Spione waren?

Natürlich gab es Spione. Wie derjenige, der sich am Abend in Barcelona an ihre Fersen gehängt hatte, ihnen durch die Bars gefolgt war und Zigaretten angeboten hatte. Und eben als er erneut ein Päckchen Zigaretten aus seiner Jackentasche holte, sahen sie, dass er eine Pistole trug. Sie durchsuchten ihn. Sie fanden noch eine Chiffre, Geheimtinte und Entwickler. Von den Jungs unter Druck gesetzt, gab er zu, dass ihn das polnische Konsulat in Madrid geschickt hatte.

Oder der Soldat aus ihrer Abteilung, der zu den Faschisten überlaufen wollte. Als es dunkel wurde, flüchtete er aus dem Schützengraben und wollte sich mit einem weißen Tuch in der Hand in Gefangenschaft begeben, doch er verirrte sich im Dunkeln und kam nach zwei Stunden wieder zurück.

War die Festnahme Unschuldiger notwendig, um die wenigen echten Schädlinge zu finden?

Hatte Romans Tod nicht in gewisser Weise angekündigt, was später geschah?

In Spanien funktionierte sogar die Zensur. Und das besser als im Gefängnis in Łomża. Davon konnten »Justyn« und er sich persönlich überzeugen, als sie von gemeinen Schützen zu politischen Kommissaren wurden. Man war zu dem Schluss gekommen, an der ideologischen Front würden sie nützlicher sein. Sie sollten Referate halten, Vorstellungen organisieren und eine kleine Wandzeitung redigieren.

Der politische Hauptkommissar der polnischen Abteilung bestellte sie zu sich. Er hatte ein Büro im oberen Geschoss eines modernen vierstöckigen Gebäudes. Und eine Terrasse mit Blick auf Barcelona. Trotz seiner wichtigen Stellung trug er wie sie die Uniform eines gewöhnlichen Soldaten. Salek erkannte in ihm den legendären alten Kämpfer mit dem Decknamen »Wincenty«, den er noch von Versammlungen in Krakau kannte, wo er neben ihm auf dem Boden gesessen hatte. Jetzt trat er unter seinem eigenen Namen Sobczuk auf.

»Zu euren Aufgaben, Genossen«, Sobczuk steckte sich eine Zigarette an, er hatte eine gewichtigere Stimme als der frühere Wincenty, »gehört es auch, Briefe zu lesen. Merkt euch – keine Sentimentalität. Wenn es in diesen Briefen Formulierungen gibt, die für uns schädlich sind, macht sie unkenntlich.«

»Aber …«, sagte Salek.

»Es gibt kein Aber.« Sobczuk begann zu husten, drückte die Zigarette aus und warf die Kippe von der Terrasse auf die Straße.

»Genosse«, versuchte Salek es noch einmal, »wir würden uns bei unserer Arbeit lieber auf etwas …«

»Und ich rauche gern und würde lieber nicht husten«, unterbrach ihn Sobczuk. »Habt ihr verstanden?«

Wozu sind wir hierhergekommen?, dachte Salek, als sie am nächsten Tag im selben Gebäude, zwei Stock tiefer, die Briefe ihrer Kameraden schwärzten.

Andererseits erinnerte er sich an die Abschiedsworte von Sobczuk, schon an der Tür:

»Das ist eine verantwortungsvolle Aufgabe, ich freue mich, dass ich euch habe.«

Das Vertrauen von »Wincenty« schmeichelte ihnen, er galt in Krakau als einer der ehrlichsten Kommunisten. Aber war Sobczuk das auch?

Hatte er Recht damit, dass subjektiv harmlose Briefe sich als objektiv gefährlich erweisen konnten? Dass selbst eine unschuldige Kritik dem Feind Informationen und Argumente liefern konnte? Dass die Faschisten nur auf derart pathetische Liebesbriefe warteten?

Liebste Lidka,
Du kannst Dir vorstellen, was mit der Seele eines Menschen geschieht, der an einem Kampf teilnimmt, von dem er so viele Jahre geträumt hat. Du erinnerst Dich, wie viel Hoffnung ich auf den Sieg hatte, als ich wegfuhr. Diese Hoffnung hat sich hier noch verdreifacht. Die Leute, die es lieben, gut zu schlafen und zu schlemmen, bedauerten mich. Ein so junger Bursche zieht in den Krieg, um zu sterben. Die Dummköpfe! Was wissen solche Leute über das Gefühl, das »Aufopferung« heißt? Dieses heilige Feuer erhebt den Menschen in eine derartige Höhe, dass irgendwelche Unzulänglichkeiten ihm nichts anhaben können. Und die Faschisten schrecken ihn nicht, obwohl sie viel [redacted] *sind als wir, die Anhänger der Internationale.*

Du kannst Dir nicht vorstellen, wie glücklich ich bin. Zwar ist meine Artillerie [redacted]

Es ist halb fünf morgens, und ich bin gerade von der Wache zurückgekommen. Während der Wache habe ich mich nach Dir gesehnt, und ich dachte an unsere Sonntage, an denen wir Arm in Arm durch den Sächsischen Garten spazierten. Ich habe große Sehnsucht nach Dir, und in solchen Augenblicken hole ich das Foto von Dir aus der Tasche und schaue Dich an. Dann laufen all die Momente unserer Liebe vor mir ab, unsere Freuden und unsere Streitigkeiten. Sicher wartet jetzt ein sympathischer junger Mann auf Dich, hat mehr Glück als ich, und Dein Vater weist ihm nicht die Tür. Oder vielleicht sitzt Du jetzt allein zu Hause, hörst Radio oder liest ein Buch.

Dein Dich immer liebender

Dawid

Sie selbst schrieben ihre Briefe und Karten nach Hause ebenso vorsichtig wie damals im Gefängnis in Łomża. Und später hatten sie gar keine Lust mehr zu schreiben. Sie schickten nur die banalen Sätze *Ich bin gesund, alles gut, no pasarán!* in ihren Briefen, die sie am nächsten Tag selbst lesen mussten, weil sie automatisch auf ihrem Schreibtisch landeten.

»Überall feiern sie, nur nicht in unserer revolutionären Stadt!«, sagte Salek am 1. Mai, als in Barcelona im letzten Moment eine gemeinsame antifaschistische Kundgebung abgesagt wurde, weil die einzelnen Fraktionen sich nicht einmal in dieser Sache einigen konnten.

»Und wer kämpft noch gegen die Faschisten?« Über den mit Briefen zugeschütteten Schreibtischen sahen sie einander an.

Gleichzeitig lasen sie täglich in den Zeitungen:

Die Waffenbrüderschaft, das vergossene Blut, das Gefühl der gemeinsamen antifaschistischen Sache und der Kampf gegen den gemeinsamen Feind haben uns alle zu einer großen Familie gemacht, in der es keinen Streit gibt, aber viele helle, schöne und erhabene Augenblicke.

Salek hatte einen Traum, an den er sich gut erinnerte. Während eines Spiels kam er auf den Fußballplatz. Er blickte sich unter den Fußballern um und sah nur bekannte Gesichter. Nur wusste er nicht, zu welcher Mannschaft er gehörte, denn alle waren unterschiedlich angezogen. Sie spielten hart, foulten. Einen Schiedsrichter gab es nicht. Salek bekam den Ball, wollte schießen oder abgeben, aber an wen? Gehörte er zu Rudek, Roman und Franco? Oder zu Vater, »Justyn« und Stalin? Bevor er sich entscheiden konnte, nahmen sie ihm den Ball ab. Auf der Tribüne suchte er nach Irka. In der ersten Reihe sah er Hesio und wandte den Blick ab. Noch einmal bekam er den Ball und schoss ein Tor. Aber er wusste nicht, ob es eines für seine Mannschaft oder ein Eigentor war, wusste immer noch nicht, zu wem er gehörte. Nach diesem Spiel erwachte er auf einem nassen Kopfkissen.

Wie sollte es weitergehen? Am nächsten Tag baten sie Sobczuk, er solle sie wieder an die Front schicken. Dort würden sie immerhin wirklich gegen die Faschisten kämpfen. Sobczuk war einverstanden.

Aber es war ohnehin zu spät. Immer weniger Stimmen sangen morgens zum Appell, mit immer weniger Überzeugung:

Und wenn es vorbei ist in Ehre
und der Feind steht an der Wand
dann tauschen wir die Gewehre
und bauen auf das Land.
Und zu kämpfen ist keiner sich schade
bis vernichtet auch der letzte Faschist
los geht's, die Dąbrowski-Brigade
die Fahne der Freiheit hisst!

Es war kalt, es schneite, und sie hatten nichts zu essen. Am Fluss Ebro wurde ihre Abteilung eilig zurückbefohlen, aber man hatte vergessen, aus dem Stab Dokumente mitzunehmen, die den Faschisten nicht in die Hände fallen durften.

»Justyn«, rief der Anführer. »Los, ab zum Stab, hol die Papiere!«

Und er warf ihm die Autoschlüssel zu.

»Justyn« kam nicht zurück.

Salek schrieb ein persönliches, freundschaftliches Abschiedswort für den »Dąbrowszczak«. Auch Roman erwähnte er. Salek hatte zwei Freunde in Spanien gehabt. Den einen verlor er am ersten Tag an der Front und den zweiten, als alles schon vorbei war.

Am nächsten Tag erkannte er seinen eigenen Text in der Zeitung nicht wieder:

»Justyn« fiel durch eine feindliche Kugel. Sein Leben, wenn auch kurz, war so reich – erfüllt von Studium und Kampf, gesättigt von revolutionärer Leidenschaft und dem großen Gefühl des Patriotismus und Internationalismus.

KAPITEL 30

Róża

Róża wachte oft auf in der Nacht. Sie hörte das Geschrei der Eltern. Gerangel, das Herunterholen des Koffers vom Hängeboden, das Zuschlagen der Schranktüren. Im Nachthemd lief sie dann in den Flur, wollte noch rechtzeitig da sein, bevor ihr Vater das Haus verlassen würde. Seine Hand ergriff sie als erste. Dann die der Mutter.

Und sie verband die Hände der Eltern. Sie wusste, dass ihr Weinen wie Klebstoff auf die beiden wirkte. Und dass ihr Vater in dieser Nacht hierbleiben würde.

Jeden Morgen lief sie ins Schlafzimmer, um zu sehen, ob sie beide da waren.

Aber jetzt sollte das aufhören, und alles sollte anders werden, nämlich gut. Vater würde jetzt bestimmt nicht mehr zu seiner »kleinen blonden Hure« ziehen. Im Abteil des vollen Zuges, mit dem sie aus Krakau abfuhren, weinten die Eltern, hielten sich ganz von selbst an den Händen und versprachen einander, sie würden immer zusammenbleiben. In Ruhe, ohne Geschrei, ohne Vorwürfe.

»Die ganze Familie sollte jetzt zusammenhalten«, sagte ihr Vater.

Vielleicht würden sie in Tarnów sogar zu dritt in einem Bett schlafen? Das hätte sie gern.

Auch Róża hatte Tränen in den Augen, aber Freudentränen. Es war der glücklichste Tag ihres Lebens. Sie war so froh, dass der Krieg begonnen hatte.

Es machte ihr nichts, dass sie nicht in die Schule gehen würde. Es machte nichts, dass viele Spielsachen zu Hause geblieben waren. Und dass sie nicht alle Kleider und Bücher hatten mitnehmen können. Auch so hatten sie drei volle Koffer und eine Tasche, die mit Mühe auf die Ablage im Abteil passte und immer wieder herunterrutschte. Wo sollte bei den Großeltern auch Platz für eine Puppenstube sein? Sie würde einfach in Krakau auf Różas Rückkehr warten. Die Oma würde darauf aufpassen, wenn sie wollte, konnte sie sogar während des Krieges ein bisschen mit den Puppen spielen (Róża hatte es ihr erlaubt). Sogar mit ihrer Lieblingspuppe, die sie wohl im Bett unter dem Kopfkissen vergessen hatte. Sie würde in guten Händen sein.

Eigentlich würde ihr nur die Oma fehlen. Immer war sie bei ihr, seit Róża einen Monat alt war. Das waren schon fast sieben Jahre. Bis heute probierte sie ihre Suppe, ob sie nicht zu heiß sei, damit »mein Röschen sich nicht den Mund verbrennt«.

Ein bis zwei Wochen würden sie sich nicht sehen. Vielleicht auch weniger? Vielleicht würde es gar nicht so lang dauern, denn die Leute im Zug sagten: Wir zeigen es den Deutschen, das wird schnell vorbei sein. Keinen Zentimeter geben wir ihnen ab! Im Radio hatte sie das Gleiche gehört.

Bloß – wozu brauchten die Deutschen einen Zentimeter? Das hatte niemand gesagt. Nähten sie vielleicht, wie ihre Mama? Dann sollte man ihnen den Zentimeter vielleicht geben, damit Ruhe ist?

Róża sah zum Fenster hinaus. Die Sonne blendete, sie musste die Augen zusammenkneifen und mit der Hand abschirmen, um die Leute zu betrachten, an denen der Zug vorbeifuhr. Auch sie hatten Taschen und Koffer. Aber aus der Ferne sahen sie winzig aus, wie Spielsachen. Sie wurden von Spielzeugautos und Spielzeugpferden überholt, die dicht beladene Wagen zogen. Auf einer winzigen Brücke entstand ein Stau, weil ein Auto kaputtgegangen war. Die anderen konnten nicht vorbei und hupten.

Es drängte sich geradezu auf, dass eine Kinderhand von oben eingreifen, Ordnung schaffen und alle Figürchen und Spielsachen wieder an ihre Plätze stellen müsste.

Vorläufig kniff Róża ein Auge zu und tat so, als würde sie mit den Fingern durch die Fensterscheibe nach dem kaputten Auto greifen und es ein Stück nach vorn bewegen. Ganz vorsichtig, damit es nicht von der Brücke ins Wasser fiel.

Am Bahnhof hatte die Oma gesagt, wenn es länger dauern sollte, würde sie zu ihnen nach Tarnów kommen. Sie hatte sie noch einmal an sich gedrückt und ihr ins Ohr geflüstert, dann würde sie ihr etwas Süßes mitbringen. Sicher Kräppel von ihrer Schwester auf dem Land. Die besten auf der ganzen Welt.

Róża lächelte ihrem Spiegelbild in der Scheibe zu. Sah die Oma denn nicht selbst wie ein Kräppel aus – klein und rund?

Vor allem, wenn sie sich gebeugt ans Küchenfenster stellte. Sie legte dann ein Kissen auf den Fenstersims, stützte die Arme auf und darauf das Kinn. Und schaute.

Sie brauche keine Zeitung und kein Radio, um zu wissen, was in der Welt geschah, sagte sie. Sie wusste alles über alle, aus erster Hand und ohne das Haus zu verlassen.

Wer sich einen neuen Mantel und Hut gekauft hatte. Wer morgens mit der Frau zur Arbeit ging und nach einer Stunde mit einer anderen wiederkam. Wer gestorben war und wer ein Kind geboren hatte. Wenn eine schon einen Bauch hatte und der Mann den ganzen Tag Wodka trank.

Sie nannte das ihr Kino. Ein Film, der ununterbrochen gezeigt wurde und keinen Eintritt kostete.

Die Oma trank am Fenster auch gern ein Gläschen, wenn

die Eltern nicht zu Hause waren und Róża mit dem Puppenhaus spielte. Róża wusste, wo sie die Flasche versteckt hatte. Im Schrank hinter ihren Kleidern. Die Eltern wussten es übrigens auch, aber das sagten sie der Oma nicht.

Róża sah jetzt ihre Eltern an. Sie flüsterten miteinander. Sicher damit die anderen im Abteil es nicht hören konnten. Róża hörte es auch nicht richtig. Einen Moment lang dachte sie, Papa flüstere Mama ein Gedicht ins Ohr. Vielleicht ein Liebesgedicht? Schließlich wusste sie, dass die Eltern sich im Zug kennengelernt hatten. Danach verstand sie nur noch, dass Tante Wela und Onkel Nusek zu Hause seien. Und Tante Rena und Onkel Hesio wohl noch nicht. Man würde wie immer überall die Betten ausbreiten müssen. Und einen Wagen kaufen, damit alle …

Draußen begann plötzlich so ein Lärm, dass sie nichts mehr verstand.

Sie wandte sich zum Fenster und sah ein kleines Flugzeug. Sie versuchte, es mit den Fingern zu greifen, mit Daumen und Zeigefinger, aber das Flugzeug schien das zu bemerken, drehte zur Seite ab und flog tiefer. Es hatte ein hübsches Muster unter den Flügeln. Ein zweites Flugzeug erschien. Beide flogen jetzt direkt auf die Spielzeugautos, die Pferdchen, die Wagen und die Figürchen auf der Brücke zu. Róża wollte sie Papa zeigen. Und genau in dem Moment waren sie weg. Die Brücke stürzte ein, die Leutchen fielen hin, und die kleinen Autos, Wagen und Pferdchen fielen ins Wasser.

Es gab eine Erschütterung im Zug, die Tasche fiel ihnen auf den Kopf. Draußen vor dem Fenster war jetzt nur noch eine Staubwolke zu sehen.

Der Zug bremste scharf. Die Schaffner schrien, es dürfe niemand im Zug bleiben. Bevor Róża denken konnte, schnappte ihr Vater sie, übergab sie der Mutter, und die beiden liefen als Erste hinaus.

Nachdem sie über die verrostete Treppe aus dem Waggon gestiegen und auf dem Feld angekommen waren, stand Rudek mit den Koffern und der Tasche schon da. Während der ersten paar Kilometer die Gleise entlang neckte er Róża und wollte nicht sagen, wie ihm das gelungen war. Erst bei einem größeren Halt im Wald offenbarte er es.

»Das ist ungerecht!«

»Warum?«

»Ich wäre auch gern mit dir aus dem Fenster gesprungen.«

Rudek hätte in einem ersten Reflex fast geantwortet: nächstes Mal. Hatte sie bemerkt, dass seine Arme und Beine immer noch zitterten? Es wäre besser, es würde kein nächstes Mal geben.

Allmählich wurde ihm klar, was geschehen war. Gut, dass sie nicht, wie die anderen, dort geblieben waren und auf dem Feld beim Zug warteten. Im Weggehen sahen sie, wie die Menge sich bei der bombardierten Brücke versammelte.

»Der Fluss ist ganz rot!«, hatte jemand geschrien und die anderen hergewinkt, damit sie es auch sähen.

Rudek hatte Róża auf die Schultern genommen und sie waren zu dritt weitergegangen. Sie hatte für heute genug gesehen.

»Wenn nach dem Leben der Tod kommt, hört dann später der Tod auch auf, und es ist wieder Leben?«, fragte sie unterwegs.

Geschah das alles wirklich?

Am Morgen, als sie eilig ihre Sachen packten, fiel es ihm noch schwer, daran zu glauben. Schließlich war er gestern Abend in aller Ruhe mit der Straßenbahn von der Arbeit gekommen. Und heute flogen Flugzeuge und warfen Bomben. Der Krieg war nichts Abstraktes mehr, keine Bewegung von Armeen auf der alten, ausgefransten Landkarte an der Schultafel.

Das Leben von gestern erschien ihm jetzt längst vergangen, weit entfernt, unmöglich. Nur das Wetter hatte sich nicht verändert. Es war schön, warm, sonnig.

Róża weinte, weil eine Wespe sie gestochen hatte.

Er schätzte, es blieben ihnen noch zwanzig bis dreißig Kilometer. In diesem Tempo, mit Kind und Gepäck, würden sie es bestimmt nicht vor Einbruch der Dunkelheit nach Tarnów schaffen. Normalerweise wäre er durch den Wald zur Hauptstraße gegangen und hätte dort eine Mitfahrgelegenheit erwischt. Zwischen Krakau und Tarnów kursierten ständig Autos mit Spirituosen, Tabak oder Streichhölzern. Während des Studiums konnte er sich manchmal den Zug nicht leisten, und er fuhr so zu den Eltern. Die Hauptstraße hatten sie bestimmt auch bombardiert. Oder würden es bald tun. Sicherer war es durch die Felder.

Nur fährt hier eben kaum jemand, dachte er, und im selben Moment sah er einen dunklen Punkt näherkommen. Langsam fuhr der Punkt den Hügel hinauf, wo sie gerade die zweite Pause machten. Rudek hatte Zeit, sich verschiedene Szenarien vorzustellen, von denen eines schlimmer war als das andere.

Sicher waren Fahrräder jetzt drei- bis viermal teurer als vor dem Krieg. Vielleicht war da ein Geschäft zu machen.

Rudek winkte dem sich nähernden Radfahrer, der so tat, als

sähe er ihn nicht. Kurz darauf fuhr er vom Weg ab ins Gras, um ihnen auszuweichen.

»Hej!«, rief Rudek.

Vielleicht könnte er wenigstens Róża auf dem Gepäckträger nach Tarnów mitnehmen? Er und Ruth kämen schon zurecht. Im schlimmsten Fall würden sie in einer Scheune im Heu schlafen. Wie in ihren besten Zeiten.

Der Radfahrer antwortete weder, noch bremste er.

Er mochte etwa achtzehn sein.

»Warte kurz«, versuchte es Rudek noch einmal.

Der Radfahrer trat noch stärker in die Pedale. Er fuhr den Hügel hinunter und wurde rasch wieder zu einem dunklen Punkt.

»Bestimmt ist er auch auf der Flucht.« Rudek sah Ruth an. »Wir finden was Besseres.«

Und tatsächlich. Eine halbe Stunde später sahen sie am Horizont einen Bauernwagen. Und zwar genau so einen mit hohen, geflochtenen Wänden; von denen hatte er im Zug erzählt: So einen könnten sie gebrauchen, weil man daraus einen überdachten Reisewagen machen, die ganze Familie einladen und aus Tarnów flüchten könnte.

»Kannst du den fahren?«, fragte Ruth.

»Ich weiß noch nicht«, grinste er.

Die Familie weiter in den Osten bringen. Das war sein Plan.

Ein Jahr zuvor hatten sie abgemacht, falls es anfinge, würden sie sich bei den Eltern treffen. Sie sagten »falls«, nicht »wenn«. Keiner wollte Krieg, sie versuchten wie alle, sich zu trösten, aber sie wussten es besser.

Noch im Zug hatten Ruth und er darüber nachgedacht, wie viele Plätze sie in so einem Wagen bräuchten. Wer war zur Zeit eigentlich wo?

Salek war nach der Niederlage der Internationalen Brigaden und der Internierung in Frankreich geblieben. Er hatte geschrieben, alles sei in Ordnung, sie sollten sich um ihn keine Sorgen machen. Was musste geschehen, damit er schriebe, es sehe schlecht aus? Ihn zählte Rudek also nicht.

Hesio wohnte in Warschau. Er litt Not, seit die Partei aufgelöst worden war. Jedenfalls behauptete er das. Denn er war kürzlich ins beste Viertel gezogen, zu einer älteren geschiedenen Frau mit Kind. Er hatte sie noch niemandem in der Familie vorgestellt. Besuche zu Hause vermied er mit der Ausrede, er hätte kein Geld für die Fahrkarte.

Als sie sich vor einem Monat in Warschau trafen, gab Rudek ihm sogar ein paar Zloty, damit er die Eltern besuchen konnte. Ob er davon wohl noch etwas übrig hatte?

Sie saßen damals auf einer Bank im eleganten Park Schweizer Tal, in der Nachbarschaft von Botschaften und Ministerien, und aßen Halwa. Hesio trug ein schneeweißes Hemd. Aus einem schönen Stoff, wahrscheinlich Seide. Mit diesem Hemd fing das Gespräch über die Frau an, denn er hatte es von ihr geschenkt bekommen. Er wohnte mit ihr in dieser Gegend, aber er hatte Rudek nicht zu sich eingeladen.

»Sie färbt sich die Haare, hat einen Hängebauch, aber ich liebe sie trotzdem!«, sagte Hesio.

»Und Geld hat sie auch«, sagte Ruth, als Rudek ihr nach der Rückkehr von dem Treffen erzählte.

Auch Rena war damals gerade bei ihnen, und sie aßen zusammen zu Abend.

»Das ist immerhin besser«, erwiderte er, »als wenn sie arm wäre.«

Rena stieß laut die Luft aus und schüttelte zugleich den Kopf, damit auch wirklich bei ihm ankam, was sie von Kapitalisten wie ihm hielt.

Aber wer war sie schon? Sie führte zusammen mit Zawadowski in Zakliczyn den Milchbetrieb »Gesundheit«, dessen Miteigentümer Rudek war.

Mieczysław konnte ihr angeblich bis heute nicht verzeihen, dass sie die Schwangerschaft abgebrochen hatte. Hätte er gewusst, dass sie das vorhatte, hätte er nie zugestimmt. Als hätte er vergessen, dass sie damals nicht zusammen waren.

Rudek hatte ihnen Geld gegeben für den Start, für das neue Leben, oder es ihnen eher auf ewig geliehen, denn er wusste von Anfang an, dass Kommunisten nicht geeignet waren, ein Geschäft zu führen, und sei es nur der Verkauf von Käse und Kefir.

Kurz vor der Bombardierung hatte Rudek im Zug Ruth noch aus dem Gedicht zitiert, das Hesio für Rena zum Geburtstag gereimt hatte:

Um sich selbst und einer gewissen Dame ein Einkommen zu bescheren,
haben Freunde dies Milchgeschäft gegründet, um sie damit zu ehren.

Im weiteren Verlauf machte Hesio sich auf sympathische Weise über ihr Talent, ein Geschäft zu führen, lustig.

Und der Rest der Familie? Die Eltern und Nusek würden natürlich in der Goldhammer-Straße sein. Auch Welka. Sie würde sicher nicht ohne ihren Natek fahren wollen, aber das war nicht schlimm. Er kam aus dem Dorf Biała, vielleicht hatten sie dort ein Fuhrwerk mit einem Pferd übrig?

Auf der Lichtung ging ihm hartnäckig und sinnloserweise ständig die Zeile im Kopf herum: *Um sich selbst und einer gewissen Dame ein Einkommen zu bescheren …*

Der Wagen kam immer näher.

»Gut!«, sagte Rudek.

Sie standen auf, klopften die Kleider ab und gingen auf den Wagen zu.

Der Bauer, der ihn fuhr, war schon in die Jahre gekommen.

»Können Sie uns nach Tarnów bringen?«, fragte Rudek.

Der Kutscher schüttelte den Kopf.

Irgendwoher kannte Rudek ihn.

»Und unsere Sachen?«

Der Bauern zuckte die Schultern. Rudek war es jetzt eingefallen: Er hatte ihn schon auf dem Markt von Tarnów gesehen. Er verkaufte Milch, Butter und Eier. Zu einem vernünftigen Preis.

»Wie viel?« Rudek sah ihm in die Augen.

Sie waren blau. Ein bisschen wie die Augen der Lipska. Zum ersten Mal dachte er heute an sie. Er hatte es nicht geschafft, ihr zu sagen, dass sie wegfahren würden. Aber sie würde es sicher verstehen. Hitler hatte ihn auch nicht in seine Pläne eingeweiht. Rudek hatte es heute früh nur geschafft, zur Bank zu laufen und Geld zu holen.

Er würde der Lipska aus Tarnów schreiben oder sie anrufen.

Der Bauer grinste ein wenig. Wer zuerst den Preis nannte, der hatte verloren. Das wussten beide.

Aber wusste der Bauer, dass Rudek viel mehr zu verlieren hatte als ein paar Zloty?

»Na, wie viel?«, fragte er noch einmal.

Der Bauer musterte ihn buchstäblich von Kopf bis Fuß.

»Deine Jacke.«

Immerhin nicht die Schuhe.

Kurz darauf packte Rudek nur im Hemd die drei Koffer und die Tasche auf den Wagen.

»Zu welcher Adresse?«, fragte der Bauer und drehte sich um.

Verdammt, er hatte sich wohlgefühlt in dieser hellen Sommerjacke, auch wenn sie an der Schultern etwas breit war.

Jetzt schwieg Rudek.

»Ich weiß die Adresse nicht mehr«, sagte er schließlich. »Aber ich weiß, wo es ist.«

»Mann … Was soll das?« Der Bauer verzog den Mund und zeigte für einen Moment das nackte Zahnfleisch und drei einsame schwarz-gelbe Zähne.

»Nimm uns mit nach Tarnów, dann zeig ich's dir.«

Wieder sahen sie die drei schwarz-gelben Zähne. Diesmal länger.

»Ihr seid die Adresse, stimmt's?«

Und er machte eine Kopfbewegung, sie sollten einsteigen.

KAPITEL 31

Rywka

Die Eltern in der Goldhammer-Straße lachten darüber, dass sie jetzt zu einer Adresse geworden waren.

»Das wird mal berühmt werden«, sagte Nathan. »Das geht in die Familiengeschichte der Stramers ein.«

Er war außerordentlich fröhlich, trotz der äußeren Umstände.

Könnten wir uns nur in unserer kleinen Wohnung verschanzen, dachte Rywka, als sie am Herd stand. Die Fenster schließen, die Vorhänge zuziehen und Gottes weite Welt vergessen.

Abwarten. All das irgendwie überstehen.

Wie auch Nathan ging sie in letzter Zeit öfter in die Synagoge. Kein Zufall, dass die Katholiken sagten: Not lehrt beten. Und Nathan sagte: Not treibt in die Synagoge. Schon lange hatte Rywka nicht mehr so viele Menschen im Gotteshaus gesehen.

Sie begann sich schwarz zu kleiden. Aber nur, weil sie zugenommen hatte. Im Gesicht und am Bauch. Der weiche Bauch störte sie am meisten. Im kommenden Jahr würde sie schon sechzig werden. Und sie hatte sieben Kinder geboren.

Unter der Schürze, die sie gerade zum Kochen angezogen hatte, trug sie einen schwarzen Rock und eine weite schwarze Bluse mit Puffärmeln und großen Knöpfen. Das graue Haar hatte sie gewaschen, gekämmt und im Nacken zusammengesteckt. Gegen das herabhängende Lid konnte sie nichts machen. Trotzdem wollte sie heute – für den Besuch der Kinder und der Enkelin – gut aussehen.

Róża war fast sofort nach der Ankunft in Kleidern auf dem Bett eingeschlafen. Rywka hatte sie ausgezogen und mit dem Federbett zugedeckt.

»Schlaf gut und steh gut wieder auf.« Sie küsste die Enkelin da, wo sie auch ihre Kinder immer am liebsten geküsst hatte, auf die Stelle zwischen dem Näschen und der Stirn.

»Wie geht's Vater?«, fragte Rudek.

»Zum Glück liegt er nicht.«

Beide wussten, wenn er im Bett liegen würde, wäre er nicht zum Aufstehen zu bewegen und würde nicht mitfahren.

»Was ist er denn so aufgedreht?«

Sie wussten, dass auf so ein »Hoch« oft ein Magenkatarrh folgte.

»Er hat Ben geschrieben. Damit er uns alle nach Amerika holt.«

Ruth, Rena und Wela wollten Rywka beim Kochen helfen. Das brauchte sie nicht, sie kochte ja jeden Tag allein für die Mittagsgäste, aber sie wies ihnen ein paar kleine Aufgaben zu, damit ihre Hände und Köpfe beschäftigt waren. Zwiebeln hacken und anbraten, Möhren schneiden, den Tisch decken.

Nathan strich zwischen Rywka und den Kindern herum, ohne konkretes Ziel. Und hörte nicht auf zu reden.

Nusek ist ihm wirklich ähnlich, dachte Rudek. Gut, dass er beim Sohn der Hausmeisterin nebenan übernachtet, denn zwei von der Sorte sind unerträglich. Ganz zu schweigen davon, dass der Platz für uns sonst nicht reichen würde.

Nur Hesio war noch nicht in Tarnów. Aber er hatte ein Telegramm aus Warschau geschickt, er werde am nächsten Tag kommen.

Vater wollte von einer Fahrt nach Osten natürlich nichts wissen.

»Wir müssen zuerst Bens Antwort abwarten.«

Rudek bemerkte, dass er dabei instinktiv nach dem Ledergürtel mit der Messingschnalle griff. Als wollte er betonen: eine ordentliche amerikanische Arbeit. Und tatsächlich. Er hatte so viele Jahre gehalten, in denen er getragen und auf die Hintern der Kinder geknallt wurde.

Warten kannst du auf den Messias, dachte Rudek und schlug die Betten auf.

»Wir wissen nicht, ob die Post funktioniert«, sagte er zu seinem Vater.

Er hatte zu viel im Kopf, als dass er sich noch mit ihm hätte streiten wollen. In Gedanken machte er schon eine Liste der Dinge, die zu erledigen waren. Zunächst die Versammlung der ganzen Familie, der Kauf eines Pferdes und Wagens, der Anruf bei der Lipska.

Sie würden unterwegs genug Gelegenheit haben, sich zu streiten. Schon jetzt hatte er Bauchschmerzen von Vaters Anspannung, von dieser Intensität. Würde er die lange Zeit im selben Wagen überhaupt aushalten? Würden sie sich nicht noch vor der Ankunft in Lemberg an die Gurgel gehen?

Rudek betrachtete seine Mutter. Sie stand neben Ruth, mit dem Gesicht zum Herd. Er starrte auf ihre zusammengesteckten weißen Haare. Sie waren länger und dichter als die von Ruth.

»Hör mal, ich kenne die Deutschen und Österreicher gut.« Nathan ließ nicht locker. »Wir haben den ganzen letzten Krieg über in derselben Armee gekämpft. Was können die mir schon? Entlassen können sie mich nicht, weil ich keine Arbeit hab.«

Rudek dachte darüber nach, ob er das Geld, die Ersparnisse, die er morgens abgehoben hatte, irgendwo verstecken sollte. Die ganze Zeit trug er sie bei sich im linken Schuh. Er antwortete Vater nicht, was nicht hieß, dass er ihm nicht zugehört hatte, als er sagte, er werde nicht sein ganzes Hab und Gut zurücklassen, alles, was er sich in seinen über sechzig Jahren hier aufgebaut habe. Rudek sah sich in der Wohnung um. Nein, er würde das Geld nicht hinter den Gewürzen über dem Herd verstecken.

Er wusste schon, was er Vater sagen würde, er hatte ein Argument in petto, einen Trumpf im Ärmel, aber er wollte ihn nicht zu früh ausspielen. Er wartete auf den richtigen Moment. Das heißt, bis Vater ausgeredet hätte.

Rudek blickte durch das offene Fenster auf die Straße. Fast überall brannte noch Licht. Packten die anderen auch? Und da, wo es dunkel war, waren sie schon weggefahren?

»Und einen alten Baum verpflanzt man nicht«, sagte Vater.

Rudek blickte flehend zum Himmel. Alle Sterne waren zu sehen. Morgen würde wieder ein schöner Tag werden.

Man sollte ihn besser fällen, dachte er. Oder mit den Wurzeln herausreißen.

Immerhin war Vater jetzt still. Rudek wartete einen Augenblick und sagte dann, immer noch aus dem Fenster schauend, ganz ruhig:

»Das heißt, du willst allein in der Goldhammer-Straße bleiben?«

KAPITEL 32

Rudek

Er legte sich als Letzter schlafen. In das gleiche Bett, das er sich jahrelang mit Nusek geteilt hatte. Ruth schlief schon. Kurz vor dem Einschlafen legte er das Geld unters Kissen.

Am Morgen schob er als Erstes die Hand unters Kissen. Dann lief er Brötchen fürs Frühstück kaufen. Er legte sie auf den Küchentisch und sagte, er gehe jetzt zur Post, telefonieren.

»Wen rufst du an?«, fragte Ruth.

Er nahm sich ein Brötchen mit.

»Das Syndikat.«

Die Post war geöffnet, aber voller Menschen, und Rudek musste in der Schlange warten. Er beruhigte die Lipska, erzählte ihr von seinem Plan.

Ruth könnte manchmal auch sagen, dass sie stolz auf mich ist, dachte er.

Die Lipska bat er, ihm zu erzählen, was sie anhatte.

»Grauer Rock, rosa Bluse, blaue Schuhe mit Absatz.«

»Und darunter?«

Er hörte leider nur jedes zweite Wort, weil die Lipska jetzt leiser sprach (sie war bei der Arbeit, im Sekretariat) und die Leute in der Schlange an die Scheibe zu klopfen begannen, dass er sich beeilen solle.

Am Abend kam Hesio aus Warschau.

Er brachte eine weitere Strophe des Gedichts mit, das er für Rena zum Geburtstag komponiert hatte.

Doch wegen des Krieges musste
was vorher keiner wusste
die Gesellschaft leider schließen

Alles verlief nach Rudeks Plan. Sogar noch besser. Welkas Natek besorgte Pferde und einen Wagen. Zwar würden auch Nateks Eltern mitfahren, aber immerhin sparten sie viel Geld. Sie würden aus Biała kommen und die Stramers mitnehmen.

»Wir müssen ein bisschen zusammenrücken«, sagte Natek.

Im Übrigen würde es gar nicht so schlecht laufen. Rena und Zawadowski hatten beschlossen, getrennt zu fahren. Es gab zwei freie Plätze im Auto von Bekannten.

Dieser Natek gefiel Rudek. Auch er handelte lieber, als abzuwarten.

Tags darauf, am Nachmittag, saßen sie schon im Wagen. Wie sie es besprochen hatten, nahm jeder nur einen kleinen Koffer, eine Tasche oder einen Rucksack mit. Auch so wurde der Wagen voll. Die restlichen Dinge blieben in Tarnów.

Sie fuhren los.

Den Wagen lenkte Nateks Vater, mit seinem grauen Bart und seiner Kippa. Rudek bemerkte, dass der Sohn ihm nicht die Zügel aus den Händen riss. Der alte Kierbel nahm für eine Weile Róża auf den Schoß, um ihr zu zeigen, wie man lenkte. Sie fuhren langsam. Wagen für Wagen, Auto für Auto. Nicht viel schneller als die Leute, die am Straßenrand zu Fuß gingen und ihnen winkten, um mitgenommen zu werden. Nateks Vater zuckte die Schultern.

»Keine schlechte Völkerwanderung.« Hesio machte eine Kopfbewegung zu der Schlange nach Osten, die sich bis zum Horizont hinzog.

Rudek nickte.

Sofort dachte er daran, dass die große Völkerwanderung damals das Ende der Antike bedeutete. Der Epoche, die er am liebsten mochte. Es war kein Zufall, dass er klassische Philologie studiert hatte.

Auch jetzt würde alles zerfallen. Käme dann ein neues Mittelalter? Er wollte es sogar laut sagen. Aber wozu? Auf diesen Trost könnten sie verzichten.

Der alte Kierbel zog die Zügel an. Hundert Meter vor ihnen gab es einen Unfall. Und alle wollten sehen, was geschehen war. Im Wagen blieben nur die alten Kierbels und die alten Stramers mit Róża, die Bauchweh hatte.

»Hast du vielleicht Hunger?«, fragte Nathan, aber Róża schüttelte den Kopf.

Zumindest konnten die Pferde einen Moment ausruhen.

Rudek sah ein rothaariges Mädchen, das vor einem Auto lag.

»Ich hab's gesehen«, sagte eine Frau, die einen Kinderwagen mit einem Koffer darin schob. »Sie hat sich absichtlich vor die Räder geworfen.«

Er sah zu, wie der Fahrer dem Mädchen half aufzustehen, sich abzuklopfen und einzusteigen.

Ein schöner Wagen: Alfa Romeo.

»Da sehen Sie selbst!«

»Wir brauchen nur zu fahren, und schon habe ich Hunger«, sagte Nathan, als sie weiterfuhren.

Rywka hatte für alle belegte Brote gemacht. Nathan aß zuerst seines, mit Käse und Gurke, und dann das von Róża, die nur einmal abgebissen hatte und den Rest ihrer Großmutter geben wollte. Nathan wollte auch noch ihr Stück Hefekuchen essen, aber Rywka hielt ihn rechtzeitig davon ab.

Rudek legte sich auf den Rücken. Das Heu kitzelte ihn angenehm im Nacken. Gestern war er wieder als Letzter schlafen gegangen. Er kniff die Augen zusammen. Die Straße vor ihm wurde enger, und er sah kaum noch Himmel. Die Pferde klapperten gleichmäßig mit den Hufen, der Wagen schwankte leicht.

Er roch den angenehmen, süßlichen Pfeifenqualm des alten Kierbel.

Was träumte er? Er hatte es in dem Moment vergessen, als Nusek ihn am Arm zerrte. Rudek dachte im ersten Moment, sie seien schon an der Grenze angekommen. Und die Soldaten mit Adlern an den Mützen, die sie umringten, seien polnische Grenzschützer.

Sie sagten, sie sollten ihre Sachen nehmen und aussteigen, sie wollten sie kontrollieren.

Aber warum fuchtelten sie mit Waffen herum?

»Ganz ruhig, meine Herren!«, sagte Rudek.

Sahen die nicht, dass hier ein Kind war?

Ruth nahm Róża auf den Arm.

Rudek sprang vom Wagen und betrachtete die Soldaten. Das waren eigentlich auch noch Kinder.

»Sie sind betrunken«, flüsterte Natek ihm zu.

Wahrscheinlich reicht es, dass sie am Korken riechen, dachte er.

Wie alt konnten sie sein? Nicht älter als Nusek, der sich hinter dem Vater versteckt hatte.

»Ohne Scherz.« Rudek trat an den mit den meisten Pickeln heran, der der Chef dieses Kindergartens zu sein schien.

Aus der Nähe erinnerte sein Gesicht – rot mit schwarzen Mitessern – an einen Marienkäfer.

Sogar die Pistole, mit der er auf Rudek zielte, sah wie ein Spielzeug aus.

»Halt die Klappe, du Krätze«, sagte der Picklige zu Rudek und wich einen Schritt zurück.

Róża begann zu weinen und schmiegte sich an Ruth.

»Gut.« Rudek hob leicht die Hände.

»Wir requirieren den Wagen.«

Sie befahlen allen, beiseite zu gehen, und fuhren weg.

Sogar der alte Kierbel, der am meisten verloren hatte, die Pferde und den Wagen, sagte, das Wichtigste sei, dass niemandem etwas passiert sei. Die Übrigen klagten umso weniger und ließen sich nicht unterkriegen.

»Gut, aber nicht hoffnungslos«, sagte Nathan wie früher.

Aber wo waren sie überhaupt? Sie sahen sich um. Sie standen auf der Straße, unweit eines Waldes. Nusek wurde losgeschickt, um zu erkunden, welches das nächste Dorf sei. Nach fünf Minuten kam er zurück: Pustków. Das sagte niemandem etwas.

Nusek gab Róża einen länglichen grünen Zapfen, den er unterwegs gefunden hatte.

Er bemerkte, dass alle jetzt etwas bessere Laune hatten. Während sie auf ihn gewartet hatten, hatte Rudek ihnen einen Witz erzählt.

Wie immer habe ich das Beste verpasst, dachte Nusek.

Rudek griff nach zwei Koffern und setzte sich als Erster Richtung Pustków in Bewegung.

»Es wäre gut, etwas zum Übernachten zu finden, bevor es dunkel wird«, sagte er.

Hinter ihm ging Wela mit Róża auf dem Arm. Dahinter Natek und Nusek, auch sie trugen jeweils zwei Koffer. Ebenso wie Hesio, der neben Ruth ging. Die alten Stramers und die alten Kierbels schlossen den Zug ab.

Natek erzählte Nusek noch einmal den Witz von dem Typen, der zum Bankdirektor geht mit der Information, wie dieser auf einen Schlag eine Million Dollar machen könnte. »Sie haben eine Tochter, Herr Direktor?« Der Direktor nickt. »Und Sie möchten die Tochter verheiraten?« Der Direktor: »Stimmt, Sie sind gut informiert.« – »Und Sie möchten zwei Millionen Dollar als Mitgift geben?« – »Ja, auch das stimmt.« – »Ich nehme sie für eine Million.«

Nusek lachte und dachte, Rudek habe das sicher besser, witziger erzählt.

Die Dämmerung setzte ein. Rudek sah zuerst Rauch, dann den Schornstein, das Haus und die Scheune. Das immer heftiger werdende Gebell eines Hundes war zu hören.

Zehn Minuten später sahen sie den Hund im Hof. Eine kleine schwarze Promenadenmischung. Er ähnelte ein bisschen Pusio aus ihrer Tarnower Nachbarschaft, war aber noch kleiner. Bei ihrem Anblick knurrte er nur noch.

Hesio

»Das ist nicht die Rosenallee in Warschau«, sagte Ruth zu Hesio, als sie sich bückten, um hinter Rudek in die feuchte Diele einzutreten.

Woher kannte sie seine Adresse? Übrigens eine der besten in Warschau. Rudek musste es ihr gesagt haben.

»Tja«, grinste Hesio. »Nach Rosen riecht's hier bestimmt nicht.«

Der Raum unterschied sich nicht besonders von dem bei Flunders Eltern, wo er sich damals versteckt hatte. Wie stolz und glücklich mussten sie jetzt sein, da sie ihr Ziel erreicht hatten und ihr Sohn Pfarrer geworden war.

Ehrwürdiger Flunder, dachte Hesio. Die Wege des Herrn sind unergründlich.

Sogar der Geruch war der gleiche wie bei den Flunders. Ein

Geruch, der dich anfangs umhaut und abstößt, aber nach ein paar Tagen nimmst du ihn nicht mehr wahr, dafür halten die anderen Abstand zu dir.

Gestampfter Boden, Küchenofen aus Lehm, ein Tisch am Fenster, ein Kreuz an der Wand. Eine Frau, die in der Ecke Kartoffeln schälte, machte eine Handbewegung, sie sollten hereinkommen.

»Gelobt sei Jesus Christus.« Hesio wusste, was er sagen musste.

»In Ewigkeit, Amen«, erwiderte sie.

Ihr erstaunter Blick schien zu sagen: Schau her, ein Jude, aber ein anständiger Mensch. (Aber vielleicht kam Hesio das nach der Geschichte mit dem Wagen auch nur so vor?)

An dem Tisch beim Fenster saßen – im Schein einer Petroleumlampe – drei Männer. Rudek stand schon über ihnen und handelte etwas aus.

»Zehn und ein Kind«, sagte er.

Der älteste, offensichtlich der Hausherr, schüttelte den Kopf.

»Ich habe nicht genug Stroh.«

»Das kann man von uns holen«, schlug ein anderer vor. »Für einen Zuschlag, versteht sich.«

Hesio und Ruth wussten nicht, wer das gesagt hatte, denn die Männer saßen mit dem Rücken zu ihnen. Zwei von ihnen standen gleichzeitig vom Tisch auf, als Rudek nickte, er sei einverstanden.

»Psotka, in die Hütte!«, rief einer von ihnen, schon draußen auf dem Hof.

Hesio trug das Gepäck in die Scheune. Auch seinen Koffer voller neuer Sachen, die er aus Warschau mitgebracht hatte. Modische Hemden, Hosen, Jacken. Alles maßgeschneidert. Leider hatte er sie kein einziges Mal in Tarnów zeigen können.

Zofia ging gerne mit ihm zum Schneider. Sie sah gerne zu, wie er sich umzog, und kam gerne ins Bad, wenn er unter der Dusche stand.

»Wie schön du bist«, sagte sie. »Wie jung.«

So gut hatte er noch keiner Frau gefallen.

Immer wieder sagte sie, er vergeude sein Leben mit ihr. Er solle an eine Ehe denken, an Kinder, die sie ihm nicht mehr schenken könne.

»Ich bin selbst noch ein Kind«, sagte er zu Zofia.

Die Bauern mussten ganz in der Nähe wohnen, denn sie kamen nach wenigen Minuten mit dem Stroh zurück. Sie warteten, bis Rudek ihnen das Geld gegeben hatte, erst dann begannen sie, das Stroh auf dem Boden auszubreiten. Rudek stand über ihnen und sah zu, ob sie es gleichmäßig verteilten.

Hesio war wie üblich sicher, dass sich alles fügen würde. Mit Rudek ging man nicht unter. Er dachte immer an alles. Morgen würden sie einen Wagen organisieren und weiterfahren.

Und Hitlers Maschinerie würde irgendwann der Schlag treffen, und er, Hesio, könnte nach Warschau in die Rosenallee zurückkehren.

»Frauen mögen keine Pessimisten«, pflegte Zofia zu sagen.

Er richtete den Blick auf Natek. Optimist oder Pessimist – das war nicht wichtig, mit seinem Aussehen eines amerikanischen Filmstars konnte er den Frauen gar nicht nicht gefallen. Groß, schlank, mit blonden Locken, die auf die blauen Augen fielen.

Wer hätte gedacht, dass die stille und schüchterne Wela sich so einen Schönling angeln würde?

Welcher Film war es, in dem der Schauspieler spielte, dem er ähnlich sah? Zofia hätte es sofort gewusst, sie ließ keine Premiere aus. In ihrer Jugend wollte sie Schauspielerin werden, aber stattdessen heiratete sie einen älteren Legionär mit grauem Ziegenbart und wurde Frau General. Hesio kannte ihn nur von einem Foto in rundem Rahmen an der Wand des Esszimmers.

Wenn er die alten, gebeugten Eltern von Natek betrachtete, konnte er kaum glauben, dass sie einen so gutaussehenden Sohn hatten. Ähnliche Gedanken hatte er oft, wenn er die Eltern der Mädchen kennenlernte, mit denen er sich traf. Waren das wirklich ihre Töchter?

Aber Moment mal. Nicht im Kino hatte er jemanden gesehen, der Natek ähnlich sah. Die Kierbels kamen ja aus Biała, so wie Flunder. Plötzlich passte alles zusammen. Er kannte Nateks Gesicht nicht von der Kinoleinwand, sondern von einer Weide auf dem Land. Wie viele Jahre war das her? Natek war damals noch ein Kind.

Jetzt, volljährig, stand er neben Wela. Hesio ging auf ihn zu.

»Hast du mir nicht mal ein Buch geliehen?«

»Über die Titanic?«, grinste Natek.

Das heißt, er hatte es von Anfang an gewusst.

Vom anderen Ende der Scheune hörten sie ein lautes:

»Verdammte Scheiße!«

Da brodelte etwas in der Dunkelheit.

Einer der Bauern stand vom Boden auf und hielt sich die Nase.

Der zweite schrie:

»Lass deine Pfoten bei dir!«

Rudek schubste ihn mit der linken Hand, und die rechte, zur Faust geballt, hielt er wie ein Boxer in Bereitschaft vor seinem Gesicht.

Hesio und Natek liefen auf die beiden zu.

»Schnell weg!« Der Bauer, der sich an die Nase griff, rannte als Erster aus der Scheune.

Der zweite flüchtete auch, stolperte aber an der Schwelle.

Auf Hesios fragenden Blick antwortete Rudek nur:

»Er hat's so gewollt.«

Mehr wollte er nicht sagen.

Er nahm eine Zigarette von Hesio und ging in den Hof, um zu rauchen. Die Brüder folgten ihm.

Es war finster und still. Sogar Psotka bellte sie nicht mehr an.

Rudek blies Rauchringe aus.

»Und wenn sie zurückkommen?«, meinte Nusek.

»Die kommen nicht zurück«, sagte Rudek.

»Du hast ihm ordentlich eins auf die Schnauze gegeben!« Nusek, der es aus der Nähe gesehen hatte, zeigte Hesio den Hieb, stoppte die Faust aber kurz vor der Nase des Bruders.

Er spielte auch sofort die Rolle des Verlierers und stürzte wie benommen zu Boden.

Wie immer tat er all das schnell, sozusagen auf Hochtouren. Und jetzt auch noch im Dunkeln.

Er hatte keine Ahnung, wie sehr das Rudek nervte.

»K.o.!« Nusek stand auf. »Der Junge hat Glück, dass er noch lebt.«

Ganz ruhig, dachte Rudek. Er will sich nur bei mir beliebt machen. Ich sollte mich eher bei ihm revanchieren.

»Hör mal«, sagte er. »Immer wenn du zuschlägst, leg dir was in die Hand. Ein Steinchen oder ein Stück Holz.«

»Um härter zuzuschlagen?«

»Um dir nicht die Finger zu brechen.«

Sie waren mit dem Rauchen fertig und gingen wieder in die Scheune.

Eine halbe Stunde später versuchten alle zu schlafen. Außer Róża, die schon von den Kräppeln von Omas Schwester auf dem Land träumte. Sie lagen auf dem Küchentisch in ihrer

Krakauer Wohnung. Wie immer in Zeitungspapier eingewickelt. Schon beim Anblick der Fettflecken lief ihr das Wasser im Mund zusammen. Aber es war keiner da, der sie hätte auspacken und essen können.

Hesio überlegte, ob Ruth ihn auf dem Weg ins Dorf absichtlich ein paar Mal mit dem Arm gestreift hatte. Sie waren nebeneinander gegangen. Hesio versuchte, ihr in die Augen zu sehen, aber sie blickte nur in die Ferne. Er streifte sie ebenfalls. Sie musste es gespürt haben, doch sie reagierte nicht. Na ja, das hätte er von seiner Schwägerin auch nicht erwartet!

Aber warum eigentlich nicht? Schließlich war sie jünger als seine Zofia.

Bevor er Zofia kennenlernte, war er völlig blank. Stalin hatte gerade die KPP aufgelöst, und Hesio bekam nicht mehr sein monatliches Gehalt als Parteifunktionär. Nicht einmal mehr Halwa konnte er sich leisten. Das war wirklich das Ende. Vorbei die »Liebesökonomie«, die er sich noch in Tarnów ausgedacht hatte. Er musste jetzt etwas Neues und vor allem Billigeres finden.

Er begann, in sein kleines Warschauer Zimmer in Grochów Mädchen einzuladen, zum Anschauen seiner Fahrkartensammlung. Man kann alles sammeln. Warum also keine Fahrkarten? Er musste sie ja sowieso kaufen, um zu den Versammlungen in der Stadt zu fahren.

Er klebte sie in gleichmäßigen Abständen an die Zimmerwand. So, dass sie eine kleine Straßenbahn bildeten.

Abgesehen von der Aufschrift *Fahrkarte normal* und den roten Buchstaben TR hatte jede ihre Nummer aufgedruckt, den Preis 20 Groschen und die Warnung: *Fahrkarte weitergeben verboten. Aufbewahren für die Kontrolle.*

»Und was machst du dann?«, fragten seine Freunde. »Na, wenn du sie ihr gezeigt hast?«

Die Frage verstand er nicht. Wenn er ein Mädchen überredet hatte, abends zu ihm in die Wohnung zu kommen, um seine Fahrkartensammlung anzuschauen, hatte er das Schwierigste hinter sich.

Bis er eines Tages Zofia einlud. Zu den Fahrkarten kamen sie gar nicht. Sie küsste ihn sofort, gleich als er die Tür öffnete.

Nusek war immer noch beeindruckt von Rudeks Hieb. Wenn das Lolek Szpeda hätte sehen können. Getroffen – erledigt. Er schlief mit einem Steinchen in der Hand ein, für den Fall, dass sie nachts wiederkämen.

Wela überlegte, womit der Bauer Rudek so aus dem Gleichgewicht gebracht hatte, dass er nicht einmal darüber reden wollte.

Hatten sie das Stroh nicht richtig ausgebreitet? Wollten sie mehr Geld?

»Vater hat gehört, wie sie ›Abschaum‹ zu ihm gesagt haben«, flüsterte Natek ihr jetzt zu.

Nathan dachte daran, was er mit dem alten Kierbel besprochen hatte, als die Bauern hinausgingen, um zu rauchen.

»Sollen die Jungen doch allein weitergehen. Wir halten sie nur auf. Und weiß man denn, was unterwegs noch kommen wird?«

Nathan hatte genickt. Er hatte von Anfang an gesagt, dieser Familienauszug sei Unsinn. Wie Kierbel wollte er nach Hause. Ob Ben wohl schon seinen Brief bekommen hatte?

Rywka dachte ähnlich darüber. Man musste nur Rudek davon überzeugen.

»Mein Sohn«, sagte sie zu ihm.

»Ja?«

»Schlaf gut, und steh gut wieder auf!«

KAPITEL 33

Róża

Róża mochte Benzingeruch. Sie lief vom Hof auf die Goldhammer-Straße, um sich das schwarze Auto mit dem offenen Dach anzusehen. Es transportierte drei vornehme Offiziere. Sie lächelte und winkte ihnen zu.

Das Auto bremste.

Es drehte um und hielt neben ihr.

Ein Offizier mit grauen Schläfen stieg aus, in einem schönen dunkelgrauen Mantel, an dem auch nicht einer der glänzenden Knöpfe fehlte. Róża schaute extra genau hin. Der Mann sagte etwas zu ihr, aber sie verstand kein Deutsch. Er griff mit der Hand unter den Mantel.

Und er holte zwei Bonbons heraus. Gelbe. Róża verneigte sich artig und machte einen Knicks, wie Mama es ihr beigebracht hatte: So sollten kleine Mädchen sich bedanken.

Einen Moment lang stand sie noch auf der Straße und atmete den Benzingeruch des wegfahrenden Autos ein. Er vermischte sich mit dem süßen Zitronengeschmack des Bonbons.

Kaum war sie wieder im Haus, bekam sie von Mama eine Ohrfeige. Das Bonbon fiel ihr aus dem Mund auf den Küchenboden. Sie musste es nicht aufheben. Es war in kleine, klebrige Stückchen zersplittert.

»Wie konntest du mir das antun!«, flüsterte Ruth. »Ich bin fast gestorben vor Angst.«

Sie hatte alles durchs Fenster gesehen.

Aber sie hatte ihr den Knicks doch selbst beigebracht.

Róża würde es gleich Papa sagen, und Mama bekäme ihr Fett ab.

»Geh nicht rein. Du weckst ihn.«

Das Mädchen ging auf Zehenspitzen in das Zimmer, wo Rudek lag und allmählich zu sich kam.

Früher hatte sie sich bei ihm immer sicher gefühlt. Sie wusste, ihr würde nichts geschehen, wenn er sie auf den Arm nahm und sie auf die fahrende Straßenbahn aufsprangen oder am Ende des Beckens schwammen. Da wo sogar er nicht mehr stehen konnte.

Er hatte immer noch den Kopf und das Gesicht verbunden. Seine Tochter konnte er kaum sehen.

»Wie geht es dir, Papa?«

Rudek

In den ersten Tagen nach der Rückkehr in die Goldhammer-Straße stand er kaum vom Bett auf. Davor hatte er eine Woche im jüdischen Krankenhaus in Tarnów verbracht.

Unter seinem Verband rekonstruierte er nacheinander alles, was vorgefallen war. Als würde er Dias auf den weißen Hintergrund projizieren oder durch Gucklöcher im Tarnower Fotoplastikon Bilder anschauen.

Er war zusammen mit Hesio, Nusek und Natek frühmorgens losgegangen, um die Gegend zu erkunden. Würden sie irgendwo einen Wagen organisieren können? Die Bauern auf dem Hügel sahen sie sofort. Die Sonne war gerade aufgegangen. Sie beleuchtete sechs Figuren mit Stöcken.

Die warteten auf sie.

Hesio wollte umkehren.

»Wenn du Angst hast«, sagte Rudek, »dann geh zurück.«

Sie würden die Sache zu dritt »erledigen«.

Selbst wenn sie auf Hesio gehört hätten, die Bauern hätten sie trotzdem angegriffen. Sie konnten nicht fliehen, weil die Eltern und die anderen noch in der Scheune waren.

Rudek tat immer noch alles weh. Am schlimmsten war es in der Nacht, er erwachte jeden Moment. Die Worte des Arztes aus dem jüdischen Krankenhaus trösteten ihn:

»Zum Glück heilt bei Ihnen alles wie bei einem Hund.«

Sie hatten sich ebenfalls nach Stöcken umgesehen. Je näher die sechs Typen kamen, desto gefährlicher wirkten sie. Rudek ging mit erhobenem Haupt direkt auf sie zu.

»Mir geht's schon besser«, antwortete er jetzt Róża.

Er spürte immer noch die Wut. Eins zu eins hätte keiner von denen eine Chance gegen ihn gehabt.

Róża küsste ihn auf den Verband an der Stirn.

Am leichtesten ist es, jemanden zu schlagen, der es nicht erwartet. Wenn man ihn richtig trifft, geht er sofort zu Boden. Die Typen waren vorbereitet gewesen. Aber Rudek war es trotzdem gelungen, zwei oder drei zu erwischen, und das ordentlich, denn er hatte sich den Daumen gebrochen, bevor ihn selbst ein Stock am Hals traf und er das Bewusstsein verlor.

Seine nächste Erinnerung war, wie sie ihn auf einem Wagen transportierten. Er sah, wie seine Eltern sich über ihn beugten. Als betrachtete er ein unscharfes Foto.

Ob er sie das letzte Mal sah?

Ihm wurde schlecht.

»Mein Sohn«, sagte Rywka.

Sie mussten ihn schlimm zugerichtet haben. Getreten, als er schon auf dem Boden lag. Zum Glück hatten sie ihm nicht die Arme oder Beine gebrochen. Sie hatten hauptsächlich gegen den Kopf getreten. Und sein Kopf war – wie der Saleks – solide.

Interessant, dass der Mensch für die anderen immer der Kopf ist. Zu ihm spricht man, gegen ihn tritt man, dachte er noch.

Als er wieder wach wurde, schaute er, ob er seine Uhr noch am Handgelenk trug. Auch das Geld war noch da. Vielleicht hatten sie es nicht gefunden? Wieder verlor er das Bewusstsein.

Nathan hatte ein Fuhrwerk und dann einen Arzt organisiert, der ihn zusammenflickte und ihm einen Verband anlegte. Er hatte auch dafür gesorgt, dass er ins jüdische Krankenhaus gekommen war. Rudek erinnerte sich nicht daran.

»Bin ich nicht zu streng mit ihm?«

Er versuchte, sich ins Gedächtnis zu rufen, was Salek einmal aus einem englischen Buch vorgelesen hatte. Etwas sehr Passendes. Etwas wie:

Zuerst lieben wir unsere Eltern. Dann schätzen wir sie. Und zum Schluss verzeihen wir ihnen manchmal.

Vielleicht war es ja schon an der Zeit, zur dritten Etappe überzugehen. Umso mehr als Vater offensichtlich in schwierigen Momenten durchaus überraschend handeln konnte.

Rudek versuchte zu lächeln, aber es tat zu sehr weh.

Er hatte Vater gebeten, sich neben ihn aufs Bett zu legen.

»Aber nicht sprechen, Papa«, sagte er.

»Schon gut.«

Ungeschickt schmiegten sie sich aneinander. Man merkte, dass sie nicht wussten, wie man das macht. Wer sollte sich hier an wen schmiegen? Schließlich nahm Rudek den kahlen Kopf des Vaters und drückte ihn an seine Brust. So lagen sie ein paar Minuten.

Die anderen hatten die Schlägerei relativ unversehrt überstanden. Jedenfalls im Vergleich zu ihm. Nusek hatte ein blaues Auge, Natek eine aufgeplatzte Lippe und Hesio ein paar blaue Flecken und zerrissene Kleidung.

Rudek gab sich die Schuld dafür, dass sie nicht weiterfahren konnten, sondern nach Tarnów zurückmussten.

Mutter sagte nach der Rückkehr:

»Unsere Reise stand unter dem Zeichen *das Schicksal überlisten*. Die ganze Zeit Probleme.«

Jetzt wusste er, dass es ihnen ohnehin nicht gelungen wäre, bis zur Grenze zu gelangen. Die Deutschen hatten das Gebiet umzingelt und tränkten sicher schon ihre Pferde im Wieprz.

Er wusste auch, dass die polnische Regierung, die angekündigt hatte, dem Feind nicht eine Spanne Erde abzutreten, mehr Glück gehabt hatte als sie – sie war nach Rumänien geflohen.

Rudek hörte, wie die Kinder im Hof sangen:

Rydz-Śmigły, der Marschall keck
war ganz schnell wieder weg …

Aus dem Haus ging Rudek noch nicht. Ganze Tage lag er mit verbundenem Kopf im Bett der Eltern.

»Der Patriarch«, wie Hesio ihn zum Spaß nannte, »empfängt die Mitglieder der Familie liegend.«

Die Brüder berichteten ihm, was sich draußen abspielte, trotz Mutters Bitte, ihm nichts zu sagen, abzuwarten, bis es ihm wieder besser ging.

Oder vielleicht hörten sie auf Mutter und schonten ihn? Aber konnte es Schlimmeres geben als das, was sie ihm erzählten?

Schlimmer als die Niederlage im September? Dass sie die Juden von der Straße holten und zur Arbeit schickten? Dass sie eine Binde mit dem Davidstern am Arm tragen mussten?

Dass in der Stadt alle Synagogen in Brand gesetzt worden waren?

Vater erzählte stolz, nur die Neue Synagoge sei nicht verbrannt. Die Deutschen hätten zwei Pioniere einsetzen müssen, um Dynamit zu legen.

Er glaubte, das sei ein Zeichen.

»Ein Zeichen wofür?«, fragte Rudek. »Außer dass sie solide Fundamente hatte.«

»Du wirst sehen. Bald wird ein Brief von Ben kommen.«

Für Rudek und den Rest der Familie war es ein Rätsel, wie sich in Nathans Kopf die Dinge miteinander verbanden.

Das ist lediglich ein Zeichen dafür, dass es um Vater nicht gut steht, dachte er.

Dafür kam ein Brief von Rena. Ruth las ihn laut vor. Es war ihr und Mieczysław gelungen, sich in Lemberg einzurichten. Rena hatte sogar schon Arbeit gefunden, als Straßenbahnfahrerin.

Sie ermunterte sie, auch dorthin zu kommen. Natürlich nicht direkt. Sie schrieb:

Kommt zu Onkel Wanja, da ist es bequemer als bei Tante Klara.

Zwar hatte Vater in Lemberg irgendwelche entfernten Verwandten, mit denen er kaum in Kontakt stand, weil sie orthodox waren. Aber ganz sicher gab es da keine Tante Klara und schon gar keinen Onkel Wanja.

Aber Renas Brief überzeugte Natek und Wela, die jetzt mit ihm zusammenwohnte, ebenfalls nach Lemberg zu fliehen. Sie waren bisher mindestens dreimal am Tag zu den Eltern gekommen: zum Frühstück, Mittagessen und Abendessen. Direkt vor der Abreise, schon mit Rucksäcken, kamen sie mit den Fahrrädern in die Goldhammer-Straße.

»Auf ein Wiedersehen bei Onkel Wanja«, sagte Rudek, den sie zum Abschied geweckt hatten.

Ein andermal weckte ihn ein heftiges Klopfen an der Tür. War das am selben Tag? In derselben Woche? Er war sich nicht sicher.

Rywka machte auf, und zwei deutsche Offiziere betraten wortlos die Wohnung. Sie sahen sich um, ohne ihre Bewohner zu beachten, als wären diese gar nicht da.

Die Deutschen bemerkten sofort die Eichenkredenz mit den gedrechselten Säulen, die von Pferdeschädeln gekrönt wurden, und verlangten sie zu sehen. Rudek musste vom Bett aufstehen, Vater und Nusek schoben es beiseite, sonst hätte man dieses wertvollste Möbel nicht öffnen können, um hineinzuschauen.

Als sie den Inhalt sahen, schüttelten sie den Kopf, denn von außen sah es nach mehr aus als nur nach dem alten Kram, der drin war: die vergilbten Briefe von Ben, ein Kamm, ein metallener Leuchter, ein zerfallendes Gebetbuch und die Tefillin.

Ähnlich reagierten sie auf den Inhalt des Kleiderschranks.

Róża erkannte einen der Offiziere an den grauen Schläfen. Er hatte ihr die Bonbons geschenkt. Aber sie musste nur Mama anschauen, und sie machte nicht einmal den Versuch, an ihn heranzutreten.

Nur der Koffer von Hesio, der auf dem Schrank lag, interessierte die Deutschen.

»Sieh mal«, sagte der Offizier mit den Bonbons zu seinem Kollegen, als er ein schneeweißes Hemd von Hesio herausnahm, »was für ein weicher Stoff.«

Anerkennend schauten sie jetzt die Stramers an.

Sie nahmen den Koffer und gingen.

Hesio war nicht dabei, aber selbst wenn er da gewesen wäre, was hätte er tun können?

Jedenfalls verließ er Tarnów ein oder zwei Tage danach. Rudek erinnerte sich noch an Hesios kurze Trauer um den Koffer.

Hätte er an jenem Tag wenigstens einen der Anzüge mit dem weißen Hemd getragen, die Manschettenknöpfe und eine Krawatte … Das warf er sich vor.

Aber er hatte es schließlich ganz bewusst nicht getan, um nicht aufzufallen.

Mehrmals sagte er:

»Wie schade.«

»Schade ist«, erwiderte Rudek, »wenn man stirbt.«

Für Rudek flossen all diese Tage zusammen. Wahrscheinlich weil er sie aus der Bettperspektive sah.

Er erinnerte sich, wie ihm schwindlig wurde, weil er den Kopf zu schnell vom Kissen hob, als er erfuhr, dass die Deutschen Nusek auf der Straße aufgegriffen und zur Gestapo gebracht hatten.

Da trug er schon keinen Verband mehr, aber der Arzt hatte ihm weiterhin Bettruhe verordnet.

»Gut, dass ich meinen Auweis bei mir hatte!«, erzählte Nusek, als er wieder zu Hause war. »Den hab ich gezeigt. Sie haben mir ein paarmal in die Fresse gehauen, einen Fußtritt verpasst und mich freigelassen.«

»Was hast du gezeigt? Was für einen Auweis?«

»Na, so sagt man jetzt zum Ausweis.«

»Du solltest auch wegfahren«, sagte Rudek.

»Allein?«, fragte Nusek.

»Ich bin noch nicht bereit.«

»Dann warte ich.«

In die Goldhammer-Straße kam Daniel, der Sohn des früheren Vizebürgermeisters von Tarnów.

»Die haben dich aber erledigt, du Armer.« Er schüttelte den Kopf. »Es wäre mir lieber, mir wäre das passiert.«

»Wenn du willst, ich kann dir das organisieren«, sagte Rudek.

Es ging ihm schon besser, und er setzte sich sogar zu Daniel an den Küchentisch.

Die Eltern sagten wie früher, sie fühlten sich geehrt durch seinen Besuch. Aber Daniel winkte nur ab. Er hatte eine Binde mit dem Davidstern am Arm.

Nachdem die Deutschen zu ihm gekommen waren, hatte er beschlossen, auch zu gehen.

Rudek erinnerte sich genau an die Wohnung des Vizebürgermeisters mit der unendlichen Zahl von Zimmern. Und er wunderte sich nicht, als Daniel erzählte, sie habe »den Deutschen sehr gefallen«.

»Vorläufig haben sie alles von der Garderobe mitgenommen, was ihnen gefiel. Das heißt, fast alles.«

Daniel schmerzte am meisten der Smoking, den sein Vater ihm zum dreißigsten Geburtstag aus Paris mitgebracht hatte.

»Dieser Deutsche hat ihn vor meinen Augen anprobiert, sich im Spiegel betrachtet und ihn gleich angelassen, kannst du dir das vorstellen? So ein Dreckskerl. Als er weg war, dachte ich: Ich scheiß drauf, ich haue ab. Ich gehe zur Bank. Und was ist da? Herr Ignacy an der Kasse zuckt mit den Schultern. Sie haben das Konto gesperrt. Kannst du dir das vorstellen? Aber wir haben uns geeinigt ...«

»Und wie willst du wegfahren?«

»Ich habe Leute gefunden, die mich auf die andere Seite des San bringen.«

»Vertrauenswürdig?«

»Die sollen bloß versuchen, es nicht zu sein ... Für das Geld. Ein Freund, den sie übergesetzt haben, hat eine Nachricht geschickt, es sei alles gut gelaufen.«

Rywka servierte ihnen Tee. Und die größte Rarität, die sie anbieten konnte: Brot, mit Zucker bestreut. Die Oma hatte Zucker mitgebracht, nachdem sie in letzter Zeit Süßstoff auf dem Tisch gesehen hatte.

»Mein Kind wird keinen Süßstoff essen«, hatte sie gesagt.

Sie kam etwa einmal in der Woche mit Grütze, Mehl und Eiern nach Tarnów. Auch Kräppel hatte sie im Gepäck, die verschwanden noch am selben Tag. Sie war immer ganz verschwitzt, wenn sie die Bündel mit dem Essen abstellte.

Einmal kam sie während einer der politischen Diskussionen. Erklärte Hesio wieder mal Rudek, dass Kapitalismus immer zu Nationalismus führte und Nationalismus zum Krieg? Oder verteidigte er eher das Bündnis Stalins mit Hitler? Die Oma hörte eine Zeitlang zu, während sie sich das Gesicht abwischte.

»Ich sage euch eins!«, unterbrach sie die beiden. »Die Politik ist eine diebische Hure.«

Und dann ging sie wie immer mit einem Kräppel zu Róża, um bei dieser Gelegenheit zu schauen, ob sie auch nicht abgenommen hatte.

»Das hat sie klug bemerkt«, sagte Rywka.

Rudek

Alles in Ordnung. Bin drüben. Ihr könnt ihnen vertrauen.

So lautete die Nachricht, die Rudek auf einem zerknitterten Zettel von Daniel erhalten hatte. Die Schrift stimmte.

Ein Kutscher mit Schnurrbart hatte sie gebracht, sicher einer von denen, die ihn übergesetzt hatten.

»Wenn wir eine Gruppe von sechs Leuten zusammenhaben«, sagte er, »dann fahren wir wieder.«

Rudek fragte ihn nach dem Preis, er wollte wissen, ob er von ihm genauso viel nahm wie von Daniel. So war es. Für zwei Personen insgesamt dreihundert Zloty. Das heißt, ein ordentliches Gehalt.

Ein gutes Geschäft.

Rudek fühlte sich jetzt viel besser. Das Gesicht war fast abgeschwollen. Ihm wurde nicht mehr schwindlig. Nur der Daumen der rechten Hand war schlecht zusammengewachsen, und er konnte ihn nur noch halb ausstrecken.

Schließlich ging er wieder aus dem Haus. Beim ersten Mal sah er, wie neue Plakate auf die Litfaßsäulen und an die Häuserwände geklebt wurden. Sie waren an die Juden gerichtet, aber auf Polnisch und Deutsch geschrieben. Generalgouverneur Hans Frank hatte angeordnet, die Bankkonten der Juden zu sperren, und jüdischen Kindern wurde verboten, die Schule zu besuchen.

Es war ganz natürlich, dass er und Nusek als Erste fahren würden. Sie sollten nicht länger warten. Bald würde es übrigens auch kalt.

Rudek wusste selbst nicht, wie er zur Post gekommen war – plötzlich stand er vor dem Gebäude. Aber er ging nicht hinein. Es war geschlossen.

»Zuerst richtet ihr euch ein«, hatten die Eltern gesagt. »Später holt ihr Ruth und die Kleine. Und was mit uns wird, sehen wir dann.«

Rudek konnte sich vorstellen, was sie empfinden würden, wenn sie sich nacheinander von den Kindern verabschieden müssten. Beim Gedanken daran, dass er von Róża Abschied nehmen musste, war Rudek zum Heulen zumute. Er verbarg es nicht. Sie sollte wissen, wie wichtig sie für ihn war.

Ob die anderen gehört hatten, wie er in der Nacht vor der Abreise heulte? Das erste Mal seit ewiger Zeit. Es war nicht ein

Weinen wie bei Ruth oder Róża. Etwas Merkwürdiges, Inneres, Animalisches. Noch nie hatte er so geweint. Es schüttelte ihn geradezu. Vielleicht war es gar kein Weinen? Etwas Ähnliches hatte er zum letzten Mal als Junge erlebt, als er zu Vater in die Schlachterei gekommen war und zugesehen hatte, wie ein Huhn koscher geschlachtet wurde.

Er hielt sich den Mund mit einem Kissen zu, um niemanden zu wecken.

Ging es vielleicht auch um Ben?

Er hatte ihn nie kennengelernt, aber wie die ganze Familie empfand er Respekt für ihn. Jahrelang sorgte Ben von Amerika aus für ihren Lebensunterhalt. Und er erwartete keine Gegenleistung.

Genau so ein Mensch wollte Rudek von Kind auf sein. Wichtig und stark. Er stellte sich gern vor, er sei seinem Onkel ähnlich.

Schließlich versprach sich manchmal sogar sein Vater und sagte zu ihm:

»Nein, Ben, bitte …«

»Papa, ich muss dich erinnern, dass du nicht mein jüngerer Bruder bist«, erwiderte er dann. »Allem Anschein zum Trotz.«

»Halt dich an der Tram fest.« Nathan winkte ab.

Einen Tag vor der geplanten Abreise von Rudek und Nusek war ein Brief aus Amerika gekommen. Hatte Vater die richtige Ahnung gehabt, und Ben schickte ihnen eine Einladung? Rudek fiel es schwer, daran zu glauben, aber der Rest der Familie erwartete in hoffnungsvoller Stimmung Nathans Rückkehr vom Einkaufen, denn nur er hatte das Recht, den Brief zu öffnen.

War das möglich? Und er, Rudek, war zu rational?

Er hatte den Eindruck, die Leute seien seit Kriegsbeginn mystischer und vergeistigter geworden. Ständig hatten sie irgendwelche Visionen, Ahnungen, in allem suchten sie eine Spur der göttlichen Vorsehung. Sie glaubten ans Fatum, an die Magie der Zahlen, gingen zu Hellsehern, zu Zigeunerinnen, die aus der Hand lasen.

Mindestens einmal am Tag klopfte ein Hausierer an ihre Tür und versuchte, ihnen die Offenbarung des Johannes oder Daniels Prophezeiungen und natürlich die Vorhersagen des Nostradamus unterzujubeln.

Nachfrage und Angebot.

Genauso war es in Krakau. Die Lipska, die er schließlich telefonisch erreicht hatte, sagte, ihre zwei Katzen spürten Dinge, die sie selbst nicht wahrnehmen könne. Beide, meinte sie, starrten auf einen konkreten Punkt an der Wand, zwischen dem Bügelbrett und dem Hocker, wo bestimmt etwas sei, das ein Mensch nicht sehen könne.

»Wirklich! Ich sag's dir!«

Wenn sie bloß nicht wie die Pusiowa endet, dachte er.

»Aber sonst ist bei mir alles in Ordnung«, lachte sie.

Der Brief aus Amerika erwartete Nathan auf dem Küchentisch.

Rudek hatte ihn am Fenster gegen das Licht gehalten. Er war anders als sonst, dünner. Und mit der Maschine geschrieben, eher wie ein amtliches Schreiben. Hundertprozentig enthielt er keine Dollars.

Vielleicht hatte Ben wirklich Ausreisepapiere für sie besorgt. Visa für Amerika oder ein Affidavit, das heißt eine Einladung mit eidesstattlicher Versicherung.

Dann würde er morgen mit Nusek eben nicht den San überqueren. Den Schmugglern mitteilen, sie seien krank geworden oder hätten es sich anders überlegt. Im schlimmsten Fall würden sie die Anzahlung verlieren – hundert Zloty.

»Hab ich's nicht gesagt?« Vater hielt in einer triumphierenden Geste den Brief hoch wie die Freiheitsstatue die Fackel. »Ich wusste es!«

Immer noch im Mantel, in Schuhen und mit dem Hut auf dem Kopf durchmaß er die Wohnung, den Brief in der Hand, um dann zum Tisch zurückzukommen. Róża lief ihrem Großvater erheitert hinterher.

Nathan

Schließlich setzte er sich, lehnte sich leicht zurück, überlegte es sich aber anders und stand wieder auf, als wollte er, dass die Familie am Tisch, Rywka, Ruth, Rudek und Nusek, ihn besser sehen könnten, wenn er lesen würde.

Oder wollte er sie besser sehen können? Und gleich zählen, wie viele Plätze sie auf dem Schiff bräuchten?

Er stellte sich vor, wie er in der starken Morgensonne mit ihnen allen in den Hafen von New York einlief.

So viele Jahre hatte er darauf gewartet.

Und es hatte den nächsten Weltkrieg gebraucht, damit es wahr wurde.

Er riss den Umschlag nicht auf, sondern steckte vorsichtig den Zeigefinger hinein und zertrennte das Papier.

Er erhöhte die Spannung, auch seine eigene innere Anspannung, und spürte, wie sein Herz schlug, als er das in der Mitte gefaltete dünne Blatt Papier herausnahm.

Bevor er es auffaltete und zu lesen begann, blickte er noch einmal auf sein Publikum.

Der Brief war kurz, offiziell. Er las ihn einmal, legte ihn wieder in den Umschlag auf dem Tisch und setzte sich.

»Und?«, fragte Rudek.

Nathan schüttelte den Kopf.

Das Schreiben rief Nathan Stramer als einzigen Erben dazu auf, sich am 15. November um 10.00 Uhr morgens im Büro des New Yorker Notars (Sam Dembitz, Notary Public, 52 W Houston St, NY) einzufinden, um die Erbschaft seines Bruders Ben Stramer anzunehmen.

»Es ist ein Brief von einem Anwalt.« Nathan machte eine Handbewegung, als wollte er mit der Faust auf den Tisch schlagen, aber schließlich legte er nur den Kopf dort ab. »Ben ist tot.«

Kinder hatte er nicht, richtig, aber was war mit Pepi?

Er hatte seinen Bruder in den Briefen selten gefragt, wie es ihnen gehe – ihm und Pepi. Und Ben hatte noch seltener darüber geschrieben.

Rywka legte die Hand auf Nathans Arm.

Nathan hatte Ben hauptsächlich von sich geschrieben, von den Kindern und den immer neuen Geschäften, die er dank seiner Dollars verfolgte. Um Ben zu einem Besuch zu bewegen, erzählte er auch von Tarnów, was es da Neues gab: Straßenbahnen, die Asot-Werke, das modernste Gefängnis in Polen.

Und so waren fast vierzig Jahre Korrespondenz dahingegangen.

Warum hatte er seinem Bruder kaum Fragen gestellt? Dachte er, weil Ben ihn damals in Amerika nicht zurückgehalten hatte, werde er auch nicht … Nathan zuckte mit den Schultern. Aber warum hatte er ihn eigentlich nicht zurückgehalten? Worum war es da eigentlich gegangen, vor über vierzig Jahren? Er konnte sich nur noch erinnern, wie er sich damals am Kai gefühlt hatte.

Früher war Ben nie krank gewesen. Nathan wäre nie auf die Idee gekommen, es könnte ihm etwas fehlen, da ihm selbst nichts fehlte. Na ja, vielleicht hatte er etwas weniger Kraft als früher, und neulich, als er Róża über den Hof nachgelaufen war, musste er anhalten, weil ihm plötzlich die Beine wehtaten. Manchmal musste er in der Stadt vor einem Schaufenster stehen bleiben (er bemerkte, dass jetzt alle jüdischen Läden an Türen und Fenstern mit einem weißen Davidstern gekennzeichnet waren), aber wenn der Schmerz vorbei war, konnte er weitergehen.

War Pepi zuerst gestorben, und Ben hatte ihm nichts davon geschrieben? Und er war nach Pepis Tod allein und hatte niemanden, der sich um ihn kümmern konnte? Er war schon über siebzig.

Hätte ich nur bei ihm sein können, dachte Nathan.

So viele Jahre hatte er ihn nicht gesehen – zuletzt vom abfahrenden Schiff aus. Aber die Meinung des älteren Bruders, wenn sie auch nur in den Briefen zum Ausdruck kam, war für ihn immer das Wichtigste gewesen. Er versuchte, sich selbst mit Bens Augen zu betrachten. In Gedanken beriet er sich oft mit ihm. Und einmal wollte er sich einschmeicheln, indem er die Hotdogs lobte, die Ben liebte, die ihm selbst aber gar nicht schmeckten.

Aber er warf ihm in Gedanken auch vor – und das wohl am meisten –, dass er nie gekommen war, um Rywka und die Kinder kennenzulernen.

Er hätte nicht den Mut gehabt, Ben das in einem Brief geradeheraus zu schreiben. Und ganz bestimmt hätte er es ihm nicht sagen können, wenn sie sich schließlich doch getroffen hätten. Das wusste er.

Jetzt hatte es keine Bedeutung mehr.

Was würde sich wohl ändern, abgesehen von den Briefen und den Dollars? Er hatte ja bisher eigentlich auch nur mit sich selbst geredet. Und diese Gespräche würden da bleiben, wo sie sich immer abgespielt hatten, in seinem Kopf.

Plötzlich dachte er an die Nachbarin in der Goldhammer-Straße, die er jahrelang verspottet hatte.

Werde ich wie die verdammte Pusiowa werden, die nach dem Tod ihres Hundes weiterhin mit ihm Gassi gegangen ist und mit ihm geredet hat?, dachte er.

Sie war kurz nach dem Einmarsch der Deutschen in Tarnów gestorben.

Als sie kaum noch über den Hof gehen konnte, traf er sie immer noch im selben blauen Pullover und mit der Leine in der Hand.

»Hast du schon mal so schöne Panzer gesehen«, hatte sie neulich noch Pusio gefragt.

Sie war gar nicht mehr dazu gekommen, die Binde mit dem Stern zu tragen.

Er wunderte sich nicht, dass bei der Beerdigung außer ihm und Rywka nur ein Mann von der jüdischen Gemeinde anwesend war, die das Begräbnis bezahlte. Die Pusiowa wurde anders bestattet, als sie gelebt hatte – ohne Leine, in ein sauberes Leichentuch gewickelt. Nathan schaute extra durch die Öffnung in den Sarg.

Sie hatte Glück, denn einige Tage später lösten die Deutschen die jüdische Gemeinde auf. Hätte der neu ernannte Judenrat ebenfalls die Bestattung bezahlt? Vorläufig nahm er den Juden nur das Geld weg und überwies es den Deutschen.

Oder war es vielleicht ein Unfall?, überlegte Nathan, als er in der Nacht erwachte und ein Stöhnen hörte. Sind Ben und Pepi in einem Unfall umgekommen? Feuer, Überschwemmung, Hurrikan? So etwas gibt es dort. Wie bei uns Hitler, Stalin oder eine andere Pest.

Am nächsten Morgen verabschiedeten sie Rudek und Nusek. Rudek legte vor der Abreise Geld auf den Küchentisch.

»Das müsste euch für zwei bis drei Monate reichen.«

Ein Pole oder Ukrainer kam, um sie abzuholen. Sie setzten sich hinten auf einen Wagen. Rywka reichte ihnen Proviant.

»Zieht euch warm an«, sagte sie.

Als sie losfuhren, gingen Nathan und Rywka ein Stück hinter ihnen her und winkten. Und Ruth und Róża, eine weiße Schleife im Haar, liefen.

»Bleibt gesund!«, rief Rudek.

Nathan und Rywka blieben nach ein paar Schritten stehen. Sie schauten zu, wie ihre letzten Kinder Tarnów verließen. Der jüngste und der älteste Sohn.

Erst jetzt dachte Nathan wieder an Ben.

Kaum war er zu Hause, legte er sich ins Bett und stand an diesem Tag nicht mehr auf.

Durch die geschlossene Tür hörte er, wie Rywka und Ruth in den Hof gingen, um Holz zu holen. Und Róża, allein in der Küche, spielte mit ihrer Lieblingspuppe, die die Oma ihr aus Krakau mitgebracht hatte.

»Denkst du, ich bin dumm?!«, schrie sie die Puppe an. »Denkst du, ich weiß nicht, warum du ständig zur Post rennst?«

»Ich renne nirgendwohin.«

»Du rufst deine kleine blonde Hure an!«

»Hör auf. Nicht vor dem Kind.«

»Vielleicht holst du sie nach Lemberg?«

»Lass mich in Ruhe!«

Nathan hörte, wie hinter der Tür etwas zu Boden fiel. Einen Moment lang war es still, und er überlegte, ob er nicht nachschauen sollte, ob Róża nichts passiert war. Aber soeben kamen Rywka und Ruth wieder in die Küche.

»Heb die Puppe auf«, sagte Ruth.

»Warum schläft Opa am Tag?«, fragte Róża. »Ihn hat doch niemand geschlagen.«

Und Rywka erklärte mit ruhiger Stimme, jetzt schon der nächsten Generation, das sei ein »Magenkatarrh«.

KAPITEL 34

Nusek

Nusek konnte es kaum erwarten. Arbeit für alle, Antisemitismus von den Behörden verboten, emanzipierte Pionierinnen mit roten Tüchern. So hatte Hesio ihm die Sowjetunion beschrieben. Er wollte endlich in dieses kommunistische Paradies. Sich mit anderen Proletariern und Proletarierinnen vereinigen. Er war voller Hoffnung, dass er dort, jenseits der Ostgrenze, seine Jungfräulichkeit verlieren würde.

Hesios Argumente hatten ihn mehr angesprochen als Saleks oberlehrerhafte Ausführungen. Hesio war nicht nur ein effektiver Agitator. Man sagte auch über ihn, er habe mit halb Tarnów geschlafen. Offensichtlich war er als Liebhaber ebenso gut wie als Kommunist.

Rudek war der einzige der Stramer-Brüder, der sich nicht vom Kommunismus verführen ließ.

»Was ist mit den Anführern eurer Partei, die Stalin in Moskau ermorden ließ?«, hatte er Hesio gefragt.

»Wir haben alle Schuldgefühle und Gewissensbisse …«

»Siehst du!«

»… dass wir nicht dabei helfen konnten, die Verräter vorher ausfindig zu machen.«

»Und warst du jemals dort?«, fragte Rudek weiter. »In der Sowjetunion?«

Hesio schüttelte den Kopf.

»Woher weißt du dann, wie es dort ist?«

Und jetzt würden sie bald dort sein.

»Der Kapitalismus hat sich letztlich kompromittiert.« Nusek wiederholte Rudek Wort für Wort das, was er von Hesio gehört hatte. »Und nach dem Krieg wird er keine Erneuerung erleben.«

»Halt den Mund und kompromittiere dich nicht selbst«, erwiderte Rudek.

Hinter Tarnów waren noch vier Männer in den Wagen eingestiegen. Auf den ersten Blick kleinstädtische Juden. Viel wärmer angezogen als Rudek und Nusek, die nur dünne Jacken trugen. Vielleicht ebenfalls Brüder? Still saßen sie da, auf alle Jahreszeiten vorbereitet – eingemummt in ihre Wintermäntel, Schals und Mützen, sahen sie aus wie Stoffpuppen. Aber sicher hatten sie ihr Gespräch gehört, und auch, wie Rudek mit seinem Bruder gesprochen hatte.

Nusek beschloss, er würde für den Rest der Fahrt wie alle anderen schweigen. Fiel es den anderen auch so schwer?

Und der Kutscher? Der sagte die ganze Zeit kein Wort und drehte sich nicht einmal nach ihnen um.

Schweigend erreichten sie den Fluss San. Als sie vom Wagen sprangen, schlug der Kutscher das Pferd mit der Peitsche.

»Wohin willst du?« Rudek griff nach den Zügeln.

»Ich komme mit dem Fischer zurück. Er setzt euch über.«

»Wann?«

»Lass los und geh aus dem Weg!«

Nusek sah fragend Rudek an, der mit der Schulter zuckte. Sie hatten noch nicht die ganze Summe für die Überfahrt bezahlt, also müsste der Kutscher zurückkommen.

Vom Wald her, von der Straße, auf der soeben der Wagen zurückgefahren war, hörten sie Stimmen. Vier Deutsche mit Gewehren rannten direkt auf sie zu.

»Oh, Scheiße«, entfuhr es Nusek.

Es hatte keinen Sinn zu fliehen. Sie konnten ja nicht ins Wasser springen. Rudek hob als Erster die Hände.

Sie verstanden noch gar nicht so recht, was gerade passierte, und schon hatten sie keine Uhren mehr.

»Durchsuchung!«

Rudek gab alles ab, was er hatte. Kaum mehr als das, was sie sowieso für die Überquerung des San hätten zahlen müssen. Nusek drehte nur seine Taschen um. Zum ersten Mal im Leben war er froh, dass sie leer waren.

Er bemerkte, dass sie dank Rudek, der Deutsch sprach, relativ kultiviert mit ihnen umgingen. Nicht wie bei der Gestapo, wo er als Begrüßung sofort eins auf die Fresse bekommen hatte.

Sie schlugen nur die anderen, die sagten, sie hätten nichts bei sich. Aber bei ihnen fanden die Deutschen in den Mänteln Dollars und Goldmünzen, in die Mützen eingenäht. Nusek hörte die Schläge mit den Gewehrkolben und die Schreie, aber er schaute lieber in die andere Richtung.

Er hatte gar nicht bemerkt, dass der Kutscher zurückgekommen war. Und tatsächlich jemanden mitgebracht hatte. Jetzt nahmen die beiden Rudek zur Seite. Was wollten sie von ihm? Sie gaben ihm ein Blatt Papier und etwas zu schreiben. Rudek schüttelte den Kopf. Was war da los, verdammt?

Der Kutscher zerrte Rudek am Ärmel und zeigte auf Nusek.

Der Krieg ist ein wirksames Mittel gegen Anständigkeit, dachte Rudek und schrieb auf den Zettel:

Wir sind rübergekommen, alles in Ordnung, Weitere können kommen.

Rudolf Stramer

Später, am Ufer des Flusses, umarmten Rudek und Nusek sich fest. Sie waren sich sicher, es wäre das letzte Mal.

Als er schon im Wasser stand, kamen Rudek die wichtigsten Momente seines Lebens in den Sinn. So wie in Büchern immer die letzten Gedanken vor dem Tod beschrieben werden. Wie Mutter sie morgens immer küsste, bevor sie in die Schule gingen. Das erste eigene Geld aus dem Verkauf von Zigaretten. Die heißen Kastanien, die er für seine Geschwister organisierte.

Je tiefer er ins Wasser trat, desto spätere Erinnerungen gingen ihm durch den Kopf.

Ruth – mit ihrem Bauch – sagt: Das ist ein Geschenk, das wir erst in ein paar Monaten auspacken. Er sieht das erste Mal Róża, sie scheint ihn anzulächeln und macht ein Bläschen aus Speichel. Die alte Matratze bei der Lipska. Die Beförderung zum Abteilungsleiter im Kerzen-Syndikat. Die Lipska, nackt, trinkt in der Badewanne Bier. Die weiße Schleife in Różas Haar heute früh.

Das Wasser reichte ihm schon bis zu den Schultern.

Und Nusek verschloss es schon den Mund, so dass er aufhören musste zu fluchen. Seit sie ins Wasser getreten waren, hatte er alle Flüche wiederholt, die er kannte. Als er keine polnischen mehr wusste, kamen die jüdischen an die Reihe. Und so immer wieder, nur um weiterzugehen und sich nicht umzudrehen. Da war es ihm schon lieber, sie würden ihm in den Rücken schießen. Wenn er es bloß nicht mitansehen müsste.

Bei alldem zählten Rudek und er sorgfältig ihre Schritte.

»Wenn ihr fünfzehn Schritte gegangen seid, müsst ihr nach links und vier Schritte gehen. Dann wieder geradeaus vier Schritte, dann schräg nach rechts acht Schritte.«

Der San war an manchen Stellen ein reißender Fluss, aber da, wo der Fischer, den der Kutscher gebracht hatte, sie entlangschickte, hatten sie immer Boden unter den Füßen. Jetzt hatten sie die Hälfte des Weges hinter sich. Sie begannen allmählich zu glauben, dass sie nicht ertrinken würden.

Der Fischer hatte nur ein Auge. Das heißt, er hatte zwei, aber das eine war geschlossen. Das wirkte spöttisch, als würde er ihnen einen Witz erzählen. Vielleicht hatten sie deshalb nicht so ganz geglaubt, dass er es ernst meinte, aber die Schritte hatten sie trotzdem gezählt.

Der blinde Hurensohn, wie Nusek ihn in Gedanken taufte, kannte sich aus.

Er hatte ihnen noch gesagt, was sie zu tun hätten, wenn sie auf der anderen Seite wären:

»Wenn ihr drüben ankommt, dann versteckt euch im Gebüsch. Gebt acht, ob nicht eine Patrouille zu Pferd unterwegs ist. Wenn sie euch erwischen, schicken sie euch nach Sibirien. Wenn ihr merkt, dass da niemand ist, geht ihr langsam am Ufer entlang. Da wird ein Haus mit blauem Dach und zerfallender Scheune zu sehen sein und dahinter ein angestrichenes Häuschen. Da klopft ihr und sagt, ihr seid Polen. Dann lassen sie euch rein. Da müsst ihr trocken werden. Erst am nächsten Tag könnt ihr mit dem Zug fahren. Als Einheimische. Wenn Krieg ist, überprüft das niemand.«

KAPITEL 35

Rena

Sie hätte beinahe einen Unfall verursacht, so scharf bremste sie ab. Die Tram Nummer 10 wurde durchgerüttelt. Die Passagiere fielen aufeinander. Das sah sie in dem kleinen Spiegel, den sie in ihrer Kabine hatte.

Kurz zuvor hatte sie noch ganz sicher gelenkt und dabei gesummt:

Baj mir bistu schejn
Baj mir hostu chejn …

Nicht besonders originell, aber was soll's. Es war wohl das Lied, das in Lemberg gerade am häufigsten gesungen wurde. Häufiger noch als die Revolutionslieder. Und nicht nur von den Juden.

Wie viele Passagiere hatten es wohl im Kopf?, dachte sie.

Das morgendliche Lemberg, durch die Regentropfen auf der vorderen Scheibe betrachtet, erinnerte sie an das morgendliche Krakau. Regenschirme auf dem Weg zur Arbeit, zur Schule, zur Universität. Das glänzende Pflaster und die Häuserfassaden. Die Leute sprangen über Pfützen und stiegen in ihre Straßenbahn.

Der abgenutzte Scheibenwischer quietschte laut, aber er wurde kaum fertig mit dem Wasser.

Rena liebte die morgendliche Energie der Großstädte. Sie teilte sich ihr mit, gab ihr Hoffnung und Kraft nach den nächtlichen Albträumen.

Ständig an den Krieg zu denken änderte nichts. Es würde ihn nicht aufhalten, die Eltern und Geschwister nicht aus Tarnów holen und die Armeen nicht dazu bewegen, in ihre Länder zurückzukehren.

»Sei nicht kindisch«, sagte sie sich. »So kann die kleine Róża denken, aber nicht du, eine fast dreißigjährige Frau.«

Aber vielleicht war die Welt kindisch geworden? Und Kinder können grausam sein – das wusste ja jeder aus der eigenen Kindheit.

»Denk an deine Nerven, schlaf, mein Liebes.« Mieczysław drückte sie an sich.

Und er hatte Recht. Im schlimmsten Fall würde sie Bauchschmerzen bekommen, und sie musste jetzt auf sich achtgeben.

Bald würden sie nicht mehr allein sein. Und dieses Mal wollten es beide. Rena wollte gern einen Jungen, der sollte später so groß werden und so gut aussehen wie sein Vater. Und Mieczysław sicher auch, schließlich hatte er schon zwei Töchter.

Sie hielt die Straßenbahn an einer Haltestelle an, die mit verblassten Revolutionsplakaten beklebt war, und öffnete die Tür.

Natürlich stand sie politisch links, aber mehr als an der Gerechtigkeit und dem Glück der ganzen Menschheit lag ihr jetzt an ihren Liebsten: an Mieczysław und ... Sie berührte den Bauch.

Vielleicht würde sie mit der Zeit wie ihre Mutter, dachte sie, schloss die Tür und fuhr weiter.

Im Vergleich zu Lemberg oder Krakau erschien ihr das Tarnów, das sie kannte, schläfrig, ganz zu schweigen vom verschlafenen Zakliczyn, wo sie mit Mieczyław zwei ruhige Jahre verbracht hatte.

Das Leben in der Provinz kam Rena wie ein Warten vor. Oft sprach sie mit Mieczysław darüber, dass die Menschen, die dort lebten, warteten und selbst nicht wüssten, worauf, und eigentlich gar nicht daran glaubten, dass etwas geschehen würde. Man musste nur an die Kinder denken, deren Gesichter am Fenster klebten, in den Häusern, an denen man vorbeikam.

Letztendlich war jetzt doch etwas geschehen. Polen gab es nicht mehr, Tarnów gehörte zum Dritten Reich und Lemberg zur Sowjetunion.

In den Lemberger Zeitungen triumphierte man, die Rote Armee habe die ukrainischen und weißrussischen Brüder vom Joch der polnischen Herren und Kapitalisten befreit.

»Stalin hat uns geholfen, hat uns vor Hitler beschützt«, sagten die Leute laut auf den immer mehr bevölkerten Straßen. Angeblich gab es schon eine Million Flüchtlinge.

Aber manche fügten leise hinzu:

»Die vierte Teilung Polens.«

Das Radio, vor dem Mieczysław ganze Tage verbrachte, sagte noch etwas anderes. Er erwischte manchmal einen englischen Sender, der aus irgendwelchen Gründen auf Deutsch sendete.

Hier spricht London, British Broadcasting Corporation.

Immerhin konnten sie etwas verstehen.

Mieczysław hatte sich seit der Ankunft in Lemberg verändert. Er wies sie darauf hin, wie die Leute angezogen waren, oder machte sie auf die leeren Regale in den Geschäften aufmerksam.

»Kommunismus.« Er schüttelte den Kopf. »Und ärmlicher als in Zakliczyn.«

Sie hatten die ganze Stadt abgesucht nach den fehlenden Knöpfen für ihren Mantel.

»Dass man in ganz Lemberg nicht zwei blöde Knöpfe bekommt!«, erzählte er Hesio, der abends öfter zu ihnen kam.

»Das ist Planwirtschaft«, lachte Hesio. »Da muss man Geduld haben. Sicher gibt es die im nächsten Fünfjahresplan. Alle möglichen Arten.«

Manchmal wusste man nicht, wann er einen Scherz machte und wann er es ernst meinte.

Natürlich versprach er ihnen, er würde ihnen diese Knöpfe organisieren, aber später erinnerten nur sie sich noch daran.

Die Fensterscheibe in der Kabine war angelaufen. Rena wischte sie mit einem speziellen Lappen ab, der dadurch noch schwärzer wurde. Jedes Mal versuchte sie, den Lappen so zu halten, dass sie sich die Hände nicht schmutzig machte, aber es wurde immer schwieriger. Und am Ende des Tages ging es nicht mehr.

Als sie den Lappen wieder unter die Scheibe legte, bemerkte sie ein Mädchen, das über die Straße lief. Bei diesem Regen ohne Schirm aus dem Haus zu gehen! Sie würde sich bestimmt erkälten. Das Mädchen wandte sich einen Moment der Straßenbahn zu. Und hätte sie einen Regenschirm gehabt, hätte Rena sie sicher gar nicht erkannt.

Sie hielt die Tram mitten auf der Kreuzung an und rannte aus der Kabine.

Die durcheinandergerüttelten Passagiere der Nummer 10 konnten beobachten, wie sie in Dienstuniform und mit fliegendem Haar durch die Szpitalna-Straße lief und kurz darauf eine Frau umarmte und küsste, die jünger war, aber ihr ähnlich sah.

Am Abend kamen Wela und Natek zum ersten Mal zu Rena und Mieczysław. In ihre Einzimmerwohnung, die sie in Zamarstynów gemietet hatten. Ohne Wasser, ohne Kanalisation, mit Toilette außerhalb.

Rena servierte ihnen Brot mit Marmelade, und zum Trinken gab es mit Wasser verdünnten Tee-Ersatz, Herbatol.

Natek erzählte, wie er in Tarnów falsche Papiere besorgt hatte und sie teils mit dem Fahrrad, teils mit dem Zug nach Przemyśl gekommen waren. Dort übernachteten sie und überquerten am nächsten Tag ganz normal, auf der Brücke, die Grenze. Auf der einen Seite die Deutschen, auf der anderen die Russen. Auf beiden Seiten junge verwirrte Burschen, die sich nur durch die Uniformen unterschieden.

Die Deutschen überprüften ihre Dokumente, ihnen ging es nur um den Wohnort. In den Dokumenten waren unter ihren echten Fotos fiktive polnische Namen und Vornamen, die sie auswendig gelernt hatten, sowie eine ebenfalls fiktive Lemberger Adresse.

»Auf diese Art und Weise verabschiedeten wir uns von Tante Klara«, erzählte Natek.

Er hatte Rena immer gefallen. Groß und gutaussehend wie Mieczysław. Aber er hatte auch etwas Helles und Anziehendes im Gesicht.

»Und auf der Brücke«, fuhr Wela fort, »zeigten uns die Leute, die in die andere Richtung gingen, den Vogel.«

»Und wir taten das Gleiche«, warf Natek ein.

In Tarnów hatte Rena ein paarmal geträumt, sie würde Natek küssen, und einmal, sie ginge mit ihm ins Bett.

»Und wie heißt ihr jetzt?«, fragte sie.

»Janina Kwiatkowska«, stellte Wela sich vor.

»Und du?«

»Bolesław Markowski.«

Später, gegen Mitternacht, kam noch Hesio vorbei. Er hatte sich seit der Ankunft in Lemberg am meisten verändert. Vom Dandy war er zum Offizier geworden.

Die Militäruniform betonte seine schlanke Figur, den muskulösen Körper.

Er trägt wohl extra eine Nummer kleiner, dachte Wela.

Wie auch sie hatte er einen neuen Namen.

Mit diesem unterschrieb er die Artikel, und er stand unter seinem Foto im Presseausweis mit dem Stempel der »Roten Fahne«, in deren Redaktion in der Sokol-Straße Hesio von morgens bis in die Nacht hinein arbeitete, das jedenfalls behauptete er. Die Nächte verbringe er, hatte Rena erzählt, bevor er kam, mit einer wichtigen polnischen Kommunistin.

»Er tröstet sie« – sie machte die Fingerbewegung für Anführungszeichen – »nach dem Tod ihres Mannes, den unbekannte Täter neulich erschossen haben.«

Einmal war sie bei ihrem Bruder in der Redaktion gewesen (früher war da wohl eine jüdische Zeitung untergebracht, denn es lagen immer noch verstaubte Nummern mit hebräischer Schrift auf dem Boden) und hatte diese Frau gesehen. Größer als Hesio, knochig und mit Ringen unter den Augen. Sein Geschmack hatte sich offenbar geändert seit den alten Zeiten in Tarnów. Vielleicht hatte er endlich begriffen, dass Schönheit jetzt nicht das Wichtigste war? Sie hatte selbst gehört, wie er unlängst zu Mieczysław gesagt hatte, schöne Frauen seien etwas für Männer ohne Phantasie.

Das stimmte wahrscheinlich. Aber Rena fühlte sich trotzdem verletzt.

Während sie darauf wartete, dass Hesio die Redaktion verlassen konnte, las sie in der Wandzeitung, dass die Mitarbeiter der »Roten Fahne« am nächsten Tag eine kleine Dose mitbringen sollten, weil Schuhcreme verteilt werden würde.

»Henryk Weber, zu Diensten«, grinste Hesio jetzt und schlug die Hacken zusammen.

Rena blickte intuitiv nach unten – auf seine perfekt gewienerten Stiefel.

KAPITEL 36

Rywka

Nathan und Rywka überlegten, was sie auf Nuseks letzten Brief aus Lemberg antworten sollten.

Bist Du verrückt geworden?! Komm nicht zurück! Reiß dich zusammen!

Das hatte Nathan in einem ersten Reflex auf einen Zettel geschrieben, der jetzt zerknüllt neben dem Küchenherd lag.

»Die Briefe werden zensiert, hast du das vergessen?«, fragte Rywka.

Nusek hatte geschrieben, er treffe sich außer mit Rudek, mit dem er zusammenwohne, selten mit den Geschwistern, weil sie nie Zeit für ihn hätten. Er fühle sich allein.

Das Leben in Lemberg sei schwieriger als in Tarnów. Er habe Angst, würde gern zurückkommen und die Eltern unterstützen.

»Er weiß nicht, was er da schreibt, der Trottel!«, sagte Nathan.

Auch Rywka überlegte, wie sie ihm diese Idee austreiben konnten. Denn sonst würden sie ihn ins Ghetto stecken. Im besten Fall. Oder er würde gleich eine Kugel in den Kopf bekommen.

Auf die Rückkehrer aus Lemberg warteten die Deutschen schon am Bahnhof. Darauf, sie zu erwischen, war »Schweinskopf« spezialisiert, der sich schon vor dem Krieg damit beschäftigt hatte, nur für andere Arbeitgeber. Er hatte ein gutes

Auge und ein gutes Gedächtnis. Er war es, der eine Woche zuvor den Hauptmann der Polnischen Armee, Bezallel Speiser, entdeckt hatte, sobald der seinen Fuß auf den Bahnsteig setzte. Sie hatten ihn eingebuchtet, der Kollaboration mit den Kommunisten angeklagt, bei der Gestapo gefoltert und den zerstückelten Körper in einem Kohlenkorb zum Judenrat geschickt.

Rywka wunderte sich, wie gleichgültig die Leute davon erzählten und sie selbst daran dachte. Was war in den letzten anderthalb Jahren mit ihr passiert?

»Ich weiß!«, sagte Nathan. »Schreib auf Polnisch. Ich diktiere dir.«

Sie nahm den Füller und begann zu schreiben. Hatte der Krieg ihre Schrift verändert? Früher hatte sie gleichmäßig und deutlich geschrieben. Jetzt war ihre Schrift schief und nervös. Die Buchstaben klebten aneinander, sahen aus, als hielten sie sich krampfhaft aneinander fest, um nicht umzufallen. Sogar Ausdrücke, die man getrennt schrieb, klebten zusammen.

Nein, es kam eher von dem halb geschlossenen Lid, dachte sie.

Sie würde gleich alles noch einmal abschreiben.

Im Zusammenhang mit Deinem Brief und Deinem Wunsch würde ich Dir eines raten. Es gibt ein Sprichwort, das lautet: Ein Stein, der immer an derselben Stelle liegt, wächst mit Moos zu.

»Und?«, fragte Nathan. »Wird er verstehen, was ich meine?«

Rywka nickte.

Und was war mit Rudek? Er verstand immer am besten, was zu tun war. Sollte er nicht mit seinem jüngeren Bruder reden? Rudek schrieb ihnen regelmäßig aus Lemberg, im Gegensatz zu

Hesio und Rena, die ihnen immer noch kein Foto von Władzio geschickt hatte. Rywka hatte schon zweimal darum gebeten. Sie hatte ihn noch nicht gesehen und liebte ihn schon. Das hatte sie Rena auch geschrieben. Er hatte dreieinhalb Kilo gewogen bei der Geburt. Weder zu wenig noch zu viel. Rywka hätte ihn so gern in die Arme genommen.

Die Briefe der Kinder, die mit einem Stempel der Zensur ankamen, waren ihre einzige Freude. Abgesehen von Róża natürlich – die ihr größtes Glück und zugleich ihre größte Sorge darstellte. Sie hätte sich nie verziehen, wenn ihre Enkelin nicht wieder gesund geworden wäre.

Zusammen mit Ruth wachte sie Tag und Nacht an ihrem Bett im jüdischen Krankenhaus.

Die frühere Frau von Mieczysław sollte sie operieren. Rywka blieb fast das Herz stehen, als sie das erfuhr.

Die Zawadowska musste sie auch erkannt haben.

Wandte sie deshalb den Kopf ab und ging nicht auf sie zu, weder auf dem Weg in den Operationssaal noch als sie eine Stunde später herauskam, mit düsterer Miene, aus der Rywka die Bestätigung ihrer schlimmsten Befürchtungen herauslas? Sie war sich sicher, das sei das Ende, sie würde Róża nie wiedersehen.

Genau am Tag der Operation, oder vielleicht einen Tag davor oder danach, kam zum ersten Mal Frau Joanna nach Tarnów. Rudek hatte sie geschickt, mit arischen Papieren für Ruth und Róża, sie sollte seine Frau und seine Tochter mit dem Zug nach Lemberg bringen. Bestimmt hatte er sie gut bezahlt. Aber sie traf nur Nathan zu Hause an.

Woher hätte Rudek das wissen sollen? Sie hatten ihm ja extra nichts von der Operation geschrieben. Hatte er nicht schon genug Sorgen?

Und so erfuhr er jetzt alles von Frau Joanna, die Nathan die Papiere daließ und allein nach Lemberg zurückkehrte.

Rywka musste zugeben, dass die Zawadowska sich anständig verhalten hatte, jedenfalls war die Operation des Blinddarms gelungen.

Was für ein Glück! Für eine Weile vergaßen Ruth und sie diesen Krieg.

»Das ist ein Zeichen, dass alles gutgehen wird«, sagte Nathan wieder, als sie nach einer Woche mit der lächelnden Róża aus dem Krankenhaus kamen.

Am selben Tag brachte er der Kleinen sogar ein Dankesgebet bei: Burich atu hushejm elojkejnu, mejlech huujlem, hugumejl lechajuwim tuwojs shegmulejni kul tojw.

Und er hörte eine Zeitlang auf, seinen Refrain der letzten Monate zu wiederholen:

»Wenn nach dem Krieg noch ein Jude am Leben ist, werden sie ihn in einem Käfig ausstellen. Das wird ein gutes Geschäft. Aber nicht mehr für uns.«

Rywka traf auf der Straße den Fotografen Chaskiel Bronstein. Er machte Aufnahmen von ausgemergelten, auf dem Bürgersteig bettelnden Kindern ohne Schuhe. Er selbst sah nicht viel besser aus. Sein Geschäft in der Krakauer Straße hatte er schließen müssen. Er hatte keine Wahl, die Deutschen hatten ihm fast die ganze Einrichtung weggenommen, die er über die Jahre vervollständigt hatte. Alles außer einem Fotoapparat und einem alten Vergrößerungsgerät, das schon lange auf dem Speicher stand.

Rywka fragte ihn, ob er ein Foto von ihr mit Ruth und Róża machen könne. »Natürlich«, sagte er. Tags darauf zogen sie ihre besten Kleider an.

Rywka und Ruth waren dunkel angezogen. Rywka trug einen schwarzen Rock und eine Bluse mit Puffärmeln und großen

Knöpfen, Ruth ein schwarzes Jackett, das das abgetragene graue Kleid verdeckte.

Róża trug Weiß – ein weißes Kleid, weiße Sandalen, weiße Söckchen und eine weiße Schleife im Haar.

»Wie zur Kommunion«, lachte Chaskiel, der lange brauchte, um die drei in ihrem Hof aufzustellen.

Rywka sollte hinter ihrer Enkelin stehen, die Hände auf ihren Schultern. Und Ruth sollte links von den beiden den Arm um ihre Schwiegermutter legen.

»Eine wunderbare Komposition. Jetzt nur noch lächeln und den Kopf hoch.«

Chaskiel wollte von Rywka kein Geld nehmen.

»Von Rudeks Familie nehme ich keinen Groschen.«

Er fragte nur, was mit Rena sei.

»Ein Glück, dass sie weggefahren ist«, sagte er.

Nachdem er ihnen die Bilder gebracht hatte, lief Rywka noch am selben Tag zur Post und schickte sie an Rudek, zusammen mit der Nachricht über die gelungene Operation und dem Zusatz:

Ruth und Róża sehen in Wirklichkeit viel schöner und besser aus. Róża ist immer fröhlich und lacht, aber auf dem Foto macht sie ein ernstes Gesicht, weil ich das so wollte.

Als Antwort schickte Rudek zum zweiten Mal Frau Joanna. Frau? Eigentlich war sie noch ein Mädchen. In Welas Alter.

»Aśka«, stellte sie sich vor.

Eine selbstsichere, blonde junge Frau mit einem Lächeln im Gesicht und Grübchen auf den Wangen. Sie arbeitete in Lemberg in einer Tischlerei, die auf Bestellung elegante Särge herstellte. In der Abteilung Buchhaltung, die Rudek leitete.

Drei Stunden lang bearbeitete sie Ruth, ohne Erfolg.

»Ihr habt gute Papiere. Hervorragende Arbeit. Inklusive Kennkarten.«

»Mich kennt man in Tarnów.«

»Na gut, aber nachts, auf dem Weg zum Bahnhof wird dich keiner erkennen.«

»Doch!«

»Nachts ist jede Kuh schwarz. Da bindet man sich ein Tuch ums Gesicht. Zahnschmerzen, oder?«

»Mach keinen Quatsch und pack den Koffer. Der Zug wird nicht warten«, sagte Nathan auf Jiddisch zu seiner Schwiegertochter.

»Dein Schwiegervater weiß, was er sagt«, unterstützte ihn Aśka.

»Amchu? Bist du eine von uns?«, wunderte sich Nathan, denn sie hatte ein gutes Aussehen.

Der Krieg und die Okkupation hatten die Kriterien für das Aussehen verändert. Man sagte nicht mehr: schön/hässlich, groß/klein, hübsch/nicht hübsch, sondern: gutes oder schlechtes Aussehen.

»Ich bin in Zamarstynów aufgewachsen«, sagte sie. »In unserem Haus waren von sechzehn Wohnungen vier katholisch, der Rest jüdisch. Jeden Freitag ging ich zu den Nachbarn, um Fisch und Hefezopf, Challah, zu essen. Und mit den Jungs habe ich im Hof Fußball gespielt. Ich war energisch. Julek, Dawid, Frycek waren meine Armee.«

»Ich lasse meine Schwiegereltern nicht allein«, wiederholte Ruth.

Sie hatte ein schlechtes, sogar sehr schlechtes Aussehen.

Rywka getraute sich nicht, es zu sagen, aber ihres Erachtens ging es im Grunde genommen um die Haare. Sie sammelte sie jeden Morgen von Ruths Kissen auf, fegte sie vom Boden in der Küche und im Zimmer. Deshalb schämte Ruth sich, aus dem Haus zu gehen, sogar im Ghetto.

»Was werden die Leute denken, die mich schon lange nicht gesehen haben?«, sagte sie einmal zu Rywka.

Vor deren Blicken fürchtete sie sich mehr als vor den Deutschen oder den Schmalzowniks, die um den Bahnhof herumstrichen.

Die Sache war hoffnungslos, und Frau Joanna fuhr wieder allein nach Lemberg zurück.

Rywka achtete darauf, dass ihre Enkelin einmal die Woche einen Brief an ihren Vater schrieb und ihm versicherte, sie sei gesund und sehe gut aus.

Wäre nicht die andere Oma gewesen, wären sie schon lange auf der Straße gelandet wie die armen Schlucker, die Chaskiel fotografierte.

Wozu machte er eigentlich diese Fotos? Für wen?

Die Oma kam drei Tage nach Joannas Abreise und sagte, notfalls könne sie Róża zu ihrer Schwester aufs Land mitnehmen.

»Man weiß ja, wonach das riecht, was die Deutschen vorhaben.«

Diesmal war es ihr nur gelungen, Speck mitzubringen. Im Zug aus Krakau gab es eine Durchsuchung, und der Rest des Essens war futsch. Sie hatte die Bündel in der Toilette versteckt, aber sie fanden sie. Früher hatten sie nie Lust gehabt, dort herumzustöbern. Sie erzählte Róża, wie eine Frau in ihrem Abteil eine Wacholderwurst unter ihrem Rock hervorholte, sie in Stücke brach und jedem der Fahrgäste etwas davon gab.

»Lasst es euch schmecken. Wenn die Bestien sie mir wegnehmen, dann sollen lieber die Menschen sie essen.«

Eine andere wiederum, schon auf dem Bahnhof in Tarnów, klatschte einen ganzen Korb Eier auf den Boden.

»Sollen sie doch Rührei fressen!«, schrie sie und lief weg.

Róża schüttelte sich vor Lachen und wollte, dass die Oma wiederholte: »Sollen sie doch Rührei fressen!« Sie liebte auch ihre Geschichten vom Krakauer Kleparz, wo die Oma, seit sie nicht mehr bei Rudek arbeitete, als Marktfrau ihre Sachen verkaufte.

Rywka sah, dass Róża jeden Freitag auf die Ankunft der Oma wartete und dann lebhafter wurde. Da ging es nicht nur um die Bindung an sie. Rywka spürte auch, dass die Oma nicht so viel Angst hatte wie sie selbst.

Obwohl unlängst drei Polinnen erschossen wurden, die ins Ghetto gekommen waren, um etwas zu verkaufen.

Als Ruth den Speck schmelzen wollte, gab ihr Rywka einen Topf, aber sie ging zusammen mit Nathan aus dem Haus, um es nicht zu sehen und nicht riechen zu müssen. Sie wollten sowieso bald zu den Nachbarn gehen. Seit die Synagogen abgebrannt waren, fand das Beten und Singen am Freitagabend in den Häusern statt.

Als sie wieder zurück waren, kochte Rywka den Topf und das andere Geschirr aus.

Sie überlegte jetzt, ob Rudek der Oma tatsächlich eine »größere Summe« gegeben hatte oder ob sie das nur sagte.

Sie gingen zu zweit in die Kirche, zu Pfarrer Flunder.

Bevor sie das Ghetto verließ, nahm Rywka diskret die Binde ab und tat sie in ihre Handtasche.

Sie kamen in einer Pause zwischen den Gottesdiensten an. Rywka war zum ersten Mal in der Kirche und ahmte alles nach, was die Oma tat. Das Wasser, das Knien, das Kreuzzeichen und das Falten der Hände.

Sie hatte Flunder als hageren, pickligen Halbwüchsigen mit hervorstehendem Adamsapfel und roten Wangen in Erinnerung. Zwei Köpfe größer als Hesio, mit dem er sich in der Schule anfreundete. Und trotzdem schien er sich immer hinter Hesio verstecken zu wollen.

Es war auf den ersten Blick zu sehen, dass der Dienst an Gott ihm guttat. Er sah besser aus und war männlicher geworden. Die Soutane und der Priesterkragen standen ihm gut zu Gesicht.

Ein Mann mit Würde. Auf der Straße hätte sie ihn nicht erkannt. Wenn sie daran dachte, dass sie früher fand, er sei keine gute Gesellschaft für ihren Sohn …

Jetzt wusste sie nicht einmal, wie sie ihn ansprechen sollte.

Die Oma spürte ihre Verlegenheit und begann geradeheraus:

»Herr Pfarrer, wir haben eine Bitte.«

Der ehrwürdige Vater hörte sie in aller Ruhe an. Er schrieb langsam und recht deutlich, aber mit kindlichen, seltsam großen und runden Buchstaben. Dabei verdeckte er das Dokument mit dem Ellbogen, als schämte er sich dafür. Der Schrift nach zu urteilen, hätte man denken können, Róża hätte sich diesen Taufschein auf den Namen der Oma selbst geschrieben.

»Zegarlińska … und der Vorname?«

Die Oma schaute Rywka fragend an; die sah sich in der Kirche um und sagte:

»Maria.«

Pfarrer Flunder war fertig und händigte ihnen mit der unsicheren Miene eines Schülers, der die Hausaufgaben abgibt, die Taufbescheinigung aus.

»Wenn irgendwas sein sollte, ich habe ja schon mal einen Stramer versteckt«, sagte er zur Erinnerung.

Rywka verstand im ersten Moment nicht, was er meinte. Sie

hatte vergessen, dass Hesio sich nach seiner Flucht aus dem Gefängnis bei Flunders Eltern versteckt hatte. Damals war sie fast ganz ergraut, und sie war sich sicher, das sei das Schlimmste, was ihr im Leben zustoßen könne, und jetzt erinnerte sie sich kaum mehr daran.

»Ich kann mit den Schwestern in Tarnów reden, dass sie das Kind im Kloster aufnehmen«, fügte er hinzu. »Ich habe einen guten Kontakt zu ihnen.«

Kam es ihr nur so vor, oder lächelte er tatsächlich seltsam beim letzten Satz? Erst an diesem Lächeln erkannte sie den alten Flunder wieder.

»Gehen Sie mit Gott«, sagte er zum Abschied.

KAPITEL 37

Nusek

»Soll ich dich in den Arsch treten?«, bekam er zu hören.

Und sofort fiel ihm ein, wie er damals in Tarnów versuchte, sich in einer langen Schlange vorzudrängen. Am Rathaus, wegen Gasmasken. Es war schön, warm, sonnig. Genau das Gegenteil von heute. Allein beim Gedanken hörte Nusek kurz auf, mit den Zähnen zu klappern.

»Geh zum Teufel«, erwiderte er auf Russisch und kehrte mit stolzem Schritt ans Ende der Schlange zurück.

Was war wohl mit Gizella passiert?

Es war noch kein Jahr vergangen, alles war anders, und wieder stand Nusek zwischen den Seinen. Damals Tarnower. Heute Juden, Flüchtlinge aus Polen, die vor einem Amt in Lemberg standen, um sich für die Rückkehr nach Hause, auf die deutsche Seite anzumelden.

In Tarnów hatte er auf die Winter gewartet – schwedische Gymnastik mit den Brüdern, Schlittenfahren auf dem Sankt-Martinsberg, heiße Kastanien beim Ungarn auf dem Sobieski-Platz.

Und in Lemberg? Erfrorene Hände, steife Beine, klirrender Frost. Alle in der Schlange redeten darüber. Dass sie ausgerechnet, verdammt, einen Jahrhundertwinter erwischt hatten.

Erst jetzt im März hörte es auf zu schneien.

Er stimmte einem Jungen aus Warschau zu, der hinter ihm stand, ebenfalls in einer Mütze mit Ohrenklappen. Er hieß Heniek Cukier, trug unter dem Mantel die Uniform eines Gymnasiasten und erzählte von irgendwelchen Büchern, die er in Lemberg gefunden hatte. Nusek nickte für alle Fälle, obwohl er noch nie ein Gedicht von Majakowski gelesen hatte. Und auch von keinem anderen Dichter. Überhaupt – was das Lesen betraf, so vertrat er dieselbe Meinung wie sein Vater und wollte nicht als Brillenschlange enden wie Salek.

»Ich habe gehört, dass Boy-Żeleński in Lemberg ist und Vorlesungen hält. Weißt du, ob das stimmt?«, fragte ihn Heniek.

»Möglich«, erwiderte Nusek. »Ich hab das auch gehört.«

Er wusste nicht mal, um wen es hier ging, verdammt nochmal.

Heniek hatte das wohl nicht kapiert, denn er gab ihm jetzt Tipps, wo man in Lemberg am besten Bücher kaufte.

»Die Batory-Straße ist die Straße der Buchhandlungen.«

»Wirklich?« Nusek zog die Augenbrauen hoch.

»Eine neben der anderen. Weißt du, wo das ist?«

Nusek nickte.

Was für eine langweilige Straße, dachte er. Dieser Heniek würde sich mit Hesio oder Salek besser verstehen.

Zum Glück wechselten sie das Thema. Und Heniek zeigte ihm, wie man mit dem Mund eine Jazz-Trompete nachmachen konnte. Es klang wie im Radio oder auf einer Platte. Nusek war beeindruckt. Auch die Leute in der Schlange drehten sich um. Heniek hatte in Warschau mit ein paar Freunden eine Gruppe, eine Jazzband, in der jeder mit dem Mund ein anderes Instrument nachahmte. Saxofon, Kontrabass, Trompete, Schlagzeug. Echte Instrumente konnten sie sich nicht leisten.

Nusek dachte an seinen Vater. Diese Sparsamkeit würde dem alten Stramer gefallen.

Als sie nach zwei Stunden völlig durchgefroren durch die hohe Tür das Amtszimmer betraten, begriffen sie sofort, warum das dämliche Eintragen in die Liste so lange dauerte. Ein Beamter mit pockennarbigem Gesicht (ein Stalingesicht, flüsterte Heniek Nusek ins Ohr) trank in aller Ruhe Tee aus einem Glas in einem Metallhalter und sprach fast jede junge Frau an:

»Warum wollen Sie denn weg aus Lemberg? Wollen Sie nicht lieber bleiben und heiraten – zum Beispiel mich?«

Das erinnerte Nusek daran, mit welcher – immer noch unerfüllten – Hoffnung er in diese Stadt gekommen war.

Aber wie hätte sie sich auch, wo und mit wem, erfüllen sollen? Nachdem sie angekommen waren, wohnten Rudek und er zuerst bei Verwandten des Vaters, bei den Friedmans. Im dritten Stockwerk eines Hauses gegenüber der Synagoge. Für die Nacht legten die Gastgeber ihnen eine Matratze in die Küche. Wie früher zog Rudek ihm im Schlaf die ganze Decke weg.

Die Friedmans waren fromm und verboten ihrem Sohn Boruch, am Schabbat auf dem Balkon zu rauchen.

»Womöglich sieht es der Rabbi.«

Also rauchte er mit Rudek und Nusek in der Küche, bei zugezogenen Vorhängen.

Natürlich konnte auch keine Rede davon sein, in der Wohnung Besuch zu empfangen.

Erst kürzlich waren sie ausgezogen. Sie hatten eine Einzimmerwohnung in Zamarstynów gemietet, in der Nähe von Rena und Zawadowski, aber auch von Wela und Natek.

»Wir halten zusammen wie Pech und Schwefel. Pech und Schwefel rührt keiner an«, sagten sie.

Aber Nusek lernte auch so kein Mädchen kennen, das er zu sich hätte einladen können.

Und in Lemberg gab es nicht einmal mehr Prostituierte.

»Prostitution wurde als Auswuchs des Kapitalismus verboten«, erklärte ihm Hesio. »Aber die früheren Prostituierten setzt man als Schaffnerinnen in den Zügen ein.«

Manchmal stellte sich Nusek nachts die Fahrt mit so einem Zug vor.

Er nannte dem pockennarbigen Beamten seinen Namen. Und dann den von Rudek, der beschlossen hatte, ebenfalls zurückzukehren, wenn es ihm nicht gelänge, Frau und Tochter aus Tarnów zu holen.

Der Beamte tauchte die Feder in ein Fässchen und begann, sie mit violetter Tinte in ein Register einzutragen. Plötzlich unterbrach er die Arbeit, stand vom Schreibtisch auf und verschwand hinter dem braunen Vorhang, der den Raum abtrennte.

Nusek brummte etwas, steckte die Hand durch den Schalter, griff nach dem Metallhenkel mit dem Glas und trank einen Schluck Tee.

»Bist du verrückt?«, sagte der Blick von Heniek, der ihn verdeckte, damit die anderen in der Schlange das nicht sehen konnten.

»Nicht schlecht.« Nusek verzog das Gesicht. »Mit Strom. Willst du?«

Heniek schüttelte den Kopf und sah sich um, ob das auch niemand bemerkt hatte.

Sie hörten das Geräusch von fließendem Wasser in der Toilette.

Kurz nachdem Nusek das Glas auf den Schreibtisch zurückgestellt hatte, kam der Beamte wieder.

»Wann werden wir nach Tarnów zurückfahren können?«

»Das werdet ihr in angemessener Zeit erfahren.«

Am Ausgang wartete Nusek noch auf Heniek.

»Wieso so lang? Hat er dich um deine Hand gebeten?«

Ein paar Meter vor ihnen parkte ein schöner schwarzer

BMW 326 mit deutschem Kennzeichen. Eine echte Limousine. Vier Offiziere stiegen aus. Sofort wurden sie von Juden umringt. Die Deutschen erschraken im ersten Moment, einer öffnete sogar die Autotür, um sich verstecken zu können. Aber dann begannen sie zu lachen, weil sie begriffen, dass die Juden nur fragen wollten, wann der Krieg zu Ende sei und sie wieder nach Hause könnten.

In diesem Augenblick gingen Nusek und Heniek an dem BMW vorbei und schauten hinein. Schwarze Polster, weißes Lenkrad, 140 auf dem Tacho! Der breite Rücksitz lud förmlich dazu ein, sich hinzulegen.

Sie erreichten das Ende der Kopernikus-Straße, schauten hin und wieder zurück, um nochmals den BMW zu betrachten.

Nusek erinnerte sich an einen Satz aus dem letzten Brief seiner Eltern, der in einem Umschlag mit Hitler-Adler, Hakenkreuz und dem Stempel *Geprüft* eingetroffen war. *Ein Stein, der immer an derselben Stelle liegt, wächst mit Moos zu.*

Das Lachen der Deutschen sagte dasselbe.

Man musste nicht Majakowski kennen, um das zu verstehen.

Aber fühlte er sich überhaupt wie ein Stein? Höchstens wie ein Steinchen, das von einer Seite der Grenze auf die andere gekickt wurde.

Ganz anders als Rudek. Der gewöhnte sich schnell an neue Städte. Lemberg war schon die dritte nach Tarnów und Krakau, die er kennenlernte und die ihn kennenlernte. Er hatte eine gute Stellung in der Sargfabrik und neue Bekannte. Mit deren Hilfe hatte er für Nusek eine Arbeit im Elektrizitätswerk gefunden.

Diesen Stein könnte man an einen beliebigen Ort auf der Welt werfen, dachte Nusek über den älteren Bruder. Der kommt überall zurecht. Sogar in der Wüste wächst der mit Moos zu.

Nusek wartete die ganze Woche auf den Samstag. Dann machten sie Einkäufe auf dem Markt, denn in den Läden gab es nichts zum Essen und nichts zum Anziehen. Auf dem Basar fand Rudek wattierte Jacken, Filzstiefel und Mützen mit Ohrenklappen.

Er sah sich auch jedes Mal alte Münzen und Abzeichen an. Und Nusek schaute in der Zeit nach kaputten Lampen (»Rudek, die könnte ich reparieren«), alten Bügeleisen und angeschlagenen Tassen, die die Verkäufer sicher direkt aus dem Müll gefischt hatten.

Rudek versuchte auch immer, irgendeine Kleinigkeit für die Geschwister zu finden. Ein kleiner Klappspiegel – der wäre was für Wela; ein Kleiderbügel – für Hesios Hemden. Und ein Kinderfigürchen aus zusammengeklebten Steinchen? Er betrachtete es genau von allen Seiten.

»Das gebe ich Rena.«

Zu Hause hatte er schon eine Puppe vom Flohmarkt, die auf Róża wartete.

Nusek ging gern mit Rudek durch die Stadt. Lemberg sah dann anders aus, als wenn er allein unterwegs war. Vielleicht weil er mit dem Bruder kaum Schritt halten konnte und weniger Zeit hatte, sich umzuschauen.

Einmal fragte Nusek ihn, woher er so viel Energie habe.

Rudek sah ihn an, als dächte er nach, ob er diesen Achtzehnjährigen schon ernst nehmen konnte.

»Ich flüchte«, wollte er sagen, aber er überlegte es sich anders.

Seit Monaten stand er in ihrer unbeheizten Wohnung morgens vor Nusek auf. Sie schliefen in ihrer Kleidung, mit Mützen, Schals und Handschuhen. Er machte Liegestützen, Rumpfbeugen und Kniebeugen. Dann rasierte er sich, trank Malzkaffee und ging hinaus in den klirrenden Frost.

Das war schon der zweite kalte Winter in Lemberg.

In der Arbeit war er der Erste, er hatte die Schlüssel und schloss das Büro auf. In der Pause am Nachmittag aß er in einer einfachen Gaststätte einen Borschtsch mit Kartoffeln für 35 Kopeken. Abends ging er als Letzter. Und zu Hause lernte er noch Russisch.

Wenn man ihn betrachtete, hätte man denken können, er habe sich von der neuen Ideologie hinreißen lassen und wolle es den Stachanow-Arbeitern in Magnitogorsk oder irgendeinem Rekord-Aktivisten aus der Lenin-Kolchose gleichtun.

Vielleicht flüchteten die auch vor irgendetwas, wer weiß?

Der Direktor der Sargfabrik (namens »Revolutionäre Tat«) sagte, im Frühjahr werde es wesentlich mehr Arbeit geben. Wenn das Tauwetter vorüber sei, würde die Offensive beginnen. Da müsse man gar nicht warten, sondern schon jetzt mehr Holz bestellen.

Wenn der Krieg ausbräche, würde Stalin zusammen mit den Engländern den Fritz zum Teufel jagen. Da würde man nur noch Staubwolken sehen, so würden die fliehen. Und bei Gelegenheit würden auch die Polen befreit.

»Und du gehst zurück zu deiner Familie.« Er klopfte Rudek auf die Schulter. »Du wirst sehen.«

Rudek nickte zu diesem geschäftlichen Optimismus. Der Mann war ein guter Direktor – er wusste, wem er was zu sagen hatte. Und er wusste auch, wer worauf Lust hatte. Der Direktor klappte das Zigarettenetui auf.

»Nehmen Sie eine.«

Als Rudek noch im Kerzen-Syndikat in Krakau arbeitete, unterhielt er sich immer gern mit den Arbeitern, weil sie das beste Gespür für die Stimmung auf der Straße hatten. Er war sich daher sicher, dass der Kommunismus in Polen keine Chance hatte, da ihn nicht einmal diejenigen unterstützten, für die er aufgebaut werden sollte.

Und was sagten die Arbeiter, die in Lemberg die Särge zimmerten? Sie verdarben ihm damit nicht nur die Laune, sondern auch das angenehme Gefühl, den Duft der frisch gesägten Bretter einzuatmen, der in der Schreinerei hing.

»Er wird die ganze Welt unterwerfen.«

»Er wird sie alle wegfegen.«

»Mit Hitler wird keiner fertig.«

Besondere Skrupel hatten sie nicht. Laut und offen sagten sie das vor Rudek. Und manche fügten hinzu:

»Und er wird uns eine freie Ukraine bescheren.«

Sie hatten keine Zweifel, für wen sie diese Särge machten.

Und wenn sie Recht hatten? Was sollte er tun? Welche Pläne konnte er machen, um nicht in einem dieser Särge zu landen?

Er hatte wohl das erste Mal keine Idee.

Nur eines hatte er in diesem Krieg begriffen, schon in Tarnów. Deshalb hatte er sich gleich nach der Ankunft in Lemberg mit einem Verkäufer alter Münzen geeinigt, mit einem dicken, schnurrbärtigen Ukrainer. Bei ihm hatte er andere Waren organisiert: echte katholische Taufscheine und falsche Kennkarten.

Mit ihnen war die junge Buchhalterin Aśka Tecko nach Tarnów gefahren, um Ruth und Róża abzuholen.

»Sie ist verliebt in dich«, fand Hesio, der ihn oft in der Arbeit besuchte. »Bis über beide Ohren.«

Sie gingen hinaus, um eine zu rauchen.

»Eine Arbeit mit Zukunft«, sagte Hesio, als er die gleichmäßige Reihe der Särge passierte.

Sie setzten sich auf einen davon, mit geborstenem Holz, den alle als Bank benutzten.

Nachdem Hesio die ältere Kommunistin für Lotka, seine alte Liebe aus Tarnów, verlassen hatte, war er bei der »Roten Fahne« in die Korrekturabteilung versetzt worden. Den früheren Enthusiasmus hatte er verloren. Er war blass und unruhig geworden, rauchte mehr und schlief weniger.

»Manche Kollegen in der Redaktion haben schon die Koffer gepackt«, erzählte er Rudek, »für den Fall, dass sie abgeholt werden.«

Er hatte schon zweimal geträumt, er hätte einen Druckfehler übersehen. Und tags darauf hätte er in der Zeitung auf der ersten Seite das Foto des Anführers gesehen, mit der Bildunterschrift: Josef Sralin.*

Das letzte Wort flüsterte er Rudek ins Ohr.

»Das ist wohl der größte Albtraum jedes Korrektors in der Sowjetunion«, bestätigte Rudek.

Hesio beneidete ihn um seine ruhige Arbeit.

»Und das in reizender Gesellschaft.« Er schielte zu dem Schreibtisch hinüber, an dem Aśka saß.

Seit Rudek (um zu hören, was Zula gerade anhatte) im Kerzen-Syndikat angerufen und erfahren hatte, dass Fräulein Lipska erschossen worden sei (die Deutschen hatten zufällige Passagiere aus einer Straßenbahn geholt und exekutiert, als Rache für den Mord an einem Offizier), hatte er keinen Kopf mehr für diese Dinge.

* Assoziation zu polnisch srać (scheißen).

Aber Aśka wollte für ihre Hilfe tatsächlich nicht bezahlt werden. Nur das Geld für die Bahnfahrt – für sich, Ruth und Róża – hatte sie genommen.

Beim ersten Mal hatte sie die beiden in der Goldhammer-Straße nicht angetroffen. Beim zweiten Mal hatte sie Ruth nicht überzeugen können.

»Schade um die Hände zum Reden«, sagte sie nach der Rückkehr aus Tarnów zu Rudek, der am Lemberger Bahnhof wartete.

Woher kannte sie dieses jüdische Sprichwort? Von ihm vielleicht?

Er fragte sie aus, wie Róża ausgesehen habe, seine Mutter, Ruth, der Vater. Und ob Róża sehr gewachsen sei. Aber woher sollte sie das wissen?

Sie wusste auch nicht, ob die Oma ihnen weiterhin etwas zu essen brachte. Rudek hatte ihr nur für zwei Monate Geld gegeben. Und das vor einem Jahr und zwei Monaten.

KAPITEL 38

Salek

Wie in einem schlechten Melodram, dachte Salek, als das gerahmte Porträt seiner Mutter von der Wand auf seinen Schreibtisch fiel.

Zum Glück war das Glas nicht zerbrochen.

An Zeichen glaubte er nicht, aber erschrocken war er doch.

Er betrachtete das Foto seiner Mutter. Regina Stramer sah immer jünger aus, nur ihre Bluse mit den Puffärmeln war etwas gealtert.

Ähnelte sie im Profil nicht ein bisschen Mickiewicz?

Er lächelte sie an.

Nach seiner Ausreise aus Polen hätte er in Gefahr geraten müssen, nicht sie, die in Tarnów geblieben war.

So hatte es vor einigen Jahren ausgesehen.

Er widmete sich wieder dem Packen.

Was sollte er mit den Fotos der Kinder machen, die er nicht mehr verkauft hatte? Einpacken oder wegwerfen?

Nach seiner Ankunft in Paris hatte er auf dem Flohmarkt eine wunderbare Rolleiflex gesehen, das gleiche Modell, das einst Irka gehabt hatte. Aus zweiter oder dritter Hand und für den halben Preis, aber dennoch zu teuer für ihn.

Wie soll ich, mit meinem Französisch, sonst für meinen Lebensunterhalt sorgen?, dachte er, als er mit der Kamera unter der Jacke auf dem Boulevard Barbès in sein von der Partei für achthundert Francs angemietetes Chambre de bonne zurückkehrte.

Wahrscheinlich war der Apparat sowieso schon mal gestohlen worden. Hoffentlich wenigstens den Nazis, dachte er.

Zum ersten Mal in seinem mehr als dreißigjährigen Leben hatte er etwas gestohlen. »Wenn man einen Dieb bestiehlt, ist das auch Diebstahl?«

Von außen war die Rolleiflex ein bisschen abgerieben und angeschlagen, dafür war sie innen wie neu – der Verschluss klemmte nicht, das Zeiss-Objektiv zeigte ein schönes, scharfes Bild.

Für Irka war die Fotografie in Krakau eine Leidenschaft und Freude gewesen. Was er damals von ihr gelernt hatte, erlaubte Salek jetzt, seinen Lebensunterhalt zu verdienen.

Tagelang ging er mit dem Apparat um den Hals durch den Jardin du Luxembourg und fotografierte Kinder, machte Porträts. Danach fragte er die Eltern oder Kindermädchen, die sich wunderten, dass er keine Anzahlung wollte, nur nach der Adresse, und ein paar Tage später kam er mit den fertigen Abzügen.

Das alte Vergrößerungsgerät hatte er von Mo bekommen, einem Parteifreund, der vor dem Krieg die Kunstakademie in Paris besucht hatte und vom Kopieren der Bilder großer Meister lebte. Mit seiner Pfeife und dem langen Bart sah er selbst wie einer von ihnen aus. Seit dem Einmarsch der Deutschen in Paris hatte er sich auf das Fälschen von Dokumenten verlegt sowie darauf, in Taschen und Koffer einen zweiten Boden einzubauen.

Nichts vermochte Saleks Laune so zu heben wie eine Nacht in der Dunkelkammer. Er zog die Fenster mit den schwarzen Plüschvorhängen zu, drehte die rote Lampe an und stellte die Entwicklungsschalen bereit. Am meisten liebte er den Augenblick, wenn sich nach etwa einer Minute des Einweichens im Entwickler auf dem Papier die ersten Gesichtszüge abzuzeichnen begannen.

Waren es die Ausdünstungen der Fotochemikalien, die seine gute Laune bewirkten und fixierten? Über das Vergrößerungsgerät gebeugt, lächelte er in sich hinein. Und am nächsten Tag erwachte er froh und betrachtete die jetzt schon trockenen, mit Klammern an einer Schnur befestigten Aufnahmen.

Jedes Set, das er verkaufte, bestand aus einem größeren Porträt, 13 x 18 cm, und sechs kleineren im Postkartenformat. Salek musste fast immer erklären, dass er die Postkarten natürlich auch vergrößern könne. Den Preis für ein Set bestimmte er vor Ort, während er sich in der Wohnung umsah.

Stuck an der Decke, persische Teppiche auf dem Boden, japanisches Porzellan auf dem Mahagoni-Tisch, wo er die Kinderporträts ausbreitete, erhöhten automatisch den Wert der Fotos.

Vorher hatte er wohl nur einmal versucht, etwas zu verkaufen. In der Kindheit, als Rudek ihn mit einzelnen Zigaretten zu der Kaserne in Tarnów schickte. Es war kein Zufall, dass es dabei blieb. Salek konnte sich noch gut an den Blick seines Bruders erinnern, als er wieder zurück war. Er hatte keine einzige Zigarette verkauft, aber ein paar waren ihm in den Dreck gefallen.

Das ist der beste Beweis für die Existenz des Fortschritts, dachte er jetzt.

Natürlich kam es immer noch vor, dass er nichts verdiente oder sogar draufzahlen musste. Letzte Woche zum Beispiel, im 18. Arrondissement, hatte er von einer Familie mit sechs Kindern kein Geld genommen. Die Wohnung hatte feuchte Stellen an den Wänden, einen löchrigen Boden, und sie hätte gut im Tarnower Grabówka liegen können. Dafür ließen sie ihn nicht gehen, bevor er mitgegessen hatte. Und ihr Tisch wackelte noch mehr als der in der Goldhammer-Straße.

Am Tag danach, als reiche Leute im 16. Arrondissement an den Fotos herumnörgelten und sagten, sie könnten die Hälfte des Preises bezahlen und keinen Centime mehr, zerriss Salek die Bilder vor ihren Augen wortlos in winzige Fetzen. Im Flur drehte er sich noch einmal um und sah nicht ohne Genugtuung, wie sie sich darauf stürzten, um sie zusammenzusetzen.

Normalerweise jedoch lief er, wenn sie die elegante Tür hinter ihm geschlossen hatten, mit einem Stapel Banknoten in der Tasche seines Jacketts das mit Teppich ausgelegte Treppenhaus hinunter und dachte, Rudek wäre jetzt stolz auf ihn.

Er hatte schon lange nichts mehr gehört, weder von ihm aus Lemberg noch von den Eltern aus Tarnów. Die Briefe hörten etwa in der Zeit auf, als Salek sich verliebte, das heißt, nachdem Hitler den Ribbentrop-Molotow-Pakt gekündigt und die Sowjetunion angegriffen hatte.

Endlich mussten er und seine Genossen niemandem mehr erklären, was sie selbst nicht verstanden, nämlich warum die Sowjetunion sich mit ihrem größten Feind, dem Dritten Reich, verbündet hatte. Sie mussten jetzt nicht mehr erklären, dass Stalin den Frieden in Europa erhalten wollte.

Jetzt sagten sie, er habe geschickt auf Zeit gespielt, und zitierten seine Worte: Die Hitler kommen und gehen, aber das deutsche Volk und der deutsche Staat bleiben.

Endlich erlaubte ihnen die Partei auch, gegen die Faschisten vorzugehen, denn zuvor hatte Moskau das verboten.

Die Nacht vor seiner ersten Aktion hatte Salek in einer Mietwohnung in der Nähe der Place Cambronne verbracht.

Eigentlich war es schon seine zweite Aktion. Die erste wollte er lieber vergessen. Man hatte ihn als »erfahrenen Kämpfer aus Spanien« ausgewählt. Er hatte den Befehl erhalten, einen deutschen Offizier zu töten, der betrunken aus den Folies Bergère getorkelt kam. Er folgte ihm im Zickzack durch die Straße, aber er spürte nur, wie sein Herz schlug und ihm die Hände zitterten.

Er zwang sich dazu, an Roman und »Justyn« zu denken, die in Spanien getötet worden waren. An die Eltern, die in Tarnów leiden mussten. An seine Brüder und Schwestern. Aber es half nichts. Er konnte nicht abdrücken.

»Mein Finger wollte sich nicht krümmen«, erklärte er dem enttäuschten Anführer, einem armenischen Dichter, der seinen Job zu Ende brachte.

Er sei einfach ein Feigling, bekam er zu hören.

Jetzt hatte er die Chance, sich zu rehabilitieren. Eine Bombe in die Werkstatt zu werfen, in der die Wehrmacht ihre Autos reparierte. Das ist, als verteilte man Flugblätter, stellte er sich vor. Das dürfte kein Problem sein. Im Bett rekonstruierte er mit geschlossenen Augen die Route, die er tags zuvor fünf Mal geübt hatte – von der Wohnung in die Werkstatt und von der Werkstatt zur Metro-Station.

In der Nacht klopfte die Meldegängerin an die Tür. Sie hatte etwas in der Hand. Salek griff für alle Fälle nach der Pistole unter dem Kissen, und mit der anderen Hand nahm er die Brille vom Nachttisch. Es stellte sich heraus, dass Helena mit der Zahnbürste auf ihn zielte.

»Salo, gib mir mal deine Zahnpasta«, sagte sie mit ihrem harten rumänischen Akzent auf Französisch. »Meine ist leer.«

Sie trug einen leicht durchsichtigen Pyjama mit roten Blumen drauf.

Salek ließ die Pistole sinken.

Fürchtete sie, dies seien die letzten Stunden ihres Lebens, und wollte mit ihm ins Bett?

Denn sie sagte etwas von Wärme, von der wir in unserem kurzen Leben so wenig bekämen, und später lägen wir eine ganze Ewigkeit in einem kalten Sarg.

Er dachte sofort an Hesio, als er ihr zuhörte. Das hätte einer der Sprüche sein können, mit deren Hilfe sein Bruder erfolgreich die Mädchen in Tarnów anmachte.

»Bitte«, sagte Salek mit polnischem, ebenso hartem Akzent und reichte ihr die Zahnpasta.

Eigentlich hätten sie, statt sich mit Französisch zu quälen, bestimmt zum Jiddischen übergehen können. Wahrscheinlich war das auch ihre Muttersprache.

Warum hatte er damals nicht vorgeschlagen, sie solle bei ihm bleiben? Hesio hätte an seiner Stelle nicht gezögert.

Sicher weil er in drei Stunden aufstehen musste, die Bombe in ein spezielles, am Gürtel befestigtes Täschchen legen und in der Hose verstauen sollte. Und er dachte immer nur daran, dass sie unterwegs explodieren könnte. Das war seine größte Angst.

Um fünf Uhr morgens steckte er sich vor der geschlossenen Autowerkstatt eine Zigarette an. Ihm wurde übel, noch nie hatte er so früh geraucht, nicht einmal in Spanien. Aber er brauchte etwas, um die Lunte anzuzünden, bevor er die Bombe über das Tor werfen würde. Sechs Sekunden hatte er. Er steckte die Hände durch die engen Stäbe und holte möglichst weit aus.

Als er flüchtete, hörte er die Explosion. Er verlangsamte seine Schritte und erreichte in aller Ruhe die Metro-Station, wo ganz nach Plan Helena wartete. Er legte die Pistole in ihre offene Handtasche. Sie schloss sie wortlos, sah ihm in die Augen (mit Liebe? Bedauern? Vorwurf? Gleichgültigkeit? – er kehrte in den vergangenen Monaten so oft zu diesem Blick zurück, dass er es selbst nicht mehr wusste) und ging.

Die Meldegängerinnen brachten nach jeder Aktion die Waffe in die technische Abteilung. Was zugleich als Zeichen dafür galt, dass die Aktion gelungen war.

Später trafen sie sich manchmal auf den Versammlungen, aber sie schenkte ihm keine große Beachtung mehr.

Dafür dachte er seit jener Nacht oft an Helena und die roten Blumen auf ihrem Pyjama.

»Sie wollte mit mir schlafen, und ich Blödmann habe mich in sie verliebt, statt mit ihr ins Bett zu gehen.«

Waren es Rosen oder Tulpen?

Er meldete sich zu weiteren Aktionen, in der Hoffnung, er würde sie wiedertreffen. Einmal hielt man ihn sogar den Genossen als Beispiel vor – als jemanden, der nicht nur in der intellektuellen Arbeit, sondern auch im Kampfeinsatz engagiert war.

Bei der Gelegenheit fragte er seine Kameraden nach Helena aus. Die meisten hatten ebenfalls einen harten Akzent. Junge Schneider, Schuster oder Arbeiter, auf der Flucht vor Armut und immer lauteren nazistischen Parolen, waren vor dem Krieg aus den Kleinstädten Polens, Rumäniens oder Ungarns gekommen und hatten sich massenweise für die Widerstandsbewegung gemeldet.

So wie Sewek aus Kozienice, dem die Deutschen seine Frau und zwei kleinen Kinder umgebracht hatten.

»Salo, selbst wenn sie mich schnappen, verdammt«, sagte er, »ich will nicht mit Nadel und Faden in der Hand sterben!«

»Hattest du mal eine Aktion zusammen mit Helena?«

Sewek erzählte, er habe gesehen, wie Helena es geschafft habe, einer Razzia an der Place de la Concorde zu entkommen. Sie sei mit einer Tasche, in der sich Dynamit und zwei Pistolen befanden, aus der Metro gekommen und habe bemerkt, dass die Gestapo den ganzen Platz umstellt hatte und die Fußgänger anhielt und durchsuchte. Sie trat an den erstbesten deutschen Offizier heran und fragte:

»Was ist hier los?«

Er wurde wütend, packte sie am Kragen und drängte sie vom Platz weg.

»*Raus*«, ahmte Sewek ihn nach, den sie vermutlich laufen ließen, weil er blond war und blaue Augen hatte.

Nach der letzten gemeinsamen Aktion – eine Bombe durch das Fenster eines Restaurants werfen, das voll besetzt mit Deutschen war – bemerkte Salek, das Sewek Blut an seiner Hose hatte.

»Hast du was abgekriegt?«

»Nein. Ich spüre nichts.«

Sie waren schon in Sicherheit, standen an der Metro-Station.

»Und das Bein? Da läuft Blut.«

Sewek schaute auf seine Hose.

»Das sind die Nerven«, lächelte er verschämt. »Manchmal platzen mir die Hämorrhoiden.«

Salek hatte jetzt seine Sachen gepackt. Sie waren in dem Koffer neben der Tür.

Niemand hatte ihn vorgewarnt, dass Helena verheiratet war.

Einmal hatte er sie auf der Rue de Rivoli getroffen. Die Mitglieder der Widerstandsbewegung durften tagsüber nicht zu Hause bleiben. Deshalb gingen sie in Paris von Café zu Café; um nicht den Verdacht der Nachbarn zu wecken, die denken sollten, sie seien in dieser Zeit bei der Arbeit.

Wie viele Tassen Kaffee konnte man am Tag trinken? Sie konnten sich an der Theke nichts anderes leisten und klagten, sie könnten nachts nicht schlafen.

Wenn sie sich zufällig in der Stadt begegneten, taten sie natürlich so, als kennten sie sich nicht. Aber in der Rue de Rivoli brach Salek die Regeln der Konspiration und grüßte Helena.

Es hätte gereicht, wenn eines von ihnen verfolgt worden wäre – dann wären beide aufgeflogen.

»Das ist Olivier«, stellte sie den großen Mann mit gelocktem Haar vor. »Mein Ehemann.«

Salek drückte ihm die Hand. Im Schaufenster eines Schuhgeschäfts sah er, dass er neben ihm wirkte wie David neben Goliath. Wenn nicht noch schlimmer.

»Ich hasse Ehemänner«, sagte er scherzhaft, als Olivier für einen Moment in eine Bäckerei ging.

Helena lächelte.

Würde er sie heute noch einmal sehen? Vielleicht würde sie an seine Tür klopfen? Nachdem gestern einige Leute aus ihrer Organisation verhaftet worden waren, mussten die übrigen für eine Weile verschwinden. Eine Meldegängerin sollte ihm eine Fahrkarte und neue Dokumente bringen, mit denen Salek sofort aus Paris abreisen würde.

Wohin und als wer, das wusste er nicht.

KAPITEL 39

Rudek

Eines wärmeren Tages machte sich Rudek wie immer morgens auf den Weg ins Büro. Sogar früher als sonst, denn er war um drei in der Nacht aufgewacht, hatte an Róża, Ruth und die Eltern in Tarnów gedacht und nicht mehr einschlafen können. Auch gefrühstückt hatte er schneller, hatte nicht mit Nusek reden müssen, der mit einer Mannschaft des Elektrizitätswerks nach Kiew gefahren war. Das fügte sich gut – Rudek konnte ihm die Geschenke für Wela und Natek mitgeben, die seit einem halben Jahr dort wohnten.

Trotz der frühen Stunde war die Haltestelle voller Menschen. Sie sagten, schon drei Straßenbahnen hintereinander seien nicht gekommen.

Wieder irgendeine Panne, dachte er. Nihil novi sub sole.

In der Luft spürte er den nahenden Sommer.

Vielleicht könnte er Aśka für den Abend zu sich einladen? Oder, wenn es warm wäre, könnten sie zuerst in ein Café gehen und danach zu ihm?

Im Radio und in den Zeitungen gab es keine Wettervorhersage. Deshalb standen sogar heute, an einem sonnigen Tag, so viele Leute mit Regenschirmen an der Haltestelle.

Er beschloss, zu Fuß zur Arbeit zu gehen.

Die Meteorologie war in der Sowjetunion ein Staatsgeheimnis. Auch einen Stadtplan oder ein Telefonbuch konnte man nicht bekommen.

»Um es den Spionen nicht zu leicht zu machen«, hieß es.

Nicht von ungefähr war dies die erste Stadt, in der er sich ab und zu verirrte.

Und was ist mit Salek?, dachte er. Verirrt der sich in Paris auch?

Noch vor dem Krieg hatte er in einer Zeitung von der 82-jährigen Frau Sobelsohn gelesen. Sie war von Tarnów nach Warschau gekommen, um in der sowjetischen Botschaft um Hilfe für ihren Sohn Karol Radek zu bitten, der in Moskau beschuldigt wurde, der Opposition der Trotzkisten anzugehören. Die Botschaft lehnte ab. Und Frau Sobelsohn ging zur Post, um ein Telegramm direkt an Stalin aufzugeben. Sie flehte ihn, der für seine Liebe zum Vaterland bekannt war, um Gnade für ihren einzigen Sohn an, der *sein persönliches Glück und seine privaten Angelegenheiten immer hintangestellt und sein ganzes Leben dem Kommunismus gewidmet* habe.

Das Telegramm hatte zweihundert Zloty gekostet. Interessant, dass die Zeitung dieses Detail angegeben und Rudek es sich gemerkt hatte. Und natürlich hatte es nichts genützt.

Er hatte den Artikel sogar ausgeschnitten, um ihn Salek zu schicken, aber an welche Adresse? Er wusste nicht, wo er in Paris wohnte.

Er erinnerte sich an Vaters Zorn auf Salek und Hesio, die im Schein der Petroleumlampe Marx lasen. Die verdammten Blindschleichen!

Wie wohl ohne Marx die Welt heute aussehen würde? Was wäre, wenn es Marx nie gegeben hätte? Wenn er nie geboren worden wäre? Oder zumindest nichts geschrieben hätte, weil er in London auf dem Weg zur Bibliothek unter eine Droschke geraten wäre? Und in welche Richtung hätte sich alles entwickelt, wenn weder Hitler noch Stalin geboren worden wären, die zwei Pfeiler der gegenwärtigen Welt?

Er erinnerte sich an einen alten Witz, noch aus der Zeit, als sein Vater als Versicherungsagent bei Assicurazioni Generali Trieste arbeitete.

Der kleine Mojsche kommt zum Vater und fragt:

»Papa, was ist eine Versicherung?«

»Wenn du versichert bist und zum Beispiel unter die Straßenbahn gerätst und ein Bein verlierst, dann bekommst du, sagen wir, tausend Zloty.«

Mojsche denkt einen Moment nach.

»Papa, und wenn ich beide Beine verliere?«

»Oj, bist ein Träumer!«

Rudek wurde bewusst, dass er sehr viele Witze kannte, aber niemanden, der sie erfand.

Er dachte an Rena. Ungekämmt und verweint. Seit drei Monaten hatte er sie nicht anders gesehen. Sollte er heute Abend vielleicht zu ihr und Mieczysław gehen, statt sich mit Aśka zu verabreden? Rena ging nach der Arbeit nicht mehr aus dem Haus. Zawadowski trank, und sie räumte auf und putzte. Das war so, seit ihr kleiner Władek mit Lungenentzündung ins Krankenhaus gekommen war. Immer noch gab sie sich die Schuld, dass sie ihn nicht warm genug angezogen hätte. Dass sie nicht mit ihm hätte spazieren gehen dürfen.

Er war am Tag nach der Aufnahme in der Kinderabteilung gestorben.

Den Eltern schrieb Rena weiterhin, alles sei gut, der Kleine entwickle sich prächtig. Er bekomme häufig zu essen, aber nicht zu viel. Sie füttere ihn, wie ihre Mutter es geraten hatte, lasse ihn alles probieren, was sie selbst esse. Władek beginne zu krabbeln, trage den bunten Pulli, den die Eltern aus Tarnów geschickt hätten. Er sei ein heiterer, ruhiger Junge und weine fast nie. Er könne es kaum erwarten, die Großeltern kennenzulernen.

Den Antwortbrief hatte Rena neulich Rudek gezeigt. Ihre Mutter schrieb:

Meine geliebten Kinder,
ich sehne mich schon sehr danach, Władek wenigstens auf einem Foto kennenzulernen. Du hast geschrieben, Renalein, dass Du mir eine Aufnahme von ihm schickst, aber bis heute ist nichts angekommen. Wie entwickelt er sich? Bald wird er Zähnchen bekommen, oder vielleicht hat er schon welche?

Wie geht es euch? Verdient ihr genug Geld für alles, was ihr braucht?

Wir sind gesund, nur haben wir große Sehnsucht nach unseren Kindern.

Bleibt gesund und glücklich. Ich drücke euch fest und küsse euch. Ganz besonders viele Schmatzer für meinen geliebten kleinen Władek. Eure euch liebende Mutter.

Sogar Nathan, der seinen Kindern nie schrieb, kritzelte an den unteren Rand des Blattes: *Viele Küsse für meinen Enkel!*

Rudek überquerte eine breite Straße. Schon von weitem sah er das Gebäude der Sargfabrik.

Anfangs hatte er versucht, Rena mit der Geschichte von Kuba zu trösten. Dem erstgeborenen Sohn der Eltern, dessen Grab er in Tarnów einmal zufällig mit ein paar Freunden entdeckt hatte. Sie schwänzten damals die Schule, und sie wussten, auf dem Friedhof würde keiner sie suchen.

»Rudek!«, rief Daniel. »Guck, da ist ein Verwandter von dir.«

So hatte er von ihm erfahren.

Er setzte sich mit den Freunden an die Wand auf die kleine Platte mit dem Namen *Jacob Stramer*, und sie tranken auf sein Wohl.

Erst zu Hause erfuhr er von Mutter, dass das sein Bruder war. Ein seltsames Gefühl.

»Renalein«, sagte er und drückte seine weinende Schwester an sich. »Sie dachte nach seinem Tod auch, dass sie keine Kinder mehr bekommen wird.«

Vielleicht hätte er ein bisschen warten und Rena diese Geschichte nicht schon im Krankenhaus erzählen sollen?

»Ich will keine anderen Kinder!«, brauste sie auf. »Ich will meinen Władek.«

Rudek steckte jetzt den Schlüssel ins Schloss.

Seltsam, die Tür zum Büro war offen. Hatte er gestern vergessen abzuschließen?

Er drückte die Klinke. Was er drinnen sah, war noch seltsamer. Zum ersten Mal war der Direktor vor zehn im Büro. Außerdem warf er Papiere ins »Krematorium«, wie die Mitarbeiter den kleinen Ofen nannten, der bei ihm im Zimmer stand.

»Du musst die Jacke gar nicht ausziehen«, sagte er zu Rudek. »Du fährst weg.«

»Wohin?«

»Mit mir. Nach Osten. Der Lastwagen wartet schon.«

Mehr musste der Direktor ihm nicht erklären. Um eine Dienstreise ging es nicht.

Eine halbe Stunde später warf Rudek schon seine letzten Sachen in den Koffer. Er packte nur das Nötigste, das heißt, fast alles, was er hier hatte. Was tun mit Nuseks Kleidern? Viel war da nicht. Im Schrank lagen noch ein löchriger Pullover, zwei Hemden und eine einzelne Socke. Würde er deshalb zurückkommen? Er sollte lieber gleich in Kiew bleiben. Aber für alle Fälle legte Rudek die Papiere auf den polnischen Namen auf den Küchentisch.

Nusek Stramer würde es nicht mehr geben.

Noch von der Arbeit aus rief er bei der »Roten Flagge« an. Die Putzfrau nahm ab.

»Geben Sie mir bitte den Genossen Henryk Weber«, sagte er.

»Die ganze Redaktion ist in der Nacht abgereist«, sagte sie in gelangweiltem Ton. Sicher hatte sie das heute schon viele Male sagen müssen.

Sie legte auf, genau in dem Moment, als er fragte:

»Wohin?«

Auf den Koffer legte Rudek die Puppe für Róża. Geld und Dokumente steckte er in die Innentasche seiner Jacke.

Als er nach unten lief, ließ der Fahrer den Motor an, der Dreitonner erbebte und fuhr los. Der Direktor war einverstanden, dass sie noch bei Rena und Mieczysław vorbeifahren würden. Er selbst hatte keine Familie in Lemberg.

Rudek bereitete sich auf alle möglichen Situationen vor, die ihn dort erwarten könnten.

»Nein, unmöglich«, könnte Mieczysław sagen, sich kaum auf den Beinen haltend. »Das wagt Hitler nicht.«

Er nahm die Realität immer weniger wahr, hatte immer weniger gemein mit dem alten Rechtsanwalt Mieczysław Zawadowski, den Rudek aus Tarnów kannte. Sogar vom Aussehen her. Gebeugt, das Gesicht gerötet, resigniert. Rudek dachte: Der Zahn der Zeit hat ihn angenagt. Und das ordentlich.

»Er hat es schon gewagt, Mietek.«

Und wenn er ihm antworten würde:

»Rudek, ich gehe keinen Schritt weg von hier.«

In dem Zustand, in dem er ihn zuletzt gesehen hatte, würde es ihm tatsächlich schwerfallen. Und *er* konnte ja auch bleiben, *ihm* würde nichts passieren. Aber Rena – sie musste fahren. Und wenn sie ohne ihn nicht wollte?

Rudek würde ihn mit einer Flasche Wodka locken, die im Lastwagen wartete.

Er hatte für die Schwester alle Dokumente, einen ganzen Stapel Papiere auf den Namen Anna Wojciechowska. Echte, gekauft. Die junge Frau war kürzlich gestorben. Rena musste nur ihr Foto einkleben. Und eine weitere Angehörige der Familie würde den Namen Stramer verlieren.

Der nächste Stramer verschwände, wenn Rudek seine neuen Dokumente benutzen würde. Er wäre dann Jerzy … Er griff in die Innentasche. Er musste sich einprägen, wie er heißen würde.

KAPITEL 40

Rywka

Die Oma war ihr einziger Kontakt zur Welt. Seit einem Jahr hatten sie keinerlei Nachricht von den Kindern, und auch sie selbst durften keine Briefe mehr versenden. Rywka betrachtete das Gruppenfoto, das so viele Jahre bei ihnen auf der Kommode gestanden hatte. Es war mit ihnen umgezogen, aber ohne den Rahmen, den sie verkauft hatten.

Wo waren sie jetzt alle? Lebten sie noch?

Gut, dass es ihr gelungen war, über Szymek Hersztejn, der außerhalb des Ghettos arbeitete, ein Telegramm an die Oma zu schicken. Szymek hatte ein gutes Aussehen – ein hübscher Blonder mit Stupsnase. Der Sohn einer fernen Cousine. Er wohnte bei ihnen, seit seine Eltern umgekommen waren.

»Weil sie keine runden Stempel im Ausweis hatten«, sagte er.

Angeblich hatte er das gesehen, aber Rywka wollte lieber nicht nachfragen. Es reichte schon, dass er nachts aufwachte und weinte.

Sie hatte gehört, dass an jenem Tag in der Widok-Straße und deren Umgebung ein betrunkener Gestapo-Mann mit der Axt diejenigen mit runden Stempeln und die ohne erschlagen hatte.

Der Stempel war zu einer trügerischen Legitimation für das Leben geworden. Man wusste nicht, welcher heute aktuell war: der runde oder der quadratische? Oder vielleicht der ovale? So einen hatte Szymek in seiner Meldekarte.

Sein Weinen weckte sie in der Nacht, abwechselnd mit Nathans Schnarchen.

Wieder schliefen sie alle zusammen. Im Ehebett Rywka neben Nathan, Ruth und Róża, und daneben auf dem Sofa Szymek.

Zuerst hatten die Deutschen sie in ein Häuschen am Wątok-Bach umgesiedelt. Es stand inmitten von Wäldern und Wiesen. Róża lief gern dort umher.

»Oma, wie schön es hier ist!« Schon lange hatte sie Róża nicht so glücklich gesehen. »Wunderbar!«

Die frische Luft tat Różas Appetit gut. Sie war nicht mehr so blass. Leider gingen die drei Monate in diesem ersten Ghetto schnell vorüber. Sie mussten ins zweite Ghetto umziehen, nach Grabówka.

In eine Wohnung, die aus einer Stube bestand, wo sie jetzt waren. Wesentlich enger als die in der Goldhammer-Straße, aber ebenfalls im Parterre und mit einem Abort im Hof.

Gut, dass Szymek bei ihnen und Róża in ihn verliebt war. Für sie war er, mit seinen vierzehn Jahren, ein Erwachsener. Er lenkte sie davon ab, was draußen geschah. Von der stinkenden Gosse auf der Straße. Von dem Strom kranker, ausgemergelter Menschen in Lumpen. Von den mit Zeitungen bedeckten Leichen auf dem Gehweg.

Selbst wenn sie die Wohnung verließen, konnte Róża den Blick nicht von Szymek wenden, immer schaute sie in seine lebhaften blauen Augen.

Heute hatte Rywka ihm ein Telegramm für die Oma mitgegeben, weil seit dem Morgen das Gerücht ging, sie würden das Ghetto liquidieren.

Aber stimmte das auch? Ständig erzählte einer irgendwas. Jeden Tag etwas anderes. Die Gerüchte verbreiteten sich im Ghetto schneller als die Krankheiten. Sie hatte gehört, die Abtransportierten würden sofort bei lebendigem Leib verbrannt.

Und sie hatte gehört, es gebe Briefe von Leuten, die abtransportiert worden seien und normal arbeiteten.

Und der Rabbi wiederholte jeden Freitag, dass Hitler – wie alles andere – nur ein Werkzeug in den Händen des Allmächtigen sei. Es würde genügen, dass er pustete, und schon gäbe es keinen Hitler mehr.

Was muss noch passieren, damit er pustet?, dachte Rywka auf dem Weg nach Hause.

Das Telegramm an die Oma war kurz. Sie hatte nur geschrieben: Es ist so weit.

Sie würde das verstehen.

Aber die Oma kam, bevor sie das Telegramm erhielt. Am Abend, von sich aus.

»Ich hatte so 'ne Ahnung«, sagte sie.

KAPITEL 41

Nathan

Als Nathan erfuhr, dass sie Rywka auf der Straße erwischt hatten, wusste er, was das bedeutete. Ein Nachbar hatte gesehen, wie sie sie zusammen mit Ruth auf den Magdeburger Platz, früher Freiheitsplatz, jagten.

Hatte jemand sie erkannt auf der arischen Seite, auf die sie auf der Suche nach etwas zu essen gegangen waren?

Irgendein son of a bitch. Wie der, der aus dem Fenster des Hauses gegenüber gestern hinter der Oma und Róża hergerufen hatte:

»Ein jüdisches Kind haut ab!«

Die Oma schimpfte wie zwei Rohrspatzen, und er schloss das Fenster. Sie nahm Róża auf den Arm und lief Richtung Bahnhof. Was geschah weiter? Nathan und Rywka wussten es nicht.

Nathan wusste nur, was er selbst tun würde. Er wollte nicht, dass sie ihn quälten. Wenn sie vor dem Haus wären, würde er auf den Abort im Hof gehen. Der Balken würde halten. Er hatte ihn untersucht, er war solide. Und er selbst wog ja nicht mehr so viel wie früher. Der Gürtel würde nicht reißen. Ein Geschenk seines Bruders. Anständige amerikanische Qualität. Er hatte ihn auf beiden Seiten festgebunden.

Wieder sah Nathan Stramer seinen Bruder am Kai von New York stehen. Aber diesmal entfernte sich das Schiff nicht von Ben Stramer, sondern näherte sich ihm.

Morgens zog ein junger Offizier auf dem Appellplatz in Stutthof die Pistole, aber ein zweiter, älterer schüttelte im letzten Moment den Kopf.

»Schade um die Kugel.«

Für Ruth, ein paar Monate zuvor in Auschwitz, war es nicht zu schade gewesen.

Transport zum Meer – entschieden sie jetzt.

Als Nathan jung war, leuchteten seine Augen, wenn er von den Wellen, von Ebbe und Flut sprach, und davon, dass er sie mit ans Meer nehmen würde.

So oft hatte er es versprochen.

Zu zweit wollten sie im Sand sitzen, an einem Strand wie diesem hier, wo man soeben halb tote Frauen vom Lastwagen ins Boot umgeladen hatte. Seinen starken Arm wollte er um sie legen, zusammen wollten sie auf die Wellen schauen.

Auf den Sonnenuntergang warten.

»Mit der schönsten Frau den schönsten Anblick genießen«, sagte er immer und küsste sie.

Er selbst war damals auch ganz in Ordnung. So oft hatte er es versprochen. Stattdessen war sie schwanger geworden. Sie hatten zusammen sechs Kinder aufgezogen.

Sie musste die Augen schließen. Wieder sah sie alle Stramers zusammen am Küchentisch sitzen.

Aber du hast mir nicht gesagt, dass das Meerwasser so bitter schmeckt.

Macht nichts, Nathan.